鲁迅研究笔记

王得后　著
钱理群　选评

商务印书馆
创于1897
The Commercial Press

图书在版编目（CIP）数据

鲁迅研究笔记 / 王得后著；钱理群选评. —北京：
商务印书馆，2021
ISBN 978-7-100-20370-8

Ⅰ.①鲁… Ⅱ.①王… ②钱… Ⅲ.①鲁迅研究－文集
Ⅳ.①I210-53

中国版本图书馆CIP数据核字（2021）第192594号

鲁迅研究笔记

王得后　著

钱理群　选评

商　务　印　书　馆　出　版
（北京王府井大街36号　邮政编码 100710）
商　务　印　书　馆　发　行
三 河 市 尚 艺 印 装 有 限 公 司 印 刷
ISBN 978－7－100－20370－8

2021年12月第1版　　开本 640×960　1/32
2021年12月第1次印刷　　印张 13　插页 4

定价：68.00元

一九六九年，天津。
好友张绪民摄

一九七五年，天津。数月后
即调入鲁迅博物馆新设的鲁
迅研究室。张绪民摄

在某学术会议会场，拍摄时间不详

二〇〇四年出席河南大学举办的学术会议，在当地景点铁塔附近与钱理群合影

《鲁迅教我》，
二〇〇六年初版

手录鲁迅文，赠钱永祥

《〈两地书〉研究》，
一九八二年初版

《垂死挣扎集》，
二〇〇六年初版

前　言

多年来，我一直有一个对得后兄的鲁迅研究进行一次认真的学术讨论的计划，也很想编选他的研究论著，以作历史的总结。但我的设想却一再被得后兄所拒绝：他认为自己的研究十分有限，只是做了想做、该做的事，不值得总结与研究。得后是我的兄长，面对他的固执己见，我也无可奈何。但今年却突然有了机会。首先是明年（二〇二二）年初，正值得后兄的"米寿"，这就有了为他编书作纪念的充分理由。更重要的是，今年（二〇二一）正是鲁迅（一八八一至一九三六）诞生一百四十周年，于是，就不断有出版社找到我们这些"老家伙"组稿，就为我们的研究论著重新出版提供了一个历史机遇。我就应约编选了《钱理群讲鲁迅》和《鲁迅作品选读》两本书。当年与得后合作编选，由浙江文艺出版社出版的《鲁迅杂文全编》、《鲁迅散文全编》也正在由其他出版社推出新版。这样，在我和赵园再三建议下，得后兄终于松了口；于是，就有了这本王得后《鲁迅研究笔记》钱理群评点本的编选与出版。

正在我准备写这篇"前言"时，山西北岳文艺出版社寄来了由李怡和宫立编选的《王富仁学术文集》，其中最有分量的自然是富仁的《论鲁迅》（上、下编）：这样，得后、富仁和我，三位从事鲁迅研究的老友的论著，居然得以同时再现于读者面前，真的别有一番意味。特别是我打开书，读到富仁在

《〈中国鲁迅研究的历史与现状〉初版后记》里的一段肺腑之言："我"之所以能够走向鲁迅研究之路，除了导师李何林先生的指引外，主要仰赖"我的博士生副导师杨占升先生"、"文学研究所的樊骏先生"、"《文学评论》编辑部的王信先生"，以及鲁迅博物馆的"王得后先生"，"他们四人对我一生的影响，是怎么估计也不为过的"。读到这里，我的心为之一动：它唤起了我同样的历史记忆。我不也正是在王瑶先生的引领、李何林先生的影响（我曾专门写有《高举"鲁迅'五四'"旗帜的学者——李何林先生的学术贡献》一文），以及严家炎、樊骏、王信和得后的扶植、启发下，才步入鲁迅研究界的大门的么？这里，实际上有三代鲁迅研究者的历史性相遇：李何林、王瑶为代表的三十、四十年代的老一代鲁迅研究者，樊骏、严家炎、杨占升为代表的五十、六十年代的中年一代的鲁迅研究者，以及王信这样的资深编辑，王富仁和我这样的八十年代的相对年轻的一代鲁迅研究者。而得后则有些特别：就进入鲁迅研究界的时间而言，得后和富仁与我都属于改革开放一代的研究者，但他的年龄与资历、修养，都属于樊骏、严家炎中年一代；我就多次谈到，"当代鲁迅研究者中对我影响最大的，就是得后。他所提出的'中国人及中国社会的改造的立人思想是鲁迅思想的核心'的命题，他对'左翼鲁迅'的思考，都成为我的鲁迅研究的重要出发点"，我们是"相互影响与呼应"的。而富仁特别提到的"樊骏、王信、杨占升、王得后"这样的中年一代，对富仁（也包括我）"一生的影响"，就不只是学术道路，更是人生道路的精神影响。今年王信远行以后，我写过一篇文章，就谈到鲁迅研究界和现代文学研究界当年曾经有过的"纯粹的学术精神"："没有半点讲究人事关系的世俗气，不存丝毫私心，没有任何个人学术地位、利益的考虑，一心追求学术的独立，自由，创新与平等"，同时"律己极严，达到了苛刻的程度"。在我心目中，具备这样的"学术的公心和正气"的代表，就是樊骏、王信、杨占升和得后他们四位。现在，杨占升、樊骏、王信都已先后离世，得后也退出了学术界："这样的'纯粹的人'不会再有了。"

因此，我在编选、评点得后的《鲁迅研究笔记》时，最为动心的，还是得后"这个人"。这些年，我一直在做现代文学研究、鲁迅研究领域的"学人"研究；这里谈到的李何林、王瑶、樊骏、王信、王富仁诸位，我都写有专文，现在又写了得后，就没有什么遗憾了。在我看来，"学术研究"的讨论和总结，最后就要归结到"学人"身上。

富仁曾经谈到，"我们这些搞鲁迅研究的人"，都免不了有些"古板和梗顽"。(《我和鲁迅研究》)在我的心目中，得后就是这样一个典型代表。"古板和梗顽"已经渗透于他的鲁迅研究之中，成为一个鲜明特色：他"认定"鲁迅的四大特点，由此决定了他的四大选择，而且"古板"到毫不变通、"梗顽"到底的程度。

其一，他认定：鲁迅是一位独立的思想家，具有"以立人为出发点、归宿与中心"的自己独有的思想体系；鲁迅更是一位在现当代中国少见的具有原创性的思想家。当下中国思想界、学术界的问题不在于对鲁迅的"神化"，而是对鲁迅思想的原创性、前瞻性，其对中国与世界的现实与未来的作用与影响，远远估计不足；而一个"养育了鲁迅的中国"，迟早会

"愈来愈多的认识鲁迅，信服鲁迅，接受鲁迅"。由此决定了"王得后式的选择"："以鲁迅思想作为基本信念，以研究和传播鲁迅思想为自己的历史使命"，而且如果再有"来世"，也还要研究和传播鲁迅思想。

其二，他认定：作为一个"看透了大众的灵魂"的思想家、文学家，鲁迅自己的灵魂、内心世界也是极其"复杂，丰富"，极具"个性"，而且具有某种"隐蔽性"和"矛盾性"。这也就决定了研究鲁迅，不能只停留在鲁迅外在思想的简单概括，而要通过鲁迅的各种文本（不仅是公开发表的论著，也包括私人通信和日记）探索鲁迅的内心，他的情感世界、心理世界，他的独特个性、内在矛盾、最隐蔽的方面，并且和鲁迅进行情感、心理交流，灵魂的对话：这对于鲁迅研究、学术研究，是更为根本的。

正是出于对鲁迅的思想的超前性，思想和内心的丰富性、复杂性、隐蔽性、矛盾性的充分体认，也是对自己和自己这一代知识准备、修养的严重不足的清醒认识，得后把自己定位为"祖述鲁迅的人"："以如实全面梳理鲁迅的原文原意为追求"，并且选择自己的鲁迅研究的基本方法，就是"从鲁迅著作中搜索、汇集鲁迅对某个问题的看法；尽可能读懂鲁迅的原意；注意揭示其多层面、多层次的结构与系统"。而且"不懂的就是不懂，我存疑；但决不断章取义，用摘句构建'一家之言'"。得后因此对自己的鲁迅研究的局限，有高度自觉意识，反复强调自己并不真正、全面懂鲁迅，只是在某些方面有所体认而已。他拒绝过度宣扬所谓"学术成就"，把相关论著命名为《鲁迅研究笔记》，并非一般的谦虚，而是一种十分难能可贵的学术清醒。

其三，他认定：批判性和独立性是鲁迅最基本的精神。鲁迅对一切文明形态，对现实社会的现存形态，对他自己，都坚持肯定中的否定，进行无情批判。这就决定了他在中国与世界的思想、文化领域里，都是独异的存在，是另一种可能：他的不可替代的意义与价值就在于此。

得后也因此选择了要以鲁迅的批判精神进行独立的鲁迅研究。他反复强调，并且追求鲁迅研究者应有的"特操"："不唯上，不阿世，不讲情面，不为流行的时尚观点所左右。"他最感欣慰的是，尽管自己前半生曾屈服于各种外在和内在的压力，但在进入鲁迅研究领域以后，就再也没有成为鲁迅所深恶痛绝的"理想奴才"；尽管自己的学术成果有限，但也从未人云亦云，始终坚持独立思考，说自己的话，"并不平庸"。

其四，他认定：鲁迅是一位"以其独特的思想认识人生并从事改良这人生的实践型的思想家"，鲁迅选择杂文作为主要文体，就是为了使自己与现实人生，与中国人的精神发展建立起更紧密的联系。得后因此要求自己的鲁迅研究也要"具有某种实践性的品格，以改造中国人和社会为指归"。他给自己定的研究目标是，讲鲁迅，"接着继续讲"，而且创作鲁迅式的杂文，作为"接着继续讲"的具体实践方式。

面对得后的这四大认定与选择，我有一种说不出的亲切感；也可以说，这就是我和得后，或许还有富仁，共同的或相接近的认识与选择。但得后更有自己的特点：他的二十世纪九十年代的杂文家的身份，是我和富仁所不具备的；更重要的是，我的研究逐渐转移到当代知识分子思想史、精神史的研究，富仁也开拓了"新国学"的新领域,而得后始终心无旁骛地坚守在鲁迅研究岗位上。尽管九十年代和二十一世纪以来,不断有人回避、远离鲁迅,甚至以批判鲁迅为时髦,得后依然毫不动摇地以自己的新研究回应一切对鲁迅的诋毁与攻击。这样,得后就成了"新时代"少有的鲁迅的"守望者"。

但得后也没有把自己的选择绝对化。正像富仁所说的那样,"我喜欢鲁迅,我不能要求别人都喜欢鲁迅",知道自己对鲁迅的看法不可能为许多人所接受,但也要维护自己研究、言说鲁迅的权利,"我们都是在中国谋求生存与发展的知识分子,我们不会相同,但我们之间得有更多的理解与同情"(《我和鲁迅研究》)。用我习惯的说法,就是——

"我(我们)存在着,我(我们)努力着,我们又相互搀扶着——这就够了。"

钱理群

二〇二一年七月二十五日急就

目　录

◎ 辑一

立人：鲁迅思想的出发点、归宿与中心

《鲁迅教我》题记

这是我的第二本关于鲁迅的文字的选集。

今年是鲁迅研究室成立三十周年；是李何林教授出任研究室主任的三十周年，是他把我从机修工厂热处理车间带到研究室的三十周年；也是我从业余到专职研究鲁迅的三十年。"三十而立"，可我的成绩是这样单薄、肤浅，自然，也许并不平庸。然而，何"立"之有？不过，我深深感念李何林先生，是他在那"文革"还没有结束的艰难日子里，想方设法改变了我的命运。今年他逝世已经快二十年了，我只能用这样的东西来纪念他，毕竟很是惭愧。

鲁迅活着的时候，有人说他是"托尼思想"，有人奉他为"思想界的权威者"；他逝世后，有人赞颂他是"伟大的思想家"。但质疑之声此伏彼起，不但认为鲁迅不是思想家，甚至连什么思想也没有。三十年来，我集中思考这个问题。我思考的结果是肯定的。那么，他"有什么"思想？"是怎样的"思想？他的思想是"为什么的"？我的理由是：我觉得我从他的全部著作与译文中发现了他以"立人"为出发点和中心，提出了一系列互相关联的观点。这一系列观点，排列起来，大体是：

一、人是一切人间世的问题 —— 包括历史的和现实的、民族的和国家的 —— 的根本。不是"因素"，是"根柢"。

二、人是生物，生命是第一义的。这种"自然而然"的事实，是关于"人"的问题的根基。

三、人的生命，自然首先是生理的，属于"体格"的内涵。但人有"精神"，即属于心理的内涵。在体格和精神之间，即生理和心理之间，精神是第一的。人的精神决定"生命价值和生命价值的高下"。

四、人有两大本能，即食欲和性欲。在食欲和性欲之间，食欲第一，"食欲的根柢，实在比性欲还要深"。

五、人是从动物进化来的。人性中有动物性；动物性是复杂的，并非单一的"恶"或"丑"。人性的参照系是动物性。

六、人性的全面涵养、发展和实现，包含科学和情愫两大类别。科学是"人性之光"。

七、人是群居的，唯有群居才能生存。在个人和群体之间，个人是本位；没有了"个人"，群体即不复存在。"于自己保存之外"，才能做为了群体的事情。但是："为社会计，牺牲生命当然并非终极目的，凡牺牲者，皆系为人所杀，或万一幸存，于社会或有恶影响，故宁愿弃其生命耳。"所以：个人是本位，"民众为主体"。

八、人的觉醒，从说心里话开始。人的群体的觉醒，从个人开始。"盖惟声发自心，朕归于我，而人始自有己；人各有己，而群之大觉近矣。"

九、人类是有性生殖，是两性异体的。人我关系第一是两性的关系。合理的两性关系是"自他两利"。"自他两利"的原则适用于整个人我关系：夫妇、家庭、家族、群体、民族、民族间和国与国之间。

十、两性关系中的婚姻关系，是当事人绝对个人的事情，与任何人无关。"白蛇自迷许仙，许仙自娶妖怪，和别人有什么相干呢？"

十一、人类的生存是子子孙孙延续的。"高曾祖，父而身，自子孙，至玄孙"，个个是"中间物"。人类为了发展，也即进化，在父母子女之间，子女第一，以幼者、弱者为本位。

十二、人类的群居构建为社会。人在社会中，自有文字的历史以来，是分裂的，地位、待遇是不平等的。人，被分割成"主人"、"奴隶"和"奴才"。

十三、人一降生，就在既定既成的人际关系之中，认同"奴隶"，谅解"奴隶"；拒绝做"奴才"，憎恶"奴才"。

十四、人被压迫了，为解除压迫的斗争是合理的。"奴隶"唯有斗争才能争取到"主人"的地位。"我们中国的人道怎么样？那答话，想来只能'……'。对于人道只能'……'的人的头上，决不会掉下人道来。因为人道是要各人竭力挣来，培植，保养的，不是别人布施，捐助的。"

十五、"奴隶"的斗争是求解放，不是争夺"虎皮交椅"；不是"翻身"做"主子"，再去奴役别的"奴隶"。

十六、"战斗不算好事情，我们也不能责成人人都是战士，那么，平和的方法也就可贵了，这就是将来利用了亲权来解放自己的子女。"

十七、反抗"权势者"，不为"权势者"设计"治国的方法"，不取媚于"权势者"，"不愿意在有权者的刀下，颂扬他的威权，并奚落其敌人来取媚"。

十八、学界有三魂：官魂、匪魂和民魂。"惟有民魂是值得宝贵的，惟有他发扬起来，中国才有真进步。"其实，整个人界，都是如此的。

十九、"由历史所指示，凡有改革，最初，总是觉悟的智识者的任务。但这些智识者，却必须有研究，能思索，有决断，而且有毅力。他也用权，却不是骗人，他利导，却并非迎合。他不看轻自己，以为是大家的戏子，也不看轻别人，当作自己的喽罗。他只是大众中的一个人，我想，这才可以做大众的事业。"

二十、总之："人固然应该生存，但为的是进化；也不妨受苦，但为的是解除将来的一切苦；更应该战斗，但为的是改革。"

我现在领会到的是这些。鲁迅"立人"的思想，至少包含这些吧。这二十条，每一条都有鲁迅的原话作证据，都是可以复按的。

可是，自从我发表《改造中国人及其社会的伟大思想家》以来，二十五年过去了，我未能把这些心得写成文字。我知道，这是我先天缺乏理论思维，后天的学力严重不足，我偏爱的方法也限制了我。

我的方法是只读鲁迅，通读鲁迅，在通读中发现问题，根据问题再从通读中搜集相关的议论，梳理它们之间的关系，是互相补充，是进一步发挥，还是互相抵牾，乃至相反？相反，是相成还是别立一说？然后归纳成为心得。我深知我远没有读通鲁迅；不懂的地方也还多。不懂的就是不懂，我存疑；但决不断章取义，用摘句搭建"一家之言"，强说鲁迅"有什么"和"是什么"以及"为什么"。我更知道，我充其量只是一个祖述鲁迅的人。我没有创造的学力和思想之力。我生在旧社会，长在红旗下，平生亲历，以及所见所闻，真是"一部二十四史，从何谈起"。幸运的是，我居然上了大学，学习中文，读到了鲁迅。于是偏爱鲁迅，坚持阅读了五十年，向他求教了五十年罢了。而到鲁迅研究室以来的三十年，所写的东西，都是求教所得的片段心得。我自知它们不一定符合鲁迅原意。但五十年求教的诚心是可以自白的，也即以"鲁迅教我"为书名。是也非也，敬待读者明教。

我感激每一个阅读这本小册子的读者。

我尤其感激给我提出批评，给我指教的读者。

二〇〇六年三月二十六日星期日

致力于改造中国人及其社会的 伟大思想家

一九八一年九月二十五日，阴历八月初三，鲁迅诞生一百周年了。

这一百年间，中国经历了两次伟大的革命和几次里程碑式的历史性大事变。鲁迅亲历了也参加了第一次伟大的革命，即一九一一年的辛亥革命。今年也是这次革命的七十周年。这次革命推翻了中国历史上最后一个皇帝，结束了几千年的封建专制制度。鲁迅毕生铭记和称颂着这次革命领袖人物和先烈们的精神，但对于这次革命没有使旧中国得到根本的改造，他是非常失望的，也怀着极深的苦痛。革命后不到一年，他就看到了"狐狸方去穴，桃偶已登场"（鲁迅：《哀范君三章》）的政治形势，失望了；他也看到革命后的新官僚一批一批像空肚子鸭一样吸吮着人民的膏血，失望了。但是他的失望比这些要广泛得多，也要深刻得多。一九二五年三月，鲁迅讲过这么一段话：

> 说起民元的事来，那时确是光明得多，当时我也在南京教育部，觉得中国将来很有希望。自然，那时恶劣分子固然也有的，然而他总失败。一到二年二次革命失败之后，即渐渐坏下去，坏而又坏，遂成了现在的情形。其实这也不是新添的坏，乃是涂饰的新漆剥落已尽，于是旧相

又显了出来。使奴才主持家政，那里会有好样子。最初的革命是排满，容易做到的，其次的改革是要国民改革自己的坏根性，于是就不肯了。所以此后最要紧的是改革国民性，否则，无论是专制，是共和，是什么什么，招牌虽换，货色照旧，全不行的。(《两地书·八》)

这是对历史教训的总结，也是对中国前途的预言。

其时，中国的有识之士已经认识到鲁迅是"思想界的权威"；虽然，另外也有人以此作为"纸糊的假冠"而给鲁迅以冷嘲，这也是毫不奇怪的事。在充满斗争的历史时代，人们的社会地位和利益各不相同，一位思想家由利害互相冲突的人们所一致公认，反而不平常了。虽然，对于思想家的鲁迅，我们至今也许还远远没有充分认识。

鲁迅是一位伟大的思想家，这是历史证明了的。历史还将不断证明：在相当长的历史时期，鲁迅思想的伟大现实意义会越来越为有志于社会改革者所认识，并利用它的生机勃勃的力量来促进人们改造自己和自己所生存的社会。

鲁迅独特的思想是什么呢？是不是可以这样来概括：以"立人"为目的和中心，以实践为基础，以批判"根深蒂固的所谓旧文明"为手段的，关于现代中国人的哲学，或者说是关于现代中国人及其社会如何改造的思想体系？鲁迅著作的精华是对于现代中国各阶级和阶层的社会心理的精确描绘和批评。这是一部无与伦比的现代中国民情和民心的科学史。鲁迅的著作是有志于改造中国、振兴中华的革命者认识中国民情，认识自己和自己的同胞的气质、品性、心理和命运的教科书，也是从中吸取如何改造中国的思想力量的指南。鲁迅著作，特别是鲁迅的杂文，是打开曾经是文明古国的现代中国的钥匙。鲁迅思想属于谋解放的被压迫的人民，属于有理想的脚踏实地为中华民族谋生存和发展的实践者，属于鲁迅逝世前郑重宣言"我得引为同志，是自以为光荣的"（《答托洛斯基派的信》）中国共产党人。当多数中国人自觉地认真地根据现实人生和社会改造的需要参考鲁迅著作的时候，将是中国人整个解放历史过程中由必然王国向自由王国起飞的新的信号。

普列汉诺夫有一个观点，认为"要了解某一国家的科学思想史或艺术史，只知道它的经济是不够的。必须知道如何从经济进而研究社会心理（着重点原有，下同）；对于社会心理若没有精细的研究与了解，思想体系的历史的唯物主义解释根本就不可能"。"历史科学不能把自己局限成一个社会经济解剖学；它所注意的是直接或间接为社会经济所决定的全部现象的总和，包括思想的作品在内。没有一件历史事实的起源不能用社会经济说明；不过说没有一件历史事实不为一定的意识状况所引导、所伴同、所追随，也同样正确的。因此社会心理学异常重要。甚至在法律和政治制度的历史中都必须估计到它，而在文学、艺术、哲学等等科学的历史中，如果没有它，就一步也动不得。"（《论唯物主义的历史观》）如果这个看法是正确的，那就很可以帮助我们领会鲁迅思想的巨大意义。鲁迅早就说过："多数的力量是伟大，要紧的，有志于改革者倘不深知民众的心，设法利导，改进，则无论怎样的高文宏议，浪漫古典，都和他们无干，仅止于几个人在书房中互相叹赏；得些自己满足。""倘不深入民众的大层中，于他们的风俗习惯，加以研究，解剖，分别好坏，立存废的标准，而于存于废，都慎选施行的方法，则无论怎样的改革，都将为习惯的岩石所压碎，或者只在表面上浮游一些时。""我想，但倘不将这些改革，则这革命即等于无成，如沙上建塔，顷刻倒坏。"（《习惯与改革》）且看一九四九年革命成功，中华人民共和国建立，几年工夫，社会风气何等好啊！社会心理何等健康、向上！也就是几年工夫又开始变化，待到一场不分青红皂白的"横扫四旧"，社会风气又何如？社会心理又何如？历史就是这样证明着，鲁迅说得很中肯，很科学。

我觉得鲁迅思想有一个独特的体系。本文只在说明："立人"的思想贯穿于鲁迅一生始终，遍及鲁迅著作的各个方面，是鲁迅思想的核心；鲁迅自己毕生为在中国实践"立人"这一思想而斗争。因此之故，鲁迅是一位致力于改造中国人及其社会的伟大思想家。谨以此就教于前辈，就正于同志，贡献于中国社会的改革者之前，作一点参考，并纪念鲁迅先生诞生一百周年。

"立人"是鲁迅思想的出发点和归宿

鲁迅诞生在中国社会大动荡、大变革、大进步的历史时期。西方主要资本主义国家由蒸汽机和机器引起的划时代的产业革命已经实现了二百年。在这个长期发展过程中，生产方式和交换方式的一系列变革，使资产阶级日益强大并取得了巩固的政治统治。大工业建立的世界市场席卷了各大民族。西方资产阶级为了自己的发展，用殖民贸易，用残酷的战火，用狡诈的政治摧毁了中国的万里长城，加速了中国封建经济的崩溃，也加速了中国封建社会内部革命因素的发展。西方先进国家生产力的突飞猛进，自然科学的伟大发展，资产阶级启蒙思想家创立的一套哲学社会学说，它那种战胜封建主义文化的不可抗拒的威力和建立一个人类自由、平等、博爱的社会的理想主义，使先进的中国知识分子幡然醒悟，不仅感到中国有亡国灭种的危险，而且开始具有世界性的眼光，看到包括中国在内的整个世界历史性的大发展。二十七岁的鲁迅对世界历史发展的形势，作了这样一个估计："观于今之世，不瞿然者几何人哉？自然之力，既听命于人间，发纵指挥，如使其马，束以器械而用之；交通贸迁，利于前时，虽高山大川，无足沮核；饥疠之害减；教育之功全；较以百祀前之社会，改革盖无烈于是也。"（《科学史教篇》）这和下面的马克思、恩格斯的概述，不是很相像吗？"自然力的征服，机器的采用，化学在工业和农业中的应用，轮船的行驶，铁路的通行，电报的使用，整个整个大陆的开垦，河川的通航，仿佛用法术从地下呼唤出来的大量人口——过去哪一个世纪能够料想到有这样的生产力潜伏在社会劳动里呢？"虽然鲁迅还没有从中得出这样的科学的抽象："资产阶级在它的不到一百年的阶级统治中所创造的生产力，比过去一切世代创造的全部生产力还要多，还要大"（《共产党宣言》），但是他对社会问题的观察，是多么注重事实，注重实际；他的世界性的、历史性的和发展的眼光，是多么卓越。

青年时期的鲁迅，虽然还没有关于生产力的这一系列的科学概念，但他确看到了生产力的划时代的巨大发展；虽然还没有阶级和阶级斗争这一系列的科学概念，但他确研究了"革命于是见于英，继起于美，复次则大起于法朗西，扫荡门第，平一尊卑，政治之权，主以百姓，平等自由之念，社会民主之思，弥漫于人心"（《文化偏至论》）的历史。鲁迅一九〇七年作的《文化偏至论》，实质上是对"自法朗西大革命以来"的人的解放的历史考察。鲁迅指出"欧美之强，莫不以是炫天下者，则根柢在人"，即人得到了解放。鲁迅从"立人"的角度对这次革命的结果作了正反两方面的分析。一方面是使人"渐悟人类之尊严"、"顿识个性之价值"，发扬了人的"自觉之精神"，人得到了一定的解放；一方面又"于个人殊特之性，视之蔑如，既不加之别分，且欲致之灭绝"，使人的解放受到新的束缚和压迫。[①]鲁迅认识到这在欧洲是历史的必然性的发展，"为不得已，且亦不可去"。鲁迅强烈反对这样的历史发展"横被之不相系之中国而膜拜之"，他热忱呼吁中国的"明哲之士""去其偏颇"，"别立新宗"，他希望在中国实现不同于欧美而且优于欧美的人的解放。鲁迅的"立人"的思想，他关于只有改造中国人及其社会才能救中国的独特的思想，正是在这样一个世界历史背景上，在这样一个广阔的视野中提出来的。

　　鲁迅第一次正式提出如何改造中国的理论，是在一九〇七年。他这一年写的四篇文言论文从不同的角度阐明了"立人"的思想。这是鲁迅思想产生的起点。

---

　　①　这一观点鲁迅在一九三三年作的《〈夏娃日记〉小引》中有进一步的说明。他指出美国南北战争之后，"已成了产业主义的社会，个性都得铸在一个模子里，不再能主张自我了。如果主张，就要受迫害。这时的作家之所注意，已非应该怎样发挥自己的个性，而是怎样写去，才能有人爱读，卖掉原稿，得到声名"。

　　这时候，鲁迅已经弃医从文，并在这前一年的三月离开仙台回到东京，恰赶上《民报》和《新民丛报》的大辩论，身处在资产阶级民主派和保皇派的理论斗争的旋涡中心。鲁迅后来在《关于太炎先生二三事》中回忆了当时的情形和自己的思想状况。

　　鲁迅反对保皇派，支持民主派，并且参与秘密的革命活动，在政治上，无疑站在革命民主主义者一边。但是，在怎样"救国"、"兴国"的理论问题上，和当时《民报》的宣传比较，他是独树一帜的。他考察了近代中国史上出现过的各种主要的"救国"的主张，他明确批评了"竞言武事"、"制造商估立宪国会"或"金铁国会立宪"都不是根本，都不过是"抱枝拾叶"的主张，他提出唯有"立人"才是首事，才是根柢。这一思想在《文化偏至论》中作了详尽的论述。他结论说：

　　　　今敢问号称志士者曰，将以富有为文明欤，则犹太遗黎，性长居积，欧人之善贾者，莫与比伦，然其民之遭遇何如矣？将以路矿为文明欤，则五十年来非澳二洲，莫不兴铁路矿事，顾此二洲土著之文化何如矣？将以众治为文明欤，则西班牙波陀牙二国，立宪且久，顾其国之情状又何如矣？若曰惟物质为文化之基也，则列机括，陈粮食，遂足以雄长天下欤？曰惟多数得是非之正也，则以一人与众禺处，其亦将木居而芧食欤？此虽妇竖，必否之矣。然欧美之强，莫不以是炫天下者，则根柢在人，而此特现象之末，本原深而难见，荣华昭而易识也。是故将生存两间，角逐列国是务，其首在立人，人立而后凡事举；若其道术，乃必尊个性而张精神。假不如是，槁丧且不俟夫一世。

十分清楚，在鲁迅看来，人世间最重要、最基本的是"人"。"人立而后凡事举"。"立人"是一切的根本。

鲁迅正是以"立人"为出发点和归宿来审查和批评各种救国的主张。针对"竞言武事"，他指出"举国犹孱，授之巨兵，奚能胜任，仍有僵死而已矣"。针对"制造商估"，鲁迅全面抨击他们的利己主义。针对"立宪国会"，鲁迅指出他们中的多数"乃无过假是空名，遂其私欲"，而且这种制度有"见异己者兴，必借众以陵寡"的摧残"人"的发展的弊害。归根结底，鲁迅提出了建立"人国"的命题。断言"人国既建，乃始雄厉无前，屹然独见于天下，更何有于肤浅凡庸之事物哉？"

鲁迅也正是从"立人"的崇高理想出发，弃医从文，决定从事文艺运动。他当时认为文艺是最善于改变人的精神的武器。这里表现出作为思想家的鲁迅的一个本质特点，即他的实践性，他毕生执着于现在，脚踏实地，从事一点一滴的切实的改良这人生的工作。他永无止境地革新的要求和努力，他奋不顾身地反抗一切黑暗、战取光明的斗争；在政治上，参加推翻清王朝、北洋军阀政府和国民党政府的斗争；在社会革命方面，始终一贯地站在被压迫的人民一边，为人民摆脱奴隶的历史地位，争取合理的生存和发展的社会条件；在思想革命方面，坚持除旧布新，与封建传统彻底决裂，批评资产阶级，批评一切损人利己的人生观和伦理道德，使他无愧为一个伟大革命家。鲁迅不是属于书斋的，他深恶痛绝与实人生离开的一切，鲁迅是最富于血性和活力的一个人。

"立人"的思想贯彻于鲁迅一生的始终

鲁迅的"立人"的思想贯彻于一生的始终，但是其中有重大的发展。一是关于人的思想的理论基础，有一个从非马克思主义到马克思主义的发展；一是有一个从建立"人国"到经过无产阶级专政达到无阶级社会的思想发展，这是从空想的批判的社会主义到科学社会主义的思想发展 ①。

一九〇七年鲁迅提出"立人"的思想，并没有引起注意；计划创办的《新生》也中途夭折。鲁迅于一九〇九年从日本回国，即埋头于学校教育和教育行政工作，直到一九一八年才又感应时代的风潮，应运奋起，重新拿起笔来，为"立人"，为"改良这人生"而创作。

五四运动前夕，鲁迅接受朋友的劝告，打破沉默，重新从事创作的时候，讲过一种顾虑。他说："假如一间铁屋子，是绝无窗户而万难破毁的，里面有许多熟睡的人们，不久都要闷死了，然而是从昏睡入死灭，并不感到就死的悲哀。现在你在大嚷起来，惊起了较为清醒的几个人，使这不幸的少数者来受无可挽救的临终的苦楚，你倒以为对得起他们么？"（《〈呐喊〉自序》）这是深深蕴藏在鲁迅内心的对于改革者的大爱，也是对于人类最闪光的生命的热爱。"三一八"、"四一二"和"四一五"，二十年代，每当反改革者对于改革者实行屠杀的

①　关于这一点，请看看拙文《鲁迅从建立"人国"到建立无阶级社会的思想发展》，原载《鲁迅研究》一九八一年第五期和《纪念鲁迅诞生一百周年学术讨论会论文选》，湖南人民出版社一九八三年版。

时候，鲁迅都爆发过对反动派的无比憎恨和对改革者的无比热爱。鲁迅笔下哀悼文字那么富有深情，具有那么震撼人心的力量，和他"立人"的思想是分不开的。鲁迅说："人在天性上不能没有憎，而这憎，又或根于更广大的爱。"（《〈医生〉译者附记》）

一九一八年，鲁迅的第一篇白话文小说《狂人日记》就是控诉和反抗封建礼教和家族制度"吃人"，指出"将来容不得吃人的人，活在世上"。呼吁"救救孩子"，命意的焦点就是"立人"。这决不是偶然的信笔一挥，而是鲁迅长期深思熟虑的命题。

五四时期，"立人"是鲁迅的论文和随感录的主要内容。比如好几篇文章谈家庭改革，反对封建主义的人伦关系，要求人的解放，要求父亲是"'人'之父"，孩子是"将来的'人'的萌芽"（《随感录·二十五》）；谈对于爱情的渴求，"这是血的蒸气，醒过来的人的真声音"（《随感录·四十》）。《现在的屠杀者》、《人心很古》、《"圣武"》、《不满》、《恨恨而死》、《"与幼者"》、《暴君的臣民》、《生命的路》，单是从题目也可以看出是对人的论述。鲁迅反对国粹，立意在国粹没有"保存我们"中国人生存的力量（《随感录·三十五》）。鲁迅赞成世界语，是因为"人类将来总当有一种共同的言语"（《渡河与引路》）。鲁迅目光所及，焦点都在人，在有益于人，有利于人的改造和发展。

一九二五年的五卅运动，对中国的思想界产生了巨大影响。在这前后，鲁迅认为中国文化界的首要任务，仍然是"思想革命"（《华盖集·通讯》），也就是说仍然是做启蒙的工作，仍然是要"立人"。这时候鲁迅第一次明确提出:"我们目下的当务之急,是:一要生存,二要温饱,三要发展。苟有阻碍这前途者,无论是古是今,是人是鬼,是《三坟》《五典》,百宋千元,天球河图,金人玉佛,祖传丸散,秘制膏丹,全都踏倒他。"(《忽然想到·六》)二十天之后,鲁迅对此作了重要的解释:"我之所谓生存,并不是苟活;所谓温饱,并不是奢侈;所谓发展,也不是放纵。"(《北京通信》)这是鲁迅关于人及其社会生活条件的一个纲领性意见,是"立人"思想的重要发展。"立人"就是谋求人的生存、温饱和发展的日益合理的社会条件,人也正是在这种谋求的过程中"立"起来的。一切阻碍人的解放的东西全都要"踏倒他"。这一时期鲁迅以极大的注意力具体批评了中国人的国民性中的弱点,严厉抨击了中国人的"苟活"和"卑怯",其思想之深刻,文字之辛辣,至今令认真的读者读了如芒刺在背,不敢苟且。对中国国民性弱点的揭发,是鲁迅思想最杰出的成就之一,也是鲁迅对中国人得到改造的最大贡献之一。在将来的无阶级大同世界,鲁迅著作中对中国人各个阶级和阶层的气质、品性、心理和命运的准确而生动的描绘,也必将作为人类学历史的宝贵文献而受到珍视。

一九二八年的"革命文学"论争,其意义远远超出文学的范围。这是一次马克思主义而不仅仅是马克思主义的文艺思想在中国的大普及。这次具有历史意义的论争,其主要功绩,是极大地提高了马克思主义在中国文化界的威信,信仰只有马克思主义才能救中国的人越来越多,而且成为一时的风气。自觉地运用马克思主义在意识形态领域开展的批判,既有生气也有规模。这次论争的严重的错误和缺点,主要是教条主义和故作激烈的空谈。鲁迅在这一论争中既坚持而又发展了自己的"立人"的思想。这一年八月十日，鲁迅作《文学的阶级性》，明确宣称："在我自己，是以为若据性格感情等，都受'支配于经济'（也可以说根据于经济组织或依存于经济组织）之说，则这些就一定都带着阶级性。但是'都带'，而非'只有'。"这表明鲁迅已经把人的阶级性这一科学的概念引进自己关于人的思想之中。这标志着鲁迅已经把自己关于人的思想、"立人"的思想，安放在马克思主义的理论之上。这是鲁迅思想的一个巨大跃进。

一九三一年，鲁迅在《上海文艺之一瞥》中总结了"革命文学"论争的一些基本经验。鲁迅之所以发表这次讲演，并不是在左联已经成立、进步文艺界已经团结起来的时候，重算旧账，挑动宗派情绪，而是为了真正弄清思想，把团结建立在马克思主义的基础上。鲁迅所总结的经验，其中有一条是批评一些同志"将革命使一般人理解为非常可怕的事，摆着一种极左倾的凶恶的面貌，好似革命一到，一切非革命者就都得死，令人对革命只抱着恐怖。其实革命是并非教人死而是教人活的"。这里讲的革命观的问题，就不仅仅是文学范围内的问题，它包含马克思主义的阶级斗争和无产阶级专政与人的生存和发展的关系问题，以及马克思主义的人生观中个人与社会的关系问题，因而是整个革命的问题、社会的问题、人类发展的基本问题。"革命一到，一切非革命者就都得死"和"革命是并非教人死而是教人活的"两种革命观的斗争，在文艺界还不过仅仅是个人的创作生命的问题，思想上的"落伍"和"投降"的问题，在实际的革命斗争中，却果真是人头落地的淋淋鲜血。"文革"十年中，从"革命者跟我来，不革命的滚蛋"到"喷气式"、"关牛棚"，私刑泛滥，给人以非人的虐待，除反革命的阴谋外，不就是"革命一到，一切非革命者就都得死"的"极左倾的凶恶的面貌"的又一次重现么？鲁迅的"革命是并非教人死而是教人活的"思想才是马克思主义的思想，才是马克思主义的只有解放全人类无产阶级才能解放自己的思想。鲁迅这一革命观正是他的"立人"思想的必然的内涵。

　　一九三二年，鲁迅评论世界上第一个社会主义国家的时候，强调指出，当时的"苏联，是平平常常的地方，那人民，是平平常常的人物，所设施的正是合于人情，生活也不过像了人样，并没有什么希奇古怪"，"一个簇新的，真正空前的社会制度从地狱底里涌现而出，几万万的群众自己做了支配自己命运的人"。（《南腔北调集·林克多〈苏联闻见录〉序》）同年，鲁迅再次强调，"我想……无产者的革命，乃是为了自己的解放和消灭阶级，并非因为要杀人"（《辱骂和恐吓决不是战斗》）。鲁迅揭穿在无产阶级专政下，知识分子就要饿死的谣言时指出："无产阶级专政，不是为了将来的无阶级社会么？只要你不去谋害它，自然成功就早，阶级的消灭也就早，那时就谁也不会'饿死'了。"（《我们不再受骗了》）

　　一九三六年，鲁迅又一次指出："首先应该扫荡的，倒是拉大旗作为虎皮，包着自己，去吓呼别人；小不如意，就倚势（！）定人罪名，而且重得可怕的横暴者。"（《答徐懋庸并关于抗日统一战线问题》）在逝世前的一个月作的《"立此存照"（三）》中，鲁迅表示："我至今还在希望有人翻出斯密斯的《支那人气质》来。看了这些，而自省，分析，明白那几点说的对，变革，挣扎，自做工夫，却不求别人的原谅和称赞，来证明究竟怎样的是中国人。"

总之，"立人"的思想就是这样贯彻于鲁迅一生。自然，鲁迅关于人的思想（概念）和"立人"的思想，在他的一生中又是有重大发展的。一九〇七年鲁迅从《人之历史》开始，考查了人种的起源，把自己关于人的思想建立在坚实的自然科学唯物论和进化论的基础上。作为生物之一，鲁迅是重视人的自然属性即生物性的。一九一九年鲁迅论述自己的幼者本位和利他主义的父子关系的道德的时候，说明"我现在心以为然的道理，极其简单。便是依据生物界的现象，一，要保存生命；二，要延续这生命；三，要发展这生命（就是进化）。生物都这样做，父亲也就是这样做"（《我们现在怎样做父亲》）。这道理并不错误，只是不全面，不完善，不深刻，因为人是社会的生物，还带有社会性。鲁迅在同一篇论文中是看到了人的社会性的，他指出改革父子关系的"根本方法，只有改良社会"。"因此觉醒的人，愈觉有改造社会的任务。"人的社会性是最普遍的现象，几乎是不言而喻的。鲁迅在一九〇七年和一九〇八年的早期论文中，虽然没有指出"社会性"这名词，实际上是很清楚的。他在《破恶声论》中甚至已经论述了"在上者"和"在下者"、帝和平民的"人性"之不同。前者有驱人民于侵略的"兽性"，后者有爱和平、爱劳动的人性。这就是人的社会地位和利益不同而有不同的品性，就是一种社会性。在《我们现在怎样做父亲》一文中，鲁迅还论述到中国人的传统的父子伦理思想和现代欧美各资本主义国家的不同，"欧美家庭，大抵以幼者弱者为本位，便是最合于这生物学的真理的办法"，这实际上就是人的民族性，民族的特异气质、品性和心理。这一点鲁迅在日本留学时期曾经着重研究过。那时一般叫国民性。鲁迅的挚友许寿裳回忆："鲁迅在弘文时，课余喜欢看哲学文学的书。他对我常常谈到三个相联的问题：一，怎样才是理想的人性？二，中国国民性中最缺乏的是什么？三，它的病根何在？这可见当时他的思想已经超出于常人。"（许寿裳：《怀亡友鲁迅》）一般讲来，国民性或民族性，是要在不同民族的比较中才能区别和发现，它们是在世界市场已经形成，各民族打破了一国一民族的狭隘眼光，看到了他民族以后形成的概念，它比社会性要更难于认识。前面已经讲到，鲁迅是到了一九二八年才把人的阶级性的概念引进自己的关于人的思想之中的。在阶级社会中，人的阶级性是最深刻的属性，是影响、制约、决定民族性、社会性和生物性的，也是最难认识的属性。从鲁迅关于人的思想中对这四种属性的认识过程和形成来看，可以设想为由生物性、社会性、国民性（民族性）和阶级性组成的结构层次。从自然序列和人的认识由易而难、由低级向高级的发展顺序来说，生物性在最底层。一般讲来，由上而下，一层比一层的圈子要小，阶级性在最上层的中央。从与经济关系的靠近与疏远来说，和上述层次相反，阶级性在最底层，它的影响、制约和决定的力量也最大；同时这种影响、制约和决定的力量，在纵向和横向都渐次减弱。在一般条件下，它们并不总是互相排斥，而是互相补充的。当然，这也意味着在特定条件下可能发生排斥，而由更高一级的属性起影响、制约和决定作用。比如鲁迅所说："为社会计，牺牲生命当然并非终极目的，凡牺牲者，皆系为人所杀，或万一幸存，于社会或有恶影响，故宁愿弃其生命耳。"(《一九三四年五月一日致娄如英》)在这种情形下，如果屈服于生物性的本能，贪生怕死，则是人的品格低下的表现。鲁迅所说，在阶级社会中人的性格感情等"一定都带着阶级性。但是'都带'，而非'只有'"的关系，可以从这种结构层次得到说明。人成为人以后，其社会性也是发展的，却是永远不会消失的。人性不可能复归而为兽性。人的民族性和阶级性，是历史性的属性，是在一定历史条件下产生，也必将在一定历史条件下消失。马克思和恩格斯指出："代替那存在着阶级和阶级对立的资产阶级旧社会的，将是这样一个联合体，在那里，每个人的自由发展是一切人的自由发展的条件。"(《共产党宣言》)这也是鲁迅"立人"思想的理想境界，是他理想中的"人国"和"真的人"的境界。鲁迅坚信进化没有止境，因此鲁迅思想决不是一个封闭的体系，鲁迅关于人的思想也不是一个封闭的体系。

"立人"的思想遍及鲁迅论述的各个方面

如果说，"凡是资产阶级经济学家看到物与物之间的关系（商品交换商品）的地方，马克思都揭示了人与人之间的关系"(列宁：《马克思主义的三个来源和三个组成部分》)；那么，鲁迅思想的独特性则在于，他总是直接以人为对象，透过人的各种社会活动的表现、他们的言行思想来揭露人的气质、品性、心理以及人与人之间的关系的社会性质。鲁迅把文学艺术、教育、政治、经济、军事等等各种各样的社会现象归结为人的本质的表现。因此，人是根柢，其他都是枝叶。"人固然应该生存，但为的是进化；也不妨受苦，但为的是解除将来的一切苦；更应该战斗，但为的是改革。"(《论秦理斋夫人事》)这是鲁迅观察和批评人的一切活动诸如文学艺术、教育、政治、经济、军事等等的基本原则。可以说，抓住"立人"二字，就抓住了鲁迅对各种具体问题的基本观点。试举一些例证：

文学艺术。文艺是什么？"不过是一种社会现象，是时代的人生记录。"(《文艺与革命》)"文艺是国民精神所发的火光，同时也是引导国民精神的前途的灯火。"(《论睁了眼看》)鲁迅有一句名言，说他之所以写小说"是'为人生'，而且要改良这人生"(《我怎么做起小说来》)。而"无产者就因为是无产阶级，所以要做无产文学"(《"硬译"与"文学的阶级性"》)。这对于文学的阶级性，真是一语道破，令人无可逃遁。对于文艺的性质、意义和作用的问题，鲁迅直截明快地指出："我以为根本问题是在作者可是一个'革命人'，倘是的，则无论写的是什么事件，用的是什么材料，即都是'革命文学'。"(《革命文学》)当鲁迅苦心孤诣提倡的现代木刻初初兴起的时候，有人问它的最后目的和价值，鲁迅答道："现在只要有人做一点事，总就另有人拿了大道理来非难的，例如问'木刻的最后的目的与价值'就是。这问题之不能答复，和不能答复'人的最后目的和价值'一样。但我想：人是进化的长索子上的一个环，木刻和其他的艺术也一样，它在这长路上尽着环子的任务，助成奋斗，向上，美化的诸种行动。至于木刻，人生，宇宙的最后究竟怎样呢，现在还没有人能够答复。也许永久，也许灭亡。但我们不能因为'也许灭亡'就不做，正如我们知道人的本身一定要死，却还要吃饭也。"（《一九三五年六月二十九日致唐英伟》)鲁迅论述文学艺术的意见非常丰富，除了文艺之所以是文艺这本身的特性以外，大凡文艺与政治、文艺与宣传、文艺与阶级、文艺与作者、文艺的典型创造、文艺与生活、文艺的风格等等问题，八九不离十，鲁迅大多是从人出发并以人为归宿来论述的。

　　教育。　鲁迅是主张教育应利于发展人的个性的。　他说："现在的所谓教育，世界上无论那一国，其实都不过是制造许多适应环境的机器的方法罢了。　要适如其分，发展各各的个性，这时候还未到来，也料不定将来究竟可有这样的时候。"（《两地书·四》)鲁迅严厉批评教育上的"坚壁清野主义"和"寡妇主义"，批评中国传统的家庭教育思想和方法，是出自对于一代一代新的儿童的成长的伟大的爱。

　　政治。　鲁迅一生除了极短暂的一瞬生活在辛亥革命成功建立的临时革命政府统治下之外，主要是生活在清政府、北洋军阀政府和国民党政府的反动统治下。　鲁迅从一九一八年投身到新文化运动以后，在实际的社会改革中，越来越感受到反动政治的压迫。"不革内政，即无一好现象。"（《两地书·三四》)鲁迅坚定地、巧妙地对各个时期对内对外的反动政治进行了大量的抨击。　鲁迅的政治评论的特色，他最着力也是最宝贵的思想遗产，是关于几千年来形成和发展起来的统治阶级的统治术及其心理，以及这种统治对广大人民群众的社会心理所造成的影响的论述。　鲁迅谈皇帝，谈儒术，谈吃教，谈包围新论，谈二丑艺术，谈文字狱，谈大内档案，谈可恶罪，谈隔膜，无一不是中国人民血的经验的结晶。

历史。读鲁迅著作，大都惊叹他的历史知识渊博。鲁迅是最懂得中国历史的人之一，其关键即在于鲁迅特别注意历史人物的言行思想，一时代的风尚、社会心理。鲁迅读史的体会是："历史上都写着中国的灵魂，指示着将来的命运，只因为涂饰太厚，废话太多，所以很不容易察出底细来。"（《忽然想到·四》）鲁迅给朋友的儿子开书单，一一指出读什么可以了解"汉末之风俗迷信等"、"晋人清谈之状"、"晋末社会状态"、"唐文人取科名之状态"、"明末清初之名士习气"（《开给许世瑛的书单》），也可以看出他自己的注意之所在。鲁迅不止一次谈到这样的意思，即"想到可以择历来极其特别，而其实是代表着中国人性质之一种的人物，作一部中国的'人史'，如英国嘉勒尔的《英雄及英雄崇拜》，美国亚懋生的《伟人论》那样。惟须好坏俱有，有啮雪苦节的苏武，舍身求法的玄奘，有'鞠躬尽瘁，死而后已'的孔明，但也有呆信古法，'死而后已'的王莽，有半当真半取笑的变法的王安石，张献忠当然也在内"（《晨凉漫记》）。我们都有这样的经验，当你熟悉了一个人之后，你就多半可以猜到在什么情形下他将有什么样的言动。鲁迅得之于历史的预见能力，不是出于事件的比附，而是看透了某种人物的性质的缘故。

这样的例证可以举出不少。鲁迅的杂文就是这样：古今中外，无所不谈，看似散漫，实则其中贯穿着一条明晰的思路，这就是对于人的性质和人与人之间的关系的考察、分析、批评和赞扬。鲁迅说："'中国的大众的灵魂'，现在是反映在我的杂文里了。"（《〈准风月谈〉后记》）又说："我的文章，未有阅历的人实在不见得看得懂"（《一九三六年四月五日致王冶秋》）。原因就在于他写的都是人生相和世态，没有阅历就没有人生经验，对世事没有实感，难以把文章和生活结合起来，领会其中的奥秘。鲁迅杂文之所以深刻，是因为他思想明敏，文笔犀利，深于世故，而又敢于"抗世违世情"（《题〈呐喊〉》），揭发平常人所不敢揭发，或不能揭发，或不愿揭发的人间隐秘和病态。本来没有隐秘，也就无所谓深刻。这种揭发是为了疗救。归根结底，这就是鲁迅"立人"思想的光辉表现。

鲁迅对如何"立人"的认识和实践

鲁迅毕生憎恶空谈，崇尚实干。老子以五千言传世，注家蜂起，号称大思想家。鲁迅批评他"是'无为而不无为'的一事不做，徒作大言的空谈家"（《〈出关〉的"关"》）。韦素园不过一介书生，又厄于短年，仅仅译成几本书，只因为他不仅有"愿意切切实实的，点点滴滴的做下去的意志"，而且实干，鲁迅深情地赞美他，认为"在中国第一要他多"。（《忆韦素园君》）这很能反映鲁迅的一种气质，憎恶空谈、崇尚实干的气质。

的确，在中国思想史上，鲁迅不仅以其独特的思想占有一席崇高的地位，像他那样把理想和实干结合起来，像他那样认真而坚韧地以实践自己的"立人"的思想是务，像他那样不怕压迫、不怕围攻、不怕造谣笑骂诬蔑、顽强地密切联系实际进行社会批评和文明批评，也是稀有而卓异的。鲁迅不好作离开人生、离开世事的，以思想和思维为对象的"紧抓住纯粹的思想，并运动于纯粹思想之中"（黑格尔：《小逻辑·导言》）的抽象思维，而极善于透过纷繁的、无论巨细的社会现象概括出某种人生哲理，揭示人的心理状态，予以充满人间味的褒贬抑扬，激浊扬清，引导人们进行切实的改造。在这个意义上说，鲁迅是一位伟大的社会心理学家。马克思曾经指出："哲学家们只是用不同的方式**解释**世界，而问题在于**改变**世界。"（马克思：《关于费尔巴哈的提纲》）鲁迅把这两者结合起来了。鲁迅是以其独特的思想认识人生并从事改良这人生的实践型的思想家。

鲁迅既以"立人"为目的，随之而来的就有一个如何"立人"的问题。鲁迅对这个问题是作过探讨的，也有过重大的发展和质的飞跃。

最初，一九〇七年，鲁迅认为"立人"的"道术，乃必尊个性而张精神"。更具体的表述，是"掊物质而张灵明，任个人而排众数"（《文化偏至论》）。

怎样理解这种"立人"的方法呢？先看鲁迅提出这种方法的背景。首先，鲁迅是在批评"竞言武事"、"制造商估立宪国会之说"的同时，提出"立人"和"立人"的方法的。由此可见，当时鲁迅认为这是两种不同的主张和不同的方法。"立人"和"尊个性而张精神"是一套独立的主张和方法。其次，当时正是《民报》和《新民丛报》大辩论的时期。鲁迅自己回忆过他是非常注意这场大辩论并且非常崇敬《民报》的主编章太炎的。当时《民报》的主张是孙中山先生提出的三民主义，《民报》的纲领是进行流血的革命推翻清王朝。鲁迅在政治立场上和《民报》是一致的。但是鲁迅在自己阐述"救国"、"兴国"的论文中，却一字不涉及三民主义，一字不涉及流血的革命斗争；他从不同于《民报》的角度对洋务派、维新派和保皇派提出

了批评，独立地提出了"立人"和如何"立人"的主张。这个
主张是政治性的主张，因为鲁迅是把它放在"救国"、"兴国"、
建立"人国"的意义上提出来的。由此可见，和革命民主派比
较，鲁迅当时也持有独特的思想认识。他并不认为流血革命、
改革国家的政治制度是根本，根本还是在人。鲁迅在《科学史
教篇》中引证丁达尔的话说："止属目于外物，或但以政事之感，
而误凡事之真者，每谓邦国安危，一系于政治之思想，顾至公之
历史，则立证其不然。"鲁迅当时是同意这样的观点的。

　　"掊物质而张灵明，任个人而排众数"包括两个方面的关
系，一是物质和灵明的关系，一是个人和众数的关系。"掊物
质"的主要意思是反对对"物质文明""崇奉逾度"，反对"林
林众生，物欲来蔽"；而强调"张灵明"，即人要有一点精神，
"内部之生活强，则人生之意义亦愈邃"，人才能自觉，才能独
立自主。"任个人而排众数"的主要意思是反对"俱欲去上下贤
不肖之闲，以大归乎无差别。同是者是，独是者非，以多数临
天下而暴独特者"（均见《文化偏至论》），而强调发挥各人的
个性，自强不息，与庸众无所顾忌。鲁迅当时设想："盖惟声
发自心，朕归于我，而人始自有己；人各有己，而群之大觉近
矣。若其靡然合趣，万喙同鸣，鸣又不撄诸心，仅从人而发若
机栝；林籁也，鸟声也，恶浊扰攘，不若此也，此其增悲，盖
视寂寞且愈甚矣。"（《破恶声论》）可见"任个人而排众数"仅
仅是一种手段，一种由个人自觉而导致众数自觉的手段，最终
目的并不是只要少数自觉的个人，而是要多数自觉的群众。要
之，鲁迅这时所主张的"立人"方法，是自我精神解放，发扬
自我内在的精神力量，既不为"物欲"所蔽，也不为多数所囿。

至于人所处的社会环境对人的决定作用，远没有估计在内。这是一个根本的缺欠。就已经考虑的两种关系来说，强调人要有自觉性，要有一点精神，是对的，有道理的，也是必需的；但总的情况，是没有看到物质和灵明、个人和众数的辩证关系，只简单地强调了一面，带有片面性。

但是，这样的方法是办不到的，这条"立人"的道路是行不通的，这是不可能实现的空想。因为第一，人之立，即人的发展和社会的发展，是同一个过程，有它自己的客观规律。人是环境和教育的产物；环境正是由人来改变的，教育者一定是先受教育的。因此，"环境的改变和人的活动……的一致，只能被看作是并合理地理解为**革命的实践**"（马克思：《关于费尔巴哈的提纲》）。当时中国是半封建半殖民地的社会，通常不可避免地将发展为资本主义性质的社会。鲁迅希望在中国避免欧美资本主义社会，"别立新宗"，是不可能的。第二，人和社会的一致，不可能使个人离开社会而实现自我精神解放。把"立人"和社会改造结合起来，就必须找到社会改造的物质力量，在阶级社会就是一定的阶级力量，鲁迅当时没有看到这种力量。第三，没有革命政权不可能打垮反改革者的破坏与阻挠，不可能大规模地清除根深蒂固的旧文明。鲁迅当时是轻视政治斗争、轻视国家政权制度的改变对"立人"的重大作用的。这是他当时的"立人"的思想之所以是空想的根本原因。

鲁迅认为文艺是善于改变人的精神，也就是善于"立人"的工具。他翻译外国小说，筹备出版刊物，但都没有什么影响。一九〇九年即回国，为了谋生放弃了文艺。所以鲁迅早期并没有机会实践自己的"立人"的主张。

一九一八年，在五四新文化运动的前夕，鲁迅应运而起，继续自己"'为人生'，而且要改良这人生"的夙愿，再次从事文艺运动，这次是一发而不可收了。实践的经验使鲁迅切身感到："文学文学，是最不中用的，没有力量的人讲的；有实力的人并不开口，就杀人，被压迫的人讲几句话，写几个字，就要被杀；即使幸而不被杀，但天天呐喊，叫苦，鸣不平，而有实力的人仍然压迫，虐待，杀戮，没有方法对付他们，这文学于人们又有什么益处呢？"这时鲁迅注意到必须首先改革内政，"中国现在的社会情状，止有实地的革命战争"（《革命时代的文学》），循此继进，鲁迅认识到只有经过无产阶级专政达到无阶级社会，"解放了社会，也就解放了自己"（《关于妇女解放》）。把人的解放和阶级的消灭和全人类的解放统一起来了。

鲁迅"立人"思想这一发展的意义在于：第一，克服了自我精神解放的片面性，把"立人"和社会的改造合理地理解为统一的过程，掌握了人和社会的辩证历史唯物主义的关系。第二，克服了建立"人国"的空想，树立了唯一科学的经过无产阶级专政建立无阶级社会达到"每个人的自由发展是一切人的自由发展的条件"的大同境界的科学共产主义观。第三，放弃了独立的、实际上不存在的"立人"的方法，而把"立人"作为一个崇高的目的贯彻于改造社会、改造世界的整个工作之中，换句话说，各种改造社会的工作，政治的、经济的、军事的、法律的、文艺的、教育的、哲学的和自然科学的等等，除了具有本身的专门目的而外，还应合理地理解为"立人"，即为了人和人类的解放。鲁迅后期认为"无产者文学是为了以自己们之力，来解放本阶级并及一切阶级而斗争的一翼"（《"硬译"与"文学的阶级性"》），知识分子的工作和工农相比较，不应特别看轻，也不应特别看重（参看《对于左翼作家联盟的意见》），都是和这个看法一致的。 自然，各种各样的改造社会的工作，就"立人"的作用看，有直接间接、轻与重的差别。 鲁迅对如何"立人"的认识有过变化和发展，但他的实践方式是终生一贯的，即从事文艺创作和翻译，主要是写杂文，用他自己的话来说就是"对于根深蒂固的所谓旧文明，施行袭击，令其动摇，冀于将来有万一之希望"（《两地书·八》）。 这恐怕与文艺之善于改变人的精神的特殊性质是有关系的吧？第四，这在两个方面提高和加深了鲁迅杂文的思想性。 一方面，在分析人的行为时着重指出社会环境对人的作用，比如他指出："责别人的自杀者，一面责人，一面正也应该向驱人于自杀之途的环境挑战，进攻。 倘使对于黑暗的主力，不置一辞，不发一矢，而但向'弱者'唠叨不已，则纵使他如何义形于色，我也不能不说 —— 我真也忍不住了 —— 他其实乃是杀人者的帮凶而已。"（《论秦理斋夫人事》）一方面，鲁迅从对于一般人的分析深入到分析各个阶级和各个阶层的不同的气质、品性和心理，揭露他们在同一种现象中所蕴藏的不同内容和性质，比如《说"面子"》之类。

总之，当我们把如何"立人"的问题作为实践问题来考虑的话，是很有兴味的问题，它将把每个人动员起来反省自己之为人。

鲁迅思想的独特性

历史昭示我们：鲁迅的《狂人日记》一发表，不仅引起了文学界的震动，而且引起了思想界的震动，号称"只手打孔家店"的吴虞就写了一篇《吃人与礼教》发挥《狂人日记》的命题。二十世纪二十年代，人们就已经推崇鲁迅思想，注意到它的光彩。这样的事实表明，鲁迅思想不是偶然的现象，而是必然的历史产物。中国正处在历史大变革关头，社会条件已经成熟到向思想界要求对这个大变革作出解释和推动。鲁迅思想是切合客观实际的需要，满足人民群众的渴望而产生的。"君主政体的原则总的说来就是轻视人，蔑视人，使人不成其为人。"（马克思：《摘自"德法年鉴"的书信》）鲁迅思想那么重视人，反对人与人之间的不平等，反对人吃人，反对"一味收拾弱者"的"害人利己主义"，认为中国传统的"仁义道德"是吃人，中国的文明史是人民"一，想做奴隶而不得的时代；二，暂时做稳了奴隶的时代"的"一治一乱"（《灯下漫笔》）的历史；要求"立人"，建立"人国"，得到"真的人"，正是中国彻底铲除根深蒂固的封建专制制度及旧礼教旧文明的历史使命的反映。鲁迅所批评的中国国民性的阴暗面的中国人生的病态——比如前期批评的"中国人对于异族，历来只有两样称呼：一样是禽兽，一样是圣上。从没有称他朋友，说他也同我们一样"；那种"学了外国本领，保存中国旧习"（《随感录·四十八》）的品性和后期所批评的"西崽相"［《"题未定"草（二）》］——正是彻底反对封建主义和帝国主义的历史使命的反映。鲁迅思想的独特性在于：他的着眼点在人。

要了解鲁迅思想的独特性，主要在于研究鲁迅思想本身，即鲁迅思想的内容、方法、性质，和鲁迅思想的发展，以及这种发展的内在逻辑和外部原因。

任何思想的产生和发展，都不是孤立的，既不是天上掉下来的启示，也不是思想者头脑中固有的内在物的外化。虽然，一定的思想与思想者的天赋即生理条件是分不开的，但决定的还是他的社会地位和利害，他的社会实践。人们的思想决定于人们的社会存在。每一种思想都是人类思想发展总过程的一个环节。思想一经产生又有其相对的独立性；思想的发展决定于社会存在的发展，又有其大体与社会存在的发展相平行的独立的承前启后、吐故纳新的过程。青年鲁迅曾对中国的"明哲之士"提出这样的希望："外之既不后于世界之思潮，内之仍弗失固有之血脉，取今复古，别立新宗，人生意义，致之深邃，则国人之自觉至，个性张，沙聚之邦，由是转为人国。"（《文化偏至论》）鲁迅一生表明，他自己实践着这一夙愿。

鲁迅思想葆有中国优秀的民族文化的"固有之血脉"。这最鲜明地表现在他对中国根深蒂固的旧文明的批判。批判是发展的一种形式，是以承认被批判的对象之存在为前提，并在实质上以否定的形式接受其影响而向前的发展。譬如走路，人们搬开或绕过拦路的巨石向前走去，这条新路并不是和那块巨石毫不相干的。形而上学地理解批判，是导致思想贫乏和绝对化的认识根源。鲁迅对中国传统思想中的精华的采取，也是很多的。鲁迅对于《韩非子》的"不耻最后"的肯定，对于苏武的苦节、玄奘的舍身求法、诸葛孔明的"鞠躬尽瘁，死而后已"的思想的肯定，对于孔子"不教民以战，是谓弃之"的思想的肯定，等等，都是适例。鲁迅赞美柔石"无论从旧道德，从新道德，只要是损己利人的，他就挑选上，自己背起来"（《为了忘却的记念》）。人们常常怀疑鲁迅在这里提到的"旧道德"和

"损己利人"的原则，甚至予以批评，认为鲁迅搞错了，其实这恰恰是鲁迅思想辩证和深刻的所在。最突出的一点，鲁迅思想集中于考察人生的苦痛及其解除，考察"立人"，而不作纯粹思想的考察，也是中国哲学思想主要特征的继承和发展。

鲁迅思想又是近代世界先进思潮的继承和发展。人们曾经提出，鲁迅思想是"托尼学说"，是"从进化论进到阶级论"，这里所说的托尔斯泰、尼采、达尔文、马克思和恩格斯，就都是外国人。他们的思想对中国来说，都是外国的思想。不仅仅是他们几位，鲁迅对于近代世界思潮，不断地学习、研究，吸取于自己有用的营养，这是确凿的事实。鲁迅曾歌颂"汉唐虽然也有边患，但魄力究竟雄大，人民具有不至于为异族奴隶的自信，或者竟毫未想到，凡取用外来事物的时候，就如将彼俘来一样，自由驱使，绝不介怀"（《看镜有感》）。鲁迅生活的时代岂止仅仅是边患，那是帝国主义恣意侵略，中华民族生死存亡之秋，在屠王屠奴和西崽之群中，鲁迅和先进的人们实行"拿来主义"，其民族自信心之坚强伟大，思想魄力之宏大，何等卓绝。

但是，这种评论有一个共同的缺失，就是没有把握鲁迅思想的独特性，这就产生一个值得研究的问题：鲁迅思想有没有独特性？

孙伏园回忆说："从前刘半农先生赠给鲁迅先生一副联语，是'托尼学说，魏晋文章'。当时的朋友都认为这副联语很恰当，鲁迅先生自己也不加反对。""'托'是指托尔斯泰"，他的学说是指"大爱主义"；"'尼'是指尼采"，他的学说是"超人论"。（孙伏园：《鲁迅先生逝世五周年杂感二则》）刘半农和鲁迅这样的交往，是在二十年代。姑不论鲁迅后期的思想，即使是前期，难道就是"托尼学说"的混合物么？很显然不是这样。

鲁迅很早就注意到了托尔斯泰的"恶兵如蛇蝎，而大呼平和于人间"的思想，注意到了托尔斯泰的"不抵抗主义"。这在《破恶声论》中有详细的评述。但鲁迅认为"其所言，为理想诚善，而见诸事实，乃佛庚初志远矣"。鲁迅称赞托尔斯泰对农民的爱，对弱者的爱，称赞他敢于写信直斥横暴的沙皇。但是鲁迅从来不赞同他的"不抵抗主义"。可见鲁迅对托尔斯泰的学说是有所赞同，有所剔除，是取来为我所用，作为营养自己思想的成分。

鲁迅也很早就注意到了尼采的思想，注意到了他的"超人说"，鲁迅赞同尼采关于人由低级向高级进化的观点，赞同尼采强调发挥个人自觉，争做强者，而以"末人"为鉴戒的观点。但是鲁迅指出，"尼佉（今通译尼采）之所希冀，则意力绝世，几近神明之超人也"（《文化偏至论》），语含保留，显而易见。特别是鲁迅的一个基本原则是站在被压迫的人民、被压迫的民族、被压迫的弱者一边，而向强者抗争，这和"尼佉欲自强，而并颂强者"（《摩罗诗力说》），讴歌以强凌弱，恶"愚民"有着本质上的不同，可见鲁迅对尼采学说，也是具体分析，明白取舍的。

值得学习的是，鲁迅对古今中外的著作，从不因人废言，从不看招牌行事，肯定一切或否定一切；也从不从概念出发，以字面作比附，玩肤浅的思想游戏。鲁迅认为"倘要完全的书，天下可读的书怕要绝无，倘要完全的人，天下配活的人也就有限"(《〈思想·山水·人物〉题记》)。鲁迅总是实事求是，具体分析，根据自己的原则进行取舍的。鲁迅的原则就是怎样有利于"立人"，即审查他们于认识人和人生、改造人和人生、改造社会、改造世界是否有用和有益。

恩格斯曾经惋惜，费尔巴哈全看到了细胞、能量的转化和以达尔文命名的进化论，但是，这位在乡间过着孤寂生活的哲学家不能够充分研究科学，给这些发现以足够评价，从而限制了他的思想的发展。鲁迅却相反，他在投身社会改造之前，在思考着"立人"问题之前，已经接受了严格的自然科学的训练，十九世纪自然科学的三大发现在他早期论文中都有反映，并且给予了高度的评价。特别是达尔文的进化论，给了鲁迅巨大的启蒙教育。鲁迅决定参加社会改造、从事改变人的精神的工作的时候，第一篇论文是《人之历史》，决不是偶然的巧合。达尔文的进化论是鲁迅"立人"思想的自然科学基础的起点。人类进化无止境的思想鼓舞鲁迅对人类的远景发展充满了希望，而在现实的黑暗与绝望中坚韧地作着勇猛而悲壮的抗争。鲁迅思想接受、包容了进化论的基础原则，但是即使在前期，也不仅仅是进化论，也不等于进化论，因为基本的事实是，鲁迅关于人和人生的思想，一开始就不仅看到了人和人类的自然属性，而且更有决定意义的是，看到了人的社会性和国民性（民族性）。鲁迅的"立人"、"救国"、"兴国"和立国的一整套思想，远远不是进化论所能包括的。思想的基础完全不同了，思想的对象本质上不同了，思想的性质也不同了。关于鲁迅后期"轰毁"了进化论，在我看来是一种误解，我将在另外的文章中说明我的看法。

在实际斗争中，主要由于事实的教训，由于鲁迅思想内在的矛盾的发展，鲁迅接受了马克思主义的世界观和方法论，这是毫无疑义的。在这个转变、发展过程中，对于必要的马克思主义文献的研究，起了推动作用，这也是不言而喻的，这都是事实。鲁迅同意马克思主义的"过去未来的文明""以经济关系为基础"（《"硬译"与"文学的阶级性"》）的历史唯物主义的基本观点；同意马克思主义关于人的"性格感情等，都受'支配于经济'"的阶级和阶级斗争的观点；同意对于普列汉诺夫"没有理解无论如何，有粉碎资产阶级的国家机关的必要"（《〈艺术论〉译本序》）的机会主义理论的批评；坚信无产阶级必将建立无产阶级专政，消灭阶级，达到无阶级社会的科学社会主义。鲁迅对待马克思主义，固然也注意学习基本观点，但尤其注重学习马克思主义的世界观和方法论，消化、融合为自己的思想。对于号称马克思主义的东西，鲁迅保持高度的警惕，始终坚持自己的独立的评价。他说："中国的书，乱骂唯物论之类的固然看不得，自己不懂而乱赞的也看不得，所以我以为最好先看一点基本书，庶不致为不负责任的论客所误。"（《一九三三年十二月二十夜致徐懋庸》）这是鲁迅作为思想家的优异品质，鲁迅之所以成为伟大的思想家之所在。鲁迅正确地运用马克思主义的基本原则解决他在实践中遇到的问题，比如中国无产阶级文学运动发展的问题，这就从理论和实践上，雄辩地说明鲁迅是个杰出的马克思主义者、共产主义者和中国文化革命的伟人。以鲁迅接受马克思主义的世界观和方法论区别鲁迅思想发展的道路，分为前期和后期是可以的。既然分期，相应就提出一个问题，前期和后期有没有一贯性？还有，有没有独特性？

　　我的理解，鲁迅思想是存在着一贯性的，鲁迅后期的著作表明，"立人"和对旧文明的批判，仍然是贯彻在他的著作中的一条中心线，把他的一篇一篇千字左右的杂文统一成为一个整体。但是，理论基础不同了，是马克思主义的了；世界观也不同了，是共产主义的了。

　　我的理解，鲁迅思想后期仍然具有独特性，这就是他仍然直接考察中国人的气质、品性、心理和命运，记录中国人的人生，描绘中国人的灵魂，激扬奖惩，着力于改造。但是，这个时期的考察，是运用马克思主义的理论和方法进行的，所以更科学更深刻地概括了各阶级各阶层的社会心理。中国革命造就了一代伟大的马克思主义者，马克思主义的理论家、哲学家、政治家、军事家、经济学家和国务活动家等等，像鲁迅这样的伟大思想家至今仍然是唯一的一个，这就是鲁迅思想独特性的表现。鉴于马克思主义的创始人和经典作家，其他的马克思主义者都没有像鲁迅这样进行丰富而深刻的社会批评和文明批评，并且取得如此卓越的成就，鉴于中国幅员如此之辽阔，人口将近世界总人口四分之一，中华民族尤其是人类文化最悠久的古文明民族之一，鲁迅思想对人类文化的巨大贡献，理应得到科学的评价。

　　"无穷的远方，无数的人们，都和我有关。"（《"这也是生活"》）这是鲁迅逝世前重病向愈时的声音。这声音将永远回荡在活人的心里，唤起人们对人类的美好希望。

一九八一年七月六日修订稿

鲁迅思想中的人性问题

一、人性问题在鲁迅思想中的重要地位

作为鲁迅思想产生的标志，是一九〇七年鲁迅在日本东京——当时中国革命者进行理论斗争的中心——发表的《人之历史》等四篇一组论文。

在这之前两年，一九〇五年十一月末，中国同盟会在日本东京创办机关报《民报》，与改良派的《新民丛报》就中国革命的对象、性质、道路诸问题展开了一场针锋相对的空前激烈的理论斗争。这场论战延续了两年之久，到一九〇七年基本结束。其时《新民丛报》发表文章说："数年以来，革命论盛行于国中，今则得法理论、政治论以为之羽翼，其旗帜益鲜明，其壁垒益森严，其势力益旁薄而郁积，下至贩夫走卒，莫不口谈革命，而行身破坏。……革命党指政府为集权，詈立宪为卖国，而人士之怀疑不决者，不敢党与立宪。逐致革命党者，公然为事实上之进行，立宪党者，不过为名义上之鼓吹。"[①] 可见改良派的失败多么惨淡黯然和革命派的思想多么生机勃勃。而《民报》也于一九〇七年提出了"建立中华民国"的口号。

---

① 与之：《论中国现在之党派及将来之政党》，见《辛亥革命前十年间时论选集》第二卷下册，生活·读书·新知三联书店一九六三年版，第607页。

　　鲁迅的这一组论文，正是这一场论战的反响，他所回答的问题也正是怎样才能救中国的问题。

　　在这一组论文中，鲁迅考察了科学的人类起源学说的发展史，阐述了被恩格斯评价为经验自然科学在十九世纪"具有决定意义"的三大发明之一，"即达尔文首先系统地加以论述并建立起来的进化论"①；考察了近代西方文化发展的规律，指出人类"文明无不根旧迹而演来，亦以矫往事而生偏至"的规律性，在向西方学习的时代潮流中，提出了中国应该向西方文化学习什么和怎样学习的独到的见解；考察了自然科学和文艺的性质及其在人类社会发展中的作用。鲁迅依据自己对近代西方资产阶级革命和各资本主义国家发展史的研究，得出了"欧美之强，莫不以是炫天下者，则根柢在人"的结论，并确信改革和振兴中国"首在立人，人立而后凡事举"的纲领性的原则。

　　鲁迅既然把"立人"放在改革社会和振兴国家的第一位，即根本性的地位，那么，人性、人道和人道主义诸问题在鲁迅思想中所具有的重要性是不言而喻的。这不是鲁迅偶然涉及的一个问题，也不是鲁迅思想中无足重轻的枝节性的个别观点，而是鲁迅关于人的思想的基本组成部分，是鲁迅的基本观点之一。因此，客观地而不是随风地，认真地而不是敷衍地，细心地而不是粗疏地，全面地而不是片面地研究鲁迅思想中的人性、人道和人道主义等等有关人的问题的观点和方法，对我们对于有关问题的探索，不断趋近于客观真理是大有裨益的。人、人

————————

　　①　恩格斯：《自然辩证法》，《马克思恩格斯选集》第三卷，人民出版社一九七二年版，第 526 页。

性、人道、人道主义诸问题，以如此重要程度反映在鲁迅思想中，有着时代的必然性。 第一是中国社会内部资本主义生产方式的发展，新的生产上的分工要求打破几千年来传统的封建主义的人身依附关系，社会实践突出了相对于封建束缚来说的人身独立、自由、人格平等的要求，它在社会意识上的反映必然是对于人们的价值、尊严、人生意义的重新估价和新的觉醒。坚定地不妥协地反对帝国主义列强的侵略，反对清王朝及其以后的新旧军阀的反动政权，反对根深蒂固的封建主义统治的农民和无产阶级的存在，乃是鲁迅思想存在的前提。 第二是西方资产阶级革命时期的哲学社会科学学说，其中包括从文艺复兴到十九世纪的作为反神权和反封建的强大思想武器的人性论和人道主义，因其适合中国社会革命的需要，对先进的中国人产生了巨大的影响。 人类各个民族社会发展的不平衡，社会意识一经产生即固有的相对独立性，使后进民族接受他民族的先进的社会意识以形成本民族的社会意识出现了复杂的情况。 从鲁迅一九〇七年的论文就可以鲜明地看到，近代西方先进的自然科学和社会科学学说，近代历史发展的教训，和鲁迅从小"几乎读过十三经"所接受的中国传统文化的教养和教训以及他自己的深刻的现实社会经验一道，共同成为鲁迅思想的宝贵的资料。 鲁迅所说的"现在的外来思想，无论如何，总不免有些自由平等的气息，互助共存的气息"，"人格的平等，也是一种外来的旧理想"，正是"拿来主义"的表现。 第三是鲁迅个人的特质，比如，其中之一是鲁迅最重事实，最重实际经验，最重实践的品质。 鲁迅思想不带任何神秘和思辨色彩。 人类社会每一个可以称之为重大变革的发展，其基础或根源固然在于直接的物质生活资料生产的变革，但是它的现实反映，它的最普遍为人们感受的经验还是人与人之间的关系。社会的，阶级的，民族的种种关系都直接表现为人与人之间的关系。"人对人的剥削一消灭，民族对民族的剥削就会随之消灭。"[①]人无疑是人类社会舞台上最重要的主角。正是人民每一次对非人待遇的反叛和改革，成为社会进步的标尺。鲁迅是一个双眼紧紧盯着"立人"的思想家和革命家。鲁迅思想中的人以及与此相联系的"人性"、"人道"、"人道主义"，从来不是幻想的，与实际人生离开的，而是现实的、人间社会的、具体历史的、一定社会中实践着的活人。

列宁曾经指出，在哲学上对于"经验"一词的解释，可能是唯物的，也可能是唯心的。因此存在着"'经验'掩盖哲学上的唯物主义路线和唯心主义路线，使二者的混同神圣化"[②]的情况。鲁迅关于人的思想和费尔巴哈人本主义的根本区别，我们可以从这里得到启示。

二、鲁迅对于人性的内涵的思考

这是一个极其困难的认识问题。古往今来，人类多少智慧的头脑在思索这个问题啊！请想想吧，据最新的考古发现，

---

① 马克思、恩格斯：《共产党宣言》，《马克思恩格斯选集》第一卷，人民出版社一九七二年版，第270页。

② 列宁：《唯物主义和经验批判主义》，《列宁全集》第十八卷，人民出版社一九五九年版，第150—151页。

人类产生大约已有五百万年的历史了，而人类发现并建立自己起源的科学学说，才不过一百多年。而今天生活在地球上的五十多亿人口，有多少亿因为是文盲和缺乏教育，对于自己祖先的起源依然茫无所知？又有多少亿仍然在宗教神学的愚弄之下，竟然相信自己祖先是由神创造的谬论？何况要进一步认识比起源更深入的本质——作为人类的人性！想到这些，人类应该多么虚心地来探索自己，认识自己啊！历史上阻碍人类探索自己，认识自己的愚昧的、宗教的、一切剥削阶级的偏见，已经或正在为我们所抛弃。马克思主义已经为我们开辟了认识的康庄大道，但我们的认识任务，并没有穷尽。马克思和恩格斯指出：

> 任何人类历史的第一个前提是有生命的个人的存在。因此第一个需要确定的具体事实就是这些个人的肉体组织，以及受肉体组织制约的他们与自然界的关系。当然，我们在这里既不能深入研究人们自身的生理特性，也不能深入研究人们所遇到的各种自然条件——地质条件、地理条件、气候条件以及其他条件。任何历史记载都应当从这些自然基础以及它们在历史进程中由于人们的活动而发生的变更出发。
>
> 可以根据意识、宗教或随便别的什么来区别人和动物。一当人们自己开始**生产**他们所必需的生活资料的时候（这一步是由他们的肉体组织所决定的），他们就开始把自己和动物区别开来。人们生产他们所必需的生活资料，同

时也就间接地生产着他们的物质生活本身。[①]

　　根据物质生活资料的生产来区别人和动物，这是独特的典型的马克思主义观点，是马克思主义的最基本的一条原则。鉴于从动物进化到人是一个漫长的历史过程，鉴于从使用天然工具到制造工具以生产物质生活资料又是一个漫长的历史过程，鉴于辩证法所昭示的发展过程中各阶段的界限既是确定的又是相对的观点，马克思和恩格斯两人共同指出的由人们的"肉体组织所决定的"自己开始生产所必需的生活资料的这关键性的一步，是怎样的状况？人们的肉体组织有什么内在的特性决定这一步呢？现在动物行为学研究者已经观察到黑猩猩从蚂蚁洞穴中钓蚂蚁吃。但是包括黑猩猩在内的迄今所有的动物，它们肉体组织为什么未能决定它们迈出自己生产生活资料的一步呢？在动物进化到人的漫长历史过程中，人性是怎样发生和发展的？随着人类最后脱离动物界，人性又怎样脱离动物性而获得自己的本质？它的内涵又是什么？恩格斯晚年显然以肯定的口吻评价道："罗伯特·欧文接受了唯物主义启蒙学者的学说，认为人的性格是先天组织和人在自己的一生中、特别是在发育时期所处的环境这两个方面的产物。"[②]人的"先天组织"即肉体组织有什么特性？起什么作用？又是怎样起作用的呢？总之，马克思主义奠基人的这样的观点，还有待我们去发挥和发展。只有经过虚心的艰苦而缜密的研究才能做到这一点，其中包括

----

　　① 马克思、恩格斯：《费尔巴哈》，《马克思恩格斯选集》第一卷，第 24—25 页。

　　② 恩格斯：《社会主义从空想到科学的发展》，《马克思恩格斯选集》第三卷，第413 页。

认真总结前人的结果。

鲁迅在一九〇七年发表的四篇论文中，除《人之历史》阐述人类起源的自然科学学说史外，每一篇都涉及人性的问题，都提出了一些看法。在以后的著作中有时也涉及这个问题，甚至写了专文。

鲁迅说过："孔孟的书我读得最早，最熟，然而倒似乎和我不相干。"可见中国古代哲人对于人性的见解，特别是关于人性善与人性恶的思想，他是熟知的。然而鲁迅从来没有陷入这类对于人性的唯心主义的和道德的评论，他的思路在于客观地探索人性的内涵。鲁迅有时提到人的"天性"，实际指的就是人的"先天组织"即肉体组织的特性。鲁迅既是一个无神论者，没有任何宗教唯心主义的观念，鲁迅又是一个具有强烈的唯物主义的经验论的倾向的人，没有什么先验的、神秘的观念，鲁迅对于人性的内涵的探索是很谨慎的。终其一生，只提出有数的几条看法。大致可以归纳如下：

一、"人心不安于固定"（《文化偏至论》）。人类有一种"渴仰完全的潜力"，总是克服着一切自然的和人为的艰难险阻向前发展。（《随感录·六十六 生命的路》）这是一种"内的努力"（《我们现在怎样做父亲》）。

二、"人性岂真能如道家所说的那样恬淡；欲得的却多。"［《这个与那个（三） 最先与最后》］人性欲得的种种欲望，鲁迅曾"依据生物界的现象"，概括了三种："一，要保存生命，二，要延续这生命，三，要发展这生命（就是进化）。"鲁迅认为"生物为保存生命起见，具有种种本能"，可惜他没有一一指明，而只提出"最显著的是食欲"，延续生命的本能

就是性欲。(《我们现在怎样做父亲》)值得注意的是，鲁迅把
"要发展这生命（就是进化）"也即上述"渴仰完全的潜力"同
食欲和性欲并列为三。这在中国先哲提出的"食、色，性也"
之外，多了一项内容，是一个发展。同时鲁迅进一步明确了：
"食欲的根柢，实在比性欲还要深。"(《听说梦》)也是一个发
展。这里有一个问题：人和生物所共同具有的本能，算不算人
性？鲁迅在分析《工人绥惠略夫》的时候，曾经指出："性欲本
是生物的本能，所以便在社会运动时期，自然也参互在里面"。
他是正视这一点的。

三、"同是人类，本来决不至于不能互相了解。"(《〈域外小
说集〉序》)"人在天性上不能没有憎，而这憎，又或根于更广大
的爱。"(《〈医生〉译者附记》)"自然界的安排，虽不免也有缺
点，但结合长幼的方法，却并无错误。他并不用'恩'，却给与
生物以一种天性，我们称他为'爱'。动物界中除了生子数目太
多——爱不周到的如鱼类之外，总是挚爱他的幼子，不但绝无利
益心情，甚或至于牺牲了自己，让他的将来的生命，去上那发展
的长途。"(《我们现在怎样做父亲》)"女人的天性中有母性，没
女儿性；无妻性。妻性是逼成的，只是母性和女儿性的混合。"
(《小杂感》)这里讲的是人性中有一种同类之间和长幼之间特别
是长对幼的爱。但特别值得注意的是，鲁迅认为人性中也有憎。
这比传统的"兼爱"论和"博爱"论，就深刻得多。

四、"人多是'生命之川'之中的一滴，承着过去，向着
未来，倘不是真的特出到异乎寻常的，便都不免并含着向前和
反顾。"(《〈十二个〉后记》)

鲁迅的思路是从这样的事实出发的，即人是自然界历史进

化的产物，是直接从动物进化而成的高级的生灵。人类之所以能够进化，必然由于他的先天组织蕴含着某种"内的力"（人性），这"内的力"（人性）既是人进化的内因，又是在进化过程中实现的产物。也因此，鲁迅在描述人性的时候，并不是纯粹思辨的抽象，而是和具体的历史的环境（自然的环境和人为的环境）不可分离地联系在一起。人性是人的先天组织在一定环境中的实现，是环境的产物，受环境的制约。鲁迅对于这个环境是作了区别的。他指出："发隐地也，善机械也，展学艺而拓贸迁也，非去羁勒而纵人心，不有此也。"又说："同是人类，本来决不至于不能互相了解；但时代国土习惯成见，都能够遮蔽人的心思，所以往往不能镜一般明，照见别人的心了。"这类环境是必须解除的"羁勒"，必须毁弃的"遮蔽"物，是阻扼人性发展的，可以称为负环境或逆境。同时，鲁迅在《科学史教篇》中就已经提出"致人性于全"的两大方面，一是提倡科学，发展科学，一是提倡可以培养人的"美上之感情"的文艺，发展文艺。在《摩罗诗力说》中就专论"立意在反抗，指归在动作"的为社会进步、民族自由、国家独立的文艺那种解放人性的伟力。可见，富有科学和文艺的环境是促进人性发展的环境，可以称为正环境或顺境。

三、人性·兽性——论人性的二重性

鲁迅在思考人性的同时，突出地强调了人所具有的兽性。这不仅仅是从道德角度进行的一种纯粹感情的抨击，而且是一种客观的理性的探索。某一种人具有兽性，或者人性中可能残留着兽性的成分的观点，虽然不是鲁迅的创见，但是像鲁迅这样突出地强调并予以这样严厉的抨击，尤其是像鲁迅这样把锋芒指向某种政权对于兽性的鼓动，却是鲁迅关于人的思想的特色。

一九〇七年，鲁迅在《摩罗诗力说》中赞同并发挥勃兰兑思对于普希金的一种批评，认为"惟武力之恃而狼藉人之自由，虽云爱国，顾为兽爱。特此亦不仅普式庚为然，即今之君子，日日言爱国者，于国有诚为人爱而不坠于兽爱者，亦仅见也"。这里是根据正义与非正义的尺度对爱国的感情进行政治的、道德的区分和批评，是着重于感情上谴责而不是对兽性作理性的探索。

鲁迅确对兽性作过理性的探索，这见之于《破恶声论》。他说："崇侵略者类有机，兽性其上也，最有奴子性，……人类顾由昉，乃在微生，自虫蛆虎豹猿狄以至今日，古性伏中，时复显露，于是有嗜杀戮侵略之事，夺土地子女玉帛以厌野心；而间恤人言，则造作诸美名以自盖，历时既久，入人者深，众遂渐不知所由来，性偕习而俱变，虽哲人硕士，染秽恶焉。"又说："夫人历进化之道途，其度则大有差等，或留蛆虫性，或猿狙性，纵越万祀，不能大同。"这同样的观点，后来又见于小说《狂人日记》。一九三五年，鲁迅并说明了他的这一观点的来源："一八八三年顷，尼采（Fr. Nietzsche）也早借了苏鲁支（Zarathustra）的嘴，说过'你们已经走了从虫豸到人的路，在你们里面还有许多份是虫豸。你们做过猴子，到了现在，人还尤其猴子，无论比那一个猴子'的。"用兽性来解释崇侵略的思想和实行侵略的政治行动，自然是不正确的。但是人由动物进化而来的事实，是不是说明人性也是由兽性进化而成的呢？难道它们没有联系？没有内在的辩证的运动和发展的规律？恩格斯认为："人离开狭义的动物愈远，就愈是有意识地自己创造自己的历史，不能预见的作用、不能控制的力量对这一历史的影响就愈小，历史的结果和预定的目的就愈加符合。但是，如果用这个尺度来衡量人类的历史，甚至衡量现代最发达的民族的历史，我们就会发现：在这里，预定的目的和达到的结果之间还总是存在着非常大的出入，不能预见的作用占了优势，不能控制的力量比有计划发动的力量强得多。"[①] 这是不是说人离开狭义的动物还不够远呢？如果是这样，那么，在这不远的历史距离中，兽性在人性中呈一种什么状况？人类生理学告诉我们，迄今为止，人类生殖中的返祖现象远非罕见的个别事例。这种可见的现象迫使人们不得不予以承认并探索它的机制，那么对于不可见的肉体组织中的"内的力"是怎样的呢？

鲁迅突出强调兽性，并不是着眼于研究生物学、人类学和人类生理学，也不是要把他的读者的思想和兴趣引到那些方面去，而是为了"立人"，为了改造社会。鲁迅在不遗余力否定统治了中国几千年的"圣武"的斗争中指出，这"圣武"，"简单地说，便只是纯粹兽性方面的欲望的满足 —— 威福，子女，玉帛，—— 罢了。然而在一切大小丈夫，却要算最高理想（？）了。我怕现在的人，还被这理想支配着"。鲁迅还曾指出："一九〇五至六年顷，俄国的破裂已经发现了，有权

---

① 恩格斯：《自然辩证法·导言》，《马克思恩格斯选集》第三卷，第457页。

位的人想转移国民的意向，便煽动他们攻击犹太人或别的民族去，……那时煽动实在非常有力，官僚竭力的唤醒人里面的兽性来，而于其发挥，给他们许多的助力。"一方面是"人里面的兽性"的存在，按照人已经从动物进化到了人的发展阶段来看，这种兽性理应是残留的形态，是属于过去的成分，逐渐淘汰的成分。另一方面是封建主义制度，封建主义的"圣武"和"官僚"的作用。也就是说，无论人性还是兽性，都是人的先天组织和客观环境（自然的环境和社会的环境）的产物。考虑到人性中发展着的人性和残留着的兽性，比单一的纯粹的人性观无疑深刻得多，并更符合人的历史发展状况，更符合客观辩证法——世界都是一分为二的，为什么人性不是一分为二的呢？

四、人性：国民性·阶级性——人性的历史形态

在鲁迅思想中，现实的人性，或者说人性的表现，总是具体的、历史的。"时代国土习惯成见"等等，总之，具体的历史的自然环境和社会环境是现实的人性的决定因素。现实的人性是人的自然性和社会性的统一。人是自然长期进化的产物，是自然的一部分，从这一最基本的层次说，人的自然性是不言而喻的，失去这种自然性也就没有了人。鲁迅所说的人"既是生物，第一要紧的自然是生命。因为生物之所以为生物，全在有这生命，否则失了生物的意义"，便包含着这样的观点。恩格斯在论证"一切产生出来的东西，都一定要灭亡"的辩证法

规律的时候，也是以包括人在内的有机生命的最后痕迹在地球上的逐渐消失为例证的，可以说也包含着这样的观点。 同时，人之所以为人，无论在进化的链锁上经过多么漫长的即此即彼过渡阶段，"人"一经诞生，社会也即开始。 人是社会的动物，没有一定的社会性也就没有人。 鲁迅批评"恋爱的本身"，"'人性'的'本身'"是"空虚的"，"无此妙法""表现"的，就包含着这样的含义。 鲁迅反复强调的人第一要生存，但不是苟活，"为社会计，牺牲生命当然并非终极目的，凡牺牲者，皆系为人所杀，或万一幸存，于社会或有恶影响，故宁愿弃其生命"，也是这样的精神。 鲁迅在批评弗洛伊德用被压抑的"生命力"（Libido，其中特别是性欲的潜力）来解释梦和精神病的根源的不足的时候，指出"人为什么被压抑的呢？这就和社会制度，习惯之类连结了起来"，也是这样的精神。 鲁迅经常论及人们总是要求改革而遭到社会的迫害，要求进步而遭到社会的禁止，"然而禁只管禁，进却总要进的"。 总之，在鲁迅看来，人性中要保存生命、延续生命和发展生命的各种基本属性，无一不带着社会性。 鲁迅所说的"解放人性"，也就是"改良""社会"，这是同一问题不可分割的两个方面，或者说是从不同角度观察和论证同一个问题。

　　现实的人性是人的自然性和社会性的统一，这是鲁迅思想形成时就具有的观点，也是贯彻始终的观点。 最初的观点，一九〇七年的论文中有明确的和充分的反映。 此后的观点，有关资料就更加丰富了。 比如一九三四年一月，鲁迅在《北人与南人》一文中指出北人与南人性情不同，各自的优点和缺点，并分析了形成这不同性情的历史的政治的条件，提出了"缺点可以改正，优点可以相师"的恳切希望。这都是完全正确的。而在理论上，则正是上述原则的具体运用。

社会环境是一个内涵和外延都相当广泛的概念。国家的、民族的物质生活资料生产的状况，所具备的生产力和生产关系、经济制度、政治制度、家族制度、文化教育设施，客观存在的历史文化传统，等等，都是社会环境的因素。各个方面的条件，都对人性的实现发挥着作用。

每一客观事物，小到原子，大到宇宙，都是一个多层次结构的整体，层次与层次之间和每一层次内部虽然有对立统一的矛盾或关系，作为一个事物，它却是一个整体。人们对于一个事物的认识是一个由表及里、由此及彼逐渐深入到各个层次的过程。人们观察和研究一事物的角度可能不同，对于社会事物尤其有社会地位（立场）和利害关系的影响，因此，每一认识都呈现出错综复杂的关系。鲁迅对于人性的认识就是这样。一九〇七年他在论述人性的同时，论述了国民性，到了一九二八年进一步论及阶级性，这是一个认识过程的发展和深化。

鲁迅在《摩罗诗力说》中第一次使用国民性的概念，如评述拜伦援助希腊独立战争的艰苦历程的时候，指出"裴伦大愤，极诋彼国民性之陋劣，前所谓世袭之奴，乃果不可猝救如是也"。在分析普希金之所以先信崇拜伦后弃置拜伦的原因时也指出："或谓国民性之不同，当为是事之枢纽。"随后鲁迅又论及俄国、日本等国的国民性：

　　　　人说，俄国人有异常的残忍性和异常的慈悲性；这很奇异，但让研究国民性的学者来解释罢。[①]

日本国民性，的确很好，但最大的天惠，是未受蒙古之侵入；我们生于大陆，早营农业，遂历受游牧民族之害，历史上满是血痕，却竟支撑以至今日，其实是伟大的。[②]

我们试一看别国的儿童画罢，英国沉着，德国粗豪，俄国雄厚，法国漂亮，日本聪明，都没有一点中国似的衰惫的气象。观民风是不但可以由诗文，也可以由图画，而且可以由不为人们所重的儿童画的。[③]

这里所说的民风，当然也是国民性的一种表现。

鲁迅研究国民性问题的主要目的，在于探究中国国民性中的病态，即其否定面、坏根性，及其形成的具体的历史的条件，以致力于疗救、克服和改造，造成新的国民性，"立人"，以切实地振兴国家。鲁迅一生不遗余力地进行这一工作，为我们留下了极其丰富的关于中国国民性的他观察所得的资料，以及洋溢着改革者的英气的对此所作的批判。他是那么犀利、深刻而不留情面，他的憎恶是那么猛烈，猛烈得有如火山喷发，因为他对中华民族的爱是那么纯洁、广博和深沉，有如明净的天空、仁厚的大地和浩瀚的海洋。鲁迅深知"察见渊鱼者不祥"，鲁迅深知为此一定多有怨敌，但他为了子孙后代，不顾个人的利害，以殉道者的情操实践着"自己背着因袭的重担，肩住了黑

---

① 鲁迅：《〈医生〉译者附记》，《鲁迅全集》第十卷，人民文学出版社一九八一年版，第 177 页。

② 鲁迅：《致尤炳圻》，《鲁迅全集》第十三卷，第 682—683 页。

③ 鲁迅：《上海的儿童》，《鲁迅全集》第四卷，第 565 页。

暗的闸门，放他们到宽阔光明的地方去；此后幸福的度日，合理的做人"的这对于改革者的期望和号召。鲁迅对中国国民性的揭发与批判，几近于绝望的抗争，但既在抗争就并未绝望，就固有着争取光明的明天的希望的力量。它们在黑暗中国的黑暗时代唤醒了成千上万读者的觉悟，鼓舞他们献身革命，投奔民族解放的战场，而不是颓唐畏葸、绝望，不就是经过实践检验的历史铁证么？鲁迅关于中国国民性的思想是一份战斗的珍贵的遗产。我们的研究恐怕不是多了，我们的评价恐怕不是过了，而是相反。

鲁迅指出："中国人的不敢正视各方面，用瞒和骗，造出奇妙的逃路来，而自以为正路。在这路上，就证明着国民性的怯弱，懒惰，而又巧滑。""中国国民性的堕落，我觉得并不是因为顾家，他们也未尝为'家'设想。最大的病根，是眼光不远，加以'卑怯'与'贪婪'，但这是历久养成的，一时不容易去掉。"所谓卑怯，就是"对于羊显凶兽相，而对于凶兽则显羊相"。所谓贪婪，比如"'揩油'，是说明着奴才的品行全部的"。鲁迅都把它们看作奴性。这奴性的形成，是因为"自有历史以来，中国人是一向被同族和异族屠戮，奴隶，敲掠，刑辱，压迫下来的，非人类所能忍受的楚毒，也都身受过，每一考查，真教人觉得不像活在人间"。所以鲁迅曾经希望有心人收集《东华录》、《御批通鉴辑览》、《上谕八旗》、《雍正朱批谕旨》等书，说"一一钩稽，将其中的关于驾御汉人，批评文化，利用文艺之处，分别排比，辑成一书，我想，我们不但可以看见那策略的博大和恶辣，并且还能够明白我们怎样受异族主子的驯扰，以及遗留至今的奴性的由来的罢"。

在鲁迅笔下，"国民性"、"国人的灵魂"、"大众的灵魂"、"国民的弱点"这类用语，是一个意思。这指的就是"民族性"。上面所引鲁迅对各国国民性的议论，是一个证明。鲁迅在《马上支日记》一文中谈到"中国人总不肯研究自己。从小说来看民族性，也就是一个好题目"。在引证日本安冈秀夫的《从小说看来的支那民族性》和 Smith 的《支那人气质》中，前者用"民族性"，后者用"国民性"，鲁迅并未把它们看作两个不同的概念而需要加以区别。这是第二个证明。鲁迅在评介陶元庆的绘画的时候，说过："他以新的形，尤其是新的色来写出他自己的世界，而其中仍有中国向来的魂灵 —— 要字面免得流于玄虚，则就是：民族性。"这是第三个证明。鲁迅的挚友许寿裳先生曾和鲁迅同时留学日本，鲁迅常常和他讨论国民性问题。鲁迅逝世后，许先生为文评介"鲁迅与民族性研究"[1]，其中行文和引述鲁迅的文字，都是"国民性"和"民族性"并用的。他俩是同时代的学人，熟悉当时的文化学术情况，许先生为人和治学又非常严谨，对于这样重要的术语，不会随便使用的。应该说这是一个有力的旁证。我们不能用今天发展了的学术情况，今天学人对某一学术术语或概念的理解和运用去推断历史上的情况。古希腊哲学家留基波、德谟克里特，是著名的原子论者，我们能够用今人对于原子的理解去推断他们的思想吗？"进化之说，黏灼于希腊智者德黎（Thales），至达尔文（Ch. Darwin）而大定。"我们能够用达尔文对进化论的认识去推断德黎吗？显然都不能够这样。研究要有历史感，要顾及历

---

① 许寿裳：《鲁迅与民族性研究》，《我所认识的鲁迅》，第50页。

史状况。

国民性，或者民族性，并不意味着是一国一民族的每一个成员都无差别地一模一样地所具有的某某"性"。鲁迅尤其不是这样认为。这种误解在鲁迅生前早期就有了，并曾迫使鲁迅发表过这样的声明："又为避免纠纷起见，还得声明一句，就是：我所指摘的中国古今人，乃是一部分，别有许多很好的古今人不在内！然而这么一说，我的杂感真成了最无聊的东西了，要面面顾到，是能够这样使自己变成无价值。"其实，鲁迅在一九〇七年和一九〇八年的论文中，就已经区别侵略者和被侵略者、"在上者"和"下民"，并且各各有不同的秉性，而且这种区别愈来愈细致，愈富有深刻的具体的社会性，如"阔人"和"狭人"、"富人"和"穷人"、"聪明人"和"傻子"、"有枪阶级"和"无枪阶级"等等。鲁迅思想中的国民性或民族性，怎么会是一国一民族中人人如此的呢？鲁迅观察和论述的问题不同、角度不同、层次不同，相应地就运用不同的概念或术语。我们的研究应该注意这种不同，并探索其间的联系。

时代在前进，认识在发展，鲁迅关于人性和国民性的研究也随之进一步深化。一九二八年鲁迅提出了人的阶级性问题。他说："来信的'吃饭睡觉'的比喻，虽然不过是讲笑话，但脱罗兹基曾以对于'死之恐怖'为古今人所共同，来说明文学中有不带阶级性的分子，那方法其实是差不多的。在我自己，是以为若据性格感情等，都受'支配于经济'（也可以说根据于经济组织或依存于经济组织）之说，则这些就一定都带着阶级性。但是'都带'，而非'只有'。所以不相信有一切超乎阶级，文章如日月的永久的大文豪，也不相信住洋房，喝咖啡，却道

'唯我把握住了无产阶级意识，所以我是真的无产者'的革命文学者。"这是鲁迅对马克思主义的阶级观点和阶级分析方法的全面的准确的理解，也是鲁迅对于人的阶级性的典型的科学的阐述。鲁迅既反对了超阶级的唯心主义的人性论，又反对了"意在使阶级意识明了锐利起来，就竭力增强阶级性说，而另一面就也容易招人误解"的那种政治上极左而理论上对马克思主义阶级论的庸俗社会学的解释。

鲁迅所阐述的观点可以分析为三点：第一，人性决定于经济组织或依存于经济组织。因为人类"过去未来的文明"都是"以经济关系为基础"的。这是基本观点。众所周知，这正是马克思主义的基本观点，是马克思和恩格斯对于人类社会的基础及其发展根源的伟大发现。鲁迅经过二十多年的改革中国的艰苦的实践，经过二十多年在这实践基础上对于有关人类本身发展历史的学说不疲倦的学习和探索，像二十多年前接受人类起源的科学学说达尔文主义一样，接受了人类社会发展的科学学说马克思主义，这样，对于有关人类本身的两个最伟大最基本的规律的科学学说，鲁迅都"拿来"包容在自己思想之中，特别是把自己关于人的思想建立在马克思主义基本理论之上了。

在这一基本观点之上，鲁迅进一步阐述了在阶级社会中，人性都带着阶级性。"但是'都带'，而非'只有'。"因此，第二，在阶级社会里，人性没有"不带阶级性的分子"，没有超阶级的人性，包括"死之恐怖"也不例外，人——大写的人，"而且还在阶级社会里，即断不能免掉所属的阶级性，无需加以'束缚'，实乃出于必然。自然，'喜怒哀乐，人之情也'，然而穷人决无开交易所折本的懊恼，煤油大王那会知道北京检煤渣老婆子身受的酸辛，饥区的灾民，大约总不去种兰花，像阔人的老太爷一样，贾府上的焦大，也不爱林妹妹的"。这是鲁迅批评超阶级的人性论的著名论断。这一论断因其鲜明的阶级性和实践性常常受到非难。有的理论家，特别是有的文学家，有时就用焦大也爱林妹妹或林妹妹也爱焦大之类的题材写成作品，以其动人的"人性"来拨动读者的心弦，证明爱情的永恒和伟大，证明超阶级的人性论之无误。应该承认，古今中外都会有这样的事实。关键在于应该不带偏见地注意这类事实在数量和质量上的现实性，注意这类事实在认识人类社会和人与人之间的关系的理论意义，要注意理论思维上的方法论。列宁曾经指出：

在社会现象方面，没有比胡乱抽出一些个别事实和玩弄实例更普遍更站不住脚的方法了。

罗列一般例子是毫不费劲的。但这是没有任何意义的或者完全起相反的作用。因为在具体的历史情况下，一切事情都有它个别的情况。如果从事实的全部总和、从事实的联系去掌握事实，那末，事实不仅是"胜于雄辩的东西"，而且是证据确凿的东西。

如果不是从全部总和、不是从联系中去掌握事实，而是片断的和随便挑出来的，那末事实就只能是一种儿戏，或者甚至连儿戏也不如。①

---

① 列宁：《统计学和社会学》，《列宁全集》第二十三卷，人民出版社一九五八年版，第278页。

　　这话虽然带有论战的尖刻性，却是发人深省的。而鲁迅的上述论断，在方法论上排除了形而上学，在理论上坚持了马克思主义的阶级论。

　　第三，在阶级社会中，人性只是都带着阶级性，而不是"只有"阶级性。这是什么意思呢？既然并非"只有"阶级性，是否还有不带阶级性的、超阶级的人性呢？的确，人们常常作这样的解释。如果这样，那显然同第二点是互相矛盾的，违反逻辑的，不能并存的。原来，这样提出问题的方法是不对的，这是一种在绝对不相容的对立中思维的方法，是"是就是，不是就不是，除此以外，都是鬼话"的方法，是把事物及其在思想上的反映，即概念，看作孤立的、应当逐个地和分别地加以考察的、固定的、僵硬的、一成不变的研究对象的方法。正确的提问应该是：既然并非"只有"阶级性，那么，就意味着还有别的"性"。这是什么"性"呢？这些"性"同阶级性是什么关系呢？

　　这里涉及鲁迅思想中关于人性的结构层次问题，即人性中的自然性（生物性）、社会性、民族性和阶级性的关系问题。

　　鉴于现实的人性中自然性（生物性）和社会性的不可分离，鉴于社会性在其中的主导作用，可以把自然性和社会性看作人性的同一个层次，正如正电子和负电子不可分离地组成原子中的电子层一样。这是第一个层次。其次是民族性，再其次是阶级性。并非"只有"阶级性，就是指还有民族性和社会性。"都带着阶级性"正是对于民族性和社会性而言的。此外还要考虑单独的个人的个性。这是从不同角度对于人性的观察。从经济关系来看，同样的分工、同样的对立、同样的利益，在各个民族产生同样的阶级和阶级对立。历史上相继出现的奴隶主

与奴隶、地主与农奴、工人与资本家等各种阶级，并不是某个
农奴、工人与资本家等各种阶级，并不是某个地方某个民族中
的个别现象，而是普遍的规律性现象，并且不同民族的同一阶
级有着共同的阶级性。如果从民族即"人们在历史上形成的一
个有共同语言、共同地域、共同经济生活以及表现于共同文化
上的共同心理素质的稳定的共同体"① 这一个角度来看，各个民
族有各个民族性，这种民族性又赋予各民族的同一阶级以不同
特性。中国资产阶级的软弱性和妥协性就是阶级性带着民族性
的表现。民族性又都带着阶级性，一方面，一民族中占统治地
位的阶级的阶级性对于该民族的民族性有决定的影响；另一方
面，统一的民族性在其现实性上又都带着不同阶级的阶级性，
阿 Q 精神就是一个实例。民族性是一民族与他民族相比较显
现出来的特性。阶级性是一阶级与他阶级相比较显现出来的特
性。社会性是与自然性即生物性相比较而显现出来的特性。在
这一意义讲，社会性也可以说就是人类性、人间性。社会性是
社会关系的总和所决定的特性，在相应的历史时期内，它是包
含着阶级性和民族性的。因为阶级关系和民族关系，也正是一
种社会关系。社会性与人类同时产生，也将与人类同时消失。
社会性既先于阶级性和民族性而产生，又将后于阶级性和民族
性而消失。社会性是寿命最长、范围和影响最广的特性。而
民族性和阶级性只是人类发展历史长河中某一历史阶段的特性，
只是人性的历史形态。但是在阶级社会中，社会性也都带着阶

---

① 斯大林：《马克思主义和民族问题》，《斯大林全集》第二卷，人民出版社一九五三
年版，第 294 页。

级性，因为阶级社会的基础正是阶级对立，人们毫无例外地各处在一定的阶级地位中。但是这种阶级性由于社会处于各个不同的时期，如革命时期、动乱时期、外族入侵时期和和平时期，表现的深浅、浓淡、大小、隐显不同，在政治、经济、宗教和伦理道德的各个方面其表现的深浅、浓淡、大小、隐显也不同。鲁迅说的"饥区的灾民，大约总不去种兰花，像阔人的老太爷一样"，倘若在"稻米流脂粟米白，公私仓廪俱丰实"的日子，既无灾民，种兰花的也许就多一点吧？马克思和恩格斯指出："单独的个人所以组成阶级只是因为他们必须进行共同的斗争来反对某一另外的阶级，在其他方面，他们本身就是相互敌对的竞争者。"[①] 所以对于阶级性的考察，是一个错综复杂的情景，不是任何教条、任何标签能够有用的，鲁迅的社会批评和文明批评总是那么准确、深刻而闪耀着智慧的光芒，就在于他总是从实践中的有血有肉的活人出发，找到合适的角度，针对不同层次的问题进行具体的解剖，而没有任何公式主义的气味。

抹杀人性在阶级社会里都带着阶级性的事实，是错误的。为了增强人性的阶级性，不承认在阶级社会里人性只是带着阶级性，而不是只有阶级性的事实，也是错误的。鲁迅从开始阐述人性的阶级性观点的时候，就反对了这两种偏向，可见鲁迅的观点是多么成熟。鲁迅曾经指出："中国的书，乱骂唯物论之类的固然看不得，自己不懂而乱赞的也看不得，所以我以为最好先看一点基本书，庶不致为不负责任的论客所误。"这真是痛苦的悟道之言，也是洞察中国国情之言。

---

① 马克思、恩格斯：《费尔巴哈》，《马克思恩格斯选集》第一卷，第60页。

五、人性是变化的，发展的，可改变的

这是鲁迅关于人性的一个重要的观点。

对于人性是永远不变的观点，描写永远不变的文学才是永久的文学的观点，鲁迅质问道："人性是永久不变的么？类人猿，类猿人，原人，古人，今人，未来的人，……如果生物真会进化，人性就不能永久不变。不说类猿人，就是原人的脾气，我们大约就很难猜得着的，则我们的脾气，恐怕未来的人也未必会明白。要写永久不变的人性，实在难哪。"这些人类发展的各个历史阶段所具有的"脾气"很难为后人所明白的事实已经说明了人性在不断地变化。随后鲁迅以出汗为例，说明"'弱不禁风'的小姐出的是香汗，'蠢笨如牛'的工人出的是臭汗"，进一步说明人性在有"小姐"和"工人"的社会里，是因社会地位不同而不同的，是一分为二的。人们常用"出汗"是生理现象来证明鲁迅这时候的思想还是不行的，是生物论的，而非阶级论的，实在是误解。这里虽然讲的是生理现象，但主旨不在讲生物学，也不是把生物学混同社会学，而是讲的社会意识，概括的是社会上普遍存在的一种偏见。"臭工人"、"臭老九"之类社会流行语汇，谁会把它理解为是生物学观点呢？这不过是某种社会偏见的形象说法罢了。值得注意的倒是，鲁迅指出的正是社会地位不同连本来相同的出汗也赋予了不同的看法和感情。更何况对于本来不同的"人性"的社会的、政治的和道德的评价呢？

人性的变化，在鲁迅看来，总的趋势是进化的、发展的、提高的，"人类是进化的，现在的人心，当然比古人的高洁"。 这一点在社会新旧交替的剧变时期，尤其显出强烈的、巨大的实践意义。 五四时期，顽固守旧的人们，对于蔑弃旧道德、提倡和实行新道德的改革者，特别是新一代的青年，不是诬蔑为"覆孔孟，铲伦常"么？ 鲁迅用大量的杂感文批驳了这种谬论。 人性是变化的、发展的观点，给予信仰者以内涵深邃的乐观主义精神。

总的趋势是进化的，提高的，并不排斥某个时期或某些方面的倒退，发展过程中的曲折。 鲁迅说，"遥想汉人多少闳放，新来的动植物，即毫不拘忌，来充装饰的花纹。 唐人也还不算弱，例如汉人的墓前石兽，多是羊，虎，天禄，辟邪，而长安的昭陵上，却刻着带箭的骏马，还有一匹驼鸟，则办法简直前无古人。 现今在坟墓上不待言，即平常的绘画，可有人敢用一朵洋花一只洋鸟，即私人的印章，可有人肯用一个草书一个俗字么？"这才是真实的从历史实际中概括出来的发展进化的观点。 以为发展是笔直又笔直，没有回旋，没有倒流的观点，是不符合实际的虚假的幻想。

在鲁迅看来，人性的发展是缓慢的。"原人和现代人的心，也许很有些不同，倘相去不过几百年，那恐怕即便有些差异，也微乎其微的。"这原因当然很复杂，但是就人本身来找原因，"改造自己，总比禁止别人来得难"这一点，无论如何是一个大原因吧？

人性如此，国民性也如此，特别是中国的国民性。 一方面，"谁也不敢十分决定说：国民性是决不会改变的"；一方面，鲁迅根据辛亥革命后坏而又坏的情形，究其原因认为："最初的革命是排满，容易做到的，其次的改革是要国民改革自己的坏根性，于是就不肯了。所以此后最要紧的是改革国民性，否则，无论是专制，是共和，是什么什么，招牌虽换，货色照旧，全不行的。"这是提出了一个革命与改革国民性的关系问题，也即鲁迅以"立人"为根柢的思想原则。

人们常常认为"立人"只是鲁迅前期的一个观点，而"立人"就是资产阶级的个性解放，就是发扬我性，希图人的自我完成，或纯粹依靠人的精神力量来改造社会云云。鲁迅思想的实际其实并不如此。鲁迅一九〇七年的论文，如果我们不是寻章摘句，只从概念和所使用的术语去研究鲁迅思想的实际，那么，他正是从人是环境的产物，而环境又是人创造的这样的辩证关系来论述"立人"的，鲁迅强调的正是要破除环境对人的禁锢，人和社会才能发展。西方近代生产力和经济的巨大发展，"自然之力，既听命于人间，发纵指挥，如使其马，束以器械而用之，交通贸迁，利于前时，虽高山大川，无足沮核，饥疬之害减；教育之功全；较以百祀前之社会，改革盖无烈于是也"，他认为"根柢在人"。鲁迅明确论述了"自法朗西大革命以来"的发展，鲁迅强调"立意在反抗，指归在动作"的诗歌在唤醒人的"争天抗俗"的觉悟和力量，怎能说他的思想中这时候还没有论及革命、社会以及社会制度等与人的关系呢？就在《文化偏至论》中，已经提出了"立人"与革命的关系了。鲁迅指出欧美资产阶级革命后的巨大进步，"根柢在人"，使人得到了发展，但又造成了对人的新的束缚。

革命，进步阶级夺取反动阶级的政权，改革国家制度，改革社会制度，是要紧的，意义重大的，所谓"不革内政，即无一好现象"。但是革命后如不注重"立人"，"改革国民性"，改造社会，不但还是不行，而且"全不行的"。"真实的革命者，自有独到的见解，例如乌略诺夫先生，他是将'风俗'和'习惯'，都包括在'文化'之内的，并且以为改革这些，很为困难。我想，但倘不将这些改革，则这革命即等于无成，如沙上建塔，顷刻倒坏。中国最初的排满革命，所以易得响应者，因为口号是'光复旧物'，就是'复古'，易于取得保守的人民同意的缘故。但到后来，竟没有历史上定例的开国之初的盛世，只枉然失了一条辫子，就很为大家所不满了。""谁说中国人不善于改变呢？每一新的事物进来，起初虽然排斥，但看到有些可靠，就自然会改变。不过并非将自己变得合于新事物，乃是将新事物变得合于自己而已。""每一新制度，新学术，新名词，传入中国，便如落在黑色染缸，立刻乌黑一团，化为济私助焰之具，科学，亦不过其一而已。"鲁迅的话太严厉，太斩钉截铁了。对于"黑色的染缸"，在一九二五年三月十八日致许广平信中沉痛地提到过一次，那时说："中国大约太老了，社会上事无大小，都恶劣不堪，像一只黑色的染缸，无论加进什么新东西去，都变成漆黑。"人们批评说，这是鲁迅的片面性，又因为这话说在前期，更增添了批评的理由和批评者的自信似的。殊不料鲁迅在一九三四年，在后期，在研究者都相信他已经是一位伟大的马克思主义者的时候，又重复了一次这样的提法。我们从"化为济私助焰之具"的揭露，进一步懂得了这"黑色的染缸"的隐秘，根柢还是在人。

一个国家，一个民族，一个社会，倘要得到真实的改革，关键在于改变国民性、阶级性、人性，在于"立人"。"人立而后凡事举"。如果人不得到改变，什么事都会落空的。但是，要改变国民性、阶级性、人性，要"立人"，又必须从改革环境 —— 包括自然环境，但着重的是社会环境 —— 入手，造成适合于人性发展提高的环境。鲁迅曾对于犯罪和自杀写过许多杂感文，在一片诛心地批判自杀者的围攻中，力排众议，指出："人固然应该生存，但为的是进化；也不妨受苦，但为的是解除将来的一切苦；更应该战斗，但为的是改革。责别人的自杀者，一面责人，一面正也应该向驱人于自杀之途的环境挑战，进攻。倘使对于黑暗的主力，不置一辞，不发一矢，而但向'弱者'唠叨不已，则纵使他如何义形于色，我也不能不说 —— 我真也忍不住了 —— 他其实乃是杀人者的帮凶而已。"（着重点原有。这还不是鲁迅自己认为重要加上的，而是发表时国民党的办事人员害怕而删去这些话，鲁迅结集时又补上并加着重号以为记，这就揭穿了国民党保护一切黑暗环境的本来面目及其虚弱的心理。这也是鲁迅在文中所说倘若相信犯罪是由于环境造成的，"则消灭罪犯，便得改造环境，事情就麻烦，可怕了"所指的对象）当日本帝国主义大举侵略华北的时候，北平的大学生纷纷逃难，于是一片责骂声倾泻在他们头上，鲁迅又力排众议，写了几篇为"逃难"辩护的杂感文，他指出："施以狮虎式的教育，他们就能用爪牙，施以牛羊式的教育，他们到万分危急时还会用一对可怜的角。然而我们所施的是什么式的教育呢，连小小的角也不能有，则大难临头，惟有兔子似的逃跑而已。自然，就是逃也不见得安稳，谁都说不出那里是安稳之处来，因为到处繁殖了猎狗，诗曰：'跃跃毚兔，遇犬获之，'此之谓也。然则三十六计，固仍以'走'为上计耳。"这里讲的是教育对人性的决定性影响，严厉地抨击了国民党的反动教育和反动的政权。

马克思和恩格斯曾经批评说："哲学家们在已经不再屈从于分工的个人身上看见了他们名之为'人'的那种理想，他们把我们所描绘的整个发展过程看做是'人'的发展过程，而且他们用这个'人'来代替过去每一历史时代中所存在的人，并把他描绘成历史的动力。这样，整个历史过程被看成是'人'的自我异化过程，实际上这是因为，他们总是用后来阶段的普通人来代替过去阶段的人并赋予过去的个人以后来的意识。由于这种本末倒置的做法，即由于公然舍弃实际条件，于是就可以把整个历史变成意识发展的过程了。"[①] 鲁迅从来没有舍弃过人之所以成为人以及人的发展的"实际条件"。这就是本文开头所说，在"人"字下面掩盖着两条哲学路线，鲁迅的"立人"、人性观并不属于唯心主义的根据。

一九八三年五月

---

① 马克思、恩格斯：《费尔巴哈》，《马克思恩格斯选集》第一卷，第75—76页。

钱理群评点

收入本辑的第二篇文章《致力于改造中国人及其社会的伟大思想家》，写于一九八一年七月，是为一九八一年九月二十五日纪念鲁迅诞生一百周年召开的学术讨论会提交的论文。这一次学术讨论会在新时期（改革开放时期）鲁迅研究历史上具有里程碑的意义：它开启了独立自主的创造性的鲁迅研究的新格局。得后的这篇论文在会上一发表，即给人以耳目一新的印象，但公开响应者并不多。当时的鲁迅研究权威陈涌连续在两篇文章里，指出得后的"鲁迅立人思想论"是对他理解的马克思主义阶级论的挑战；而他的批判似乎也无人响应。这样的像鲁迅说的"如一箭之入大海"式的无力与寂寞，就几乎成了得后独立、独特的鲁迅研究的命运。但无论如何，得后这篇《致力于改造中国人及其社会的伟大思想家》，还是成了他的鲁迅研究的代表作。

尽管得后解释说，他没有把文章中的主旨"立人思想"写进文题，是因为当时思想禁锢依然很多，必须"避免刺激我们中国的'阶级论者'"（《写在〈鲁迅教我〉后面》，收《鲁迅教我》）；但"致力于改造中国人及其社会的伟大思想家"这一命题的提出本身，就是一种创新，它明确提出鲁迅思想的独特之处，就在于它是"关于现代中国人的哲学"，是"关于现代中国人及其社会如何改造的思想体系"：这显然包含了对鲁迅的一个全新理解与概括。如得后所说，许多人都把鲁迅归于"为人生派"，其实并不准确；鲁迅更注重于"改良"与"改造"。这正是"作为思想家的鲁迅的一个本质特点，即他的实践性"，"他毕生执着于现在，脚踏实地，从事一点一滴的切实的改良这人生的工作。他永无止境地革新的要求和努力，他奋不顾身地反抗一切黑暗、战取光明的斗争"，这样的集"解释世界"与"改变世界"于一身的"精神界战士"的品格正是鲁迅区别于书斋的思想者，格外有魅力之处。更具鲁迅特色的，是他对"人的改造"与"社会改造"关系的认识与把握：他明确把"人"放在"社会"前面，显然大有深意；但他同时拒绝离开社会改造，把人的改造变成纯粹个人的修养，也就具有了鲜明的"变革时代"的特性。应该说，这样一个"人—社会—改造"的思想与实践格局，对正处于思想解放的时代大潮之中、迫切要求寻找新的出路的我们这一代是有特殊吸引力的。这样，得后对鲁迅思想的这一新的概括与揭示，就具有了一种学术研究的目的论与方法论的意义。我自己就是由此得到启发，决心用学术研究的方式，通过对鲁迅思想的研究与讲述，投身于二十世纪八十年代"改造中国人与社会"的改革开放的历史潮流之中。我在第一部研究鲁迅的专著《心灵的探寻》首页就明确提出："谨献给正在致力于中国人和中国社会改造的青年朋友"，这样的"把自己的人生选择与学术选择，做人与治学融为一体"的选择，自然来自鲁迅的影响，但也确实受到了得后研究的启发：这是我对得后研究的价值的一次亲身的体认。（参看钱理群：《我的"中国人及中国社会改造"的思想与实践》，收

《八十自述》）。有意思的是，得后在其所写《钱理群〈心灵的探寻〉读后》（收《鲁迅与中国文化精神》）中，对此也给予了充分的理解与肯定；其实，这也是我们共同的追求。在二十世纪八十年代，具有这样的社会责任感与历史使命感、自觉追求学术研究与改造人和社会的实践相结合的鲁迅研究者，人数不多，却自有人在，他们彼此相濡以沫，却从不拉帮结派，虽形不成什么力量，更谈不上构成什么传统，却永远让人怀想。

再回到《致力于改造中国人及其社会的伟大思想家》一文的主旨上来：得后一直强调，他阅读、辑录鲁迅作品一开始，就有一个想法："首先要梳理清楚他有什么？是什么？是怎样的？为什么是这样的而不是别样的？特别是要问一个'为什么'。"到二十世纪八十年代，要研究鲁迅思想了，"心里一直有个疑问：都说鲁迅是伟大的思想家，可鲁迅有什么思想呢？"当时鲁迅研究界的主流，都认为"鲁迅只有别人的思想"，"早年有朋友说……他是'托（尔斯泰）尼（采）思想……'……后期又是马克思主义的思想，那不就没有独立的属于鲁迅自己的思想了吗？""更有人认为鲁迅根本没有什么系统的思想可言，鲁迅根本就不是什么思想家。"得后"决定冒险，提出我的读鲁迅的心得"，对"独立的属于鲁迅自己的思想"体系作出自己的概括和回答，提出了"立人是鲁迅思想的出发点，归宿和中心"这一命题。（《写在〈鲁迅教我〉后面》）。

得后的这一研究思路，正是反映了二十世纪八十年代鲁迅研究的时代需要。得后特意提到王富仁在八十年代初提出

"回到鲁迅那里去"的口号，那是代表了我们这一代鲁迅研究者的共同追求的。我在《心灵的探寻》的"引言"里也这样明确表示，"用任何一种曾经影响过鲁迅的思想来概括这崭新的思想，都是片面的，我们只能如实地把它叫做'鲁迅思想'"，我也根据对鲁迅作品里的"单位观念和单位意象"的梳理与研究，提出了"于一切眼中看见无所有"、"于天上看见深渊"、"于无所希望中得救"等一系列鲁迅式的命题。这都可以看作是这一代学人中的一部分人开掘鲁迅独立的思想体系的努力。

得后在这方面是高度自觉的，这也与他的学术研究的方法和道路的独特选择直接相关。得后在准备写他《关于鲁迅对"人"的探索》（《致力于改造中国人及其社会的伟大思想家》一文的原拟题）时和王瑶先生有过一个研究方法与写法的讨论。王先生说，这类文章有两种写法，一种是"梳辫子"，以如实全面梳理作者的原文原意为追求；另一种是"以自己所要阐述的论点作为框架"，更强调研究者的理解与发挥。得后毫不犹豫地表示，"我走着'梳辫子'的路"（《王瑶先生》，收《垂死挣扎集》）。他一再强调，自己所写的只是读鲁迅作品的"笔记"，还处于"'述而不作'的阶段"（《〈两地书〉研究·几句说明》）。他也据此坚持要将本书命名为《鲁迅研究笔记》。不能简单地把得后的这些申说视为谦辞，这里确实有他的方法论："我的方法是只读鲁迅，通读鲁迅。在通读中发现问题，根据问题再从通读中收集相关的议论，梳理它们之间的关系，是相互补充，是进一步发挥，还是相互抵牾，乃至相反？相反，是相成还是别立一说？然后归纳成为心得。我深知我还远没有读通鲁迅；不懂的地方也还多。不懂就是不懂，我存疑；但决不断章取义，用摘句搭建'一家之言'，强说鲁迅'有什么'和'是什么'以及'为什么'。我更知道，我充其量只是一个祖述鲁迅的人。"（《〈鲁迅教我〉题记》）他反复强调，对鲁迅的"发现"，"只能从鲁迅的文本和他的作为中求索"，要"从三百万字鲁迅著作中搜索、汇集鲁迅对于某一问题的看法；在什么时间，什么地方，针对什么，说了什么，怎么说的？进而分析为什么这么说，才可望'逼近'鲁迅，达到'尽可能'懂得鲁迅的原意"；而且要注意它的"多面"的、"多层次的结构"与"系统"，"需要由表及里，层层深入，这决定于眼力和识见"；还"必须把鲁迅同一意义所使用的不同的'词'、'概念'搜索汇集起来加以分析和归纳"。（《对于鲁迅的发现和解读——和钱理群学兄讨论》，收《鲁迅教我》）得后在鲁迅博物馆所做的最具有开创性的工作，就是在一九八七年与北京计算机三厂合作制作"《鲁迅全集》微机检索系统"，为鲁迅研究提供了检索的便利。得后也认为，这是他的一个主要成绩。

正因为得后下足了这样的笨功夫、死功夫、硬功夫，他对鲁迅"立人"思想的发现与梳理，就真正做到了全面、深入、客观、实在，可信可靠。他的《致力于改造中国人及其社会的伟大思想家》，不但揭示了"'立人'的思想贯彻于鲁迅一生的始终"、"'立人'的思想遍及鲁迅论述的各个方面"，有说服力地论证了"立人"确实是"鲁迅思想的出发点和归宿"；同时又全面梳理了"鲁迅对如何'立人'的认识和实践"、"鲁迅思想的独特性":真可谓高屋建瓴的提纲挈领之作。而他的《鲁迅思想中的人性问题》则对"鲁迅关于人的思想的基本组成"与"基本观点"的"人性、人道和人道主义"问题,进行了深入的讨论,既显示了鲁迅"立人"思想的深度,也是对二十世纪八十年代人道主义思潮的一个及时的回应。而具有总结意义的《〈鲁迅教我〉题记》,将鲁迅的"立人思想"概括为二十条,"每一条都有鲁迅的原话作证据,都是可以复按的":得后实际上是在鲁迅"原话"基础上提供了一个"鲁迅立人思想的体系"。可惜得后自己并没有将这二十条全面展开论述,这本是可以写成一本"大书"的,确实是一大遗憾或不足。不知道得后对他总结的这二十条,还有什么没有完全写出来的深入的思考?这或许对后人的继续研究,会有所启发。

王瑶先生当年在和得后讨论鲁迅立人思想研究方法时,还提出"做学问"的三种境界、水准:"最高成就,是得出定论";"其次是自圆其说。不一定正确,不一定深刻,不一定人家同意,自己提出和人家不同的见解,说圆了,也不错";"最没有用的是人云亦云,东拼西凑,没有自己的东西。这种文章写了等于没有写,不应该写的"。(《王瑶先生》)以此评价得后的"鲁迅立人思想"研究,应该说,它已经成为"定论"。如孙郁的评论所说,得后关于鲁迅立人思想的文章,"近四十年间,一直被学界引用","我们现在讨论鲁迅思想的原色,都在引用他的看法","他在鲁迅研究转型期的笔墨,带有独思者的勇敢"。(《在鲁迅的词风里》)

◎ 辑二

『一个看透了大众的灵魂的人的灵魂，是怎样的』

——《〈两地书〉研究》

"相依为命，离则两伤"

一九三一年一月十七日，柔石、白莽、胡也频、冯铿、李伟森五名中共党员和其他同志在上海东方旅馆开党内会议时被捕，二月七日即被国民党秘密杀害于龙华。柔石等五位左翼作家联盟盟员的身份，以及从柔石身上搜出了鲁迅与书店的印书合同，更成了敌人镇压革命者的借口。于是扩大搜捕之声四起，白色恐怖严重地威胁着鲁迅，鲁迅只好偕景宋携海婴弃家出走，避匿于花园庄。二十一日，上海等地一些报刊发表"鲁迅被捕"的谣言，老母饮泣，挚友惊心，鲁迅又不得不几乎天天寄信更正，聊以安慰亲友。二月十八日，鲁迅在致李秉中信中说："生丁此时此地，真如处荆棘中，国人竟有贩人命以自肥者，尤可愤叹。时亦有意，去此危邦，而眷念旧乡，仍不能绝裾径去，野人怀土，小草恋山，亦可哀也。……我又有眷属在沪，并一婴儿，相依为命，离则两伤，故且深自韬晦，冀延余年，倘举朝文武，仍不相容，会当相偕以泛海，或相率而授命耳。"此情此心，爱国、爱家、爱景宋，融于一体。爱情并不高于生命，自然也不低于生命，它就是生命，是生命的有机分子之一。恩格斯论述现代的性爱，指出它"同单纯的性欲，同古代的爱，是根本不同的"。它的三个特点之一，就是："常常达到这样强烈和持久的程度，如果不能结合和彼此分离，对双方来说即使不是一个最大的不幸，也是一个大不幸；仅仅为了能彼此结合，双方甘冒很大的危险，直至拿生命孤注一掷，而这种事情在古代充其量只是在通奸的场合才会发生。"① 鲁迅用他自己独具风格的"炼话"，表达了他和景宋这种幸福的爱情感。 这不是求爱时的赌咒发誓，而是生死关头的肺腑之言。

　　然而，谁能想到，他俩坚持自己的爱情是多么艰难困苦！他们不仅要忍受许多谣言、"笑骂诬蔑"，就是对于大多数至亲好友，也不得不保密，唯恐得不到谅解。 将近两年过去了，景宋怀着海婴，才写信告诉自己的一位知友，并在同鲁迅商量之后，告诉前来探望的姑母，因为不"发表"，也会看出来的。 但鲁迅对景宋强调："看现在的情形，我们的前途似乎毫无障碍，但即使有，我也决计要同小刺猬跨过它而前进的，绝不畏缩。"②

　　鲁迅和景宋是一九二七年九月二十七日相将离开广州，十月三日下午抵上海，寓共和旅馆的，八日上午从共和旅店迁居景云里二十三号。 鲁迅到达上海的当晚，林语堂就来访问，第三天又同郁达夫会见了，几天里他们多次在一起饮宴。 可是，鲁迅和景宋的相爱，郁达夫是自己细心看出来的，林语堂却长时间蒙在鼓里，可见就是对他俩，当时也没有说明。 鲁迅和景宋同居，实在连任何形式也没有。 移居景云里的前一天，鲁迅"晚邀小峰、云章、锦琴、伏园、三弟及广平饮于言茂源，语堂亦至，饭毕同观影戏于百新戏院"③。 这和五日、六日的互相邀宴一样，是朋友间重逢的欢聚，不含有庆贺的因素。 郁达夫曾有这样一段回忆：

---

①　恩格斯：《家庭、私有制和国家的起源》。

②　鲁迅一九二九年五月二十一日致景宋信。

③　《鲁迅日记》（一九二七年十月七日）。

直到两年之后，他因和林文庆博士闹意见，从厦门大学回上海的那一年暑假，我上旅馆去看他，谈到了中午，就约他及景宋女士与在座的许钦文去吃饭。在吃完饭后，茶房端上咖啡来时，鲁迅却很热情地向正在搅咖啡杯的许女士看了一眼，又用告诫亲属似的热情的口气，对许女士说：

"密丝许，你胃不行，咖啡还是不吃的好，吃些生果罢！"

在这一个极微细的告诫里，我才第一次看出了他和许女士中间的爱情。

从此以后，鲁迅就在上海住下了，是在闸北去窦乐安路不远的景云里内一所三楼朝南的洋式弄堂房子里。他住二层的前楼，许女士是住在三楼的。他们两人间的关系，外人还是一点儿也没有晓得。

有一次，林语堂——当时他住在愚园路，和我静安寺路的寓居很近——和我去看鲁迅，谈了半天出来，林语堂忽然问我：

"鲁迅和许女士，究竟是怎么回事？有没有什么关系的？"

我只笑着摇摇头，回问他说：

"你和他们在厦大同过这么久的事，难道还不晓得么？我可真看不出什么来。"

…………

语堂自从那一回经我说过鲁迅和许女士中间大约并没有什么关系之后，一直到海婴（鲁迅的儿子）将要生下来的时候，才兹恍然大悟。我对他说破了，他满脸泛着好好先生的微笑说：

"你这个人真坏！"①

林语堂真不愧深受英美文学的陶冶，大有英国绅士的风度，于别人的私事毫不注意。这和中国有些人之喜欢猜测、探听、议论、传播此类私事的脾气，迥然不同。

自然，那时候心照不宣的人也一定有的，比如伏园和衣萍，那时早就在宣传的。十月五日伏园和春台赠给鲁迅"合锦二合"，也许就含着一点别的意思。

让我们暂且撇开周围的人们，只看看鲁迅和景宋两人之间的事吧。

"我们之相处，实有深因"

这是鲁迅自己说的，见于一九二九年六月一日给景宋的信。全文是这样的："小刺猬，我们之相处，实有深因，它们以它们自己的心，来相窥探猜测，那里会明白呢。我到这里一看，更确知我们之并不渺小。"语曰："肺腑而能言，医师面如土。"大概是指这一类话吧？不是知己之间，人们不会倾诉这样深刻的内心的感慨。但这封信在收入《两地书》时，这段话被删掉了。

鲁迅写此信的这一夜是很激动的。上面这一部分信写于"黎明前三点"，而"晨五时"又加写了一部分。就是作为署名

---

① 郁达夫:《回忆鲁迅》。

所画的"小白象"，也是鼻子高举作奔驰状，是这一批信中显得最为激动昂扬的一匹。

鲁迅这一夜为什么这么激动？是"行期在即"，很快又可以和景宋相聚的感应呢，还是这次回北平所得的印象太深，情不自禁？或是这两者兼而有之？我以为是两者都有，是在重回北平得到的关于人生、战斗、变节、友谊种种广泛而深刻的感触的基础上，又想到彼此相爱的"深因"才夜不能寐的。

这一种推测，从收入《两地书》时对这封信所作的增删修改中可以得到证明。鲁迅删掉了几句表示自豪的评语，增加了三大段关于人事的抨击，足见当年感触之深，久久难忘，我也正是在这种比较中找到了探索这"深因"的线索。这无论是对了解鲁迅的思想、性格，或是对了解鲁迅与景宋相爱的"深因"，都是很重要的。请看：

> 晚上来了两个人，一个是〔忙于〕（为孙祥偈）翻〔检〕电〔码〕（报）之（台）〔静农〕，一个是帮我校〔过〕《唐宋传奇集》之（魏）〔建功〕，同吃晚饭，谈得很〔为〕畅快。和上午之纵谈于西山，都是近来快事。他们对于北平学界现状，〔似〕俱（颇）不（满）〔欲多言，我也竭力的避开这题目。其实，这是我到此不久，便已感觉了出来的：南北统一后，"正人君子"们树倒猢狲散，离开北平，而他们的衣钵却没有带走，被先前和他们战斗的有些人拾去了。未改其面目者，据我所见，殆惟幼渔，兼士而已。由是又悟到我以前之和"正人君子"们为敌，也失之不通世故，过于认真，所以现在倒〕（我想，此地之先前和"正人君子"战

斗之诸公，倘不自己小心，怕就也要变成"正人君子"了。各种劳劳，从我看来，很可不必。我自从到北平后，觉得)非常自在，于（他们）〔衮衮诸公之〕一切言动，〔全都〕（甚为）漠然：即下午之（面）〔呵〕斥（董公）〔春菲〕，事后〔思之〕也〔觉得大可不必。〕（毫不气忿，）因叹在寂寞之世界里，虽欲得一可以对垒之〔真〕敌人，亦不易也。

这以下，就是前面所引"小刺猬，我们之相处，实有深因"的一节。其中所说"我到这里一看，更确知我们之并不渺小"，不正是针对上文中"此地之先前和'正人君子'战斗之诸公，倘不自己小心，怕就也要变成'正人君子'了"而来的么？原信说得比较含蓄、发表时经过修改的文字，多么显豁。鲁迅多么鄙视自身变成黑暗的人物！是的，所谓"并不渺小"就是并不"变成'正人君子'"，而是终生坚持与黑暗势力战斗，坚持进步，保持革命者的特操，这，或者就是鲁迅与景宋相爱的"深因"吧？

还有一段和这有密切关系的：

我自从到此以后，〔总〕（综）计各种感受，（似乎我与新文字和旧学问各方面，凡我所着手的，便给别人一种威吓）〔知道弥漫于这里的，依然是"敬而远之"和倾陷，甚至于比"正人君子"时代还要分明，〕——〔但〕有些〔学生和〕（旧）朋友自然除外——（所以所得到的非攻击排斥便是"敬而远之"。）〔再想上去，则我的创作和编著一发表，总有一群攻击或嘲笑的人们，那当然是应该的，如果我的作品真如所说的庸陋。然而一看他们的作品，却比我的还要坏；例如小说史罢，好几种出在我的那一本之后，而凌乱错误，更不行了。〕这种情形，〔即〕使我（更加）大胆阔步，〔小觑此辈〕，然而也使我不复专于一业，一事无成。而且又使〔你〕（小刺猬）常常担心，"眼泪往肚子里流"。所以我也对于自己的坏脾气，（常常）〔时时〕痛心，〔想竭力的改正一下。我想，应该一声不响，来编《中国字体变迁史》或《中国文学史》了。然而那里去呢？在上海，创造社中人一面宣传我怎样有钱，喝酒，一面又用《东京通信》诬栽我有杀戮青年的主张，这简直是要谋害我的生命，住不得了。北京本来还可住，图书馆里的旧书也还多，但因历史关系，有些人必有奉送饭碗之举，而在别一些人即怀来抢饭碗之疑，在瓜田中，可以不纳履，而要使人信为永不纳履是难的，除非你赶紧走远。D. H.，你看，我们到那里去呢？我们还是隐姓埋名，到什么小村里去，一声不响，大家玩玩罢。〕（但有时也觉得惟其如此，所以我配获得我的小莲蓬兼小刺猬。此后仍当四面八方地闹呢，还是暂且静静，作一部冷静的专门的书呢，到是一个问题。好在我们就要见面了，那时再谈。）

鲁迅这里所说他"配获得"景宋的爱情的原因，也就是景宋"配获得"鲁迅的爱情的原因，这就是他俩共同的坚贞不渝地与黑暗势力战斗的性格，决不屈服的性格。作为一位女性，景宋是很了不起的，她懂得鲁迅，理解鲁迅，她只是为鲁迅所受到的压迫，有时是生命的威胁，"常常担心，'眼泪往肚子里流’”；她从来不拖后腿，不用“儿女情”来软化鲁迅，不用女性多有的似水柔情来冲淡鲁迅的战斗意志；在困难面前，她决不畏惧，决不退缩，决不背叛鲁迅而去追求庸人的安乐，她和鲁迅一样有改造社会、改良人生的志愿，一样有殖民地半殖民地人民最宝贵的不屈不挠的性格。这就是他俩相爱的“深因”。

道不同不相与谋，自然也将没有相爱的基础。然而，仅仅是志同道合，可以为同志，为战友，却未必就可以结为情侣。爱情是极富个性的，与个人命运密切相关的。一九二九年五月十三日景宋给谢敦南、常玉书夫妇的信，把她之所以爱慕鲁迅的原因，作了透彻的说明。信中说：

玉书来信，再三申说寄款之故，并以不甚详悉我之经济状况为念。老友关怀，令我感极。说到经济，则不得不将我的生活略为告诉一下，其实老友面前，本无讳言，而所以含糊至今者，一则恐老友不谅，加以痛责，再则为立足社会，为别人打算，不得不暂为忍默，今日剖腹倾告，知我罪我，惟老友自择。老友尚忆在北京当我快毕业前学校之大风潮乎。其时亲戚舍弃，视为匪类，几不齿于人类，其中惟你们善意安慰，门外送饭，思之五中如炙，此属于友之一面。至于师之一面，则周先生（你当想起是谁）激于义愤（的确毫无私心）慷慨挽救。如非他则宗帽胡同之先生不能约来，学校不能开课，不能恢复，我亦不能毕业，但因此而面面受敌，心力交悴，周先生病矣。病甚沉重，医生有最后警告，但他本抱厌世，置病不顾，旁人忧之，事闻于我，我何人斯，你们同属有血气者，又与我相处久，宁不知人待我厚，我亦欲舍身相报，以此皮气，难免时往规劝候病。此时无外猩猩〔惺惺〕相惜。其后各自分手，在粤他来做教师，我桑土之故，义不容辞，于是在其手下做事，互相帮忙，直至到沪以来，他著书，我校对，北新校对，即帮他所作，其实也等于私人助手，以此收入，足够零用，其余生活费，则他在南京有事（不须到），月可三百，每月北新板税，亦有数百（除北京家用），共总入款，出入还有余裕，则稍为存储于银行，日常生活，并不浪挥，我穿着如你所见，所以不感入不敷出之苦。这是我的生活，亦是我的经济状况。周先生对家庭早已十多年徒具形式，而实同离异，为过渡时代计，不肯取登广告等等手续，我亦飘零余生，向视生命如草芥，所以对兹事亦非要俗世名义，两心相印，两相怜爱，即是薄命之我厚遭挫折之后的私幸生活。今日他到北平省母，约一月始回，以前我本打算同去，再由平往黑看你们，无奈身孕五月，诚恐路途奔波，不堪其苦，为他再三劝止，于是我们会面最快总须一二年后矣。纸短言长，老友读此当作何感想。我之此事，并未正式宣布，家庭此时亦不知，知之为知之，不知为不知，谅责由人，我行我素。毓妹来沪，亦未告知，如有人问及，你们斟酌办理，无论如何，我俱不见怪。现时身体甚好，一切较以前健壮，将来拟入医院，正式完其手续，可勿远念。①

---

① 据景宋抄寄鲁迅的手稿。

鲁迅读了这封信，认为"是很好的，但说得我太好了一点"①。

当年在鲁迅周围的新文学青年，对于鲁迅和景宋的爱情进行"窥探猜测"的，除章衣萍之外，还有谁呢？孙伏园等是作过宣传的，或许也是其中的一个。高长虹别有心计，大概也是一个。其余鲁迅和景宋都没有指名，不好妄猜。他们"窥探猜测"的内容，见于文字的也只有一种，即鲁迅一九二六年九月三十日给景宋的信中所说的："L 家不但常有男学生，也常有女学生，有二人最熟，但 L 是爱长的那个的。他是爱才的，而她最有才气，所以他爱她。"诚然，鲁迅是爱才的，他那么呕心沥血培养文学青年，珍惜他们的才能，鼓励他们不要顾虑自己幼稚而不敢大胆创作，就是很好的证明。而景宋也确有才气。景宋当时写的社会批评就虎虎有生气。然而，并不能因此作出鲁迅只是爱景宋才气的结论。鲁迅在发表这封信时，对上面的话稍稍作了修改，然后加了一句评语："平凡得很，正如伏园之人，不足多论也。"

中国人大都心里明白，即使如阿 Q，也严于"男女之大防"，并且有一套学说："凡尼姑，一定与和尚私通；一个女人在外面走，一定想引诱野男人；一男一女在那里讲话，一定要有勾当了。为惩治他们起见，所以他往往怒目而视，或者大声说几句'诛心'话，或者在冷僻处，便从后面掷一块小石头。"鲁迅和景宋，一个是老师，蜚声文坛、驰誉国际的《狂人日记》和《阿 Q 正传》的作者，一个不过是在校学生；一个已经四十五六了，一个才二十七八，相差十七八岁；特别是一个已有夫人，虽然"早

---

① 鲁迅一九二九年五月二十一日致景宋原信。

己十多年徒具形式，而实同离异"，总之，他是有了家室，一个尚在待字之中，其可"窥探猜测"的种种，是可想而知的。

这种"窥探猜测"，也不独专只针对鲁迅和景宋，几乎无论是谁，平凡而又平凡的张三、李四，一触及"男女之大防"，在他周围必定有"窥探"的眼睛和"猜测"的头脑的，而捕风捉影之说，难免喊喊喳喳，沸沸扬扬。这是习惯，也是传统，并非我炎黄子孙的天性。有的未必有恶意，甚或出于关怀，但是，当要攻击和打倒谁时，这一点，却是经常使用而且最能够、最容易赢得多数的手段。鲁迅那个时代，"反改革者对于改革者的毒害，向来就并未放松过，手段的厉害也已经无以复加了"①，他们岂能放过这传统的常规武器不用而忍受鲁迅和景宋对他们的不留情面的揭露和抨击？不会的，决不会的。他们必定要发泄他们的怨恨，他们必定要报复。只是他们的报复也如同他们本身一样低级，只能是"笑骂诬蔑"，只能是人身攻击。而且是无论事之有无，他们是在所必行的。鲁迅看透了这种世态人情。为改革社会计，鲁迅曾考虑"是否还应该暂留几片铁甲在身上"②。这里所说的"几片铁甲"，也就是对自己和景宋的关系，仍然维持在相恋的阶段并且保持忍默，自己不作公开的说明。但是这种为社会的"忍默"是有限度的，是以坚持而不是舍弃自己的爱情为条件，并且是暂时的。"两个爱人，有因为豫防将来的社会上的斥责而不敢拥抱的么？"③如果这样，他们相爱的力量，"又何其弱呢？"又何况加之于鲁迅和景

---

① 鲁迅：《坟·论"费厄泼赖"应该缓行》。

② 鲁迅一九二七年一月十一日致景宋信。

③ 鲁迅：《南腔北调集·论"第三种人"》。

宋的，乃是流言和诬蔑。鲁迅对景宋说："不必连助教都怕做，（对语）〔同事〕都避忌，倘如此，（那）〔可〕真成了流言的囚人（了），〔中了流言家的诡计了。〕"① 恰如景宋所说，她和鲁迅"都是反抗的脾气，不被攻击固然要做，被攻击就愈要做的"②。所以即使是在暂时的"忍默"中也决不是"臣罪当诛兮天皇圣明"式的诚惶诚恐，有战机还是要给予反拨的。《坟》的《题记》和《写在〈坟〉后面》中有不少话就是这样。"春江水暖鸭先知"，景宋是最了解鲁迅，最能与鲁迅心心相印的。她读到《坟》的《题记》后给鲁迅写信说："你执笔可真是放恣了起来，你在北京时，就断不肯写出'倒不尽是为了我的爱人，大大半乃是为了我的敌人'这样的句子，有一次做文章，写了似乎是'……的人'，也终于改了才送出去的。"③

鲁迅也看透了或一种人的"卑怯"，即"遇见强者，不敢反抗"④，"却抽刃向更弱者"⑤。鲁迅因避段祺瑞政府的迫害等等原因而离开北京到厦门，有人就以为鲁迅失去了进攻的能力，可以欺侮了。然而，鲁迅和景宋都是"抽刃向更强者"的"勇者"⑥，他们的结合也由于他们自信自己的爱情的正确和纯洁，敢于独战多数的勇气。鲁迅和景宋婚后一年多，曾对一位亲密的年轻朋友韦素园历诉这样的经过："至于'新生活'的事，我自己是川岛到厦门以后，才听见的。他见我一个人住在高楼

---

① 鲁迅一九二七年一月十一日致景宋信。
② 景宋一九二七年一月七日致鲁迅信。
③ 景宋一九二七年一月七日致鲁迅信。
④ 鲁迅：《华盖集·通讯》。
⑤ 鲁迅：《华盖集·杂感》。
⑥ 鲁迅：《华盖集·杂感》。

上，很骇异，听他的口气，似乎是京沪都在传说，说我携了密斯许同住于厦门了。那时我很愤怒。但也随他们去罢。其实呢，异性，我是爱的，但我一向不敢，因为我自己明白各种缺点，深恐辱没了对手。然而一到爱起来，气起来，是什么都不管的。后来到广东，将这些事对密斯许说了，便请她住在一所屋子里——但自然也还有别的人。前年来沪，我也劝她同来了，现就住在上海，帮我做点校对之类的事——你看怎样，先前大放流言的人们，也都在上海，却反而哑口无言了，这班孱头，真是没有骨力。"① 真善美和假恶丑，是相比较而存在、相斗争而发展的。人们的气质和性格，也是这样。鲁迅的没有丝毫奴颜和媚骨，不仅不屈服于强者，而且偏偏要向强者抗争，以求生存和发展，不也正是在这样的比较中显现出来，在互相的斗争中得到发展的么！基于爱情的婚姻是完全自愿的，也是最有力量的。语云：二人同心，其利断金。这也适于现代人们的爱情与婚姻生活。爱情的自愿和相互平等的特性，使我们看到这样美好的结合。景宋对鲁迅的信赖、爱慕与支持，鲁迅对景宋的关怀、爱护与帮助，是两个人结合的坚实基础。鲁迅逝世以后，一九四一年十二月十五日清晨五时，景宋在上海突然遭到日本侵略军的逮捕，随后是法西斯的酷刑逼供。景宋大义凛然，身受淫刑而不屈；而且唯一的儿子海婴年且十二岁，远不能失去母亲而独立谋生，母性的感情上的熬煎，可想而知。景宋经受了这一切，骨头之硬，与鲁迅相映成辉。鲁迅这样表达过对景宋的倾心："置首于一人之足下，甘心什倍于戴王冠，

---

① 鲁迅一九二九年三月二十二夜致韦素园信。

久矣夫，已非一日矣……"多么相知，而又多么相配。

爱情：油然而生，沛然而长

一九二五年三月十一日景宋以"受教的一个小学生"的名义给鲁迅写第一封信。一个月后，四月十日，景宋给鲁迅写信的署名之前，第一次冠以"小鬼"，且注明此为"（鲁迅先生所承认之名）"。又六天之后，景宋写信致鲁迅，劈头第一句，居然作"'秘密窝'居然探险（？）过了！"这显然透露出一种特殊的情谊，表明庄严的师生关系已经开始突破。六月二十五日，这一天是旧历端午，鲁迅请景宋、俞芳姊妹在家便宴。二十七日，景宋又写信给鲁迅，可惜已经遗失。第二天鲁迅的回信，前半赫然是一篇"训词"，反复申辩："又总之：端午这一天，我并没有醉，也未尝'想'打人；至于'哭泣'，乃是小姐们的专门学问，更与我不相干。特此训谕知之！"七月十三日，景宋写信致鲁迅，称"嫩弟手足"，自署"愚兄"，鲁迅回信即呼带引号的"愚兄"，且十六日的一封，以"嫩弟弟"之特征，描写景宋的发型、衣着、打扮、性格，次日景宋依样画葫芦，写了一封回信。月底，鲁迅再给景宋一信，最后说："天只管下雨，绣花衫不知如何？放晴的时候，赶紧晒一晒罢，千切千切！"从此以后，在北京期间，就不再写信，也许不必写信了吧？——一九二七年十一月二十二日景宋回答鲁迅所询问的今后如何生活法的信中，在讨论了如何安置朱安女士的种种办法的时候，景宋又说"如果觉得这批评也过火，自然是照平素在京谈话做去，在新的生活上，没有不能吃苦的"。由此可见，在不再通信的期间，双方对未来的爱情—婚姻生活，已经郑重地商量过，有过决定。又由此可以推断，上述通信的时间表，像我似的把它作为从相知到相爱的道路上的里程碑，是符合实际情形的吧？而我以为，一九二五年的端午节，即六月二十五日，可以当作鲁迅和景宋定情的节日。这不是说那一天他俩一定有过正式的商谈或别的表示，而是说，那一天以后的通信，明显地发生了感情上的质变，已经是人们爱说的"情书"了。虽然那以前的信，也已经"含情脉脉"。这是一个过程；一个生动的两心相印的过程。那微妙的笔触和增删修改所体现的心理特征，也是我们了解一个人所值得体察的吧？

　　鲁迅说过，他和景宋"通信之初，实在并未有什么关于后来的豫料的"[①]。这是实情。景宋回忆，第一封信"写好之后，给林君看过同意了"[②]才寄出的。

　　这第一封信，是一封对鲁迅满怀敬仰而热烈、诚恳地求教的信。收入《两地书》时，对第一节所作的修改，去掉了一些欧化语气，辞句也修改得更加简洁，可是，一种难以遏止的激情和不知如何说好的生动心理状态也修掉了不少。原信说："现在执笔写信给你的：是一个受了你快要两年的教训，是每星期翘盼着希有的、每星期三十多点钟中一点钟小说史听讲的、是当你授课时坐在头一排的坐位，每每忘形地直率地凭其相同的刚决的言语，在听讲时好发言的一个小学生，他有许多怀疑

---

① 鲁迅一九三四年十二月六日致萧军、萧红信。

② 许广平：《欣慰的纪念·鲁迅先生与女师大事件》。

而愤懑不平的久蓄于中的话；这时许是按抑不住吧！所以向先生陈诉。"

信末又删去了这样一段迫切的呼吁："现在的青年的确一日日的堕入九层地狱了！或者我也是其中之一。虽然每星期中一小时的领教，可以快心壮气，但是危险得很呀！先生！你有否打算过'救人一命，胜造七级浮屠'呢？先生！你虽然很果决的平时是；但我现在希望你把果决的心意缓和一点，能够拯拔得一个灵魂就先拯拔一个！先生呀！他是如何的'惶急待命之至'！"

这信的内容，和景宋回忆的她和同学林卓凤商量的动机是符合的。她说："动机是这样的：我们都感觉到一个个学期的过去，使得就学的时间逐渐减少，而直面着人生的开始却瞬即来临，在感到学识的空虚，和处世应对事物的渺茫无所指引之际，谈起来就想从比较钦仰的教师中寻求些课外的导师。"[①]开始时双方确实并没有爱情上的预想，谁料到"无心插柳柳成荫"，爱情竟来得这么快。这总是有原因的吧。人世间并没有什么无缘无故的爱憎，更何况是现代的爱情，又更何况是文化教养较高人们之间的爱情。除了通信，自然也还有当面的交往。不能说从通信能了解一切；但这两者只能是相互补充，而不可能是相互抵牾的。这样，端午节以前的通信，毫无疑义是我们了解这一问题的重要资料。

这是两个为人生苦痛折磨的灵魂。景宋感到愤懑极了，她说："苦闷则总比爱人还来得亲密，总是时刻地不招即来，挥之

----

① 许广平：《欣慰的纪念·鲁迅先生与女师大事件》。

不去。"①是这样的么？是的，鲁迅同意这样的感受，他更深刻地表述为："我想，苦痛是总与人生联带的，但也有离开的时候，就是当熟睡之际。"②这种共同的感觉是很重要的。这不仅表明一种共同的思想基础，而且表明这种思想基础之深厚。事也真巧，青年鲁迅在景宋这个年纪，不也正是在探索着人生的意义，从"人立而后凡事举"③的命题确定了"立人"的崇高目的和以"立人"为中心的思想的认识么？人在个人的痛苦中"心事浩茫连广宇"，进而想到人生、国家和人类的前途，这不能不说是崇高的思想境界。

自觉到人生的苦痛，就是脱离了麻木状态，就是一种觉醒。痛苦不仅不总是消极的东西，而且有时痛苦比快乐深刻，有力量。痛苦令人不满，不满促人前进；快乐使人陶醉，陶醉令人保守。这不是说人应该吃苦，而是说人应该改革。鲁迅已经走过了青年时代，他懂得青年的心，青年的梦，他坦白地告诉景宋走"人生"的长途最容易遇到的两大困难：其一是"歧途"，其二是"穷途"。鲁迅说："我也并未遇到全是荆棘毫无可走的地方过，不知道是否世上本无所谓穷途，还是我幸而没有遇着。"④这对"穷途"的否定，就是对人生有路可走的肯定，这不是深刻的乐观精神、积极奋斗的精神么？然后鲁迅说了自己对付"歧途"的办法，以及著名的"壕堑战"的战术。

接连几封信都讨论人生和人生苦的问题，通信中谈论人

① 鲁迅：《两地书·一》。
② 鲁迅：《两地书·二》。
③ 鲁迅：《坟·文化偏至论》。
④ 鲁迅：《两地书·二》。

生、人生道路，其中包括自己走怎样的道路的文字之多，是一目了然的。这绝不是偶然的现象，这是一种深厚的思想基础。鲁迅在《伤逝》中表达了一个深刻的思想："人必生活着，爱才有所附丽。"有人以为这意思在说，叫花子就没有爱情。倘若如此，神圣而纯洁的爱情是多么俗不可耐的庸俗之物啊！它竟不如"吃饭"重要！当子君走后，涓生曾觉得沉重，因为想到她"负着虚空的重担，在严威和冷眼中走着所谓人生的路，这是怎么可怕的事呵！而况这路的尽头，又不过是——连墓碑也没有的坟墓"。爱是人生的一部分；爱人不就是走人生长途的伴侣么？当我向一位前辈谈起，鲁迅和景宋的定情大致在一九二五年的端午节的时候，他立即想，《伤逝》作于这之后。他查了一下时间就深情地缄默着。我似乎懂得了一点什么，然而，我又说不出。

鲁迅这段"走'人生'的长途"的话，给予景宋极深的印象。六月十九日景宋写信给鲁迅，特地抄出这三段，请求鲁迅予以发表，并说明这样的理由："以前给我的信中有上面的一大段，我总觉得'独食难肥，还想分甘同味'（二句是粤谚），以公同好，现在上海事起（此指五卅惨案），应有百折不回的精神，故我以为这些话有公开之必要，因此抄录奉呈，以光《莽原》篇幅。"诗曰：同声相应，同气相求。没有共同的人生理想，很难说是觉醒者的爱，现代的爱吧。

这是两个为改革教育、改革社会、改良人生而不折不挠、顽强斗争的战友。景宋是为学校的改革问题给鲁迅写信的，她不能容忍学生运动中追逐私利和变节的行为。第一封原信中讲到收买学生运动分子的时候，有这样严厉的谴责："在买者蝇营狗苟，凡足以固位恋栈的无所不用其极，有洞皆钻，无门不入，被买者也廉耻丧尽，人格破产。似此情形，出于清洁之教育界人物，有同猪仔行径。"这种急公好义的品性，肯定会得到鲁迅的赞赏。因为这与鲁迅在《文化偏至论》中对于"奔走干进之徒"的谴责是完全一致的。"夫势利之念昌狂于中，则是非之辨为之昧，措置张主，辄失其宜，况乎志行污下，将借新文明之名，以大遂其私欲者乎？"① 相隔十八年之后，景宋的信几乎像是对鲁迅青年时期的论述所作的回响似的。这怎能不受到鲁迅的重视呢？景宋对于"尘嚣"和"政潮"对学风的影响大为不满，她认为教育界本是清洁的，教育界的堕落，乃是受到"尘嚣"和"政潮"的污染。这是她向鲁迅发问的问题。这也是她幼稚的地方。然而景宋对教育的根本认识，却和鲁迅一致。他们都反对教育"贬损个性以迁就这环境"，制造"适应环境的人"②，他们都主张教育"要适如其分，发展各的个性"③。共同的思想基础，共同的人生理想，使鲁迅和景宋在改革教育、改造社会的斗争中成为名副其实的战友。景宋积极参加女师大改革的风潮，虽遭反改革的学校当局"开除"，而毫不气馁和退缩；鲁迅积极支持女师大进步学生的改革学校的斗争，虽遭反改革的教育司长非法撤职而不改初志，坚定地斗争到底。两个人不屈不挠的性格是多么鲜明，多么一致。

十年以后，鲁迅在回顾与景宋共同度过的岁月，共同走过的战斗历程的时候，曾题诗赠景宋，深深慨叹："十年携手共艰

① 鲁迅：《坟·文化偏至论》。
② 鲁迅：《两地书·一》。
③ 鲁迅：《两地书·二》。

危，以沫相濡亦可哀。"[①] 是的，这种携手斗争，艰危与共，以沫相濡的互相关心，互相爱护，互相帮助的生活和情谊，是他们相爱后一以贯之的，也是他们相知后迅速相爱的重要原因。端午节前的通信，鲁迅对景宋有多少切实的指导啊！不要说每信必复，而且每封信都竭诚相见，谈心交心，深切地解剖着自己的思想和人生观。在现存一千四百多封鲁迅书信中，谈得如此细致、深入和亲密的，只有少数几个人，而在这几个人中，给景宋的信又最突出。"壕堑战"的指导，子路"结缨而死"的战法的批评，"火与剑"与暗杀的讨论，女性文字弱点的指点，对景宋"无处不是苦闷，苦闷（此下还有四个和……）"的劝诫，特别值得注意的是，景宋在五月二十七日致鲁迅的原信中，询问是否加入一个团体的问题，鲁迅曾作过原则性的答复，这不仅是政治生活中最大的信赖和关怀，也可了解双方在这一重大问题上的观点，原文虽稍长，仍照录如下。景宋问：

> 有一个人（旧同学），特地找我，劝我加入百多人团体中的出有《北京青年》刊物的里头，他们的主义大概和我的牺牲相同，都是不满于现中国的一切的。但是我索性不敢孟浪，不知之深而随便加入是很危险的，而且他们不知是否有一种党的范围，而我则极怕党的束缚。基督的一部分是好的，社会主义的一部分是好的，什么什么的一部分是好的，我不妨都采取它。但不能因为遵守甲就舍弃乙，这是合作主义而非入党主义。这种态度我以为有斟酌

---

① 鲁迅：《题〈芥子园画谱三集〉赠许广平》。

余地，所以《北京青年》的团体，我不敢立刻决定加入与否了。然而找我的人是特别看得上我的，我又何必猴子坐轿般不中抬举。因此我想起那里也许有先生认得的人吧！内容如何，其详可得闻欤？盼切！！！

鲁迅答：

所云团体，我还未打听，但我想，大概总就是前日所说的一个。其实也无须打听，这种团体，一定有范围，尚服从公决的。所以只要自己决定，如要思想自由，特立独行，便不相宜。如能牺牲若干自己的意见，是可以。只有"安那其"是没有规则的，但在中国却有首领，实在希奇。

鲁迅考虑的关键，是"要思想自由，特立独行"，还是"能牺牲若干自己的意见"，"服从公决"。这也反映出作为思想家的鲁迅的气质。

同样，景宋也十分关怀着鲁迅。在公的方面，当鲁迅主编《莽原》时，她不仅主动设计版式，而且积极投稿，积极提出改进意见："我希望《莽原》多出点慷慨激昂，阅之令人浮一大白的文字，近来似乎有点穿棉鞋戴眼镜了。"① 最后一点，深得鲁迅赞赏，他回答说："《莽原》实在有些穿棉花鞋了，但没有撒泼文章，真也无法。自己呢，又做惯了晦涩的文章，一时改不过来，下笔时立志要显豁，而后来往往仍以晦涩结尾，实在可

---

① 鲁迅：《两地书·二三》。

气之至！……待'闹潮'略有结束，你这一匹'害群之马'多来发一点议论罢。"① 这些地方不仅反映出彼此观点相同，意气相投，品性相合，而且由于鲁迅虚心听取意见，严于自我批评，对"学生"的景宋表示平等的态度，是会有力促进感情的。 在私的方面，景宋回忆了最动人的一幕：鲁迅当时"面面受敌，心力交瘁，……病甚沉重，医生有最后警告，但他本抱厌世，置病不顾，旁人忧之，事闻于我，我何人斯，你们同属有血气者，又与我相处久，宁不知人待我厚，我亦欲舍身相报，以此皮气，难免时往规劝候病。 此时无外猩猩相惜"②。 在通信中，景宋就恳切地指出"治本之法，我以为照医生所说：1，戒多饮酒；2，请少吸烟③。 并且曾反复申说，殷殷之情，无疑深深感动了鲁迅，以至于为作《腊叶》。 鲁迅在把原稿交给孙伏园的时候解释说："许公很鼓励我，希望我努力工作，不要松懈，不要怠忽；但又很爱护我，希望我多加保养，不要过劳，不要发狠。 这是不能两全的，这里面有着矛盾。《腊叶》的感兴就从这儿得来，《雁门集》等等却是无关宏旨的。"④ 后来，鲁迅又曾正式说明，"《腊叶》，是为爱我者的想要保存我而作的"⑤，足见铭感之深。 还有一件事也体现景宋爱护鲁迅之深，那就是她听了传言真的搜出了鲁迅的短刀，并且在写信时再次告诉鲁迅："褥子下明晃晃的钢刀，用以克敌防身是妙的，倘用以……似

①　鲁迅：《两地书·二四》。
②　景宋一九二九年五月十三日致谢敦南、常玉书信。
③　鲁迅：《两地书·二三》。
④　孙伏园：《鲁迅先生二三事·腊叶》。
⑤　鲁迅：《二心集·〈野草〉英文译本序》。

乎……小鬼不乐闻了！"①这件事大概当时见面时作了详细的解释，所以原来的通信中不见答复，而在收入《两地书》时，加了一段："短刀我的确有，但这不过夜间防贼之用，而偶见者少见多怪，遂有'流言'，皆不足信也。"②总之，恰如景宋后来所说的："工作的相需相助，压迫的共同感受，时常会增加人们两心共鸣的急速进展。"③就这样，由师生而战友而恋人，三个月间走完了从相知到相爱的历程。

但是，这当中有一个必须克服而相当难以克服的感情上、态度上的障碍，这就是克服中国传统的师生之间严峻而不平等的关系。

现在近五十岁以上的人，大概还记得旧中国的农村，几乎家家供奉的一块神主牌，上面写着"天地君亲师神位"几个字，尽管"君"已经革掉二三十年了，"师"是享受着第五位的崇祀的。俗话中又有"一日为师，终身为父"的教诲。师道之严，可想而知。暴君要灭十族，固然"暴"得厉害，但也见出师生关系的特别亲密。所以"谢本师"是严重的反叛行为。"吾爱吾师，吾更爱真理"已经是沐浴着欧风美雨颇为解放的思想了。三十年代，鲁迅也曾说："古之师道，实在也太尊，我对此颇有反感。我以为师如荒谬，不妨叛之，但师如非罪而遭冤，却不可乘机下石，以图快敌人之意而自救。"④

这就是为什么鲁迅回信称景宋为"兄"，而景宋一见之下，

---

① 鲁迅：《两地书·二五》。
② 鲁迅：《两地书·二六》。
③ 许广平：《因校对〈三十年集〉而引起的旧话》。
④ 鲁迅一九三三年六月十八日致曹聚仁信。

"大惊力争"的原因。然而景宋是受了鲁迅两年教育的，对老师自然会有相当的了解。景宋的性格也分外大方活泼。当她看过鲁迅关于"兄"字的释义以后，却又大发了这样一通议论："这种'兄'字的称法，若属别人给我的，或者真个'大惊'，惟其是'鲁迅先生'给我的，我实不觉得有什么'可惊'，更不要什么'力争'，所以我说'此"鲁迅先生"之所以为"鲁迅先生"吾师也欤'的话，姑无论前信那套话是废话与否，然而这回给我的覆信于'闻……闻……'之外，又闻先生的'自己制定的，沿用下来的例子'，我是多么荣幸呀！而且称谓的'讲义'无论如何编法，总是主笔人一种'无限制权'。"① 原信上的署名前又故意作"鲁迅先生的学生"，这样故意"挑剔"鲁迅信中"大惊力争"的字眼做文章，又是在无关宏旨的事情上，最足以冲击师道的尊严，也最足以显示比较平等的亲切气氛的。

知识是最能够锻炼人的神经的。知识多了，人的神经往往练得纤细，灵活，敏感，倘若这知识又多属于文字方面的，则又有相应的词感，一个恰当的字眼，一句特别的语式，就把"只能意会而不可言传"的微妙的感觉或信息传递过去了。自然，敏感比麻木好，但过敏也就会弄得胡思乱想，生活很不安宁，又不好了。

景宋听了关于"兄"字的释义，发了上述议论之后，信末又说："在信札上得先生的指教，比读书听讲好得多了，……但我相信倘有请益的时候，先生是一定不吝赐教的，只是在最有

---

① 景宋一九二五年三月二十日致鲁迅信。

用最经济的时间中，夹入一个小鬼从中捣乱，虽烧符念咒也没有效，先生还是还没奈何的破费一点光阴罢，小子惭愧则个。"鲁迅答道："我如果有所知道，当然不至于不说的，……其实不过是空言，恐怕于'小鬼'也无甚益处。"[①] 这不仅许诺了长此以往的通信，也许诺了"小鬼"的调皮。景宋准确地抓住了这一点，表示："承先生每封都给我回信，于'小鬼'实在是好像在盂兰节，食饱袋足，得未曾有了。谨谢'循循善诱'。"[②] 再一个来回，景宋就用"（鲁迅先生所承认之名）小鬼"了。

　　依照这样的发展，此后就是"探检""秘密窝"，以及探检之后的考试和"教室天花板的中央有点什么"的报复的考试，以及"逼"上午门等等，感情已是相当平等而自由的了。

　　平等，特别是女性在男性面前的完全平等之所以重要，因为这是真实的爱情的前提。爱情的基本特征，是男女双方两相情愿的互相倾慕，是当事人完全自由的选择。任何依赖，比如对于经济、社会地位、家族利益、名声等等的依赖，都使爱情失去它本来的意义。几千年来妇女都处在依附于男子的地位，被奴役的地位。这在妇女的社会心理上所造成的习惯性的负担，是极不容易荡涤干净的。景宋谈过这样的感受："我自己之于他，与其说是夫妇的关系来的深切，倒不如说不自觉地还时刻保持着一种师生之谊。这说法，在我以为是更妥切的。我自己不明白为什么如此，总时常提出来询问他：'我为什么总觉得你还像是我的先生，你有没有这种感觉？'他总是笑笑的说：

---

　　① 鲁迅：《两地书·六》。
　　② 鲁迅：《两地书·七》。

'你这傻孩子！'"① 景宋后来认为她明白了其中的原因，就在于
她对鲁迅有一种"不期然的景仰"。 这是对的吧？ 这就是心理
上终究没有摆脱学生的地位。 学生对于老师，景仰是好的，但
在爱情中，景仰该是多余的吧？

从"牺牲论"看鲁迅的婚姻观

　　不知道起于何时，总之有这么一句俗话："家家有一本难
念的经。"这是说家庭矛盾的普遍性，而且不是一般的矛盾，是
颇伤脑筋的矛盾，难以解决的矛盾。

　　鲁迅是反对禁欲的。 他认为"禁欲，是不行的，中世纪
之修道士，即是前车"②。"中世纪之修道士"如何"不行"，鲁
迅没有详细讲，近代中国之和尚的"不行"，鲁迅是评论过的。
这是他逝世前几个月的事，他想起了他的第一个师父 —— 龙师
父，一个和尚。 他写了一篇文章纪念他，也是为了阐述他对人
生两大根本欲望之一的意见。 鲁迅指出："寺里也有确在修行，
没有女人，也不吃荤的和尚，例如我的大师兄即是其一，然而
他们孤僻，冷酷，看不起人，好像总是郁郁不乐，他们的一把
扇或一本书，你一动他就不高兴，令人不敢亲近他。 所以我所
熟识的，都是有女人，或声明想女人，吃荤，或声明想吃荤的
和尚。"③ 这就是说，对于人的自然属性之一的性欲的禁锢，必

---

① 许广平：《欣慰的纪念·鲁迅先生与海婴》。
② 鲁迅一九二八年四月九日致李秉中信。
③ 鲁迅：《且介亭杂文末篇·我的第一个师父》。

然导致对人的心理的戕害，使人成为"病人"，为社会带来弊病。中外和尚都如此"不行"，可见是人类的一个普遍问题。鲁迅一生，是多次讲到这种情形的。他重视人生的基本问题。不仅和尚如此，尼姑如此，一切性生活违反自然的人们，其心理往往如此，变为病态。这是鲁迅一贯的观点，一九二五年他就讲："至于因为不得已而过着独身生活者，则无论男女，精神上常不免发生变化，有着执拗猜疑阴险的性质者居多。欧洲中世的教士，日本维新前的御殿女中（女内侍），中国历代的宦官，那冷酷险狠，都超出常人许多倍。别的独身者也一样，生活既不合自然，心状也就大变，觉得世事都无味，人物都可憎，看见有些天真欢乐的人，便生恨恶。尤其是因为压抑性欲之故，所以于别人的性底事件就敏感，多疑；欣羡，因而妒嫉。其实这也是势所必至的事：为社会所逼迫，表面上固不能不装作纯洁，但内心却终于逃不掉本能之力的牵掣，不自主地蠢动着缺憾之感的。"① 因之鲁迅反对教学上的Kuofuism——寡妇主义。

鲁迅也反对纵欲。他强调指出"但染病，是万不可的。十九世纪末之文艺家，虽曾赞颂毒酒之醉，病毒之死，但赞颂固不妨，身历却是大苦"②。鲁迅曾引易卜生《群鬼》中的一段对话，抨击父亲不检，将梅毒遗传给儿子的惨状："这一段描写，实在是我们做父亲的人应该震惊戒惧佩服的；决不能昧了良心，说儿子理应受罪。这种事情，中国也很多，只要在医

---

① 鲁迅：《寡妇主义》。
② 鲁迅一九二八年四月九日致李秉中信。

院做事，便能时时看见先天梅毒性病儿的惨状；而且傲然的送来的，又大抵是他的父母。"① 我们的社会是男性为中心的社会，因此鲁迅也就集中火力攻击这样的父亲："我们且不高谈人群，单为子女说，便可以说凡是不爱己的人，实在欠缺做父亲的资格。"鲁迅不仅抨击"靠了'御女'，反可以成仙"的"中国的奇想"②，而且也抨击"无耻流氓，专做些下流举动，自鸣得意"③ 的丑行。 鲁迅从自身的病苦、遗传给子女的病苦和对女性的摧残三个方面严厉地抨击了纵欲，上自皇帝，下至士绅道士，统统加以扫荡。

　　人类有所谓文明的历史也已经三四千年，在人类的发展过程，虽说只是一瞬，在人类个体，却是数以百代的漫长岁月，而人类最基本的问题之一的婚姻制度，至今还是人生痛苦的渊薮。 鲁迅说："此一问题，盖讨论至少已有二三千年，而至今未得解答，故若讨论，仍如不言。"④ 既不能禁欲，又不能纵欲，所剩的路，唯有"两害相权取其轻"："于是归根结蒂，只好结婚。 结婚之后，也有大苦，有大累，怨天尤人，往往不免。 但两害相权，我以为结婚较小。 否则易于得病，一得病，终身相随矣。"⑤ 一九三〇年 —— 之所以特别指明这个数字，是为了提醒，这是公认的鲁迅成为马克思主义者之后的年头了，鲁迅仍然这么认为："结婚之事，难言之矣，此中利弊，忆数年前于

---

①　鲁迅：《坟·我们现在怎样做父亲》。

②　鲁迅：《准风月谈·中国的奇想》。

③　鲁迅：《坟·我们现在怎样做父亲》。

④　鲁迅一九二八年四月九日致李秉中信。

⑤　鲁迅一九二八年四月九日致李秉中信。

函中亦曾为兄道及。爱与结婚，确亦天下大事，由此而定，但爱与结婚，则又有他种大事，由此开端，此种大事，则为结婚之前，所未尝想到或遇见者，然此亦人生所必经（倘要结婚），无可如何者也。未婚之前，说也不解，既解之后，——无可如何。"①鲁迅又说："结婚之后，……理想与现实，一定要冲突。"②理想，这引导人类前仆后继的火光，是由社会条件来决定其内容和性质的，而人类永不满足的天性，正也由社会条件永远不会是十全十美的现实所决定。然而伟大的思想家和革命家不仅决不后退，也永远不中途而废，他要去战取光明，哪怕自己看不到这光明也要坚韧地战斗，这是他的"不自满"，而决不是什么虚无主义。

　　鲁迅反对缠足，主张天足，因此也反对与缠足殊途同归而戕害女性生理的时髦的新花样——超级高跟鞋。鲁迅反对束胸，主张天乳；反对守节，主张新的性道德：总之，反对一切男女之间的社会不平等。鲁迅许多精彩的文章——他的小说、散文诗和杂文，是献给妇女解放的。其中包括反对一夫多妻和中国的多妻主义婚姻制度。鲁迅的《男人的进化》以积蓄了几千年的被蹂躏的女性和觉醒了的男性的愤火，无情地焚毁着私有制底下的以女性为牺牲的婚姻制度。——鲁迅用一篇一千多字的杂文揭露了从奴隶社会、封建社会到资本主义社会残害女性的性道德和婚姻制度的罪恶，真是庖丁解牛式的大手笔。这种旧的性道德和婚姻制度的根底，是把女性不当人，而

---

① 鲁迅一九三〇年五月三日致李秉中信。
② 鲁迅一九三〇年九月三日致李秉中信。

当作牺牲。 这与鲁迅伦理思想的基本原则，即"道德这事，必须普遍，人人应做，人人能行，又于自他两利，才有存在的价值"[1]，是水火不能相容的。

鲁迅是一个认真的人，真诚地信仰与实践自己的思想原则的人，卓具特操的人；鲁迅已经有过一次不幸的婚姻。 虽然彼此毫无爱情，又"已十多年徒具形式，而实同离异"（景宋语），但终归木已成舟，双双捆在一叶扁舟中作为旧时代的牺牲而漂摇于人生的苦海。 每当在头脑中想到爱情的时候，同时有一个声音在心底细诉："但在女性一方面，本来也没有罪，现在是做了旧习惯的牺牲。 我们既然自觉着人类的道德，良心上不肯犯他们少的老的的罪，又不能责备异性，也只好陪着做一世牺牲，完结了四千年的旧账。""做一世牺牲，是万分可怕的事；但血液究竟干净，声音究竟醒而且真。"[2]

突然，真实的爱情闯进了心扉，这不再是头脑中的问题，而是现实的生活中的问题了。 面对着景宋，"景宋会不会为自己牺牲"，也就必然是一个难分难解的问题了。"牺牲论"的"争斗"，势在必行。

人生的路决没有坦途，也不会笔直又笔直，恰如江河，即或是长江大河吧，波涛汹涌，大有冲决一切之概，也断难免有弯曲。 人的心上的问题，也真顽强、执拗，难以彻底解决而多时时起伏。 鲁迅和景宋在北京的时候已经讨论过彼此的关系问题了，并且已经作了决定，带着合同离开北京的。 待到在厦门

---

① 鲁迅：《坟·我之节烈观》。
② 鲁迅：《热风·随感录·四十》。

和广州，又爆发了一场关于"牺牲论"的讨论，双方都又一次经受了爱情的熬煎。

这场讨论可以说起于十一月七日，终于十二月十六日，持续一个月又十天。由于信件往返时间上的交错，这期间景宋致鲁迅书信十三封，鲁迅致景宋书信十二封，如果按直接交换意见的次序重新排比一下，头绪就可以清楚一些。

十一月七日景宋给鲁迅写了一封长信，谈到学校风潮和因反击右派学生顺利而"得意"的心情；谈到以经济支援"亲戚本家"的矛盾心情；对于鲁迅十月二十八日来信中谈到的跳铁蒺藜的情形还揶揄说："在有刺的铁丝栏跳过，我默然在脑海中浮现那一幅图画，有一个小孩子跳来跳去，即便怕到跌伤，见着的也没有不欢喜其活泼泼地的。如果这也'训斥'，则教育原理根本谬误。儿童天性好动，引入正轨则可，固意抑裁则不可。我是办教育的人，主张如此。"这本是一封内容丰富而语含深情的信。但是由于景宋因学校风潮与右派学生感情交恶，想于学校风潮告一结束即离开学校，顺便说了一句"此时如汕头还缺教员，便赴汕头"的话，同时谈到鲁迅上半年为什么更"急进"的原因时，又说："是因为有人和你淘气么？请勿以别人为中心，而以自己定夺罢。"这里的"有人"自然就是指景宋自己。这本来也是劝勉的话。事也凑巧，鲁迅从这个月初以来，情绪就很不好，特别是由于长虹辈的翻脸而深感受人利用的悲哀，在文章中，在信中已经发了许多"牢骚"了。而在收到这封信之前的九日，在给景宋的信里就谈到"我这几天忽而对于到广州教书的事，很有些踌躇了，恐怕情形会和在北京时相像"。一个想离开广州，一个不想去广州，什么时候在什么地方相会呢？问题于是"严重"起来了。

十一月十五日，鲁迅在十一日收到景宋上述七日的信之后四天，才写回信，这是少有的迟缓，从信的内容看，显然这几天在作着严重的思想斗争。鲁迅说他已收到中山大学的聘书，但"行止如何，一时也还不易决定"。他说了三条理由，第三是："我的一个朋友或者将往汕头，则我虽至广州，与在厦门何异。"这是预想不能在广州与景宋相会而引起的哀愁。接着鲁迅提出了三条他"常迟疑于此后所走的路"，"实在难于下一决心"，希望景宋给他"一条光"。在叙述这些的时候，鲁迅强调在过去所忍受的世态炎凉之中，只有两个人，即母亲和景宋为他感到"悲哀"，给予他难得的人间温暖和深情；又强调，在今后的人生险途中，"但不愿失了我的朋友"。由此可见，鲁迅多么深切地眷恋着景宋，而又怕失去景宋啊！是的，经过磨炼的爱情，是人间难得的真情，岂容易忍受一旦失去的熬煎。

景宋要到十一月十六日才收到鲁迅九日的信，才产生一种"感应"，向鲁迅发出最富深情而有力的信息，既说："依你这七、八、九几天的心情，似乎有一个深了解你的来填一填你的空虚，——否，——或者说，另以一杯水换去一杯酒才能振作起你来"；又说："我好久有一套话，要和你见面商量，我觉得要走的路还在开垦，成绩不一定恶"；最后热诚相告："至于你自己的将来，唉，那你还是照上面所说罢，不要太认真。况且你敢说天下就没有一个人是你的永久的同道么？有一个人，你就可以自慰了，可以由一个人而推及二三以至无穷了，那你又何必悲哀呢？如果连一个人也'出乎意表之外'……也许是真的么？总之，现在是还有一个人在劝你，希望你容纳这意思。你要做的事，不必有金钱才达目的的，措置得法，一边做事一边还可以设法筹款的。"[①] 这是比"之死矢靡它"还要体谅百倍，还要专诚的誓言，可惜景宋在这以前并没有"感应"到鲁迅的心境，而在十一日给鲁迅的信中再次谈到"有人介绍我到汕头做市妇女部长，但尚未一定，但以去汕头成分为多"。尽管信的末尾对鲁迅十一月四日来信所说"默念着一个某君，尤其是独坐在电灯下，窗外大风呼呼的时候"报以"傻子独坐在电灯下默着干吗？该打，不好好读书，做事！"还并没有扭转鲁迅的情绪，反而使鲁迅进一步考虑景宋未来的工作。

在十一月十八日的信中，鲁迅委婉地劝导景宋："至于你此后所去的地方，却叫我很难下批评。你脾气喜欢动动，又初出来办事，向各处看看，办几年事；历练历练，本来也很好的，但于自己，却恐怕没有好处，结果变成政客之流。……我不知道你自己是要在政界呢还是学界。伏园下月中旬当到粤，我想如中大女生指导员之类有无缺额，或者（由我）也可以托他问一问，他一定肯出力的。"二十日鲁迅复景宋十三、十五、十七日信，劝她不要去厦门，说："况且我的心也并不'空虚'，有充实我的心者在。""至于有一个人，我自然足以自慰的，且因此增加我许多勇气，但我有时总还虑他为我而牺牲。并且也不能'推及一二以至无穷'，有这么多的么？我倒不要这样多，有一个就好了。"这就第一次提出了"牺牲"问题。二十五日鲁迅在信中强调："我想这大半年中，H. M. 不

---

① 一九二六年十一月十六日景宋致鲁迅信及《两地书·七八》。

如不以我之方针为方针，而到于自己相宜的地方去，否则也许做了很牵就，非意所愿的事务，而结果还是不能常见。我的心绪往往起落如波涛，这几天却很平静。"二十六日的信再一次强调："我想 H. M. 正要为社会做事，为了我的牢骚而不安，实在不好，想到这里，忽然静下来了，没有什么牢骚了。"显然，在鲁迅，是以克制自己的激情而以景宋能为社会更好地做事为结论，暂时安静了下来。这就是说，下决心不使景宋为自己有任何牺牲。

问题回到景宋手里。十一月二十一日景宋接连收到鲁迅"发牢骚的信"，包括十五日向景宋寻"一条光"的信，景宋于次日作了长篇答复，这段原文已抄入"爱的影子：朱安女士"一章①，这里不再重复。这封信收入《两地书》（八二）时作了删节，其实倒是一篇很好的提要。景宋认为，鲁迅的痛苦是在为没有爱情的旧式婚姻作无谓的牺牲，自己一面反对，一面又不敢舍弃，害怕因此在旧社会难以存身。景宋指出这是完全不必要的，只要对朱安女士的生活作了妥善安排，就不会有问题了，旧人物或许会批评不对，新人物就不能有任何无理的批评。而自己是完全忠诚于鲁迅的，"在新的生活上，没有不能吃苦的"。表示了即或要背十字架，也甘心情愿的坚定的决心。至于鲁迅所提出的三条生活道路，第一法是"先谋后享"，这是目下在厦门—广州的办法，已经耐不住了；第二法是在北京的法子，是"傻事"；第三法是且谋且享，甚是危险。这都没有

---

① 参见王得后：《〈两地书〉研究》，天津人民出版社一九八二年版，第265—309页。——编者

什么。景宋鼓励鲁迅道："我们也是人，谁也没有逼我们独来吃苦的权利，我们也没有必须受苦的义务的，得一日尽人事，求生活，即努力做去就是了。"这是一篇爱的宣言书，景宋站在新女性的立场，用新的婚姻观点观察问题，以高屋建瓴的气势，把纠缠不清的旧式婚姻关系势如破竹地解决了。鲁迅看了也不得不表示"我觉得现在 H. M. 比我有决断得多"！这封信把鲁迅的犹豫反复一扫而光。鲁迅完全同意景宋的观点，完全接受景宋的劝勉，在回信中表示："我也决计不再敷衍了，第一步我一定于年底离开此地，就中大教授职。但我极希望那一个人也在同地，至少也可以时常谈谈，鼓励我再做有益于人的工作。""离开此地之后，我必须改变我的农奴生活；为社会方面，则我想除教书外，或者仍然继续作文艺运动，或更好的工作，待面谈后再定。"这是十一月二十八日的事。这一天可以说是鲁迅最后终于决定抛弃农奴生活，和景宋携手共艰危、开辟新的生活的日子。

可是，在这封信未到之前，二十六日的信已于十二月二日寄到景宋手里了。鲁迅故意克制自己的激情而表示的"忽然静下来了"所包含的严重意义，早引起了景宋极大的不安。因为这关系着两人爱情的命运，大概是景宋和鲁迅相处十一年间最焦躁难耐的日子吧？在淡淡的埋怨、愁苦中，景宋不无愤激地答复鲁迅：

> 你因为怕有"不安"而"静下来"，这叫我从何说起？"为社会做事"么？社会有什么事好做。……所谓"社会事业"者，不过说破不值一文钱。你愿我终生被播

弄于其中而不自拔？而且你还想因此仍忍受旧地方的困苦无生趣之境地，以玉成我做"社会事业"吗？我着实为难。如果我说不肯做"社会事业"下去，或者会影响到别人行动，我说还是做下去，也不见得有好处，横竖都是为难。我自己没有"方针"，"相宜的地方"是或者有，但现时又不能实现。

至于说"这一学期居然已经去了五分之二"，在现时，自然如此说，但可也回到五分之三的日子，是很崎岖的走来，为旅行的一新纪元吗？五分之三已如此非人生活，再勉强下去，能保没有发生别的意外吗？单独为"玉成"他人而自放于孤岛是应当的吗？我心甚乱，措词多不达意，又恐所说又令你生新的奇异感想，不写几个字，又怕在等着信，我觉得书信的传递实在讨厌，费时而不能达意于万一。

广大自然也不是理想的比较可栖身的地方，所以说到你要仍在厦大，我也难以多说。

但我仍觉文字不能代表思潮，究竟行止如何，在如果问到我的话，我想还是见面畅谈较得详尽。

人间就是这样，本来两颗相亲近的心，却因为互相照顾对方、克制自己，也会反而生出一种隔膜，一些感情上的纠葛，这愁苦大概是很凄然而又难以言传的。幸好四天之后，景宋即收到上述鲁迅称赞她的信。真是春回大地，惠风和畅。景宋得意地表示："想得你'棒喝'一下，然而意外的不然，许是你已为感情蒙蔽了罢？"话说清楚了，问题解决了，感情上的暴风雨过去了，在新的一致的基础上，景宋反过来劝鲁迅"请好好地静下来，养养身体"。

第二天，十二月七日，景宋接连收到鲁迅十二月三日先后寄出的两封信。这两封信庄中有谐，间有幽默，完全恢复了以往一贯的勃勃生气了。一则说在厦门剩下的日子"容易混过去"了，"何况还有默念，但这默念之度常有加增的倾向，不知其故何也，似乎终于也还是那一个人胜利了"。一则说到广州"有害马保镳，所以不妨胆大"，并且检讨烟戒不掉和"脾气实在坏"，表示"但愿明年有人管束，得渐渐矫正，并且甘心被管，不至于再闹脾气的了"。这是景宋万分欣喜的事，在回信中揶揄道："'默念增加'想是日子近了的原故。小孩快过年，总是天天吵几次似乎如此。你失败在那一个人手里了么？你真太没出色（原文如此，显系'息'字之误，鲁迅在回信中曾照抄此字而示戏谑）了。"

"我之失败，我现在细想，是只能承认的。不过何至于'没出色'？"鲁迅在十二日的信中答道："天下英雄，不失败者有几个？恐怕人们以为'没出色'者，在他自己正以为大有'出色'，失败即胜利，胜利即失败，总而言之，就是这样，莫名其妙。置首于一人之足下，甘心什倍于戴王冠，久矣夫，已非一日矣……。"（删节号原有）

这次感情上的风暴足足闹了一个月，待到高潮已过，鲁迅总结了发生的思想根源，于是回到了"牺牲论"："其实我这半年来并不发生什么'奇异感想'，不过'我不太将人当作牺牲么'这一种思想——这是我一向常常想到的思想——却还有时起来，一起来，便沉闷下去，就是所谓'静下去'，而间或形于词色。但也就悟出并不尽然，故往往立即恢复，……实未有愿意害马'终生被播弄于其中而不自拔'之意，当初仅以为在社会上阅历几时，可以得较多之经验而已，并非我将永远静着，以至于冷眼旁观，将害马卖掉，而自以为在孤岛中度寂寞生活，咀嚼着寂寞，即足以自慰自赎也。"

关于"牺牲论"，景宋在十二月七日的信中从自己的感情上作了如下回答："而且那一个人也不是定专为别人牺牲，实在不如此自己不好过，这是行乎其所不得不行，自己要那么样的，就那么样做吧！"十二月十二日信中又从理论上作了申述：一是"自动愿意"；二是自己有所取舍，"既好而取，即得其所，亦即遂吾志愿"，所以决不是"牺牲"，虽然这种取舍的标准是"随时间环境而异"的。鲁迅反驳道："人们有自志取舍，和牛羊不同，仆虽不敏，是知道的。然而这'自志'又岂出于天然，还不是很受一时代的学说和别人的情形的影响的么？那么，那学说是否真实，那人是否好人，配受赠与，也就成为问题。"不过，这个问题在通信中也就到此了结。鲁迅说："好在不远就有面承训谕的机会，那时再争斗罢。"

鲁迅的"牺牲论"，就是"虑他为我而牺牲"，或"'我不太将人当作牺牲么'这一种思想"，是鲁迅恋爱—婚姻观的重要思想。这也是鲁迅人生观中的重要思想。鲁迅曾论及"做领导的人"必需的两种品性："一须勇猛"；"二须不惜用牺牲"。鲁迅认为他自己"不行"，其中就因为他"最不愿使别人做牺牲（这其实还是革命以前的种种事情的刺激的结果）"①。

---

① 鲁迅：《两地书·八》。

　　"牺牲论"是利他主义在婚姻观中的反映，是一种深刻地爱惜他人的生命和幸福的思想品质。这种以所爱者的幸福为幸福，以所爱者为中心的婚姻观，是极严肃和理智的婚姻观，它在最富有激情和冲动的两性关系中加入了最自觉的责任感，不仅与杯水主义绝对对立，而且排斥任何两性关系中的浪漫谛克。当然这并不表示"牺牲论"只有理智而无激情，不，恰恰相反，"牺牲论"是植根于最大最深的爱，当"牺牲论"者相信自己的爱情不至于给对方带来牺牲的时候，他（她）爱起来是什么也不顾的。他们将蔑视一切凡庸的社会舆论，不管有多少"笑骂诬蔑"，依然咬紧牙关相爱到底。鲁迅和景宋的爱情就是这一点的最好的证明。

　　"牺牲论"是人生观成熟的标志，这是认识了人生而自觉到个人对社会、对人生所负的责任的副产物。鲁迅第一次婚姻的失败，就在于"一切听人安排"[①]，在社会和人生面前没有独立自主，自觉到自己的独立的责任。这固然有旧道德中遵从母命的因素，也"因为那时豫计是生活不久的"[②]而放弃了自己的责任。

　　"牺牲论"是私有制下改革者自卫的理论。私有制是人生痛苦的根源。改革者的觉醒就在于清醒地认识到人生痛苦和社会弊病，撕去了一切瞒和骗的伪装，而要求"直面惨淡的人生，正视淋漓的鲜血"，实行改造自己，改造社会，改造世界。鲁迅指出婚姻问题讨论了二三千年而不能解决，其根源即在于私

---

① 鲁迅一九二六年十一月二十八日致景宋信。

② 鲁迅一九二六年十一月二十八日致景宋信。

有制度以各种方式延续着而没有根除。鲁迅论妇女解放，认为"解放了社会，也就解放了自己"。"在真的解放之前，是战斗。"[1] 这是就整个妇女立论的。作为个人，尤其是男性，在社会没有解放之前，他怎么看待和处理自己的恋爱—婚姻呢？唯一合理的思想是尊重对方，爱护对方，帮助对方，以对方为中心的利他主义，最低限度，就是不能"将人当作牺牲"，而满足自己。

鲁迅的"牺牲论"自然也还有他个人的具体内容。从全部通信看来，有三点。一、战斗生活的危险性。这又有两方面，一是反改革者对于改革者的迫害，鲁迅为社会改革所进行的不屈不挠的、顽强坚韧的斗争，已经和必将遭到反动政府和社会的迫害，这种迫害必然累及亲人，首当其冲的是爱人（妻子）。二是鲁迅不幸的第一次婚姻必将被反改革者作为攻击之具，而陷鲁迅与景宋于难堪的地位。新思想者是可以也理应谅解的。但在过渡时期，广大的群众 —— 中间力量，受旧道德旧习惯的束缚，也会相当地不理解，不谅解。没有顽强的精神力量要经受这种压力和歧视也是极艰难的。二、由于社会地位的差距而带来的依赖性。作为新女性，景宋应该为社会工作，景宋已经受了良好的教育，也有相当的独立工作的能力。工作，是女性解放的基本条件。由于鲁迅的社会地位和战斗的危险性，景宋和鲁迅结婚以后，在旧社会的条件下，势必要放弃社会工作而"回到厨房去"。三、年龄差距所带来的一切影响。在鲁迅和景宋最早的通信中，首先从"小鬼"上突破，也就是从年龄

---

① 鲁迅：《南腔北调集·关于妇女解放》。

上突破，这决不是偶然的现象。鲁迅就曾多次把"小鬼"和年龄联系起来。比如："'小鬼'年青，当然是有锐气的"[①]；"大约我的意见，小鬼很有几点不大了然，这是年龄，经历，环境等等不同之故，不足为奇"[②]。忘年交的朋友是人们钦羡的美谈，把这移到两性关系上却往往为人们诟病，尤其在中国。除开别人怎么看不计较以外，实际上的问题也是清醒的当事人所不能不考虑的。鲁迅有一条遗嘱是："忘记我，管自己生活。——倘不，那就真是胡涂虫。"[③] 这是对景宋最深切的关怀。这也是鲁迅思想彻底解放、最为开明的反映。

在处理恋爱—婚姻问题上，景宋是出类拔萃的。她自己不以为牺牲，而实际上自觉自愿地选择了一条自我牺牲的道路。她为鲁迅险恶的生活"常常担心，'眼泪往肚子里流'"[④]。她为照顾鲁迅的生活和工作，一再克制"自己应当有正当职业"的愿望，"好几次"放弃"将要成功"的就业机会，"好似一个希特拉的'贤妻'，回到家庭，管理厨房和接待客人，以及做他的义务副手"[⑤]。她在三十八岁的盛年为鲁迅和自己抚育孤儿，遭受日本法西斯的监禁和酷刑，毫不屈服，遭受国民党政府的迫害，斗志弥坚。她忘掉了自己，而独独忘不了鲁迅，以自己坚毅的爱给了鲁迅以新的生命力，使鲁迅创作了无论在数量上还是在质量上远胜于前期的著作，并享受到这之前无法享受的

---

① 鲁迅：《两地书·一〇》。

② 鲁迅：《两地书·二四》。

③ 鲁迅：《且介亭杂文末编·死》。

④ 鲁迅：《两地书·一三五》。

⑤ 景宋：《从女性的立场说〈新女性〉》。

生的乐趣。 人们怀念鲁迅，同时也忘不了景宋。 这是比并蒂莲
更珍贵的奇花，当人们赞赏这一朵的时候，决定地也在赞赏另
一朵。 当我多次向熟识鲁迅和景宋的两位前辈请教的时候，每
当谈到景宋先生，他们总会突然紧闭着双唇，沉然着，沉默着。
我看见他们吃力地控制住眼眶里闪闪的泪花，我看见他们和着
晶莹的泪花在追想景宋的音容笑貌……

在母亲和儿子之间

　　鲁迅曾经对许广平说过："我有一个担挑，一边是老母，一边是稚子。"①

　　鲁迅在给朋友的信中，也抒发过这种感叹。一九三五年三月十三夜，鲁迅给萧军、萧红写信，就说："现在孩子更捣乱了，本月内母亲又要到上海，一个担子，挑的是一老一小，怎么办呢？"

　　在中国，也许不仅仅在中国，在外国也一样，有志于改革者，是决不可能不触及家族关系的改革的。自然，有着几千年以家族制度作为基本社会关系的历史的中国，这种改革更显得复杂、重要和艰难。熟悉鲁迅的前辈，在回忆鲁迅而涉及他和母亲以及他和儿子的关系的时候，大都强调鲁迅对母亲的"孝敬"和对儿子的挚爱，这是事实，也合乎人情，无疑是不错的。但也只是一个方面，还有另一个方面，即鲁迅感到困苦和不满的一面，这在和景宋的通信中，表现得更多一些。鲁迅谈家庭改革的文字，是凝结着自己的血泪经验的。他充满了对上下两代人的"诚"与"爱"。在进化着的人生链锁中，人人是其中的一环；在承前启后的家族系列中，人人是上下两代中的一员 —— 请不要拘泥于断子绝孙的阿Q吧，在人类发展的总的

---

　　① 　许广平：《纪念还不是时候》。

氏系中，这种例子是改变不了总的趋向的 ——；在这种不以人的意志为转移的关系中，在中国文化的历史背景中，探索一下在母亲和儿子之间的鲁迅，也是发人深思的。

"她以自修得到能够看书的学力"[①]

鲁迅在几篇简略的自传中，总不忘写出"母亲姓鲁，乡下人，她以自修到能看文学作品的程度"[②]这样的话。这样念兹在兹，大概可以说正是鲁迅最尊敬、最钦佩之点吧？

依照中国旧文明的传统，"女子无才便是德"。"学而优则仕"，是中国男子的特权。这在鲁迅母亲的一代，依然是社会生活中的铁则。要到鲁迅这一代，中国的女性才开始争取走向社会、争取受教育的权利的运动。在这样的历史和社会背景中，我们可以看到鲁迅母亲的强毅的性格和奋斗的精神。

据说，当鲁老太太"幼小的时候，她弟弟（也许是哥哥，记不清了。）读书，老师给他上课时，她站在旁边听课将近一年。以后，因为封建制度的影响，家里不准她听课了"[③]。但她并不屈从于这命运，她坚持不懈地自修，她识字了，她能读书了，她胜利了。她大概还不到自己能书写的程度，所以她给鲁迅的信，都请别人代笔。鲁迅是一九二六年离开在北京安居的母亲的。到一九三〇年，鲁老太太才以自己的口气请人代笔给

---

① 鲁迅：《集外集·俄文译本〈阿Q正传〉序及著者自叙传略》。

② 鲁迅：《集外集·自传》。

③ 俞芳：《鲁迅先生的母亲 ——鲁太夫人》，见《鲁迅研究资料》（3）。

鲁迅写信："称呼是豫才，结尾是母字（俞芳代笔）。"鲁迅的回信也才直接写给母亲，这使她老人家格外高兴。[①] 现在保存下来的鲁迅致母亲的五十封信，又晚了两年，开始于一九三二年三月二十日夜，使我们得以听到两颗遥相关切的心音，这是非常珍贵的文献。

说鲁迅深恶痛绝方块汉字，大概是不过火的。他认为"汉字和大众，是势不两立的"[②]。他指出"方块汉字真是愚民政策的利器"，"也是中国劳苦大众身上的一个结核，病菌都潜伏在里面，倘不首先除去它，结果只有自己死"。[③] 不识字，就难以取得新知识，难以觉悟，难以团结起来谋取自身的解放。人类进步到资本主义社会以后，即使是从事生产的工农，也不能再是文盲了。在识字的知识者中，固然也不乏守旧的顽固党，然而，古今中外，历史上新知识新思想的先驱者，事实上也大都是识字的知识者。不是说，在文盲充斥的国家，是不可能建设共产主义么？识字，刻苦自修以取得能够读书的程度，决不是小事；而在使用方块汉字的国度，又决不是轻而易举的事。

清末天足运动兴起的时候，鲁老太太毅然决然解放了自己的足，并且蔑视对于她的诬蔑，不怕受到"某人放了大脚，要去嫁给外国鬼子了"[④] 的最恶毒的攻击；一九二六年以六十九岁高龄顺乎社会潮流而剪发[⑤]，无疑是思想开明的表现，如果这还

---

① 俞芳：《鲁迅先生的母亲——鲁太夫人》，见《鲁迅研究资料》（3）。

② 鲁迅：《且介亭杂文·答曹聚仁先生信》。

③ 鲁迅：《且介亭杂文·关于新文字》。

④ 周作人：《知堂回想录·先母事略》。

⑤ 俞芳：《鲁迅先生的母亲——鲁太夫人》，见《鲁迅研究资料》（3）。

不能说与识字读书有关，那么，鲁老太太晚年爱读报，订上好几份报每天阅读，并和鲁迅等人议论时事，批评军阀，不能不说是会识字看书的结果。

鲁迅敬爱母亲，在物质和精神生活两个方面，都细心周到地予以照顾。出门、回家，都要先同"阿娘"打招呼；吃过晚饭，总要到"阿娘"房间休息闲谈一阵。每月领了薪水买一些比较精制的点心先请"阿娘"自己选择放进她的点心盒里。最动人的事，也还是鲁迅亲自为母亲选择她要读的小说。这些资料见于许广平、许羡苏，俞芳等人的有关回忆录，而以荆有麟所记最详细：

老太太初到北京，是住在西直门八道湾。那时先生的二弟岂明，尚与先生同住，故老太太的读书责任，便由他们弟兄两个负，鲁迅先生代老太太到处找书看。岂明也代老太太到处找书。待后，弟兄两个分居，而岂明又不愿见老兄，竟连老太太也不来看了。于是老太太的读书，便由鲁迅先生一个人负责了。而老太太看书，又只限于小说故事一类的东西，而且不看外国的翻译作品。这就很使鲁迅先生大为困难了。顶多一星期，便会听见老太太说：

"大，我没书看了。"

于是鲁迅先生便得忙着到处找，有时，虽然买到了，而老太太却说：

"大，这本书，我看过哉。"

于是，还再去找。

因为老太太要看小说，先生家里的藏书，中国旧小说，就特别地多，而先生又是勤勉过于勤勉的人，凡为老太太买的书，他必先看一遍，因为据先生讲：

"老太太看书，多偏于才子佳人一类的故事，她又过于动感情，其结局太悲惨的，她看了还会难过几天，有些缺少才子佳人的书，她又不高兴看。"

…………

"因为老太太要看书，我不得不到处搜集小说，又因为老太太记性好，改头换面的东西，她一看，就讲出来：说与什么书是相同的，使我晓得：许多书的来源同改装。"[①]

这大概是可信的。鲁迅一九三四年致母亲的信，有几封就谈到买书寄书的事。如五月十六日、八月二十一日和九月十六日的信就是。而五月十六日的一封且说道："三日前曾买《金粉世家》一部十二本，又《美人恩》一部三本，皆张恨水所作，分二包，由世界书局寄上，想已到，但男自己未曾看过，不知内容如何也。"可以想见，鲁迅为母亲买的小说，确是常常自己先看过，作一番选择，以适宜"阿娘"的兴趣与健康的。

"梦里依稀慈母泪"

在《为了忘却的记念》里，鲁迅着意写到柔石和他的母亲之间的深情。这是一段读了令人铭心刻骨的文字，充分表现出

----

① 荆有麟：《鲁迅回忆》。

鲁迅笔下特别感人的人间哀情。他写道：

> 我记得柔石在年底曾回故乡，住了好些时，到上海后很受朋友的责备。他悲愤的对我说，他的母亲双眼已经失明了，要他多住几天，他怎么能就走呢？我知道这失明的母亲的眷眷的心，柔石的拳拳的心。当《北斗》创刊时，我就想写一点关于柔石的文章，然而不能够，只得选了一幅珂勒惠支（Käthe Kollwitz）夫人的木刻，名曰《牺牲》，是一个母亲悲哀地献出她的儿子去的，算是只有我一个人心里知道的柔石的记念。

也就是在这一篇文章里，鲁迅在"惯于长夜过春时"的著名诗篇中，表达了自己"梦里依稀慈母泪"的节节柔肠。鲁迅和柔石这两位革命家对慈母牵肠挂肚的眷念，某些革命的朋友对柔石的这种拳拳之心或知情或不知情而提出的责备，在现代中国的革命者之中，也是相当普遍的现象。那种不分青红皂白的"孝子贤孙"的恶谥，有几年曾像龙卷风似的扫荡过九百六十万平方公里的神州大地，更使我们懂得鲁迅的这段文字和鲁迅的这种心境。

株连家族的封建性的刑法，一面是灭绝人性的残酷和培养出像夏三爷那样的"乖角儿"，一面是可歌可泣的为人类进步而作出的悲壮的牺牲。然而，革命者为此所承受的心理压迫，他们在这种残酷中磨炼出的坚毅性格，也是不可低估的。

一九二六年四月十七日，鲁迅自己在躲避段祺瑞执政府的通缉的避难中，又托人将母亲等眷属和挚友移入东安饭店，以躲避传说中的对于被通缉者家庭的搜查，其悲苦和艰难是可以想见的。①

　　一九三一年一月，柔石等被捕而牵连到鲁迅，鲁迅曾叙述当时的情景："上月中旬，此间捕青年数十人，其中之一，是我之学生。（或云有一人自言姓鲁）飞短流长之徒，因盛传我已被捕。通讯社员发电全国，小报记者盛造谰言，或载我之罪状，或叙我之住址，意在讽喻当局，加以搜捕。……文人一摇笔，用力甚微，而于我之害则甚大。老母饮泣，挚友惊心。十日以来，几于日以发缄更正为事，亦可悲矣。今幸无事，可释远念。然而三告投杼，贤母生疑。千夫所指，无疾而死。生丁今世，正不知来日如何耳。"②

　　读现存的鲁迅致母亲的五十封信，可见不仅所叙家常事务，就是行文口气，也是处处为母亲设想，体贴备至。关于自己所从事的事业及其危险，鲁迅曾这样禀告母亲："男一切如常，但因平日多讲话，毫不客气，所以怀恨者颇多，现在不大走出外面去，只在寓里看看书，但也仍做文章，因为这是吃饭所必需，无法停止也，然而因此又会遭到危险，真是无法可想。"③当所谓生脑炎的谣言见于天津《大众报》的时候，鲁迅又急忙寄信母亲，说明"全系谣言，请勿念为要"④。安危所系，无不深恐惊扰母亲。一个人为了社会的改革，殚思极虑，不遑稍息，已经是一种忘我的献身，而反改革者还要加以迫害，甚

　　①　这里取荆有麟《鲁迅回忆》中所记。许广平回忆是为躲避奉军入京可能发生的冲突，见林辰：《鲁迅事迹考》，第 40 页注一。

　　②　鲁迅一九三一年二月四日致李秉中信。

　　③　鲁迅一九三三年七月十一日致母亲信。

　　④　鲁迅一九三四年三月十五夜致母亲信。

至直接间接地累及家族，特别是母亲，这是怎样的社会病态啊！然而真实的革命者所能作出的选择，也只有把社会利益放在第一位，恰如必要时抛弃自己的生命一样。这也是一个严峻的考验。"革命与否以亲之苦乐为转移"的革命场中的"小贩"，在现代革命史上也是有过的，至于还要揭起"孝子"的旗帜，其投机的幌子实在更见得鲜明。

增田涉曾经有过这么一段回忆：鲁迅"曾经向我说过，他在晚清搞革命运动的时候，上级命令他去暗杀某要人，临走时，他想，自己大概将被捕或被杀吧，如果自己死了，剩下母亲怎样生活呢？他想明确地知道这点，便向上级提出了，结果是说，因为那样地记挂着身后的事情，是不行的，还是不要去罢"。增田涉对此作了一种解释："父亲在他幼年时死掉，他由母亲养育长大，在这种情况下，考虑到母亲的事情，决不是没有道理的。"① 如果这个回忆可靠，而叙述又准确的话，自然可见鲁迅对母亲关怀的深切，他不是因为母亲而拒绝接受这样的任务，而是希望知道后死的革命同志将怎样照顾自己的母亲的生活，使她可能失去儿子之后，免遭冻馁之苦。这在社会没有为它的成员安排合理的社会保险的条件下，亲子之间的这种顾虑，也是常情吧？不过，我却还有另一个想法，也许鲁迅对于暗杀这样的手段就不热心吧，他后来说过，运用暗杀这样的手段，于革命者是弊多利少的。他在给景宋的信里，就表示过不同意见。

---

① 增田涉：《鲁迅的印象》。

因袭的重担

在病态的社会，一个革命家为了社会的改革而受到反改革者的迫害，使母亲也成为一副担子的一头，还不过是问题的一个方面，相对于母子说来，还是外部压力。问题的另一个方面，是母子之间的不和谐、不协调，是作为维持传统的母亲和改良这传统的儿子之间的冲突。在这种冲突中，传统的道德力量是支持母亲辈的。"天下无不是的父母"的封建伦理教条，成为"因袭的重担"压在渴求改革的儿女们的肩上，往往令人感到无可奈何的悲哀。鲁迅在致友人信中曾这样叹惜："舍间交际之法，实亦令人望而生畏，即我在北京家居时，亦常惴惴不宁，时时进言而从来不蒙采纳，道尽援绝，一叹置之久矣。"① 有人回忆鲁迅说：

> 因为老太太对她的儿子爱护及影响，在鲁迅先生自己，对于母亲，亦是百依百从，——虽然在思想上，母子是相离太远了。但先生对于家事，多半还是依了老太太的主张，先生曾经这样讲过：
> "她们的成见，比什么都深，你费了九牛二虎之力，顶多只能改变十分之一二，但没有多少时候，仍旧复原了。你若再想改革，那她们简直不得了。真没办法。"②

---

① 鲁迅一九三二年六月四日致李秉中信。
② 荆有麟：《鲁迅回忆》。

征之鲁迅在别处的言论，这回忆是可信的，所作的评论也比较中肯。在家庭改革方面，在某些问题上，忽视或讳言鲁迅内心深处与母亲的不协调，以及因感受到背负着因袭的重担而产生的愤懑，是不全面的。也许甚至可以说，囿于传统的伦理观念而把鲁迅描绘成为一位"孝子"，是与鲁迅的气质和品性很不符合的。鲁迅几乎遏制不住自己内心的愤慨，指出："可惜中国太难改变了，即使搬动一张桌子，改装一个火炉，几乎也要血；而且即使有了血，也未必一定能搬动，能改装。"① 应该理解到，其中包括千千万万中国人的传统的习惯力量，特别是其中所包括的父母辈自觉与不自觉的维持传统的力量。

这在鲁迅自己，也是有切身的体验的。他曾对景宋吐诉："我托羡苏买了几株柳，种在后园，拔去了几株玉蜀黍，母亲也大不以为然，向八道湾鸣不平，听说二太太也大放谣言，说我纵容学生虐待她。现在是往来很亲密了，老年人容易受骗。所以我早说，我一出西三条，能否复返，是一问题，实非神经过敏之谈。"② 这里说的只是种几株树的小事，而结论却是能否回北京旧居的大问题，某种矛盾之大之深，是可以想见的。

这也并不是偶然的、唯一的一次。早在一九二五年端午节喝醉酒以后的几封信里，鲁迅就讲道："我之计画，则仅在以拳击'某籍'小姐两名之拳骨而止，因为该两小姐们近来倚仗'太师母'之势力，日见跋扈，竟有欺侮'老师'之行为，倘不令其喊痛，殊不足以保架子而维教育也。"③ 如果说这还带有日

---

① 鲁迅：《坟·娜拉走后怎样》。
② 鲁迅一九二七年一月十一日致景宋信。
③ 鲁迅一九二五年六月二十八日致景宋信。

常开玩笑的因素在内，那么，接着的一封信，却是十分郑重而
严肃的声明了：

> ……刚才接到二十八日函，必须写几句回答，便是小
> 鬼何以屡次诚恐惶恐的赔罪不已，大约也许听了"某籍"
> 小姐的什么谣言了罢，辟谣之举，是不可以已的。
> ………………
> 第二，我并不受有何种"戒条"，我的母亲也并不禁
> 止我喝酒。我到现在为止，真的醉只有一回半，决不会如
> 此平和。
> 然而"某籍"小姐为粉饰自己逃走起见，一定将不知
> 从那里拾来的故事（也许就从"太师母"那里得来的）加
> 以演义，以致小鬼也不免赔罪不已了罢。但是，虽是"太
> 师母"，观察也不会对，虽是"太太师母"，观察也不会
> 对。我自己知道，那天毫没有醉，并且并不胡涂，击"房
> 东"之拳，案小鬼之头，全都记得，而且诸君逃出时可怜
> 之状，也并不忘记，——虽然没有目睹游白塔寺。

当时，鲁迅和景宋的情谊，正由学生而入于相恋，"太师
母"的态度是一个重大的问题。从前，鲁迅就曾接受过母亲赠
送的"礼物"，那么，现在会怎么样呢？在这微妙的关键时刻，
对这样重大的影响力量，是决不能掉以轻心的。直到一九二九
年鲁迅回北平省母，还是非常注意于母亲对他和景宋的态度，
在给景宋的信中时时提起。在五月二十一日的信中，鲁迅表示
"看现在的情形，我们的前途似乎毫无障碍，但即使有，我也决

计要同小刺猬跨过它而前进的，绝不畏缩"。 也就在这封信中，鲁迅强调指出"（母亲）对于我们的感情是好的"。 可见鲁迅当时在这个问题上的心事。 但是，景宋对于鲁迅的郑重其事的声明，却报以亲昵的调侃。 她回信说："太师母而有'势力'，且有人居然受'欺侮'者，好在我已经拜谒过老人家，以后吾无忧矣。 联合战线，同隶太师母旗帜下，怕不怕？"①

一九〇九年，鲁迅结束在日本的留学生活，并且放弃"想往德国去"留学的计划，就是因为要挣钱赡养母亲以及帮助弟弟们。 鲁迅终身为此克尽义务，以长子的身份挑起家庭的经济重担，也有大苦恼。 不仅早年因经济问题受"二太太"攻击，兄弟失和，被放逐于八道湾，而且晚年还要谋求母亲的谅解。他曾坦率地禀告母亲："家中既可没有问题，甚好，其实以现在生活之艰难，家中历来之生活法，也还要算是中上，倘还不能相谅，大惊小怪，那真是使人为难了。 现既特雇一人，专门伏侍，就这样试试再看罢。"② 一九三四年五月二十九日致母亲的信，也讨论到这个问题。 鲁迅写道："十六日函中，并附有太太来信，言可铭③之第二子，在上海作事，力不能堪，且多病，拟招至京寓，一面觅事，问男意见如何。 可铭之子，三人均在沪，其第三子由老三荐入印刷厂中，第二子亦曾力为设法，但终无结果。 男为生活计，只能漂浮于外，毫无恒产，真所谓做一日，算一日，对于自己，且不能知明日之办法，京寓离开已久，更无从知道详情及将来，所以此等事情，可请太太自行酌定，男

① 景宋一九二五年六月三十日致鲁迅信。
② 鲁迅一九三三年七月十一日致母亲信。
③ 可铭，姓朱，朱安女士的哥哥。

并无意见，且亦无从有何主张也。以上乞转告为祷。"显然，这是委婉地否定，但其中的苦衷也隐然可见于字里行间。这是中国的家族生活法，旧的伦理道德问题、社会问题，而不是个别的家庭、个人间的小事。人是社会关系的总和，这决不是一句纯粹抽象的空话，在现实性上，这"人"和各种"社会关系"是密不可分的。把人抽象化，离开社会关系而论述"人"的一切，是不对的；把社会关系抽象化，离开人而论述"社会关系"的一切，也是不对的。恰如在"经验主义"这个名词下，可以隐藏着唯物主义和唯心主义的区别和斗争一样；在"人"这个大写的字下，也可以隐藏着历史唯物主义和历史唯心主义的区别和斗争。我们研究鲁迅本人，也正是研究麇集在他一身的各种社会关系以及鲁迅在这种种社会关系中的言论行动，他的气质、品性、心理和思想感情反映着一种怎样性质的社会力量，他所破坏的是什么社会关系，他所力图建设的又是什么关系。

如今，在我们面前遇到了一个所谓"代沟"的问题，这就是老一代和下一代之间的隔膜，不了解，不能理解，以至生活价值观念和行为上的冲突，这在历史转变时期是尤其突出的。毫无疑义，这是社会问题。而问题的内容和性质决定于人们社会地位的变动。它的表现形式，是不可能离开人的。鲁迅那时候也是感到了这个问题的。他说："前一辈看后一辈，大抵要失望的，自然只好用'笑'对付。我的母亲是很爱我的，但同在一处，有些地方她也看不惯。意见不一样，没有好法子想。"[1]也许，倘若都立志于改革，都善于体察社会发展的趋

---

[1]　鲁迅一九三五年八月二十四日致萧军信。

向，顺乎人心，多一分自觉性，彼此也就会多一分相互间的谅解吧？前一辈的失望，大抵出于对过去的眷恋和对改变的疑惧，这使后一辈感受着心理的压力，而更使果决者义无反顾。这不是也耐人寻味么？尤其对于前一辈的人。

鲁迅曾这样论述父母和子女的关系准则：

自然界的安排，虽不免也有缺点，但结合长幼的方法，却并无错误。他并不用"恩"，却给与生物以一种天性，我们称他为"爱"。动物界中除了生子数目太多——爱不周到的如鱼类之外，总是挚爱他的幼子，不但绝无利益心情，甚或至于牺牲了自己，让他的将来的生命，去上那发展的长途。

人类也不外此，欧美家庭，大抵以幼者弱者为本位，便是最合于这生物学的真理的办法。便在中国，只要心思纯白，未曾经过"圣人之徒"作践的人，也都自然而然的能发现这一种天性。例如一个村妇哺乳婴儿的时候，决不想到自己正在施恩；一个农夫娶妻的时候，也决不以为将要放债。只是有了子女，即天然相爱，愿他生存；更进一步的，便还要愿他比自己更好，就是进化。这离绝了交换关系利害关系的爱，便是人伦的索子，便是所谓"纲"。倘如旧说，抹煞了"爱"，一味说"恩"，又因此责望报偿，那便不但败坏了父子间的道德，而且也大反于做父母的实际的真情，插下乖剌的种子。有人做了乐府，说是"劝孝"，大意是什么"儿子上学堂，母亲在家磨杏仁，预备回来给他喝，你还不孝么"之类，自以为"拼命卫道"。

殊不知富翁的杏酪和穷人的豆浆，在爱情上价值同等，而其价值却正在父母当时并无求报的心思；否则变成买卖行为，虽然喝了杏酪，也不异"人乳喂猪"，无非要猪肉肥美，在人伦道德上，丝毫没有价值了。[①]

人们常常批评鲁迅这样的议论缺乏阶级观点，因而予以否定。诚然，这里虽然提到"交换关系"，虽然提到"买卖行为"，也难以确认就是在批评资产阶级，批评"它使人和人之间除了赤裸裸的利害关系，除了冷酷无情的'现金交易'，就再也没有任何别的联系了"[②]。因为鲁迅在这里所批评的"恩"，所举的例，着重的是封建主义的伦理道德，封建性的"交换关系"和"买卖行为"，而鲁迅所用以进行批评的理论武器，他直白地说明是从"自然界的安排"推广而来的，可以说的确没有阶级观点，没有运用阶级分析的方法。但是方法和结论并不是一个东西。这里更要紧的是：鲁迅的主张对不对？他否定的"恩"是否应该否定？他主张的"以幼者弱者为本位"的父母和子女之间的关系准则是否合理，是否正确，是否有益于人类的生存和发展？马克思主义认为人类的生产有两种，一是人类生活物质的生产，一是人类自身的生产。作为人类最后一个也是最伟大的一个阶级，无产阶级对人类自身的生产抱着最自觉的观点和态度，它关于父母和子女之间的关系准则的思想，无疑是最富有阶级性的；它的这一思想会和鲁迅在这里所主张的原

---

① 鲁迅：《坟·我们现在怎样做父亲》。
② 马克思、恩格斯：《共产党宣言》。

则相对立么？无产阶级的历史使命是消灭阶级，解放全人类。无产阶级怎样对待本阶级的"幼者弱者"？又怎样对待异己阶级的"幼者弱者"？它会给自己的"幼者弱者"以荫庇而视另一类"幼者弱者"为"狗崽子"么？

我赞成鲁迅的主张。我认为，我们应该高度评价鲁迅的这一思想，虽然这是他前期的思想。我尤其欣赏鲁迅所做成功的"这种爸爸"。后期的鲁迅有机会实践自己前期关于"怎样做父亲"的主张，这是我们一次奇妙的机遇，使我们得以看到他的实践。它使我们能够研究一位思想家的理论和实践，它使我们能够研究一位革命家怎样"解放了自己的孩子"。鲁迅曾经慨叹："人们因为能忘却，所以自己能渐渐地脱离了受过的痛苦，也因为能忘却，所以往往照样地再犯前人的错误。被虐待的儿媳做了婆婆，仍然虐待儿媳；嫌恶学生的官吏，每是先前痛骂官吏的学生；现在压迫子女的，有时也就是十年前的家庭革命者。"[1] 那么，鲁迅的记性又如何呢？

后顾之忧

七十年代末，当我国的人口问题受到党和政府的重点关注，提倡一对夫妇只生一个孩子的时候，报纸上就出现了这样的宣传文字，说鲁迅只要一个孩子，是计划生育的先驱，育龄夫妇学习的楷模。这真教人不知从何说起。

---

[1]　鲁迅：《坟·娜拉走后怎样》。

　　这确是历史事实，在五四新文化运动中因为提倡新道德，反对旧道德，性道德问题也就突出出来了。随着讨论的深入，计划生育的问题也提出来了，也请外国的倡导计划生育的专家山额夫人来中国访问、讲学、宣传鼓动过。在中国，有过这方面的专门著作的，有一个是鲁迅的三弟周建人。鲁迅当时着力反对的是"中国娶妻早是福气，儿子多也是福气。所有小孩，只是他父母福气的材料，并非将来的'人'的萌芽"①的传统思想。这和讲究计划生育不是同一个命题。诚然，鲁迅也是主张计划生育的，他不是在给青年朋友的信里传授过避孕的方法么？但是，鲁迅只有一个孩子却决不是只计划生育一个孩子的结果。

　　鲁迅和景宋之有子嗣，这在他俩是生育计划失败的后果，是出于意外的。他俩的本意却是不要子嗣的。请听听鲁迅的说明吧：

　　　　生今之世，而多孩子，诚为累坠之事，然生产之费，问题尚轻，大者乃在将来之教育，国无常经，个人更无所措手，我本以绝后顾之忧为目的，而偶失注意，遂有婴儿，念其将来，亦常惆怅，然而事已如此，亦无奈何，长吉诗云：已生须已养，荷担出门去，只得加倍服劳，为孺子牛耳，尚何言哉。

这是一九三一年四月十五日致李秉中信中讲的。在这之前，三

---

　　①　鲁迅：《热风·随感录·二十五》。

月六日已经说过一次:

> 孩子生于前年九月间,今已一岁半,男也,以其为生
> 于上海之婴儿,故名之曰海婴。我不信人死而魂存,亦无
> 求于后嗣,虽无子女,素不介怀。后顾无忧,反以为快。
> 今则多此一累,与几只书箱,同觉笨重,每当迁徙之际,
> 大加擘画之劳。但既已生之,必须育之,尚何言哉。

一个人,时时想到中国,想到中国的将来,为了改革而不停息
地工作,却要绝后顾之忧,牺牲养育子嗣的权利,这又是怎样
的幸福者和哀痛者啊!

所谓后顾之忧,首先是抚养和教育的经费问题,也还有为
此而耗费的心力和体力问题。在致母亲的信,致萧军、萧红的
信,致增田涉的信和致山本初枝夫人的信中,鲁迅大量地谈到
"孩子是个累赘,有了孩子就有许多麻烦"[1],妨碍写作和学习。
鲁迅认为孩子看看是可爱的,养起来却十分烦难。这自然不是
什么深刻的思想,却实在是我们这个历史时期人类自身生产过程
中的严重社会问题。因为它普遍,因为即使像鲁迅这样能够请
女工照顾孩子还有这么大的麻烦,实在是应该大大加以改革的。

所谓后顾之忧,还有就又是株连了。一个病态的社会是容
不得棘手的社会批评家的,反改革者总是觉得他可恶,因而千
方百计给以种种攻击;这攻击有时就又要株连父母和子嗣。当
鲁迅没有孩子的时候,曾有人说,这是他做人不好的报应,要

---

[1]　鲁迅一九三二年十一月七日致山本初枝信。

绝种的。 这也是中国人相当普遍的传统咒骂，"断子绝孙的阿
Q"也就是精彩的一笔。 可是，当鲁迅有了孩子，却又并不证
明是"善报"。 这时候，《鲁迅大开汤饼会》之类的诬蔑，此
伏彼起。 鲁迅曾愤怒地指出，连出世不过一年的婴儿，也和他
"一同被喷满了血污"[1]。 尤其当国民党反动政府加紧迫害，欲追
索鲁迅的时候，鲁迅则更需要"挈妇将雏"离家避难。 这里面
所增加的困苦，可想而知。

　　毫无疑问，革命者并不都需要"以绝后顾之忧为目的"而
不要子嗣，这一想法只是反映了鲁迅的独特性格。 但是，这却
远不是鲁迅的杞忧，事实证明，旧社会的黑暗和残酷已经到了
那种地步了。 这倒是新社会的人们不应该忘记的。

"象忧亦忧，象喜亦喜"

　　景宋曾经引用这个典故形容鲁迅对海婴的挚爱，说鲁迅是
"把人家兄弟之爱易作父子之爱的"[2]。 这也可以说是神来之笔，
妙绝妙绝。 第一，鲁迅是把自己的爱子视为"小白象"的，曾
经这样称呼他，因此"象"也可以看作"小白象"的省略。 第
二，中国的旧道德，"父为子纲"，那是一种人身隶属的主奴关
系，兄弟就比较地平等了。 鲁迅曾经赞赏萧伯纳这样的看法：
"朋友最好，可以久远的往还，父母和兄弟都不是自己自由选

---

[1]　鲁迅：《南腔北调集·答杨邨人先生公开信的公开信》。
[2]　许广平：《欣慰的纪念·鲁迅先生与海婴》。

择的，所以非离开不可"①。鲁迅一贯主张，人和人之间应该是朋友，而不应该是主奴。鲁迅之待爱子，其最大的特点我以为就在平等，与中国传统的父子之间的"恩"彻底决裂，而代之以"诚"与"爱"，而代之以平等，真正做到"以幼者弱者为本位"的利他主义。

一九二九年五月，鲁迅第一次回北平探望母亲，景宋因身怀海婴不便同行，鲁老太太十分关切，下车伊始，就问："害马为什么不同来呢？"②后来，当鲁迅告诉母亲原因以后，鲁老太太很高兴，认为"这屋子里，早应该有小孩子走来走去"。这引发鲁迅一段思考。他告诉景宋："不过我却并不愿意小白象在这房子里走来走去，这里并无抚育白象那么广大的森林。北平倘不荒芜下去，似乎还适于居住，但为小白象计，是须另选处所的。这事俟将来再议。"③

为抚育白象，考虑选择适宜的环境，这是为白象所作的设想，为将来所作的设想。鲁迅是很重视环境对人的作用的。他所考虑的环境，包括地域和居住的条件。鲁迅有一篇论《南人和北人》的杂文，就是评述中国南方和北方人民气质和品性的差异以及彼此应该互相学习的内容的。地域不但是自然条件，而且有社会条件和历史条件，以中国地域之广阔，不仅南方和北方，甚至不同省份，甚至同一省份的不同地区，人的气质和品性也存在某种差异，民间是流行着不少这种谚语的。这是事实，而地域本身是一个综合的因素，以为重视甚至看到了地域

---

① 鲁迅：《南腔北调集·看萧和"看萧的人们"记》。

② 鲁迅一九二九年五月十五夜致景宋信。

③ 鲁迅一九二九年五月十七夜致景宋信。

对人的作用就是没有阶级观点的观点，其实是先把地域的内涵简单化而进行的批评，与事实反而相背离。鲁迅在这里考虑到北平是否"荒芜"，就是考虑地域这种环境对白象生长的作用。即使北平不荒芜，鲁迅还要进一步选择适宜的居室。鲁迅指出过："居处的文陋，却也影响于作家的神情，孟子曰：'居移气，养移体'，此之谓也。"① 恩格斯在《英国工人阶级状况》一书中对当时英国工人阶级拥挤、陋劣的居住条件所造成的品性、道德上的恶影响，作了深刻的评述，这个问题的理论和实际上的意义是很大的。据回忆所示，鲁迅在北京最早购置的住宅八道湾十一号，空地之所以那么宽敞，就是便于侄子们活动游憩。只要经济上能力所及，鲁迅总是把自己改革社会的主张照样从自己做起的。他自己不做的，不想做的，也就从不提倡，这是鲁迅作为实践型思想家的特点。

　　对于地域的选择，鲁迅是有特别的好恶的。他说："为安闲计，〔住〕北平是不坏的，但因为和南方太不同了，所以几〔乎〕有'世外桃源'之感，我来此虽已十天，〔却〕（几乎）毫（无刺激）〔不感到什么〕，略不小心，确有'落伍'之惧的。上海虽烦扰，但也别有生气。"② 此外，鲁迅还非常喜欢北平几个图书馆丰富的藏书，这是上海所不及的。但从总体着眼，鲁迅还是喜欢上海的生气。这自然也有利于白象的生长。

　　至于居室，鲁迅所做到的，"总是拣最风凉的给小孩睡。冬天，也生起火炉来了，海婴卧室一只，鲁迅也叨光有一

---

　　①　鲁迅：《花边文学·"京派"与"海派"》。
　　②　鲁迅一九二九年五月二十三日致景宋信。

只"①。 在给日本朋友的信中，鲁迅多次谈到寓所朝北，阳光照不进屋，对孩子不适宜，以致经常生病。 一九三三年四月十九日，鲁迅写信告诉内山嘉吉先生，"我们原来的房子朝北，对孩子不适宜，已在一周前迁至施高塔路"，即大陆新村九号。 两个多月后，鲁迅高兴地告诉山本初枝夫人："搬家后孩子似乎很好，很活泼，肤色也变黑了。"在给母亲的信里，鲁迅也说："因为搬了房子，常在明堂里游戏，或到田野间去，所以身体也比先前好些。"②

鲁迅在《风筝》中，深刻地表现了两种儿童观的对立：一种是中国的传统的儿童观，把游戏和玩具看作"没出息孩子的玩艺"；一种是西方先进的儿童观，肯定"游戏是儿童最正当的行为，玩具是儿童的天使"。 鲁迅一生对中国传统的要求孩子"少年老成"、"听话"、"驯良"之类，曾一再为文进行具体分析，而赞赏符合儿童天性的教育观和方法。 在《难行和不信》中，他又指出："请援，杀敌，更加是大事情，在外国，都是三四十岁的人们所做的。 他们那里的儿童，着重的是吃，玩，认字，听些极普通，极紧要的常识。"鲁迅也正是这样抚育海婴的。 他给朋友的信，特别是给增田涉和山本初枝夫人的信中，经常的一个内容就是谢谢他们送给海婴玩具，并生动地描绘过海婴对待玩具的态度。

最具有反传统意义的是鲁迅和海婴之间的这一类谈话：

① 许广平：《欣慰的纪念·鲁迅先生与海婴》。
② 鲁迅一九三三年七月十一日致母亲信。

"爸爸，人人是那能死脱的呢？"

"是老了，生病医不好死了的。"

"是不是侬先死，妈妈第二，我最后呢？"

"是的。"

"那么侬死了这些书那能办呢？"

"送给你好吗？要不要呢？"

"不过这许多书那能看得完呢？如果有些我不要看的怎么办呢？"

"那么你随便送给别人好吗？"

"好的。"

"爸爸，你如果死了，那些衣裳怎么办呢？"

"留给你大起来穿好吗？"

"好的。"①

海婴这家伙却非常顽皮，两三日前竟发表了颇为反动的宣言，说："这种爸爸，什么爸爸！"真难办。②

他去年还问："爸爸可以吃么？"我的答复是："吃也可以吃，不过还是不吃罢。"今年就不再问，大约决定不吃了。③

这些话，即使是现在的知识分子的家庭，就是说在比较开明的父母当中，能够容忍的恐怕也不多。而在半个世纪以前，就更难说了。这原因，不能不说还是传统的力量使然。因为中

---

① 许广平：《欣慰的纪念·鲁迅先生与海婴》。

② 鲁迅一九三四年八月七日致增田涉信。

③ 鲁迅一九三四年十二月二十日致萧军、萧红信。

国的礼教，"父为子纲"，即使是所谓"百无禁忌"的"童言"，居然议论起父亲的死后，也是严厉禁止的。即使不以为这是"不祥"，也会看作严重的无礼，轻则会受到呵责，如果因此挨一顿揍，也不会认为过火的。而鲁迅则何如？他是那样平心静气地交谈，其实是给予认真的教育。这表明，在五伦中处于第二位的父子关系中，鲁迅完全没有封建礼教的观念，完全没有封建迷信的观念。对于儿子，除了担负抚养教育的义务以外，没有丝毫传统的"恩"的要求，而只有真诚的"爱"，在人格上是完全平等的。语云：于细微处见精神。这就是适例吧？

遗　　嘱

　　鲁迅对于子嗣的挚爱，出于两个基本原则，一是以身为幼者和弱者的子嗣为本位；一是充满了利他主义的精神，以科学的、理性的、最富人情的态度对待未来的生命或生命的发展。海婴的脚为沸水烫伤，鲁迅不仅悉心为他治疗，而且认为"只要好后没有疤痕，我的责任算是尽了"[①]。前者是一般父母都能想到，并尽力去做到的；后者却未必为大多数父母所在意。这就是鲁迅对于子嗣爱护的深入细微处。鲁迅是最富有血性的人。他对于黑暗及其所附丽的没落的事物，抱着决不相容的憎恶；他对于光明，对于希望及其所附丽的存在，具有广大的爱。有的人不理解这一点，于是对于鲁迅之爱护海婴，也未能理解，

---

　　① 　鲁迅一九三五年三月十九夜致萧军信。

甚至发出讥诮了。这却使我们联想到鲁迅一首有名的诗：

答 客 诮

无情未必真豪杰，怜子如何不丈夫。

知否兴风狂啸者，回眸时看小於菟。

作为百兽之王的老虎，凶猛异常，勇于搏杀，这几至于家喻户晓。但它也护卫子嗣，眷顾不已，这却往往为人忽略。人们多谈虎色变，或者根本不去想到这一层。有人把这一层点染出来，自然动人得很。这在老虎，不过本能而已，并没有人类一样的感情，一样的爱憎。鲁迅在这首诗里，只不过是借喻，所借喻的也止于猛虎眷顾小老虎，丝毫没有小老虎又如何如何的意思。有人解这首诗，拈出"虎父无犬子"的成语，加以发挥，其实于诗无关。"虎父无犬子"，这是一种封建主义的血统论，和鲁迅思想是格格不入的。鲁迅斥"父子作家"的吹嘘为"肉麻当有趣"，才是他所有的精神。

鲁迅自然也是希望"后来居上"的。他就说过希望他儿子做父亲做得比他还好。

但是，对于子嗣未来谋生的手段，鲁迅却写下了这样的遗嘱：

孩子长大，倘无才能，可寻点小事情过活，万不可去做空头文学家或美术家。①

---

① 鲁迅：《且介亭杂文末编·死》。

这条遗嘱在文艺界是非常有名的。循名责实，人们相约不要做"空头"文学家和美术家，着重在"空头"二字。

但我以为，它的意义不仅仅在文艺界，也不仅仅在是否"空头"。这是一条普遍性的原则，是每个父亲，尤其是成为各界名人的父亲值得深思和学习的准则。

七十二行，鲁迅为什么偏偏想到"文学家或美术家"？

我相信，鲁迅多半是想到了自己在文学艺术界的影响吧？这种影响是有可能给予子嗣以某种荫庇的。这种荫庇，不来自世袭的权势，而来自"父荣子贵"的封建主义传统。彻底否定这个传统，依靠自己，像千千万万劳动者及其子嗣一样，依靠自己谋生存，求发展，这是无产者的准则，真正强者的准则。因为人能自立，才能发展。中国几千年的荫庇历史，出了几个像样的子孙？何况守成，已经是退婴的第一步了。

鲁迅意味深长地讲过："天下事尽有小作为比大作为更烦难的。譬如现在似的冬天，我们只有这一件棉袄，然而必须救助一个将要冻死的苦人，否则便须坐在菩提树下冥想普度一切人类的方法去。普度一切人类和救活一人，大小实在相去太远了，然而倘叫我挑选，我就立刻到菩提树下去坐着，因为免得脱下唯一的棉袄来冻杀自己。"[①] 改造社会，解放全人类，与改革家庭，解放自己的子嗣，不也是这样么？

鲁迅精神的伟大也表现在这里。

鲁迅的这条遗嘱，也可以看作是给普天下有志于改革的父母的遗嘱吧？

---

① 鲁迅：《坟·娜拉走后怎样》。

走人生的长途……

　　景宋在和鲁迅通信三个多月以后，在了解日深、感情日笃的时候，将鲁迅给她的第一封回信中"如何在世上混过去的方法"的一段，抄寄鲁迅，请求发表。景宋作了这样的说明：

　　　　以前给我的信中有上面的一大段，我总觉得"独食难肥，还想分甘同味"（二句是粤谚），以公同好，现在上海事起，应有百折不回的精神，故我以为这些话有公开之必要，因此抄录奉呈，以光《莽原》篇幅。

　　这里说的"上海事起"，指五卅惨案。这说明，作为当时青年学生中的一名先进分子，景宋切身感到鲁迅一九二五年三月十一日给她的信中所指出的"走'人生'的长途"的办法，很有现实意义，很有指导意义。它可以鼓舞中国人民的反对帝国主义的斗争，恰如她已经从中受到了有力的反对封建主义教育的鼓舞一样。这里的"她"也许应该换成复数，应该是"他们"。景宋说过，她给鲁迅写的第一封信，事前和同班同学林卓凤商量过的，写好后也给林看过，得到她的同意。那么，至少鲁迅的第一封回信，林是应该看到的。可惜这后一点，景宋在回忆时没有说。

　　《莽原》没有发表这段话，也没有在别的刊物上看到这段话，可见鲁迅并没有答应景宋的请求。 紧接着这封信之后，"约二三封"信已经"缺失"，这是《两地书》上注明了的。 在现存的原信中也不见有这样的"约二三封"信，这实在可惜得很。 不然，其中也许可以看到鲁迅的答复，我们就可以知道鲁迅对这一段人生哲理的自评了。

走人生的长途，这是一个极关重要的命题。 鲁迅曾极愤慨于中国人的善于苟活，他指出："苟活就是活不下去的初步，所以到后来，他就活不下去了。 意图生存，而太卑怯，结果就得死亡。 以中国古训中教人苟活的格言如此之多，而中国人偏多死亡，外族偏多侵入，结果适得其反，可见我们蔑弃古训，是刻不容缓的了。 这实在是无可奈何，因为我们要生活，而且不是苟活的缘故。"①

在这样的历史、文化的背景上，探索一下鲁迅，也包括景宋的对于怎样走人生的长途的思想，该是很有兴味的吧。

苦闷总比爱人还来得亲密

景宋给鲁迅的第一封信，是当时一代青年学生觉醒起来了的呼喊。 这封信不仅仅是对人生的个别问题，比如信的开头所提出的学风与"政潮"的关系问题，提出疑问，而是痛切感到整个人生的"苦闷"，提出怎样减轻这种"苦闷"的方法问题，实质上就是怎样改良这苦痛的人生的问题；对于觉醒的人，有

---

① 鲁迅：《华盖集·北京通信》。

志于改革中国的人，是一个怎样走人生的长途的问题。 这是一个人的根本问题，谁也离不开的问题。 不过有人清醒，有人糊涂；有人自觉，有人自在而已。 不是么，谁不考虑自己的生活：怎样生活？想怎样生活？

景宋在这封信里向鲁迅表示："苦闷则总比爱人还来得亲密，总是时刻地不招即来，挥之不去。"景宋热切地向鲁迅呼吁："可有甚么法子能在苦药中加点糖分，令人不觉得苦辛的苦辛？而且有了糖分是否即绝对的不苦？ "这封信收入《两地书》时删去的结尾是非常急迫、非常沉痛的：

> 现在的青年的确一日日的堕入九层地狱了！ 或者我也是其中之一。虽然每星期中一小时的领教，可以快心壮气，但是危险得很呀！先生！你有否打算过"救人一命，胜造七级浮屠"呢？先生！你虽然很果决的平时是；但我现在希望你把果决的心意缓和一点，能够拯拔得一个灵魂就先拯拔一个！先生呀！他是如何的"惶急待命之至"！

或许是这急不可待的呼救声打动了鲁迅吧？鲁迅当天就写了回信，给了认真的答复，向景宋伸出了援助的手。 不过，我总觉得，不仅仅因为景宋信上写得这么急切，更重要的是景宋对人生的苦痛的感受这么深刻，她看到的青年学生的沉沦这么清楚，她努力抗争、切望寻找一条人生道路的意志这么坚强，所以以其内在的思想力量引起了鲁迅的共鸣，或者更准确一些说，她的信使鲁迅听到了和自己的心音频率相同的另一个青年的心音，于是感动了，自然而然地立刻发出了响应。 ——这多么容易令人想起鲁迅在《〈呐喊〉自序》中写下的那个关于"铁屋子"的著名譬喻啊:"现在你大嚷起来,惊起了较为清醒的几个人,使这不幸的少数者来受无可挽救的临终的苦楚,你倒以为对得起他们么?"鲁迅会想起这一点来么?写信的是他的学生,是当面听到他的"呐喊"的。

鲁迅是赞同景宋关于人生苦闷"不招即来,挥之不去"的看法的。鲁迅的答复也说:"我想,苦痛是总与人生联带的,但也有离开的时候,就是当睡熟之际。"

这是鲁迅一个重要的思想,两个月后,他把这意思发表在《莽原》上:"我们都不大有记性。这也无怪,人生苦痛的事太多了,尤其是在中国。记性好的,大概都被厚重的苦痛压死了;只有记性坏的,适者生存,还能欣然活着。"① 所谓"记性坏"不就等于"睡熟"了么?

苦痛是人的七情之一,毫无疑义,它也来自环境,来自社会现实。

为什么人生这么多苦痛,尤其是在中国?我认为,这和鲁迅的中国史观,特别是鲁迅和大多数中国人感情完全相通联系在一起。

这是许多人熟悉的了。鲁迅对于中国人在历史上的地位作过一个直截了当的概括:

一、想做奴隶而不得的时代;

二、暂时做稳了奴隶的时代。

鲁迅指出,"这一种循环,也就是'先儒'之所谓'一治

---

① 鲁迅:《华盖集·导师》。

一乱'"①。记得似乎有人非难过这个结论，指责这个结论没有阶级观点，不是进行阶级分析，不符合马克思主义。也许是这样的吧？不过，鲁迅的这一种概括，是建立在人与人之间"有贵贱，有大小，有上下。自己被人凌虐，但也可以凌虐别人；自己被人吃，但也可以吃别人。一级一级的制驭着"的中国历史实际的基础上的。说明人间应该如此的天经地义则是"天有十日，人有十等。下所以事上，上所以共神也"②。从被压迫者的立场去看，被压迫者的这种地位，这种奴隶的地位，什么时候改变过呢？奴隶变成农奴（农民），农奴变成无产者，不是招牌虽换，货色依旧么？马克思主义的两位创始人不是写过么：

> 在过去的各个历史时代，我们几乎到处都可以看到社会完全划分为各个不同的等级，看到由各种社会地位构成的多级的阶梯。在古罗马，有贵族、骑士、平民、奴隶，在中世纪，有封建领主、陪臣、行会师傅、帮工、农奴，而且几乎在每一个阶级内部又有各种独特的等第。
>
> 从封建社会的灭亡中产生出来的现代资产阶级社会并没有消灭阶级对立。它只是用新的阶级、新的压迫条件、新的斗争形式代替了旧的。③

即使是理论基础不同、思想体系不同、世界观不同，鲁迅所看到的、所尖锐揭露的人与人之间"有贵贱，有大小，有上下"

---

① 鲁迅：《坟·灯下漫笔》。
② 鲁迅：《坟·灯下漫笔》。
③ 马克思、恩格斯：《共产党宣言》。

的历史，贱者、小者、下者在中国历史上一直处于奴隶的地位，不是事实么？既是事实，又有什么错误呢？

人被压迫着，怎么不苦痛呢？

鲁迅最可贵的感情之一，就是这种人生苦痛的感情。他以这种感情和被压迫者紧密相连；他以这种感情作为被压迫者的一员，挣扎，反抗，斗争，改革，要求改变奴隶的社会地位，"而创造这中国历史上未曾有过的第三样时代"①，即奴隶当家做主，人和人之间不是主子和奴隶，而是朋友的时代。正因为有这种切肤之痛，才不是冷眼旁观，也不是高高在上的恩赐。

但要感受这种人生苦痛也并不容易，这就是必须觉醒，脱离"睡熟"状态；必须敏感，脱离麻木境界；必须清醒，抛弃对于"将来"的空想，而把"现在"和将来联系在一起，正视现实的人生。这就是鲁迅所说："总之，人若一经走出麻木境界，〔便〕即增加苦痛，而且无法可想，所谓'希望将来'，不过是自慰——或者简直是自欺——之法，即所谓'随顺现在'者也一样。必须麻木到不想'将来'也不知'现在'，这才和中国的时代环境相合，但一有知识，就不能再回到这地步去了。"②

人是环境的产物。达尔文早就说过，如果人生长在蜜蜂的环境，也会有蜜蜂那样的分工，把杀死自己姊妹的事看作有道德。"中国的时代环境"也确实养育出了中国式的麻木。鲁迅也曾比较过西洋思想和东洋思想——主要是中国思想——的不同。他在《幸福的摆》的编校后记中指出："作者究竟是德

---

① 鲁迅：《坟·灯下漫笔》。
② 鲁迅一九二五年三月二十三日致景宋信。

国人，所以也终于不脱日耳曼气，要绘图立说，来发明'幸福的摆'，自视为生路，而其实又是死因。我想，东洋思想的极致，是在不来发明这样的'摆'，不但不来，并且不想；不但不想到'幸福的摆'，并且连世间有所谓'摆'这一种劳什子也不想到。这是令人长寿平安，使国古老拖延的秘法。老聃作五千言，释迦有恒河沙数说，也还是东洋人中的'好事之徒'也。"[①] 这也是鲁迅的一个基本看法。早在一九〇七年的《摩罗诗力说》中，鲁迅就已指出："中国之治，理想在不撄，而意异于前说。有人撄人，或有人得撄者，为帝大禁，其意在保位，使子孙王千万世，无有底止，故性解（Genius）之出，必竭全力死之；有人撄我，或有能撄人者，为民大禁，其意在安生，宁蜷伏堕落而恶进取，故性解之出，亦必竭全力死之。""老子书五千语，要在不撄人心；以不撄人心故，则必先自致槁木之心，立无为之治；以无为之为化社会，而世即于太平。"以为社会能无为而治，来个太平世界，完全是空想。中国历史有二十五史之多就是铁证。还没有计算其间的大大小小的动乱。这是因为人类为了生存，必须生产，而生产即不能不撄；同时人性也不能如道家所说的恬淡，所欲是很多的。

　　然而中国的旧文明也实在把人心麻痹到无以复加了。中国有一句俗话是"知足常乐"，中国的古训是知天乐命。尽管治人者"劝人安贫乐道是古今治国平天下的大经络，开过的方子也很多，但都没有十全大补的功效"[②]。而"安贫"依然是治人者

---

① 鲁迅：《集外集·〈奔流〉编校后记（二）》。

② 鲁迅：《花边文学·安贫乐道法》。

所实施的"天下太平的要道",当"命运说""毫不足以治国平天下"[①] 的时候,接济的是赤裸裸的暴力镇压。"知足"也就在这文治武功之下成了根深蒂固的人生哲学;乍一看起来,世上似乎真有"知足常乐"的民族,他们有那么多达观的气质似的。

在苦痛的人生时代而要"常乐",就只有"瞒"和"骗"了。

苦痛是人生的清醒剂。

苦痛是人生觉醒的第一步。 当排除奴才式的诉苦和聪明人的伶俐哲学以后,苦痛所引起的不满,也就是催人改革社会、改良人生的力量。

鲁迅并不赞美苦痛,不但不赞美,而且诅咒它:"我是诅咒'人间苦'而不嫌恶'死'的,因为'苦'可以设法减轻而'死'是必然的事,虽曰'尽头',也不足悲哀。"[②]

后来,鲁迅又曾说明:"人固然应该生存,但为的是进化;也不妨受苦,但为的是解除将来的一切苦;更应该战斗,但为的是改革。"[③] 生存和发展,现在和将来,个人和社会,这种种辩证关系都包含在人生的道路的哲理之中,都包含在怎样对待人生的苦痛之中了。

专与苦痛捣乱或如何在世上混过去的方法

一个人的人生是极有限的,倘若放在人类发展史的链条

---

① 鲁迅:《花边文学·运命》。
② 鲁迅一九二五年五月三十日致景宋信。
③ 鲁迅:《花边文学·论秦理斋夫人事》。

上，真正是极短暂的一瞬；一个人在同时代人中，尤其在人口众多的中国，真好比沧海之一粟，也有限得很。因此，一个人所受的人间苦，也终归是极其有限的。

夸大个人所受的苦痛是不符合实际的。

然而，如何对待苦痛，却是一个原则问题。鲁迅曾作这样的分析：

> 一个活人，当然是总想活下去的，就是真正老牌的奴隶，也还在打熬着要活下去。然而自己明知道是奴隶，打熬着，并且不平着，挣扎着，一面"意图"挣脱以至实行挣脱的，即使暂时失败，还是套上了镣铐罢，他却不过是单单的奴隶。如果从奴隶生活中寻出"美"来，赞叹，抚摸，陶醉，那可简直是万劫不复的奴才了。[①]

鲁迅在给景宋的第一封回信中，写下了自己走人生长途的方法，他说他的原则是"专与苦痛捣乱"，这对于饱尝人间苦的被侮辱被压迫的人们，是多么巨大的鼓舞啊！

鲁迅把自己的方法，分成两条。一条是如何对付"最易遇到的两大难关"："歧路"和"穷途"。

对于"歧路"，鲁迅说他反对墨翟的"恸哭而返"的方法，而是"不哭也不返，先在歧路头坐下，歇一会，或者睡一觉，于是选一条似乎可走的路再走"。

对于"穷途"，鲁迅也说他反对阮籍的"大哭而回"的方

---

① 鲁迅：《南腔北调集·漫与》。

法，而是"也像歧路上的办法一样，还是跨进去，在刺丛里姑且走走"。鲁迅又强调他"并未遇到全是荆棘毫无可走的地方过"，路总是有的，走过去就是了。

细细比较，鲁迅对付"歧路"和"穷途"，基本精神是一致的，大致可以说有这么三条：一是不哭；二是不走回头路；三是"选一条似乎可走的路再走"，即便是"在刺丛里"，也"跨进去"，"姑且走走"。

不哭。这可以解释为有主见，对于走过来的路不懊丧，不后悔；也可以解释为性格坚强，人类的眼泪实在是太多了，尤其是弱者，是女人；据说"英雄有泪不轻弹"，也还免不了要有弹泪的时候。鲁迅论道："人们有泪，比动物进化，但即此有泪，也就是不进化，正如已经只有盲肠，比鸟类进化，而究竟还有盲肠，终不能很算进化一样。凡这些，不但是无用的赘物，还要使其人达到无谓的灭亡。"[1] 眼泪怎样能"使其人达到无谓的灭亡"呢？

不走回头路。不仅鲁迅写这段话的时候确实没有走过回头路；鲁迅的一生，也没有走过回头路。就是鲁迅的思想发展道路，也是一步一步切切实实向前跨去的。这是他的坚实，也是他的特操。据说，鲁迅曾明白地告诉过人："他的哲学都包括在他的《野草》里面。"[2]《野草》中的《过客》，景宋和鲁迅在通信中一再谈到过，其中就有一段不走回头路的议论：

---

① 鲁迅：《华盖集·杂感》。

② 章衣萍：《古庙杂谈（五）》。

翁——我单知道南边；北边；东边，你的来路。 那是我最熟悉的地方，也许倒是于你们最好的地方。 你莫怪我多嘴，据我看来，你已经这么劳顿了，还不如回转去，因为你前去也料不定可能走完。

客——料不定可能走完？……（沉思，忽然惊起，）那不行！我只得走。 回到那里去，就没一处没有名目，没一处没有地主，没一处没有驱逐和牢笼，没一处没有皮面的笑容，没一处没有眶外的眼泪。 我憎恶他们，我不回转去！

翁——那也不然。 你也会遇见心底的眼泪，为你的悲哀。

客——不。 我不愿看见他们心底的眼泪，不要他们为我的悲哀！

翁——那么，你，（摇头，）你只得走了。

客——是的，我只得走了。……

鲁迅是憎恶走回头路的人物的。 他曾作文公开批评某些趋时的人物后来竟至于复古；在给景宋的信里，他也批评了某些语丝社中人的倒退："此地之先前和'正人君子'战斗之诸公，倘不自己小心，怕就也要变成'正人君子'了。"[1] 而收入《两地书》时，更把这一段话改得鲜明而尖锐。

"选一条似乎可走的路再走"，坚持前进。 在选择道路的问题上，鲁迅的经历是相当丰富的。 他曾谋生无奈而"走异路，

---

① 鲁迅一九二九年六月一日致景宋信。

逃异地，去寻求别样的人们"①。又曾虽毕业于新学堂，而依然"上穷碧落下黄泉，两处茫茫皆不见"，终于"因为绝望于孔夫子和他的之徒"，东渡日本留学。②随后是学医。再就是抱定"立人"的志向自觉地弃医从文。失望于辛亥革命的失败而沉默、彷徨，真正是"先在歧路头坐下，歇一会"，然而奋起于五四前夕，始终不折不挠地前进。鲁迅选择人生道路最可贵的地方在于从青年时代起就一贯地为谋求被压迫者的解放，为改良这苦痛的人生的高度自觉性和原则性，以及特别坚韧和韧长。

第二条就是著名的"壕堑战"，也就是韧性战斗精神。

鲁迅说"对于社会的战斗，我是并不挺身而出的"，这不应引起误解，以为鲁迅也是"不为善先"的人。不是这样。也不单单是谦虚。这是有特定含义的。鲁迅作过进一步解释。他说："我想，在青年，须是有不平而不悲观，常抗战而亦自卫，荆棘非践不可，固然不得不践，但若无须必践，即不必随便去践，这就是我所以主张'壕堑战'的原因，其实也无非想多留下几个战士，以得更多的战绩。"③

这完全是针对中国国情的战法。

一是"中国多暗箭，挺身而出的勇士容易丧命"④。这种暗箭，不仅来自敌手，有时也会来自自己的所谓战友。这是事实。鲁迅愤慨于自己要横站着作战，也就为此。无须追究是有意无意、正解误解，也无须顾忌情面，如实地指出这一点有益

---

① 鲁迅：《〈呐喊〉自序》。
② 鲁迅：《且介亭杂文二集·在现代中国的孔夫子》。
③ 鲁迅一九二五年三月十八日致景宋信。
④ 鲁迅一九二五年三月十一日致景宋信。

于改革者的战斗，有益于社会的进步。

二是"在进取的国民中，性急是好的，但生在麻木如中国的地方，却容易吃亏，纵使如何牺牲，也无非毁灭自己，于国度没有影响"①。性急也是感受更大苦闷的原因。景宋到底年轻，有青年最富朝气、勇于进取的优点，也有入世不深、容易"性急"的毛病。她给鲁迅的信中曾一气写下六个"苦闷"，鲁迅就此曾一再加以劝诫："性急"也要防"五分钟热"；激烈得快，平和得也快。

三是"旧社会的根柢原是非常坚固的，新运动非有更大的力不能动摇它什么。并且旧社会还有它使新势力妥协的好办法，但它自己是决不妥协的"②。这一点最可怕，也最容易令人寒心。

进行"壕堑战"的理由是很充分的，这一方面也作了很多阐发和研究。至于"壕堑战"的具体方法，也是很值得研究的。

比如，鲁迅指出"政府似乎已在张起压制言论的网来，那么，又须准备'钻网'的法子，——这是各国鼓吹改革的人照例要遇到的"③。"钻网"的最简单的法子，大约就是使用笔名，鲁迅也曾为此为景宋讲过讲义，而鲁迅攻击子路的"结缨而死"有点迂，是上了孔丘的当，也是这样的精神。

最发人深省的，是鲁迅阻止景宋发表某一类"大概要受攻击"的文章。鲁迅指出"犯不上以一篇文章而招得攻击或误

① 鲁迅一九二五年四月十四日致景宋信。
② 鲁迅：《二心集·对于左翼作家联盟的意见》。
③ 鲁迅一九二五年四月八日致景宋信。

解"①。而这样的文章最好由他来写。这样的意思，鲁迅也对杨
霁云先生讲过，那是对于杨先生所作的《集外集》的序言而说
的："先生的序，我看是好的，我改了一个错字。但结末处似
乎太激烈些，最好是改得隐藏一点，因为我觉得以文字结怨于
小人，是不值得的。至于我，其实乃是箭在弦上，不得不发。
不知先生以为何如？"②写文章要看文章的性质，也要看自己所
处的地位。黑暗固然应该攻击，但怎样去攻击，由谁去攻击却
必须仔细斟酌。那种以为只要是黑暗的东西，无任是谁，就应
该挺身而出，不怕牺牲，为文战斗的意见，是有违"壕堑战"
战法的。在这一点上，我们看到，鲁迅多么坚强，而又多么爱
护年轻的力量。

鲁迅揭露过这样一种情况："君子之徒曰：你何以不骂杀
人不眨眼的军阀呢？斯亦卑怯也已！但我是不想上这些诱杀手
段的当的。"③据说，鲁迅曾这样告诫过青年："站出来讲话尤需
要明喻暗譬，大家领会而又无懈可击；绝不可以对当地当政强
梁权贵指名道姓地明白指斥，借以避免授人以柄，徒招祸害到
自己身上。"④这精神是可信的，试看：四一五反革命政变以后，
鲁迅将在广州所见所感而写出的《小杂感》，内容直指新军阀
蒋介石辈，而无一名姓，但读者仍然了了分明。

鲁迅就是这样地专与苦痛捣乱。

一面受苦，一面为解除一切苦而斗争，却要这样苦心孤诣

---

① 鲁迅一九二五年七月二十九日致景宋信。

② 鲁迅一九三四年十二月二十三日致杨霁云信。

③ 鲁迅：《坟·题记》。

④ 张孟闻：《鲁迅先生的教诫》。

讲究方法：这是可诅咒的时代。

"我忽而爱人，忽而憎人……"

鲁迅对景宋，真是推心置腹。这自然由于他俩在对人生的看法和对待人生的态度即努力改良这人生方面，是一致的，所以有一种知己之感。但是景宋年轻，阅历少，锐意进取而常常急躁，也使鲁迅非常担心，因此一再加以劝导。这样，对有些问题双方又有分歧。鲁迅曾如此深情地向景宋剖白：

> 其实，我的意见原也不容易了然，因为其中本有着许多矛盾，教我自己说，或者是"人道主义"与"个人的无治主义"的两种思想的消长起伏罢，所以我忽而爱人，忽而憎人；做事的时候，有时确为别人，有时却为自己玩玩，有时则竟因为希望将生命从速消磨，所以故意拼命的做。此外或者还有什么道理，自己也不甚了然。[①]

这是人生观的问题。这里讲的两种思想，核心问题是个人和群众的关系。

个人和群众的关系，是一个复杂的问题。它既可以从不同角度去观察，在同一个角度又有不同的情况。

鲁迅在这里是从对待人生的态度也即从人生观这个角度来

[①] 鲁迅一九二五年五月三十日致景宋信。

分析自己的思想的。这也包含许多层次。首先是以自己为本位还是以他人（群众）为本位。当人们还没有认识到"解放了社会，也就解放了自己"①，即群众解放了，自己才能解放的时候，是常常会发生这个以什么为本位的问题的。这在利害上并不绝对对立，所以对于以自己为本位的思想，也还要作具体分析。鲁迅在这里讲的就很重要。他讲的"为自己"，并不包含为自己谋私利的意思。他只是退让到"为自己玩玩"，或"希望将生命从速消磨"，不再进取地为他人做事罢了。这里没有贪图个人的名声、地位之类的东西。这是鲁迅人生观的一个值得注意的基点。鲁迅从青年时代起就深恶痛绝假借公名，遂其私欲的劣根性。鲁迅也多次讲过"不朽"问题。他的彻底的进化发展观点，使他看透了一切都是一个过程中的环节，都带有过渡性质，而没有什么不朽。"无所谓不朽，不朽又干吗，这是现代人大抵知道的。"②鲁迅揭露过这样一种心理状态："愈是无聊赖，没出息的脚色，愈想长寿，想不朽，愈喜欢多照自己的照相，愈要占据别人的心，愈善于摆臭架子。"③为了社会的改革、国家的发展、人民的进步，鲁迅一直希望他攻击时弊的文字速朽。这是鲁迅精神杰出的地方，是真诚的改革者的心理。鲁迅有时解剖自己，说自己颓唐，也不过如此，而决无害人利己之心。

其次，就是利害上的损益。当人们没有自觉到自己的利害和先进阶级的利害在本质上是一致的时候，这也是很费斟酌，

---

① 鲁迅：《南腔北调集·关于妇女解放》。
② 鲁迅：《三闲集·我的态度气量和年纪》。
③ 鲁迅：《华盖集续编·古书与白话》。

常常发生矛盾的问题。 鲁迅后期曾经明快地说明这样一条原则："现在做人，似乎只能随时随手做点有益于人之事，倘其不能，就做些利己而不损人之事，又不能，则做些损人利己之事。只有损人而不利己的事，我是反对的，如强盗之放火是也。"①这自然是就人的几种品格来说的。 而鲁迅所提倡的，是"随时为大家想想，谋点利益就好"②，"一切稍为大家着想，为将来着想，这大约总不会是错了路的"③。 所以鲁迅称赞柔石"无论从旧道德，从新道德，只要是损己利人的，他就挑选上，自己背起来"④。

鲁迅把这种思想，归结为"爱人"，"为了别人"。 他用"人道主义"来表达这种思想内容。 这里显然是从对待人生的态度来用这个术语的。

鲁迅曾经从不同的角度用"人道主义"这个词，各有不同的含义，他也表示过不同的态度。

一九〇八年，在《破恶声论》一文中，鲁迅从改造社会的手段这一角度，评论过托尔斯泰的不抵抗主义，也叫大爱主义，即人道主义。 鲁迅指出：

> 其言谓人生之至可贵者，莫如自食力而生活，侵掠攻守，足为大禁，下民无不乐平和，而在上者乃爱喋血，驱之出战，丧人民元，于是家室不完，无庇者遍全国，民失

---

① 鲁迅一九三三年六月十八日致曹聚仁信。
② 鲁迅一九三五年十二月十四日致周剑英信。
③ 鲁迅一九三四年四月二十四日致杨霁云信。
④ 鲁迅：《南腔北调集·为了忘却的纪念》。

其所，政家之罪也。何以药之？莫如不奉命。令出征而士不集，仍秉耒耜而耕，熙熙也；令捕治而吏不集，亦仍秉耒耜而耕，熙熙也，独夫孤立于上，而臣仆不听命于下，则天下治矣。然平议以为非是，载使全俄朝如是，敌军则可以夕至，民朝弃戈矛于足次，迨夕则失土田，流离散亡，烈于前此。故其所言，为理想诚善，而见诸事实，乃拂戾初志运矣。

可见，鲁迅是早就不赞成这种空想的。有同志论《狂人日记》，指小说中有"要劝转吃人的人"一节，认为是鲁迅思想上的弱点，其实所用的材料是不全面的。不仅小说表现了狂人劝转大哥的无效，而且还写出了这样的意思：吃人的人"会给真的人除灭了，同猎人打完狼子一样！——同虫子一样！"可见也还有打的一面。

鲁迅确说过"大约将来人道主义终当胜利"的话，那是一九一八年八月二十日在致许寿裳信中讲的。鲁迅谴责了"达兽道之极致"以后，写道：

历观国内无一佳象，而仆则思想颇变迁，毫不悲观。盖国之观念，其愚亦与省界相类。若以人类为着眼点，则中国若改良，固足为人类进步之验（以如此国尚能改良故）；若其灭亡，亦是人类向上之验，缘如此国人竟不能生存，正是人类进步之故也。大约将来人道主义终当胜利，中国虽不改进，欲为奴隶，而他人更不欲用奴隶；则虽渴想请安，亦是不得主顾，止能伈俔而死。如是数代，则请安磕头之瘾渐淡，终必难免于进步矣。

可见，鲁迅这里是作为一种社会理想来使用人道主义一词的。它的含义是指人类应当消灭主奴之分，奴隶终当解放，全人类终当像朋友一样不隔膜，相亲切，平等相待。如果不涉及如何达到这样的胜利的道路的话，这样的理想无疑是正确的，这样的理想境界也无疑是会实现的。鲁迅的这一思想是应该肯定的。

作为政治上的一种主义，一种社会力量，鲁迅是具体分析，具体对待的。在杀人如草不闻声的白色恐怖中，鲁迅赞成人道主义的抗议，赞成人道主义者出来揭露反动派，为被压迫被屠戮的革命者和工农大众争取生存的权利。鲁迅不同意把这人道主义者的这种抗争讥刺为"浅薄的"而予以否定。当人道主义者针对反革命专政进行斗争，完全可以是革命者的盟友，是革命统一战线的成员。

但是这种人道主义者，又有不分敌我，不分是非，抽象地反对一切专政的弱点。当这种反对针对着革命专政的时候，是完全错误的，是极其有害的。一九三三年鲁迅在《〈解放了的堂·吉诃德〉后记》中明确地指出了这一点。鲁迅说：

> 这一个剧本，就将吉诃德拉上舞台来，极明白的指出了吉诃德主义的缺点，甚至于毒害。在第一场上，他用谋略和自己的挨打救出了革命者，精神上是胜利的；而实际上也得了胜利，革命终于起来，专制者入了牢狱；可是这位人道主义者，这时忽又认国公们为被压迫者了，放蛇归壑，使他又能流毒，焚杀淫掠，远过于革命的牺牲。他虽

不为人们所信仰，——连跟班的山嘉也不大相信，——却
常常被奸人所利用，帮着使世界留在黑暗中。

可见，对于人道主义在社会改革中的实际作用，鲁迅是具体分
析，从而采取赞成或反对的态度。在激烈的阶级斗争中，鲁迅
愤怒地表示过："到将来，也会有人道主义者反对报复的罢，我
憎恶他们。"[①]

我们对人道主义必须就他的世界观、理论基础和实际作用
进行具体分析；我们对鲁迅笔下的"人道主义"一词的含义，
也必须进行具体分析。鲁迅用"人道主义"来表示他的"爱
人"、"为别人"做事的思想，是应该肯定的。

鲁迅又讲到他"忽而憎人"，用"个人的无治主义"来表
示这种思想。在《两地书》中，鲁迅删去了"的无治"三字，
而用带引号的"个人主义"来表示这种思想，这也有值得注意
的地方。鲁迅在早期的论文《文化偏至论》中曾特别解释"个
人"一词，指出"个人"并不等于"害人利己之义"，因此个
人主义并不等于害人利己主义，和我们今天的用法不同。

什么是"个人的无治主义"？这就是鲁迅所指的"个人的
无政府主义"，曾专门用来分析《工人绥惠略夫》的。鲁迅在
一九二五年三月十八日致景宋的信中讲到一点：

要彻底地毁坏这种大势的，就容易变成"个人的无政
府主义"，《工人绥惠略夫》里所描写的绥惠略夫就是。这

① 鲁迅一九三五年十一月十六日致萧军、萧红信。

一类人物的运命，在现在，——也许虽在将来，是要救群
众，而反被群众所迫害，终至于成了单身，忿激之余，一
转而仇视一切，无论对谁都开枪，自己也归于毁灭。

这样的意思，鲁迅在一九二六年八月二十二日离开北京前，在
《记谈话》中也讲过：

> 然而绥惠略夫临末的思想却太可怕。他先是为社会做
> 事，社会倒迫害他，甚至于要杀害他，他于是一变而为向
> 社会复仇了，一切是仇仇，一切都破坏。中国这样破坏一
> 切的人还不见有，大约也不会有的，我也并不希望其有。

鲁迅所说的"憎人"，也就是类似绥惠略夫的这种思想，尤其
是愤激的情绪。这种思想和情绪的产生，一方面是看到群众对
改革者的可怕的冷漠，所谓"牺牲为群众祈福，祀了神道之后，
群众就分了他的肉，散胙"。一方面是自己的经历使然。几个
文学青年在接受鲁迅的帮助之后，反过来攻击鲁迅，这在心理
上对鲁迅的伤害是很大的。鲁迅在致景宋信中，一再愤慨地写
到这样的事。他说："我这几年来，常想给别人出一点力，所
以在北京时，拼命地做，不吃饭，不睡觉，吃了药校对，作文。
谁料结出来的，都是苦果子。一群人将我做广告自利，不必说
了；便是小小的《莽原》，我一走也就闹架。长虹因为他们压
下（压下而已）了投稿，和我理论，而他们则时时来信，说没
有稿子，催我作文。我才知道牺牲一部分给人，是不够的，总

非将你磨消完结，不肯放手。我实在有些愤怒了。"① 在和景宋讨论他顾虑景宋爱他是一种牺牲的时候，鲁迅又沉重地讲到这种思想过程："我先前何尝不出于自愿，在生活的路上，将血一滴一滴地滴过去，以饲别人，虽自觉渐渐瘦弱，也以为快活。而现在呢，人们笑我瘦了，这实在使我愤怒。我并没有略存求得好报之心，不过觉得他们加以嘲笑，是太过的。我的渐渐倾向个人主义，就是为此；常常想到像我先前那样以'自所甘愿即非牺牲'的人，也就是为此；常欲人要顾及自己，也是为此。但这是我的思想上如此，至于行为，和这矛盾的却很多，所以终于是言行不一致。"② 鲁迅经受了多么巨大的心理创伤，忍受了多么巨大的痛苦而坚持自己"爱人"的信仰啊！这在鲁迅固然更足以令人想见他品格的伟大、精神力量的坚强和为群众作牺牲的理想的崇高。此外呢，不也可以启发我们，革命者上下左右之间应该怎样培育谅解么？

　　一九三四年五月二十二日，鲁迅在答复杨霁云先生的信中，对自己的一生，作了一个自我鉴定：

　　　　平生所作事，决不能如来示之誉，但自问数十年来，于自己保存之外，也时时想到中国，想到将来，愿为大家出一点微力，却可以自白的。

这就是鲁迅。这就是鲁迅的人生观。

---

① 鲁迅一九二六年十月二十八日致景宋信。
② 鲁迅一九二六年十二月十六日致景宋信。

钱理群评点

得后在研究鲁迅"立人"思想的同时，又对鲁迅"其人"作了深入细致的研究："人"始终是得后学术研究的中心、出发点和归宿。

这也是历史提供的机会：一九七六年得后调入鲁迅研究室，参加的第一个工作，就是编辑《鲁迅手稿全集》（书信），因此而读到了鲁迅与景宋（许广平）通信的手稿。第一次接触到这些带有血肉气息的文字，得后有了惊喜的发现。如孙郁所说，"私人语境里的鲁迅与公共语境里的鲁迅"是不一样的，得后因此"摸到了鲁迅内心最为幽微的部分"（《在鲁迅的词风里》）。得后后来对此有一个理论的说明。他指出，"实际上，人们谈论的鲁迅形象，都是人们各自心中的鲁迅，都是人们头脑中所反映的鲁迅"，"只有表现在语言中，表现在文字中的鲁迅形象具有现实性的品格"。得后强调，"客观的鲁迅形象，是我们认识的客体，研究的对象，是我们心中的鲁迅形象的真伪、正误、美丑、深浅的试金石"和"唯一的标准"；而这样的"客观的鲁迅形象是由一定的具体环境（社会的大环境和身边的小环境）中的行为（行动），和言论即作品（包括书信、日记等全部文字）构成的，同时全部行为和言论都伴随着个人的心理特征（心理因素和心理过程）"，因此，客观的鲁迅形象也就具有"固有的复杂性和某种隐蔽性"，"又包涵着异乎寻常的丰富、复杂乃至某些矛盾的内容"。(《鲁迅形象的主观色彩》，收《鲁迅与中国文化精神》)现在对鲁迅与许广平私人通信集《两地书》的研究，就提供了体察客观的鲁迅形象最隐蔽，也是最复杂、丰富的方面的一个最佳切入口，如得后所说，私人书信中有着"更多的细致的心理活动的表现"(《〈两地书〉研究·序言》)。

于是，得后在对"鲁迅和景宋的通信与《两地书》"作认真细致的校读基础上，又给自己提出了一个研究课题："一个看透了大众的灵魂的人的灵魂，是怎样的呢？"这不仅是一个饶有兴味的问题，更是鲁迅研究的重要课题；但关注者始终不多，得后四十年前就抓住了。

他的方法，还是鲁迅式的"从基本的人性出发"。得后说，"人类……只能群居才得以生存。一切困境，由此滋生，由此蔓延"。而人的群居，又有三大最基本的形态和关系。首先"深深牵动人心"的是"男女关系"："因为这是最自然的关系，最基本的关系。又因为这是当事人极想排他的私事，而他人又偏偏极关注，极感兴趣，极想干涉。倘在社会发展变革的关头，就更加是这样。也因此，这是了解一个人和观察一个社会的基本窗口，是人类文明程度的基本标尺。"(《〈两地书〉研究·重印后记》)。再一个"不以人的意志为转移的关系"就是家族关系，"在承前启后的家族系列中，人人是上下两代中的一员"；得后因此认为，"在中国文化的历史背景中，探索一下在母亲与儿子之间的鲁迅，也是发人深思的"。(《〈两地书〉研究·在母亲和儿子之间》)不可忽视的，还有人的"社会关系"；得后说，"我们研究鲁迅本人，也正是研究麇集在他一身的各种社会关系以及鲁迅在这种种关系中的言论行动，他的气质、品性、心理和思想感情反映着一种怎样性质的社会力量，他所破坏的是什么社会关系，他所力图建设的又是什么关系"（《〈两地书〉研究·在母亲和儿子之间》）。应该说，得后的《〈两地书〉研究》，正是从处于这三大关系中的鲁迅入手，"更丰富更深刻更细致入微地"揭示了鲁迅更为隐蔽，在其公开言说和行为中难以窥见的"个性和心理特征"，这是极为难得的；得后说，"鲁迅的杂文本来就是那么以平等的态度和读者谈心交心，辛辣而犀利的笔锋中凝聚着真情，而《两地书》及其原信，更是信笔写来，感情洋溢，一颗赤子之心，跃然纸上"（《〈两地书〉研究·序言》）。得后还透露，在此书重印时，他曾有意加写《兄弟，兄弟》、《朋友，老的和少的》两章；但"想来想去，别有心绪"，最后"不了了之"。（《〈两地书〉研究·重印后记》）这又是一个永远的遗憾。不知道得后对这计划中的两章，有什么具体想法，那会是很有意思的。在我看来，这样一部"处在人的基本关系中的鲁迅的心灵史"，得后只是开了一个头，是大有文章可做的。不知道得后在校勘《两地书》时，对鲁迅删去、没有公开发表的重要思想，还有什么发现与思考？——这又是一个远没有完成的研究。比如说，鲁迅与许广平的关系，就远远比我们在《两地书》里所看到的，要复杂、微妙得多；如果把它放在更大更长远的历史背景下（包括鲁迅身后的历史）来考察，就有更丰富的时代内容与意义。不知得后对这些有什么新的思考？

◎ 辑三

鲁迅与孔子的根本分歧

鲁迅与孔子的根本分歧

鲁迅是为人生的思想家，孔子也是为人生的思想家。因此，鲁迅与孔子，在为人生这一点，有一些共同的思考，鲁迅认同孔子的一些观点，是必然的。不过，鲁迅的为人生，是要改良这人生，疗救社会的病态，改善人性，推动社会向前发展。孔子的为人生，是想挽救王纲解纽的社会，培养君子，把社会拉回周王朝的鼎盛时期。因此，鲁迅与孔子分歧多于认同，而且分歧是重大的、根本的。

鲁迅与孔子的分歧，是时代和个人的特质决定的。单有时代的因素，不能解释同一个时代，有鲁迅，也有大批的孔子的信徒；不能解释，有孔子，也有"非孔"的大家。

鲁迅和孔子生活在两个截然不同的时代。鲁迅生活在"公民"的时代；孔子生活在"臣民"的时代。鲁迅的个人特质，是要求自己和与自己相同地位的大众挣脱奴隶的枷锁，做一个现代的"公民"，成为"人"。孔子的个人特质，是要求自己和与自己相同出身的少数人成为君子，"先进于礼乐，野人也；后进于礼乐，君子也。如用之，则吾从先进"（《论语·先进》）。即"学而优则仕"，人人做生活在礼制制度之中的"臣民"。

鲁迅生活在世界历史已经发生巨变，中国在这世界巨变潮流的冲击下，被迫改朝换代的历史转变关头。鲁迅十八岁以前，接受了完整的传统教育，他说："孔孟的书我读得最早，最熟"(《写在〈坟〉后面》);"我几乎读过十三经"(《十四年的"读经"》)。但他十八岁进入新学堂,接受新的教育,读到了达尔文的进化论,认识了"人"及"人"的进化历史。他二十二岁留学日本,通过日本接受了更广泛的世界新近知识与思潮,参与推翻清王朝的革命活动。二十七岁撰写的一组五篇文言论文,奠定了自己思想的基础。这基础是放在世界历史与世界思潮的基石上的。我们看他当时对世界的认识:

> 观于今之世,不瞿然者几何人哉? 自然之力,既听命于人间,发纵指挥,如使其马,束以器械而用之;交通贸迁,利于前时,虽高山大川,无足沮核;饥疠之害减;教育之功全;较以百祀前之社会,改革盖无烈于是也。孰先驱是,孰偕行是? 察其外状,虽不易于犁然,而实则多缘科学之进步。盖科学者,以其知识,历探自然见象之深微,久而得效,改革遂及于社会,继复流衍,来溅远东,浸及震旦,而洪流所向,则尚浩荡而未有止也。(《科学史教篇》)

正是在这种科学发达之中,鲁迅了解了几个世纪自然科学最伟大的发现,他热烈称赞道:"东方之光,盖实作于十五六两世纪顷。惟苓落既久,思想大荒,虽冀履前人之旧迹,亦不可以猝得,故直近十七世纪中叶,人始诚闻夫晓声,回顾其前,则歌白尼(N. Copernicus)首出,说太阳系,开布勒(J. Kepler)行星运动之法继之,此他有格里累阿(Galileo Galilei),于星力二学,多所发明,又善导人,使事斯学;后复有思迭文（S. Stevin）之机械学，吉勒袅德（W. Gilbert）之磁学，哈维（W. Harvey）之生理学。法朗西意大利诸国学校，则解剖之学大盛；科学协会亦始立，意之林舍亚克特美（Accademia dei Lincei）即科学研究之渊薮也。事业之盛，足惊叹矣。夫气运所趣既如此，则桀士自以笃生，故英则有法朗希思培庚，法则有特嘉尔。"（《科学史教篇》）"当十三世纪时，力大伟于欧土，科学隐耀，妄信横行，罗马法王，又竭全力以塞学者之口，天下为之智昏，黑格尔谥之曰世界史之大欺罔者（Die grossten Gaukler Weltgeschichte），非虚言也。已而宗教改萌，景教之迷信亦渐破，歌白尼（Copernicus）首出，知地实绕日而运，恒动不居，于此地球中心之说殞，而考核人类之士，亦稍稍现，如韦赛黎（A. Vesalius）、欧斯泰几（Eustachi）等，无不以铚验之术，进智识于光明。至动物系统论，则以林那出而一振。"（《人之历史》）

在《文化偏至论》中，详细精辟地分析了路德宗教改革及其巨大影响，法国大革命以后，"平等自由"与"极端之个人主义"思潮的利弊："盖自法朗西大革命以来，平等自由，为凡事首，继而普通教育及国民教育，无不基是以遍施。久浴文化，则渐悟人类之尊严；既知自我，则顿识个性之价值；加以往之习惯坠地，崇信荡摇，则其自觉之精神，自一转而之极端之主我。且社会民主之倾向，势亦大张，凡个人者，即社会之一分子，夷隆实陷，是为指归，使天下人人归于一致，社会之内，荡无高卑。此其为理想诚美矣，顾于个人殊特之性，视之蔑如，既不加之别分，且欲致之灭绝。更举黮暗，则流弊所至，将使文化之纯粹者，精神益趋于固陋，颓波日逝，纤屑靡存焉。盖所谓平社会者，大都夷峻而不湮卑，若信至程度大同，必在前此进步水平以下。况人群之内，明哲非多，伧俗横行，浩不可御，风潮剥蚀，全体以沦于凡庸。非超越尘埃，解脱人事，或愚屯罔识，惟众是从者，其能缄口而无言乎？物反于极，则先觉善斗之士出矣：德人斯契纳尔（M. Stirner）乃先以极端之个人主义现于世。谓真之进步，在于己之足下。人必发挥自性，而脱观念世界之执持。惟此自性，即造物主。惟有此我，本属自由；既本有矣，而更外求也，是曰矛盾。自由之得以力，而力即在乎个人，亦即资财，亦即权利。故苟有外力来被，则无间出于寡人，或出于众庶，皆专制也。"从而提出了自己的"根柢在人"、"首在立人"的思想。

孔子生活的时代，那是两千五百年前的社会，是"溥天之下，莫非王土；率土之滨，莫非王臣"（《诗经·小雅·北山》）的时代，也是遭逢历史巨大转变的关头。王纲解纽，诸侯争霸，孔子在"有道"与"无道"中挣扎。他的理想是"周监于二代，郁郁乎文哉！吾从周"（《论语·八佾》），是"如有用我者，吾其为东周乎！"（《论语·阳货》），想再造一个周王朝。

正是这种时代的遥远距离，和个人的特质，使鲁迅与孔子在思想上存在众多分歧，而根本的分歧，我认为有三个。

第一，是对于人的认识，和对于人的生命的价值观的根本分歧。

这一根本分歧有着丰富的内容，认识与价值观既有区别，不能混淆；又交织在一起，错综复杂。认识又分层次，常识的层次和实际现实的状况是合二而一的。这种丰富性，表现在具有众多子目。我想到的，是：

1. 鲁迅敏锐而坚定地接受了达尔文的生物进化论，知道了人的起源，认识到"故进化论之成，自破神造说始"（《人之历史》）。孔子的时代，自然科学很不发达，巫文化还很有势力。中国除了"盘古开天辟地"和"女娲补天造人"的神话，对于人的起源，在思想界几乎毫无势力。所以，孔子也是不能免俗，信奉"天命论"，认为人的生死富贵是天命决定的。这在认识人的起点上，就根本分歧了。

但鲁迅赞扬孔子的伟大，说"孔丘先生确是伟大，生在巫鬼势力如此旺盛的时代，偏不肯随俗谈鬼神……"（《再论雷峰塔的倒掉》）这确实是伟大的、超前的；鲁迅在逝世前，在《死》这篇文章中，生动叙说了自己对于这一问题的思考过程及其结果："三十年前学医的时候，曾经研究过灵魂的有无，结果是不知道；又研究过死亡是否苦痛，结果是不一律，后来也不再深究，忘记了。近十年中，有时也为了朋友的死，写点文章，不过好像并不想到自己。这两年来病特别多，一病也比较的长久，这才往往记起了年龄，自然，一面也为了有些作者们笔下的好意的或是恶意的不断的提示。从去年起，每当病后休养，躺在藤躺椅上，每不免想到体力恢复后应该动手的事情：做什么文章，翻译或印行什么书籍。想定之后，就结束道：就是这样罢——但要赶快做。这'要赶快做'的想头，是为先前所没有的，就因为在不知不觉中，记得了自己的年龄。却从来没有直接的想到'死'。直到今年的大病，这才分明的引起关于死的豫想来。原先是仍如每次的生病一样，一任着日本的S医师的诊治的。他虽不是肺病专家，然而年纪大，经验多，从习医的时期说，是我的前辈，又极熟识，肯说话。自然，医师对于病人，纵使怎样熟识，说话是还是有限度的，但是他至少已经给了我两三回警告，不过我仍然不以为意，也没有转告别人。大约实在是日子太久，病象太险了的缘故罢，几个朋友暗自协商定局，请了美国的 D 医师来诊察了。他是在上海的唯一的欧洲的肺病专家，经过打诊，听诊之后，虽然誉我为最能抵抗疾病的典型的中国人，然而也宣告了我的就要灭亡；并且说，倘是欧洲人，则在五年前已经死掉。这判决使善感的朋友们下泪。我也没有请他开方，因为我想，他的医学从欧洲学来，一定没有学过给死了五年的病人开方的法子。然而 D 医师的诊断却实在是极准确的，后来我照了一张用 X 光透视的胸像，所见的景象，竟大抵和他的诊断相同。我并不怎么介意于他的宣告，但也受了些影响，日夜躺着，无力谈话，无力看书。连报纸也拿不动，又未曾炼到'心如古井'，就只好想，而从此竟有时要想到'死'了。不过所想的也并非'二十年后又是一条好汉'，或者怎样久住在楠木棺材里之类，而是临终之前的琐事。在这时候，我才确信，我是到底相信人死无鬼的。"谁说鲁迅"彻底地"、"全面地"反孔子呢？

2. 鲁迅认识到人的起源、人的生命的生物性。他就把对于生命价值的认识，放在生物性的基点上，承认无论男女、圣贤愚不肖、种族—民族、阶级阶层，"人是生物，生命便是第一义"，"一要生存"是人的天性和权利，而且每个人的生命在这第一层次即生物性的层次是等价的。他认为，"生命的价值和生命价值的高下，现在可以不论。单照常识判断，便知道既是生物，第一要紧的自然是生命。因为生物之所以为生物，全在有这生命，否则失了生物的意义"（《我们现在怎样做父亲》）；

"一个活人，当然是总想活下去的，就是真正老牌的奴隶，也还在打熬着要活下去"（《漫与》）；"'蝼蚁尚且贪生'，也还是古之明训。所以虽然是庸人，总还想活几天，乐一点"（《碎话》）。这一点是非常重要的。特别是在有着悠久的"不把人当人"的传统的中国非常重要。老子说："天地不仁，以万物为刍狗；圣人不仁，以百姓为刍狗。"（《老子·五章》）"'见侮不辱'，'圣人不爱己'，'杀盗非杀人也'，此惑于用名以乱名者也。"（《荀子·正名》）同样非常重要的是：鲁迅是在人的生物性生命第一的基点上，又在更高的层次希望并要求人的，即生命升华的价值。他说："一要生存，……我之所谓生存，并不是苟活。"（《北京通信》）所以，鲁迅反对自杀，反对牺牲生命，特别是牺牲别人的生命，但在那可诅咒的时代，"不把人当人"的时代，草菅人命的时代，反抗的时代，改革的时代，革命的时代，鲁迅表示："为社会计，牺牲生命当然并非终极目的，凡牺牲者，皆系为人所杀，或万一幸存，于社会或有恶影响，故宁愿弃其生命耳。"（《一九三四年五月一日致娄如英》）

孔子不同。孔子既然没有对人的生命的生物性的认识，他就"跳过了"这最根本的对于人的生命的意义、价值的认识基点，他直接要求人的生命价值的道德性、"道"性。"子曰：'志士仁人，无求生以害仁，有杀身以成仁。'"（《论语·卫灵公》）"子曰：'朝闻道，夕死可矣。'"（《论语·里仁》）姑无论孔子的"道"的具体性质和内涵，希望和要求生命有比生物性意义更高的意义，不能说不对；但无视人的生物性生命的意义，必然抹杀人的普遍的生存权利，必然歧视、蔑视不合乎自己认同的"道"的人的生命，必然心中暗藏着杀机，一有机会就会滥杀无辜，为了一己的私利，成为"拉大旗作为虎皮，包着自己，去吓呼别人；小不如意，就倚势（！）定人罪名，而且重得可怕的横暴者"（《答徐懋庸并关于抗日统一战线问题》）。鲁迅与创造社论争的致命点就在于对于无产阶级文学—无产阶级革命的认识，鲁迅批评道："再则他们，尤其是成仿吾先生，将革命使一般人理解为非常可怕的事，摆着一种极左倾的凶恶的面貌，好似革命一到，一切非革命者就都得死，令人对革命只抱着恐怖。其实革命是并非教人死而是教人活的。这种令人'知道点革命的厉害'，只图自己说得畅快的态度，也还是中了才子＋流氓的毒。"（《上海文艺之一瞥》）鲁迅一再表示"所怕的只是成仿吾们真像符拉特弥尔·伊力支一般，居然'获得大众'；那么，他们大约更要飞跃又飞跃，连我也会升到贵族或皇帝阶级里，至少也总得充军到北极圈内去了"（《"醉眼"中的朦胧》）。"符拉特弥尔·伊力支"就是列宁。"获得大众"就是运动群众。请注意鲁迅笔下的这个"们"字。鲁迅曾经慨然："我的杂感集中，《华盖集》及《续编》中文，虽大抵和个人斗争，但实为公仇，决非私怨，而销数独少，足见读者的判断，亦幼稚者居多也。"（《一九三四年五月二十二日致杨霁云》）鲁迅一生的反抗、斗争，文字上几乎都点名道姓，不像今日的回避与忌讳，但实质都是为"公仇"，而不是为"私利"的。这一点到今天依旧不为读者所明了；竟至于纷纷为"我的父亲"，为"我的朋友"，或者"见义勇为"，"路见不平拔刀相助"来向鲁迅"讨公道"，纷纷谴责鲁迅"极左"、"激烈"，什么什么。最大义凛然的是把"文化大革命"的发生，也判定是鲁迅不遗余力参与创建的新文化的结果，愤怒指控鲁迅是"毁灭""中华文化"的罪人。草菅人命，滥杀无辜，实行酷刑，虐待群众，不是鲁迅的思想，而是鲁迅终身痛恨、公开抗议、决不宽恕的罪恶思想。不用多读，请读读鲁迅的《〈而已集〉题辞》、《记念刘和珍君》和《答有恒先生》吧。请看看鲁迅的实际行动，统治者的每一次屠杀，都促使鲁迅转变态度，勇敢而坚决地支持反对他们的力量。

孔子不顾生命的生物性存在，谆谆教导他的弟子提升生命的意义，这合乎孔子之道，却违背人性，违背人情。

3. 鲁迅从人的生命的生物性这一基点出发，承认生物性的"食欲"是天性，承认保存生命的必不可缺的温饱。"生物为保存生命起见，具有种种本能，最显著的是食欲。因有食欲才摄取食品，因有食品才发生温热，保存了生命。"（《我们现在怎样做父亲》）所以在"一要生存"之后，提出"二要温饱"，并且认为"食欲的根柢，实在比性欲还要深，在目下开口爱人，闭口情书，并不以为肉麻的时候，我们也大可以不必讳言要吃饭"（《听说梦》）。

人必须吃饭才能生存，吃饭是要钱的，吃饭不要钱的时代远远没有到来，也不知道会不会到来。所以鲁迅因此醒悟，中国士大夫"口不言钱"、"蔑视"钱的清高传统是矫情，是不切实际的。钱，就是经济，因此鲁迅极其重视经济及经济权在保障人的独立上的必不可缺性。他特别强调妇女解放、妇女独立，妇女要取得和男子同等的地位与权利，必须取得和男子同等的经济权。"一切女子，倘不得到和男子同等的经济权，我以为所有好名目，就都是空话。自然，在生理和心理上，男女是有差别的；即在同性中，彼此也都不免有些差别，然而地位却应该同等。必须地位同等之后，才会有真的女人和男人，才会消失了叹息和苦痛。"（《关于妇女解放》）鲁迅劝导他的学生，利用"亲权"解放自己的子女，就是要把家产平均分配给他们。"战斗不算好事情，我们也不能责成人人都是战士，那么，平和的方法也就可贵了，这就是将来利用了亲权来解放自己的子女。中国的亲权是无上的，那时候，就可以将财产平匀地分配子女们，使他们平和而没有冲突地都得到相等的经济权，此后或者去读书，或者去生发，或者为自己去享用，或者为社会去做事，或者去花完，都请便，自己负责任。这虽然也是颇远的梦，可是比黄金世界的梦近得不少了。"（《娜拉走后怎样》）鲁迅甚至"用'唯饭史观'的眼光"（《大衍发微》），来观察一些社会现象。但鲁迅在承认"食欲"的天性，承认"二要温饱"的同时，还以为我之"所谓温饱，并不是奢侈"。（《北京通信》）

孔子不同，孔子谆谆教导他的弟子的，是强调："君子食无求饱，居无求安"（《论语·学而》）；表扬的是："贤哉回也！一箪食，一瓢饮，在陋巷，人不堪其忧，回也不改其乐。贤哉回也！"（《论语·雍也》）这也是合乎孔子的"道"，但是违背人性、违背人情的。这也使鲁迅发生这样的讽刺："仲尼先生自己'厄于陈蔡'，却并不饿死，真是滑得可观。"（《两地书·四》）

4.鲁迅从人的生命的生物性这一基点出发，承认生物性的"性欲"是天性，承认性欲是延续生命所必不可缺的。因此，对于"性欲"与"性交"、"爱情"、"婚姻"保持着平常心，指出"性欲是保存后裔，保存永久生命的事。……性交也就并非罪恶，并非不净"。并批评说，"性交的结果，生出子女，对于子女当然也算不了恩。——前前后后，都向生命的长途走去，仅有先后的不同，分不出谁受谁的恩典。可惜的是中国的旧见解，竟与这道理完全相反。夫妇是'人伦之中'，却说是'人伦之始'；性交是常事，却以为不净；生育也是常事，却以为天大的大功。人人对于婚姻，大抵先夹带着不净的思想。亲戚朋友有许多戏谑，自己也有许多羞涩，直到生了孩子，还是躲躲闪闪，怕敢声明"（《我们现在怎样做父亲》）。鲁迅对于性心理、爱情和婚姻作过颇多颇深的思考："十九世纪末之文艺家，虽曾赞颂毒酒之醉，病毒之死，但赞颂固不妨，身历却是大苦。于是归根结蒂，只好结婚。结婚之后，也有大苦，有大累，怨天尤人，往往不免。但两害相权，我以为结婚较小。否则易于得病，一得病，终身相随矣。"（《一九二八年四月九日致李秉中》）又说："结婚之事，难言之矣，此中利弊，忆数年前于函中亦曾为兄道及。爱与结婚，确亦天下大事，由此而定，但爱与结婚，则又有他种大事，由此开端，此种大事，则为结婚之前，所未尝想到或遇见者，然此亦人生所必经（倘要结婚），无可如何者也。未婚之前，说亦不解，既解之后，——无可如何。"（《一九三〇年五月三日致李秉中》）鲁迅反对禁欲，认为禁欲使人心理产生病态。鲁迅生动地记叙了自己亲见的个案："成人愿意'有室'，和尚自然也不能不想到女人。以为和尚只记得释迦牟尼或弥勒菩萨，乃是未曾拜和尚为师，或与和尚为友的世俗的谬见。寺里也有确在修行，没有女人，也不吃荤的和尚，例如我的大师兄即是其一，然而他们孤僻，冷酷，看不起人，好像总是郁郁不乐，他们的一把扇或一本书，你一动他就不高兴，令人不敢亲近他。所以我所熟识的，都是有女人，或声明想女人，吃荤，或声明想吃荤的和尚。我那时并不诧异三师兄在想女人，而且知道他所理想的是怎样的女人。人也许以为他想的是尼姑罢，并不是的，和尚和尼姑'相好'，加倍的不便当。他想的乃是千金小姐或少奶奶；而作这'相思'或'单相思'——即今之所谓'单恋'也——的媒介的是'结'。"（《我的第一个师父》）

孔子对于性，大概是交了白卷的吧？一部《论语》，不见精通的人读出有关谈性的内容，除了"子见南子"。一句"子贡曰：'夫子之文章，可得而闻也；夫子之言性与天道，不可得而闻也'"（《论语·公冶长》），都把"性"注释与解读为"人性"。李零也是这样说："'性'，属于生命科学，古代研究这类问题，是方技之学。过去，大家说，儒家不关心天道、性命，道家才关心。郭店楚简发现后，大家又说，孔子也讲天道、性命，但孔子讲的天道、性命到底是什么，还是值得讨论的问题，和后来的道家比较，区别很明显。他讲天道，主要不是天，而是做官的运气；讲性命，也不是身体，而是人性的本质和人性的改造。"（《丧家狗——我读〈论语〉》，第120—121页）只有钱穆"试译"中用本字，也没有作注解说明。专门教人阅读古籍的《辞源》，对"性"的释义有四项，没有一项是现代汉语中习见的"两性"关系的"性"。

5. 鲁迅认识到人的起源，人的历史的进化论，知道"故论人类从出，为物至卑，曰原生动物"。"虽然，人类进化之说，实未尝渎灵长也，自卑而高，日进无既，斯益见人类之能，超乎群动，系统何昉，宁足耻乎？"（《人之历史》）因此鲁迅认识到人类和动物的关系，人性和动物性的关系。他以动物性作参照系，思考人性、人性的现实。他青年时期，就提出问题：

一、怎样才是最理想的人性？

二、中国国民性中最缺乏的是什么？

三、它的病根何在？（许寿裳：《亡友鲁迅印象记》）

鲁迅生于晚清，三十一岁时才爆发辛亥革命，推翻清王朝，建立民国。那是列强肆无忌惮侵略中国的时期、瓜分中国的时期，鲁迅痛恨之至。他当时认为，这是"兽性"。"崇侵略者类有机，兽性其上也，最有奴子性，中国志士何隶乎？夫古民惟群，后乃成国，分画疆界，生长于斯，使其用天之宜，食地之利，借自力以善生事，辑睦而不相攻，此盖至善，亦非不能也。人类顾由昉，乃在微生，自虫蛆虎豹猿狄以至今日，古性伏中，时复显露，于是有嗜杀戮侵略之事，夺土地子女玉帛以厌野心；而间恤人言，则造作诸美名以自盖，历时既久，入人者深，众遂渐不知所由来，性偕习而俱变，虽哲人硕士，染秽恶焉。"（《破恶声论》）

鲁迅对于人性的思考，重点在对于中国国民性的思考，实际是对于中国汉民族民族性的思考。他曾坦言，"中国国民性的堕落，我觉得并不是因为顾家，他们也未尝为'家'设想。最大的病根，是眼光不远，加以'卑怯'与'贪婪'，但这是历久养成的，一时不容易去掉。我对于攻打这些病根的工作，倘有可为，现在还不想放手，但即使有效，也恐很迟，我自己看不见了"（《两地书·一〇》）。"使奴才主持家政，那里会有好样子。最初的革命是排满，容易做到的，其次的改革是要国民改革自己的坏根性，于是就不肯了。所以此后最要紧的是改革国民性，否则，无论是专制，是共和，是什么什么，招牌虽换，货色照旧，全不行的。但说到这类的改革，便是真叫作'无从措手'。不但此也，现在虽只想将'政象'稍稍改善，尚且非常之难。"（《两地书·八》）当"革命文学"论争兴起，鲁迅思考着"阶级性"在人性中的关系，他的理解是："在我自己，是以为若据性格感情等，都受'支配于经济'（也可以说根据于经济组织或依存于经济组织）之说，则这些就一定都带着阶级性。但是'都带'，而非'只有'。所以不相信有一切超乎阶级，文章如日月的永久的大文豪，也不相信住洋房，喝咖啡，却道'唯我把握住了无产阶级意识，所以我是真的无产者'的革命文学者。"（《文学的阶级性（并恺良来信）》）两年后，鲁迅翻译了普列汉诺夫的《艺术论》，在序言中说："详言之，即蒲力汗诺夫之所究明，是社会人之看事物和现象，最初是从功利底观点的，到后来才移到审美底观点去。在一切人类所以为美的东西，就是于他有用——于为了生存而和自然以及别的社会人生的斗争上有着意义的东西。功用由理性而被认识，但美则凭直感底能力而被认识。享乐着美的时候，虽然几乎并不想到功用，但可由科学底分析而被发见。所以美底享乐的特殊性，即在那直接性，然而美底愉乐的根柢里，倘不伏着功用，那事物也就不见得美了。并非人为美而存在，乃是美为人而存在的。——这结论，便是蒲力汗诺夫将唯心史观者所深恶痛绝的社会，种族，阶级的功利主义底见解，引入艺术里去了。"（《〈艺术论〉译本序》）

这时候，鲁迅对于人性、国民性即民族性的理解，我觉得可以综合他的有关论述，概括为下列公式：

人性都带动物性，而非只有动物性；

人性都带性别性，而非只有性别性；

人性都带血缘性，而非只有血缘性；

人性都带地域性，而非只有地域性；

人性都带时代性，而非只有时代性。

孔子对于人性，直接讲到的，只有一句话，见于《论语·阳货》："子曰：'性相近也，习相远也。'"还有一句是他的弟子的感慨："夫子之文章，可得而闻也；夫子之言性与天道，不可得而闻也。""性相近也，习相远也"，是说明人之性天秉相近，而后天的活动令各各拉大差距。这是对于人之性在人一生中的变化，先天与后天对人之性的关系，无关具体内涵。不过，如果从一般对于"人之性"的理解来读《论语》，用今天的眼光来看，似乎也还可以发现一些，如"子曰：'唯上知与下愚不移'"（《论语·阳货》）；"孔子曰：'生而知之者上也，学而知之者次也；困而学之，又其次也；困而不学，民斯为下矣'"（《论语·季氏》）；"子曰：'我非生而知之者，好古，敏以求之者也'"（《论语·述而》）。"上知"与"下愚"都是"生而知之"的，似应属于"人之性"。还有"子曰：'吾未见好德如好色者也'"（《论语·子罕》）；"富与贵，是人之所欲也……贫与贱，是人之所恶也"（《论语·里仁》）的"欲望"之类，但，这些，在孔子看来，是否属于"人之性"难以断定。只好从缺。总之，对于人性，孔子讲得非常少。

归纳起来，鲁迅与孔子的第一个根本分歧，是在对于人的认识，对于人的生命的价值观的分歧。鲁迅是以生物性为基点的，理想的人性的"人"；孔子是以"道"为规范的，家族制度与礼教的"人"。

第二，是对于人与人之间关系的理念的根本分歧。

鲁迅青年时期，即吸纳近现代世界人道、人权、平等、自由、张扬个性的思想，认为人类社会"根柢在人"，"是故将生存两间，角逐列国是务，其首在立人，人立而后凡事举；若其道术，乃必尊个性而张精神。假不如是，槁丧且不俟夫一世"（《文化偏至论》）。这是"人"的觉醒。因而振臂高呼"盖惟声发自心，朕归于我，而人始自有己；人各有己，而群之大觉近矣"（《破恶声论》）。可惜那时毫无反应。近十年过去了，当一九一六年新文化滥觞，次年"文学改良"与"文学革命"兴起，鲁迅投身其中，回忆往昔，感慨说："我当初是不知其所以然的；后来想，凡有一人的主张，得了赞和，是促其前进的，得了反对，是促其奋斗的，独有叫喊于生人中，而生人并无反应，既非赞同，也无反对，如置身毫无边际的荒原，无可措手的了，这是怎样的悲哀呵，我于是以我所感到者为寂寞。"（《〈呐喊〉自序》）

一九一八年四月，鲁迅在《新青年》发表《狂人日记》，七月发表《我之节烈观》，九月发表《随感录·二十五》，在小说与"'文明批评'和'社会批评'"两方面为"文学革命"贡献了杰出的实绩。这时候，鲁迅笔锋所向，着力批判儒家正统的家族制度和礼教的磨灭人性、教导百姓做"臣民"、甘愿做奴隶的弊害，致力于唤醒民众"人"的自觉。他呼唤破除儒家正统的以父亲为本位的家族道德，建立以子女为本位的新道德，要把子女当作"'人'的萌芽"，抚育他们成为"人"。他呼唤破除"男尊女卑"的儒家正统道德，建立男女平等、"自他两利"的新道德。鲁迅反对皇权专制下的"君君臣臣"的奴隶关系，抨击皇权专制是"纯粹兽性"欲望的满足。说："古时候，秦始皇帝很阔气，刘邦和项羽都看见了；邦说，'嗟乎！大丈夫当如此也！'羽说，'彼可取而代也！'羽要'取'什么呢？便是取邦所说的'如此'。'如此'的程度，虽有不同，可是谁也想取；被取的是'彼'，取的是'丈夫'。所有'彼'与'丈夫'的心中，便都是这'圣武'的产生所，受纳所。何谓'如此'？说起来话长；简单地说，便只是纯粹兽性方面的欲望的满足——威福，子女，玉帛，——罢了。"（《随感录·五十九"圣武"》）鲁迅反对种族—民族之间的侵略，赞同丹麦文学家勃兰兑斯（G. Brandes）如下的观点，并加以发挥说："惟武力之恃而狼藉人之自由，虽云爱国，顾为兽爱。特此亦不仅普式庚为然，即今之君子，日日言爱国者，于国有诚为人爱而不坠于兽爱者，亦仅见也。"（《摩罗诗力说》）在列强瓜分中国的当时，鲁迅既反抗列强的侵略，也批判中国人中"崇侵略"的思想。在辛亥革命后，新文化兴起的时候，鲁迅敏感地关注中国人的"暴发户"心态，提出严厉的批评："'合群的自大'，'爱国的自大'，是党同伐异，是对少数的天才宣战；——至于对别国文明宣战，却尚在其次。他们自己毫无特别才能，可以夸示于人，所以把这国拿来做个影子；他们把国里的习惯制度抬得很高，赞美的了不得；他们的国粹，既然这样有荣光，他们自然也有荣光了！倘若遇见攻击，他们也不必自去应战，因为这种蹲在影子里张目摇舌的人，数目极多，只须用 mob 的长技，一阵乱噪，便可制胜。胜了，我是一群中的人，自然也胜了；若败了时，一群中有许多人，未必是我受亏：大凡聚众滋事时，多具这种心理，也就是他们的心理。他们举动，看似猛烈，其实却很卑怯。至于所生结果，则复古，尊王，扶清灭洋等等，已领教得多了。所以多有这'合群的爱国的自大'的国民，真是可哀，真是不幸！不幸中国偏只多这一种自大：古人所作所说的事，没一件不好，遵行还怕不及，怎敢说到改革？"（《随感录·三十八》）鲁迅反对历史上汉族对待异族两种状况，希望彼此成为朋友："中国人对于异族，历来只有两样称呼：一样是禽兽，一样是圣上。从没有称他朋友，说他也同我们一样的。"（《随感录·四十八》）鲁迅深情地向捷克民族表示："自然，人类最好是彼此不隔膜，相关心。然而最平正的道路，却只有用文艺来沟通，可惜走这条道路的人又少得很。"（《〈呐喊〉捷克译本序》）身历日本侵略上海的战火，当得知日本朋友从战火救助一只中国鸽子，带回日本，死而埋葬，建坟，立碑，希望鲁迅为题诗，鲁迅写道："奔霆飞熛歼人子，败井颓垣剩饿鸠。偶值大心离火宅，终遗高塔念瀛洲。精禽梦觉仍衔石，斗士诚坚共抗流。度尽劫波兄弟在，相逢一笑泯恩仇。"

种族—民族之间的爱憎情仇，古今中外，不计其数，即使今天，人类已经进入二十一世纪，依旧难分难解，新仇旧恨，不见了时。但是，历史已经过去，时代不停发展，未来怎么样呢？我想，现实是："精禽梦觉仍衔石，斗士诚坚共抗流"，曾经侵略的种族—民族和被侵略的种族—民族双方之中的共同觉醒了的反侵略的"斗士"，不是"兄弟"，胜似"兄弟"，乃是和解的内力；未来则必然是："度尽劫波兄弟在，相逢一笑泯恩仇。"无论事实与理想，不这样，又能怎样呢！

总之，鲁迅呼唤破除两千多年来的各种专制把人当奴隶，而不把人当人的儒家正统的家族制度和礼教，建立合乎人性、富于人情、人格独立、人人平等的政治、经济、道德各个方面的新的社会关系。

鲁迅思想及人格的根本特质，在自觉自己的奴隶地位，和奴隶站在一起，为争取"人"的资格而奋斗终生。这在鲁迅是有一个思想的转变过程的。因为他儿时发蒙就是接受儒家正统的经典教育。他曾经自述说：

> 中国的诗歌中，有时也说些下层社会的苦痛。但绘画和小说却相反，大抵将他们写得十分幸福，说是"不识不知，顺帝之则"，平和得像花鸟一样。是的，中国的劳苦大众，从知识阶级看来，是和花鸟为一类的。
>
> 我生长于都市的大家庭里，从小就受着古书和师傅的教训，所以也看得劳苦大众和花鸟一样。有时感到所谓上流社会的虚伪和腐败时，我还羡慕他们的安乐。但我母亲的母家是农村，使我能够间或和许多农民相亲近，逐渐知道他们是毕生受着压迫，很多苦痛，和花鸟并不一样了。不过我还没法使大家知道。
>
> 后来我看到一些外国的小说，尤其是俄国，波兰和巴尔干诸小国的，才明白了世界上也有这许多和我们的劳苦大众同一运命的人，而有些作家正在为此而呼号，而战斗。而历来所见的农村之类的景况，也更加分明地再现于我的眼前。偶然得到一个可写文章的机会，我便将所谓上流社会的堕落和下层社会的不幸，陆续用短篇小说的形式

发表出来了。原意其实只不过想将这示给读者，提出一些问题而已，并不是为了当时的文学家之所谓艺术。(《英译本〈短篇小说选集〉自序》)

事实就是这样不幸。鲁迅纵观历史，横看世界，看出"人"是分裂的，分裂成各种群体，无论政治、经济、法律、道德、宗教、思想与文化，各个方面都是这样的分裂，甚至达到你死我活的不共戴天的程度。鲁迅以其亲眼所见、亲耳所闻、亲身经历，敏锐的眼光、深入的思索、文学的笔墨，列举着这种分裂的"人"的名号：皇帝、圣上、圣君、暴君、杀人者、圣人、贤臣、圣贤、圣贤之徒、名臣、儒者、正人、君子、帮闲、帮忙、帮凶、读书人、官民、主奴、主人、奴隶总管、奴才、奴隶、工头、压迫者、被压迫者、上等人、下等人、大人物、一般人、阔人、富翁、豪家、绅士、聪明人、伶俐人、能人、穷人、饱人、饿人、愚人、平民、小百姓、傻子、庸人、老实人、弱者、雅人、名人、高人、俗人、粗人、野人、工农大众、劳苦大众、猛士、战士、资本家、无产者、现代人，等等等等，不一而足。浏览这些名号，大体可以想见鲁迅的见解。其中的焦点，是主人、奴隶总管与奴隶，上等人与下等人，压迫者与被压迫者，阔人与穷人，雅人与俗人的对立。鲁迅的态度是：要"立人"，要挣脱奴隶的地位，自己掌握自己的命运，就必须斗争。他认识到："人道是要各人竭力挣来，培植，保养的，不是别人布施，捐助的。"(《随感录·六十一不满》)所以他说："斗争呢，我倒以为是对的。人被压迫了，为什么不斗争？正人君子者流深怕这一着，于是大骂'偏激'

之可恶，以为人人应该相爱，现在被一班坏东西教坏了。 他们饱人大约是爱饿人的，但饿人却不爱饱人，黄巢时候，人相食，饿人尚且不爱饿人，这实在无须斗争文学作怪。"[《文艺与革命（并冬芬来信）》] 姑不论鲁迅也曾教导自己的学生说："战斗不算好事情，我们也不能责成人人都是战士，那么，平和的方法也就可贵了，这就是将来利用了亲权来解放自己的子女。"（《娜拉走后怎样》）读者或没有读到，或虽然读到了，也故意加以忽视，一味攻击鲁迅的"斗争"思想。 但我想，只要平心静气地重温鲁迅下面的两段文章，对鲁迅的主张斗争的思想，或许有比较接近鲁迅的理解吧？ 他是说：

　　一个活人，当然是总想活下去的，就是真正老牌的奴隶，也还在打熬着要活下去。 然而自己明知道是奴隶，打熬着，并且不平着，挣扎着，一面"意图"挣脱以至实行挣脱的，即使暂时失败，还是套上了镣铐罢，他却不过是单单的奴隶。 如果从奴隶生活中寻出"美"来，赞叹，抚摩，陶醉，那可简直是万劫不复的奴才了，他使自己和别人永远安住于这生活。 就因为奴群中有这一点差别，所以使社会有平安和不安的差别，而在文学上，就分明的显现了麻醉的和战斗的的不同。（《漫与》）

　　人固然应该生存，但为的是进化；也不妨受苦，但为的是解除将来的一切苦；更应该战斗，但为的是改革。 责别人的自杀者，一面责人，一面正也应该向驱人于自杀之途的环境挑战，进攻。 倘使对于黑暗的主力，不置一辞，不发一矢，而但向"弱者"唠叨不已，则纵使他如何义形

于色，我也不能不说——我真也忍不住了——他其实乃是杀人者的帮凶而已。(《论秦理斋夫人事》)

孔子对于人与人之间的关系的规范，那大纲就是"君君臣臣，父父子子"，其根本特质就是"孝"和"忠"、"敬"和"无违"，即服从。孔子生在男性主宰的时代，当时的正统思想，在对待女性方面似乎已经更加严厉。孔子自许"吾从周"，可是他对于周武王的"予有乱臣十人"要强调"有妇人焉，九人而已"。他会见南子，在弟子中引起质疑，严重到孔子要赌咒发誓。这和他把女子归入"小人"一类的两性思想、社会思想和教育思想是密切相关的吧。他更可以把自己的意志强加给女儿和侄女，嫁给他看重的人。我们不能苛求孔子要有两千年后才普及的男女平等的思想，但我们也不能不承认孔子的"男尊女卑"的思想的事实。

占人口一半的女性既然已经划入另类，那一半的男性之间的关系如何处理呢？孔子用"孝"、用"恩"建构"父父子子"的儿子服从父亲的关系。儿子在人身上依附父亲，在人生道路上遵循"父之道"，甚至"无改于父之道"。这是根本原则，是必须坚持的，是一条"凡是"的"纲"。虽然孔子智慧过人，看到并认识到"父"与"君"也是会有"错"，也有"非"，做出有"害"的事。身为"子"的、身为"臣"的怎么办呢？孔子的思想是可以劝劝而已，当为父为君的不听的时候，还是得服从，而且是心悦诚服，笑容满面。哪怕是历史上的错误，根本原则是不能动摇的，所以必须是"成事不说，遂事不谏，既往不咎"。历史必须遮蔽。历史之"咎"的责任不要追究，不能追究。

孔子是伟大的智者，他看到实际生活中人的差异：天赋的差异、性别的差异、地位的差异、职业的差异、财富的差异、道德的差异等等，但他采取"少数"主义。对上，他寄希望于"圣人"及其统治；对下，他采取培养"君子"路线。对大多数他要求服从。试看孔子对人的分类，就可以明了的。那就是：圣人、仁人、仁者、善人、知者、小人、佞人、乡愿。孔子讲得最多的是君子和小人。仔细比较是很值得深思的。请看：

子曰："君子周而不比，小人比而不周。"（《论语·为政》）

子曰："君子怀德，小人怀土；君子怀刑，小人怀惠。"（《论语·里仁》）

子曰："君子喻于义，小人喻于利。"（《论语·里仁》）

子谓子夏曰："女为君子儒，无为小人儒。"（《论语·雍也》）

子曰："君子坦荡荡，小人长戚戚。"（《论语·述而》）

子曰："先进于礼乐，野人也；后进于礼乐，君子也。如用之，则吾从先进。"（《论语·先进》）

子曰："君子成人之美，不成人之恶。小人反是。"（《论语·颜渊》）

季康子问政于孔子曰："如杀无道，以就有道，何如？"孔子对曰："子为政，焉用杀？子欲善而民善矣。君子之德风，小人之德草，草上之风，必偃。"（《论语·颜渊》）

子曰："君子和而不同，小人同而不和。"(《论语·子路》)

子曰："君子易事而难说也。说之不以道，不说也；及其使人也，器之。小人难事而易说也。说之虽不以道，说也；及其使人也，求备焉。"(《论语·子路》)

子曰："君子泰而不骄，小人骄而不泰。"(《论语·子路》)

子曰："君子上达，小人下达。"(《论语·宪问》)

在陈绝粮，从者病，莫能兴。子路愠见曰："君子亦有穷乎？"子曰："君子固穷，小人穷斯滥矣。"(《论语·卫灵公》)

子曰："君子求诸己，小人求诸人。"(《论语·卫灵公》)

孔子曰："君子有三畏：畏天命，畏大人，畏圣人之言。小人不知天命而不畏也，狎大人，侮圣人之言。"(《论语·季氏》)

子之武城，闻弦歌之声。夫子莞尔而笑，曰："割鸡焉用牛刀？"子游对曰："昔者偃也闻诸夫子曰：'君子学道则爱人，小人学道则易使也。'"子曰："二三子！偃之言是也。前言戏之耳。"(《论语·阳货》)

子路曰："君子尚勇乎？"子曰："君子义以为上。君子有勇而无义为乱；小人有勇而无义为盗。"(《论语·阳货》)

樊迟请学稼。子曰："吾不如老农。"请学为圃。曰："吾不如老圃。"樊迟出。子曰："小人哉，樊须也！上好礼，则民莫敢不敬；上好义，则民莫敢不服；上好信，则民莫敢不用情。夫如是，则四方之民襁负其子而至矣，焉用稼？"（《论语·子路》）

子贡问曰："何如斯可谓之士矣？"子曰："行己有耻，使于四方，不辱君命，可谓士矣。"曰："敢问其次。"曰："宗族称孝焉，乡党称弟焉。"曰："敢问其次。"曰："言必信，行必果，硁硁然，小人哉！抑亦可以为次矣。"（《论语·子路》）

子曰："色厉而内荏，譬诸小人，其犹穿窬之盗也与！"（《论语·阳货》）

子曰："唯女子与小人为难养也，近之则不孙，远之则怨。"（《论语·阳货》）

在孔子思想中，君子与小人，在天命、心性、志向、政治、道德等方面有着根本的、广泛的对立的差异。孔子出身微贱，唯一赞同的是"先进于礼乐，野人也；后进于礼乐，君子也。如用之，则吾从先进"。也就是通过学习"礼乐"爬上去。从孔子对于樊迟请教学稼学圃斥之为"小人"来看，他是把"上好礼，则民莫敢不敬；上好义，则民莫敢不服；上好信，则民莫敢不用情。夫如是，则四方之民襁负其子而至矣，焉用稼？"作衡量"小人"的标准的。这种以"礼"、"义"排斥农业生产、贬斥农人的观点，无疑是排斥大多数的"精英"的观点，是不足为训的。

然而，孔子对于"君子"的要求，涉及政治、经济、律法、道德诸方面，我不知道有多少是孔子对前代与当时"人"

的概括与提炼，有多少是他的理想，无论对错、善恶、利害和效果，是值得专门研究的，其中合理的内核，值得警策。在王纲解纽、诸侯争霸、荒淫无耻、贪腐枉法、"无道"的现实人生中，孔子理想的"君子"毕竟是一种庄严的思考。

第三，是鲁迅与孔子人生志向与人生道路的根本分歧。

一九二一年鲁迅在《〈域外小说集〉序》中回忆说："在日本留学时候，有一种茫漠的希望：以为文艺是可以转移性情，改造社会的。"一九二二年在《〈呐喊〉自序》中又说："凡是愚弱的国民，即使体格如何健全，如何茁壮，也只能做毫无意义的示众的材料和看客，病死多少是不必以为不幸的。所以我们的第一要著，是在改变他们的精神，而善于改变精神的是，我那时以为当然要推文艺，于是想提倡文艺运动了。"新文化兴起以后，鲁迅投身其中，终生不渝为"立人"，为改变中国人，特别是汉人的"最大的病根，是眼光不远，加以'卑怯'与'贪婪'"的劣根性而创作，而进行"文明批评"与"社会批评"。鲁迅"立人"的基点在"下等人"—奴隶—被压迫者的解放，通过各种斗争，挣脱奴隶的锁链，废除人身依附的道德，自己掌握自己的命运，成为"人"。

孔子的志向在做官，依靠诸侯的政治权力，实行他的"德政"，赐予民人以"仁爱"，再造一个"东周"。孔子的希望在圣人、仁人，而基点在"君子"。孔子终身"默而识之，学而不厌，诲人不倦"，"自行束脩以上，吾未尝无诲焉"地开门教学，开辟私学，造就人才，也是为了"学而优则仕"，从政做官，实行他的政治理想。他和弟子座谈他们的理想，他评论他的弟子的政绩，都是一脉相承。

　　鲁迅选择的人生道路是从事文艺创作，业余的与专业的，关心着政治，参与政治，而不投身政治。辛亥革命后，他在教育部做了十五年佥事—科长，虽被诟骂为"小官僚"，其实是"公务员"而已矣。其间还在大学—中学教书，最后摆脱这一切，专业从事创作，被赞扬为"自由作家"。其实，这都不是关键。关键在鲁迅对于政治家的认识。他专门论及《文艺与政治的歧途》，说："我每每觉到文艺和政治时时在冲突之中；文艺和革命原不是相反的，两者之间，倒有不安于现状的同一。惟政治是要维持现状，自然和不安于现状的文艺处在不同的方向。不过不满意现状的文艺，直到十九世纪以后才兴起来，只有一段短短历史。政治家最不喜欢人家反抗他的意见，最不喜欢人家要想，要开口。而从前的社会也的确没有人想过什么，又没有人开过口。""政治想维系现状使它统一，文艺催促社会进化使它渐渐分离；文艺虽使社会分裂，但是社会这样才进步起来。文艺既然是政治家的眼中钉，那就不免被挤出去。""从生活窘迫过来的人，一到了有钱，容易变成两种情形：一种是理想世界，替处同一境遇的人着想，便成为人道主义；一种是什么都是自己挣起来，从前的遭遇，使他觉得什么都是冷酷，便流为个人主义。我们中国大概是变成个人主义者多。主张人道主义的，要想替穷人想想法子，改变改变现状，在政治家眼里，倒还不如个人主义的好；所以人道主义者和政治家就有冲突。""政治家认定文学家是社会扰乱的煽动者，心想杀掉他，社会就可平安。殊不知杀了文学家，社会还是要革命；俄国的文学家被杀掉的充军的不在少数，革命的火焰不是到处燃着吗？文学家生前大概不能得到社会的同情，潦倒地过了一生，直到死后四五十年，才为社会所认识，大家大闹起来，政治家因此更厌恶文学家，以为文学家早就种下大祸根；政治家想不准大家思想，而那野蛮时代早已过去了。""政治家既永远怪文艺家破坏他们的统一，偏见如此，所以我从来不肯和政治家去说。""我从来不肯和政治家去说"，这是鲁迅的原则。考察鲁迅的一生，他的参与政治、支持革命，即使和当时革命政党中的人物有个人交往，他向政治家去"参政"、"议政"的事，还没有。有的，是对政治家的政策，国民党的和共产党的，公开提出批评。

孔子和鲁迅根本不同，孔子志在做官，想利用官的权势推行他的政治理想。为了做官，孔子周游列国，据《汉书·儒林传》说："周道既衰，坏于幽、厉，礼乐征伐自诸侯出，陵夷二百余年而孔子兴，以圣德遭季世，知言之不用而道不行，乃叹曰：'凤鸟不至，河不出图，吾已矣夫！''文王既没，文不在兹乎？'于是应聘诸侯，以答礼行谊。西入周，南至楚，畏匡厄陈，奸七十余君。"李零说："'奸（干）七十余君'，是夸大之辞，但八九个国家总还有。"（《丧家狗——我读〈论语〉》，第 11 页）寄望说动人主，有人用他。这种迫切的心理，可以说到了近乎慌不择路的地步。为了见到卫君，南子夫人传话，那得先见她。孔子虽然犹豫，还是见了，致令弟子很不高兴。《史记·孔子世家》有一段生动的记述："去即过蒲。月余，反乎卫，主蘧伯玉家。灵公夫人有南子者，使人谓孔子曰：'四方之君子不辱欲与寡君为兄弟者，必见寡小君。寡小君愿见。'孔子辞谢，不得已而见之。夫人在绨帷中。孔子入门，北面稽首。夫人自帷中再拜，环珮玉声璆然。孔子曰：

'吾乡为弗见，见之礼答焉。'子路不说。孔子矢之曰：'予所不者，天厌之！天厌之！'居卫月余，灵公与夫人同车，宦者雍渠参乘，出，使孔子为次乘，招摇市过之。孔子曰：'吾未见好德如好色者也。'于是丑之，去卫，过曹。是岁，鲁定公卒。"更加离谱的是，一次，"公山不狃以费畔季氏，使人召孔子。孔子循道弥久，温温无所试，莫能己用，曰：'盖周文武起丰镐而王，今费虽小，傥庶几乎！'欲往。子路不说，止孔子。孔子曰：'夫召我者岂徒哉？如用我，其为东周乎！'然亦卒不行"。又一次，"佛肸为中牟宰。赵简子攻范、中行，伐中牟。佛肸畔，使人召孔子。孔子欲往。子路曰：'由闻诸夫子，"其身亲为不善者，君子不入也"。今佛肸亲以中牟畔，子欲往，如之何？'孔子曰：'有是言也。不曰坚乎，磨而不磷；不曰白乎，涅而不淄。我岂匏瓜也哉，焉能系而不食？'"两次背叛夺权者召孔子，他不顾是非，不讲道义，都想去，他为自己的辩护词，可想见是多么急不可待了。

孔子青年时期，做过一次官，是《史记·孔子世家》说："孔子贫且贱。及长，尝为季氏史，料量平；尝为司职吏而畜蕃息。由是为司空。"

孔子做官时间最长，长达五六年；最大，达到代理总理；政绩最显著的，是在鲁国定公时期。《史记·孔子世家》有较长而且生动的记述：

其后定公以孔子为中都宰，一年，四方皆则之。由中都宰为司空，由司空为大司寇。

定公十年春，及齐平。夏，齐大夫黎鉏言于景公曰：

"鲁用孔丘，其势危齐。"乃使使告鲁为好会，会于夹谷。鲁定公且以乘车好往。孔子摄相事，曰："臣闻有文事者必有武备，有武事者必有文备。古者诸侯出疆，必具官以从。请具左右司马。"定公曰："诺。"具左右司马。会齐侯夹谷，为坛位，土阶三等，以会遇之礼相见，揖让而登。献酬之礼毕，齐有司趋而进曰："请奏四方之乐。"景公曰："诺。"于是旄旌羽祓矛戟剑拨鼓噪而至。孔子趋而进，历阶而登，不尽一等，举袂而言曰："吾两君为好会，夷狄之乐何为于此！请命有司！"有司却之，不去，则左右视晏子与景公。景公心怍，麾而去之。有顷，齐有司趋而进曰："请奏宫中之乐。"景公曰："诺。"优倡侏儒为戏而前。孔子趋而进，历阶而登，不尽一等，曰："匹夫而营惑诸侯者罪当诛！请命有司！"有司加法焉，手足异处。景公惧而动，知义不若，归而大恐，告其群臣曰："鲁以君子之道辅其君，而子独以夷狄之道教寡人，使得罪于鲁君，为之奈何？"有司进对曰："君子有过则谢以质，小人有过则谢以文。君若悼之，则谢以质。"于是齐侯乃归所侵鲁之郓、汶阳、龟阴之田以谢过。

定公十三年夏，孔子言于定公曰："臣无藏甲，大夫毋百雉之城。"使仲由为季氏宰，将堕三都。于是叔孙氏先堕郈。季氏将堕费，公山不狃、叔孙辄率费人袭鲁。公与三子入于季氏之宫，登武子之台。费人攻之，弗克，入及公侧。孔子命申句须、乐颀下伐之，费人北。国人追之，败诸姑蔑。二子奔齐，遂堕费。将堕成，公敛处父谓孟孙曰："堕成，齐人必至于北门。且成，孟氏之保障，无成是无孟氏也。我将弗堕。"十二月，公围成，弗克。

定公十四年，孔子年五十六，由大司寇行摄相事，有喜色。门人曰："闻君子祸至不惧，福至不喜。"孔子曰："有是言也。不曰'乐其以贵下人'乎？"于是诛鲁大夫乱政者少正卯。与闻国政三月，粥羔豚者弗饰贾；男女行者别于涂；涂不拾遗；四方之客至乎邑者不求有司，皆予之以归。

齐人闻而惧，曰："孔子为政必霸，霸则吾地近焉，我之为先并矣。盍致地焉？"黎鉏曰："请先尝沮之；沮之而不可则致地，庸迟乎！"于是选齐国中女子好者八十人，皆衣文衣而舞康乐，文马三十驷，遗鲁君。陈女乐文马于鲁城南高门外，季桓子微服往观再三，将受，乃语鲁君为周道游，往观终日，怠于政事。子路曰："夫子可以行矣。"孔子曰："鲁今且郊，如致膰乎大夫，则吾犹可以止。"桓子卒受齐女乐，三日不听政；郊，又不致膰俎于大夫。孔子遂行，宿乎屯。而师己送，曰："夫子则非罪。"孔子曰："吾歌可夫？"歌曰："彼妇之口，可以出走；彼妇之谒，可以死败。盖优哉游哉，维以卒岁！"师己反，桓子曰："孔子亦何言？"师己以实告。桓子喟然叹曰："夫子罪我以群婢故也夫！"

孔子遂适卫……

此后，"前495年—前493年，孔子见卫灵公，出仕于卫"；"前491年—前489年，孔子仕陈湣公"；"前488年—前485年，孔子仕卫出公"（见李零《丧家狗——我读〈论语〉》，第

10页），每次时间也不短，但政绩似乎并不显著，孔子自许的"苟有用我者，期月而已可也，三年有成"，似乎并不可靠。至于"夫召我者，而岂徒哉？如有用我者，吾其为东周乎！"更是终身未见。《史记·孔子世家》记载了一段晏婴对孔子的批评，颇有意味："景公问政孔子，孔子曰：'君君，臣臣，父父，子子。'景公曰：'善哉！信如君不君，臣不臣，父不父，子不子，虽有粟，吾岂得而食诸！'他日又复问政于孔子，孔子曰：'政在节财。'景公说，将欲以尼谿田封孔子。晏婴进曰：'夫儒者滑稽而不可轨法；倨傲自顺，不可以为下；崇丧遂哀，破产厚葬，不可以为俗；游说乞贷，不可以为国。自大贤之息，周室既衰，礼乐缺有间。今孔子盛容饰，繁登降之礼，趋详之节，累世不能殚其学，当年不能究其礼。君欲用之以移齐俗，非所以先细民也。'后景公敬见孔子，不问其礼。异日，景公止孔子曰：'奉子以季氏，吾不能。'以季孟之间待之。齐大夫欲害孔子，孔子闻之。景公曰：'吾老矣，弗能用也。'孔子遂行，反乎鲁。"

孔子做官行政的时间，总计也不短，特别是做到大司寇，摄行相事的高位。官场的表现和经验，可以说是丰富的。《论语》的记载很可以见孔子的作为：

孔子于乡党，恂恂如也，似不能言者。其在宗庙朝廷，便便言，唯谨尔。

朝，与下大夫言，侃侃如也；与上大夫言，訚訚如也。君在，踧踖如也，与与如也。君召使摈，色勃如也，足躩如也。揖所与立，左右手，衣前后，襜如也。趋进，翼如也。　宾退，必复命曰："宾不顾矣。"

入公门，鞠躬如也，如不容。立不中门，行不履阈。过位，色勃如也，足躩如也，其言似不足者。摄齐升堂，鞠躬如也，屏气似不息者。　出，降一等，逞颜色，怡怡如也。没阶，趋进，翼如也。复其位，踧踖如也。

执圭，鞠躬如也，如不胜。上如揖，下如授。勃如战色，足蹜蹜如有循。享礼，有容色。私觌，愉愉如也。

…………

君赐食，必正席先尝之；君赐腥，必熟而荐之；君赐生，必畜之。侍食于君，君祭，先饭。

…………

君命召，不俟驾行矣。

入太庙，每事问。（《论语·乡党》）

孔子曾经感叹："事君尽礼，人以为谄也。"我想，这是真的。孔子是"尽礼"人以为谄，然而，在唯上是敬、唯上是从的制度下，下之事上，不"谄"也是不行的。《韩非子·说难》结论就是："夫龙之为虫也，柔可狎而骑也；然其喉下有逆鳞径尺，若人有婴之者，则必杀人。人主亦有逆鳞，说者能无婴人主之逆鳞，则几矣！"如今孔子之徒和非孔子之徒，在官场上有几个"不谄"呢？"官大一级压死人"嘛。而"谄上者必骄下"，此我汉民族之所以自认"蚁民"也。

鲁迅为什么"绝望于孔夫子和他的之徒"

鲁迅十岁读《论语》，十一岁读《孟子》。鲁迅在《十四年的"读经"》中说，"我几乎读过十三经"。可见他因为生于晚清，出身官宦人家，接受了完全的传统儒家典籍的教育。但鲁迅十八岁因家庭败落，进入新学堂就读，接受的是新式教育。留学日本，进一步深造。以达尔文生物进化论为自然科学的基础，奠定了自己"根柢在人"、"首在立人"的思想。中年投身新文化建设，坦言："孔孟的书我读得最早，最熟，然而倒似乎和我不相干。"（《写在〈坟〉后面》）岂止是"似乎不相干"！他回忆留学日本的原因，是在新学堂三四年，虽然毕业，而所学得的学问，要为国家、为社会工作，却是"'上穷碧落下黄泉，两处茫茫皆不见'了。所余的还只有一条路：到外国去"（《琐记》）。可是，日本自有"遣唐使"以后，深受中国儒家正统文化的影响，明治维新，力肆改革，国内焕然一新，但对大清帝国的留学生却保留着儒家文化的教育，要他们祭孔。鲁迅回忆说：

> 但是义和团完全失败，徐桐氏也自杀了。政府就又以为外国的政治法律和学问技术颇有可取之处了。我的渴望到日本去留学，也就在那时候。达了目的，入学的

地方，是嘉纳先生所设立的东京的弘文学院；在这里，三泽力太郎先生教我水是养气和轻气所合成，山内繁雄先生教我贝壳里的什么地方其名为"外套"。这是有一天的事情。学监大久保先生集合起大家来，说：因为你们都是孔子之徒，今天到御茶之水的孔庙里去行礼罢！我大吃了一惊。现在还记得那时心里想，正因为绝望于孔夫子和他的之徒，所以到日本来的，然而又是拜么？（《在现代中国的孔夫子》）

鲁迅为什么这样决绝，竟至于斩钉截铁的程度？

孔子以其追求仁人的德性，培养君子及士大夫阶层"为政以德"的"王者师"的人生思想，以及他所开创的儒家正统思想牢固掌握着中国两千多年，迄今得到弘扬，无疑是一位伟大的思想家。但对孔子的批评，无论他生前和死后都纷至沓来，源源不断，层出不穷，使"尊孔"与"非孔"成为中国思想界的一大风景线。

首先是老子。先秦诸子中，只有老子和孔子同时或长于孔子。《史记·老子韩非列传》，有如下记载：

> 孔子适周，将问礼于老子。老子曰："子所言者，其人与骨皆已朽矣，独其言在耳。且君子得其时则驾，不得其时则蓬累而行。吾闻之，良贾深藏若虚，君子盛德，容貌若愚。去子之骄气与多欲，态色与淫志，是皆无益于子之身。吾所以告子，若是而已。"

老子之后，《史记》说："世之学老子者则绌儒学，儒学亦绌老子。'道不同不相与谋'，岂谓是乎？"

姑不论孔老之争，是否"道不同"。也姑不论，孔子是否曾经问礼于老子；上述老子的话，是否为真。但就事论事，老子对孔子的批评，是有根据有道理的。孔子自白，是"述而不作，信而好古，窃比我于老彭"，不正是"子之所言者，其人与骨皆已朽矣，独其言在耳"吗？老子看穿了孔子这种"吾从周"、"吾其为东周"的不可能性，是有道理的。复古永远是不可能的。此其一。

其次，"君子得其时则驾，不得其时则蓬累而行"。孔子周游列国，虽然做到鲁大司寇，摄行相事，在先秦诸子中官做得最大，但他一辈子，毕竟不得志。郑人在子贡面前挖苦他一顿之后，说他"累累若丧家之狗"，孔子听了，也不得不承认"形状，末也。而谓似丧家之狗，然哉！然哉！"

至于其他，似乎也可以想象吧。

《论语》的编纂者是开明的、高明的、开放的，他们记录了许多对于孔子的批评，无论批评者的地位及与孔子的关系如何。这在两千多年前，实在是光明磊落的典范。这也是孔子人品的感召和教育的硕果吧？谁能想到，两千多年之后，编纂"文集"的先生，竟然把一切"不利"于作者的文字，还是作者自己的文字，都删汰得干干净净呢？其实，当时对于孔子的批评，有的并不完全合理。比如荷蓧丈人那最有名并流传至今的"四体不勤，五谷不分，孰为夫子？"这种以自己专业知识来要求另一专业的人的批评，脱离实际，不能成立。只要社会劳动有了分工，"隔行如隔山"，谁也不是百科全书！荷蓧丈人如果不是退隐的读书人，他知道竹简帛书吗？即使读过书，如果不是兵家，他知道刀枪剑戟吗？用自己的专业知识骄人，不过暴露自己的无知或霸道罢了。最值得深思的，倒是楚狂接舆歌而过孔子的讽谏："凤兮凤兮，何德之衰？往者不可谏，来者犹可追。已而已而！今之从政者殆而！"孔子生活的春秋时代，周室衰微，王纲解纽，已经是"乱世"。孔子自己不是说"笃信好学，守死善道。危邦不入，乱邦不居。天下有道则见，无道则隐。邦有道，贫且贱焉，耻也；邦无道，富且贵焉，耻也"吗？为什么不"隐"呢？为什么还想"入危邦"呢？"今之从政者殆而"，批评得多么中肯！

先秦诸子中，年岁较大的，是孔子死后十一年出生的墨子（约公元前四六八年至前三七六年），不但有《非儒》专章，并且指斥孔子的人品，说"孔某穷于蔡、陈之间，藜羹不糁。十日，子路为享豚，孔某不问肉之所由来而食。号人衣以酤酒，孔某不问酒之所由来而饮。哀公迎孔某，席不端弗坐，割不正弗食。子路进，请曰：'何其与陈、蔡反也？'孔某曰：'来，吾语女。曩与女为苟生，今与女为苟义。'夫饥约则不辞妄取以活身，赢饱则伪行以自饰。污邪诈伪，孰大于此？"（《墨子·非儒》）也许这是小道消息，或齐东野语，故意抹黑孔子？但孔子在陈绝粮并没有饿死，却是事实。鲁迅说他"滑稽"，轻讽而已。

被尊崇为亚圣的孟子（约公元前三七二年至前二八九年），距孔子逝世也就一百多年吧，已经发出了这样的愤慨声音："圣王不作，诸侯放恣，处士横议，杨朱、墨翟之言盈天下。天下之言不归杨，则归墨。杨氏为我，是无君也；墨氏兼爱，是无父也。无父无君，是禽兽也。公明仪曰：'庖有肥肉，厩有肥马；民有饥色，野有饿莩，此率兽而食人也。'杨墨之道不息，孔子之道不著，是邪说诬民，充塞仁义也。仁义充塞，则率兽食人，人将相食。吾为此惧，闲先圣之道，距杨墨，放淫辞，邪说者不得作。作于其心，害于其事；作于其事，害于其政。圣人复起，不易吾言。"（《孟子·滕文公下》）难道真的是"天下之言不归杨，则归墨"吗？我不知道。

司马迁在《史记》中评述庄子，说"作渔父、盗跖、胠箧，以诋诎孔子之徒，以明老子之术"（《老子韩非列传》）。庄子（约公元前三六九年至前二八六年），可以说和孟子同时期。读《庄子》上述三篇，实质是"道不同，不相与谋"的论辩。《庄子》以求"真"批评孔子及孔子之徒，要点是：一、论"世俗之所谓知者，有不为大盗跖者乎？所谓圣者，有不为大盗守者乎？何以知其然邪？"结论是："圣人不死，大盗不止。虽重圣人而治天下，则是重利盗跖也。为之斗斛以量之，则并与斗斛而窃之；为之权衡以称之，则并与权衡而窃之；为之符玺以信之，则并与符玺而窃之；为之仁义以矫之，则并与仁义而窃之。何以知其然邪？彼窃钩者诛，窃国者为诸侯，诸侯之门而仁义存焉，则是非窃仁义圣知邪？故逐于大盗，揭诸侯，窃仁义并斗斛权衡符玺之利者，虽有轩冕之赏弗能劝，斧钺之威弗能禁。此重利盗跖而使不可禁者，是乃圣人之过也。"（《庄子·胠箧》）二、"今子修文武之道，掌天下之辩，以教后世，缝衣浅带，矫言伪行，以迷惑天下之主，而欲求富贵焉。盗莫大于子。天下何故不谓子为盗丘，而乃谓我为盗跖？"（《庄子·盗跖》）三、批评孔子"今子既上无君侯有司之势而下无大臣职事之官，而擅饰礼乐，选人伦，以化齐民，不泰多事乎！"
这样是违背了"真"。又说，"吾闻之，可与往者与之，至于妙
道；不可与往者，不知其道，慎勿与之，身乃无咎。子勉之！
吾去子矣，吾去子矣！"（《庄子·渔父》）庄子和孔子自然是
"道不同"，但《庄子》所批评，一和二两点最可深思。孔子自
己和授徒的出发点和目的，是从政，是辅佐君王，即使实现了
他的理想，"夫召我者，而岂徒哉？如有用我者，吾其为东周
乎！"无疑是"为大盗守"。至于三，颇有意趣的是，渔父的
处世逻辑和孔子是一样的："不在其位，不谋其政"和"可与言
而不与言，失人；不可与言而与之言，失言。知者不失人，亦
不失言"（《论语·卫灵公》）。

　　荀子（约前三一三年至前二三八年）已经作《非十二子》，
其中严厉批评子思和孟子，说"略法先王而不知其统，犹然而
材剧志大，闻见杂博。案往旧造说，谓之五行，甚僻违而无
类，幽隐而无说，闭约而无解。案饰其辞而只敬之曰：此真先
君子之言也。子思唱之，孟轲和之。世俗之沟犹瞀儒，嚾嚾然
不知其所非也，遂受而传之，以为仲尼、子游为兹厚于后世，
是则子思、孟轲之罪也"。儒家的分裂，已经势如水火了。

　　孟子逝世后不十年，大概韩非子（约公元前二八〇年至前
二三三年）诞生。韩非子作《显学》，说："世之显学，儒、墨
也。儒之所至，孔丘也。墨之所至，墨翟也。自孔子之死也，
有子张之儒，有子思之儒，有颜氏之儒，有孟氏之儒，有漆雕
氏之儒，有仲良氏之儒，有孙氏之儒，有乐正氏之儒。自墨子
之死也，有相里氏之墨，有相夫氏之墨，有邓陵氏之墨。故
孔、墨之后，儒分为八，墨离为三，取舍相反不同，而皆自谓

真孔、墨；孔、墨不可复生，将谁使定后世之学乎？孔子、墨子俱道尧、舜，而取舍不同，皆自谓真尧、舜；尧、舜不复生，将谁使定儒、墨之诚乎？殷、周七百余岁，虞、夏二千余岁，而不能定儒、墨之真；今乃欲审尧、舜之道于三千岁之前，意者其不可必乎！无参验而必之者，愚也；弗能必而据之者，诬也。故明据先王，必定尧、舜者，非愚则诬也。愚诬之学，杂反之行，明主弗受也。"韩非子的"拿证据来"的思路是不错的。但孔子、墨子的思想是否正确是一回事；他们自称这思想的来源是另外一回事。不过韩非子从根本来源上否定了孔子、墨子的思想，足见孔子和他的之徒在韩非子看来，已经不足论了。

附带一个问题，即：孟子之后的韩非子，又把孔子之学，看作"显学"了。和孟子上面的说法大不相同，这也是我怀疑孟子所说"天下之言不归杨，则归墨"的原因。

以上是春秋战国时代，诸子中重量级人物对于孔子思想的评论。舆论并不一律。而批评乃至否定的声音，也并不鲜见。孔子，诸子中一家之言而已矣。

秦始皇统一六国，据《史记·秦始皇本纪》记载："二十八年，始皇东行郡县，上邹峄山。立石，与鲁诸儒生议，刻石颂秦德，议封禅望祭山川之事。乃遂上泰山，立石，封，祠祀。"可见儒生在利用之列。三十三年，因淳于越奏请效法殷周"封弟子功臣，自为枝辅"，下其议检讨，丞相李斯痛加驳斥，"曰：'五帝不相复，三代不相袭，各以治，非其相反，时变异也。今陛下创大业，建万世之功，固非愚儒所知。且越言乃三代之事，何足法也？异时诸侯并争，厚招游学。今天下已定，法令出一，百姓当家则力农工，士则学习法令辟禁。今诸生不师今而学古，以非当世，惑乱黔首。丞相臣斯昧死言：古者天下散乱，莫之能一，是以诸侯并作，语皆道古以害今，饰虚言以乱实，人善其所私学，以非上之所建立。今皇帝并有天下，别黑白而定一尊。私学而相与非法教，人闻令下，则各以其学议之，入则心非，出则巷议，夸主以为名，异取以为高，率群下以造谤。如此弗禁，则主势降乎上，党与成乎下。禁之便。臣请史官非秦记皆烧之。非博士官所职，天下敢有藏诗、书、百家语者，悉诣守、尉杂烧之。有敢偶语诗书者弃市。以古非今者族。吏见知不举者与同罪。令下三十日不烧，黥为城旦。所不去者，医药卜筮种树之书。若欲有学法令，以吏为师。'制曰：'可。'"这是千古争议不断的"焚书"。三十五年又因方士侯生、卢生叛逃，秦始皇大怒，"于是使御史悉案问诸生，诸生传相告引，乃自除。犯禁者四百六十余人，皆阬之咸阳，使天下知之，以惩后。益发谪徙边。始皇长子扶苏谏曰：'天下初定，远方黔首未集，诸生皆诵法孔子，今上皆重法绳之，臣恐天下不安。唯上察之。'始皇怒，使扶苏北监蒙恬于上郡"。这是千古争议的"坑儒"。孔子之徒受到了严重打击。

　　汉朝兴起，高祖刘邦以"无赖"得天下，起初蔑视儒生，后以儒生奏请建立"君君臣臣，父父子子"的礼制而得意，至十二年"十一月，行自淮南还。过鲁，以大牢祠孔子"（《汉书·高帝纪下》）。

　　汉武帝好儒术，即位之初，就罢"或治申、商、韩非、苏秦、张仪之言，乱国政"的贤良，立意弘扬儒学，被治黄老言而不好儒术的窦太后废止。窦太后死后，汉武帝得以如愿，

"置五经博士"，重用董仲舒。董仲舒上言："《春秋》大一统者，天地之常经，古今之通谊也。今师异道，人异论，百家殊方，指意不同，是以上亡以持一统；法制数变，下不知所守。臣愚以为诸不在六艺之科孔子之术者，皆绝其道，勿使并进。邪辟之说灭息，然后统纪可一而法度可明，民知所从矣。"（《汉书·董仲舒传》）汉武帝终于"罢黜百家，表章六经"。儒家得以独尊了。

然而，即使汉武帝"罢黜百家，独尊儒术"，此后有汉一代，明智者仍然对孔子及儒家保持分析的态度，有好说好，有坏说坏。

《史记·太史公自序》记载老太史公论六家指要，认为："儒者博而寡要，劳而少功，是以其事难尽从；然其序君臣父子之礼，列夫妇长幼之别，不可易也。"就是从实践与理论两方面作了分析。而王充的《论衡》，不仅作《儒增》《道虚》揭露儒家典籍的虚夸，更作《问孔》对《论语》提出二十多个问题，并加以批评。

两千多年来，"非孔"与"尊孔"，儒家正统思想与异端思想的论争绵绵不绝。但诸多统治者，不断追加孔子以谥号。唐开元二十七年（七三九）玄宗封孔子为"文宣王"。宋大中祥符元年（一〇〇八）真宗加谥"玄圣文宣王"。元大德十一年（一三〇七）成宗加谥"大成至圣文宣王"。明嘉靖九年（一五三〇）世宗"更正孔庙祀典，定孔子谥号曰至圣先师孔子"。清顺治二年（一六四五）世祖加谥"大成至圣文宣先师"；十四年（一六五七）改称"至圣先师"。鲁迅一出生，就在这既定的制度、氛围中生活。

鲁迅为什么"绝望于孔夫子和他的之徒"？

是事实与常理。首先是事实，是根据事实。这比较简单，事实是简单的。事实只能承认与不承认，不能以自己的好恶而抹杀。自然，事实可以被隐瞒，被篡改，但隐瞒和篡改只能取得一时的效果，最终大多数都会被揭露。事实是一切思想、学说、主义赖以成立，赖以传播的根基。思想、学说、主义的"正确"程度，是和是否符合事实的程度成正比的。符合事实的思想、学说、主义不胫而走；不符合事实的思想、学说、主义可以"以力服人"，蒙蔽人心于一时一地，而不能一手遮天，永远蒙蔽民众。人们信服、信奉一种思想、学说、主义，大多是根据自己的生活经验，即自己看到与体认的事实，自己生存的利益，而不完全是阅读典籍所致。伟大如鲁迅也不例外。鲁迅五十而信奉马克思主义，信奉它的根本理论，但他说："即如我自己，何尝懂什么经济学或看了什么宣传文字，《资本论》不但未尝寓目，连手碰也没有过。然而启示我的是事实，而且并非外国的事实，倒是中国的事实，中国的非'匪区'的事实，这有什么法子呢？"（《一九三三年十一月十五日致姚克》）阅读阐明那思想、学说、主义的典籍是次要的。阅读和熟悉典籍的是学者，是少数。而他们中的人，有的正以为熟悉，乃至精通某种思想、学说、主义，反倒不信奉它，修正它，甚至背离它。事实是，熟悉典籍乃至精通典籍的学者，对于同一种思想、学说、主义的解读也是并不完全相同的，甚至同源而异流。不仅古代，不仅中国，"儒分为八，墨离为三"，古往今来，无中无外都是这样。被民众信奉最悠久、人数最多的宗教，同一个宗教也有不同的教派，也有宗教改革。鲁迅说：

事实是毫无情面的东西，它能将空言打得粉碎。(《安贫乐道法》)

墨写的谎说，决掩不住血写的事实。(《无花的蔷薇之二》)

以过去和现在的铁铸一般的事实来测将来，洞若观火！(《〈守常全集〉题记》)

凡事实，靠发少爷脾气是还是改不过来的。(《止哭文学［附］这叫作愈出愈奇》)

人的确是由事实的启发而获得新的觉醒，并且事情也是因此而变革的。(《〈准风月谈〉后记》)

人们是的确由事实而从新省悟，而事情又由此发生变化的。(《关于中国的两三件事》)

现在有几位批评家很说写实主义可厌了，不厌事实而厌写出，实在是一件万分古怪的事。(《〈幸福〉译者附记》)

但空谈之类，是谈不久，也谈不出什么来的，它终必被事实的镜子照出原形，拖出尾巴而去。(《一九三四年十二月十日致萧军、萧红》)

事实是观察社会和思索问题的根据。发现事实，发现"问题事实"即"事实中的问题"，是第一要务。进而思索改革"问题事实"的方案、办法，实行改革，是人类发展的必须。鲁迅说："由历史所指示，凡有改革，最初，总是觉悟的智识者的任务。但这些智识者，却必须有研究，能思索，有决断，而且有毅力。他也用权，却不是骗人，他利导，却并非迎合。他不看轻自己，以为是大家的戏子，也不看轻别人，当作自己的

喽罗。他只是大众中的一个人，我想，这才可以做大众的事业。"(《门外文谈》)

然而，事实本身并不蕴含着必然的唯一的价值。人生的复杂，人类社会的复杂就在这里。同样一个事实，人们可以或可能作出不同的价值判断，乃至完全相反的价值判断。生与死，人生最大的两件事。可是"生"，未必就好；不是有"生不如死"的吗？不是有非病态的自杀的吗？死，哀莫大于死；可死有时也是一种解脱。太史公司马迁《报任安书》有言："人固有一死，死或重如泰山，或轻如鸿毛，用之所趋异也。"所以与事实同时，还有一个判断标准问题。鲁迅对事实的判断标准，是常理。所谓常理，即依据人情之常的常识性道理。这"人情之常"是人性的常数，多数人的公约数。

鲁迅"绝望于孔夫子和他的之徒"，都出于事实与常理。

第一，"孔夫子和他的之徒"是志在担当"君师"、"帝师"，治国平天下的。因此首先要考察他们对于国家的治理。结果怎样？鲁迅认为两千多年来，孔子和他的之徒并没有治理好国家。孔子生前周游列国，推销他的政见和治国理念，并不得志。孔子自己是非常自信，自信到自夸的程度，和他的文质彬彬、谦谦君子的形象大相径庭。他——

> 苟有用我者，期月而已可也，三年有成。(《论语·子路》)
> 夫召我者，而岂徒哉？如有用我者，吾其为东周乎！(《论语·阳货》)

事实怎样呢？鲁迅说："孔夫子的做定了'摩登圣人'是

死了以后的事，活着的时候却是颇吃苦头的。跑来跑去，虽然曾经贵为鲁国的警视总监，而又立刻下野，失业了；并且为权臣所轻蔑，为野人所嘲弄，甚至于为暴民所包围，饿扁了肚子。弟子虽然收了三千名，中用的却只有七十二，然而真可以相信的又只有一个人。有一天，孔夫子愤慨道：'道不行，乘桴浮于海，从我者，其由与？'从这消极的打算上，就可以窥见那消息。"（《在现代中国的孔夫子》）鲁迅说的是不是事实呢？完全是事实。据李零教授梳理，孔子五十一岁至六十八岁断断续续做官。"前500年，孔子出任鲁司空，继任大司寇，夹谷之会，相鲁定公。前498年，子路为季桓子宰。孔子堕三都，先堕郈，次堕费，堕成不克。公山弗扰攻鲁定公，被孔子打败，奔齐奔吴。子羔任费、郈宰。孔子以大司寇摄行相事，诛少正卯（《荀子·宥坐》、《孔子世家》）。后，孔子失意于鲁定公，决定出国，到外国找工作。""前495年—前493年，孔子见卫灵公，出仕于卫。前494年，鲁哀公即位。前493年，卫灵公卒，孔子去卫。""前491年—前489年，孔子仕陈湣公。""前488年—前485年，孔子仕卫出公。"（《丧家狗——我读〈论语〉》，第10页）孔子在一国做官达到三年的，不止一国，仕鲁定公且曾代理宰相，"东周"在哪里？就是其他，"期月"的都是，政绩不见于史籍。在孔子生活的那样一个乱世，要孔子作出重大政绩，是苛求。但是孔子既然自己自视那么高，结果于自己所说不符，多少可以议论几句吧？

　　孔子身后，"他的之徒"逐渐得势，而且越来越得势，宋明以后，更是完全以儒家经典教化读书人，完全以儒家经典录取国家公务员，政绩怎样呢？鲁迅说：

　　老调子将中国唱完，完了好几次，而它却仍然可以唱下去。因此就发生一点小议论。有人说："可见中国的老调子实在好，正不妨唱下去。试看元朝的蒙古人，清朝的满洲人，不是都被我们同化了么？照此看来，则将来无论何国，中国都会这样地将他们同化的。"原来我们中国就和生着传染病的病人一般，自己生了病，还会将病传到别人身上去，这倒是一种特别的本领。

　　殊不知这种意见，在现在是非常错误的。我们为甚么能够同化蒙古人和满洲人呢？是因为他们的文化比我们的低得多。倘使别人的文化和我们的相敌或更进步，那结果便要大不相同了。他们倘比我们更聪明，这时候，我们不但不能同化他们，反要被他们利用了我们的腐败文化，来治理我们这腐败民族。他们对于中国人，是毫不爱惜的，当然任凭你腐败下去。现在听说又很有别国人在尊重中国的旧文化了，那里是真在尊重呢，不过是利用！（《老调子已经唱完》）

　　第一，它用儒家经典整合读书人的思想。第二，它同时禁锢读书人的思想方式，使读书人的思想不能越出儒家经典的范围，陈陈相因，代代相传。一个毫无生气、毫无创造的思想王国，怎能使国家兴旺、发展呢！

　　汉朝以后，儒家逐渐得到尊崇，得到皇帝的重用。宋朝以后，科举都用经义，即儒家经典，明清两朝更以"四书"、"五经"的文句为题，考试八股文，即鲁迅所说的"老调子"。本来，我国的传统文化，是非常丰富的，内容也复杂，春秋战国就是"百家争鸣"。然而，孔子和他的之徒即儒家，汉朝以后，成为"正统"，是"主流"。鲁迅回忆："我出世的时候是清朝的末年，孔夫子已经有了'大成至圣文宣王'这一个阔得可怕的头衔，不消说，正是圣道支配了全国的时代。政府对于读书的人们，使读一定的书，即四书和五经；使遵守一定的注释；使写一定的文章，即所谓'八股文'；并且使发一定的议论。然而这些千篇一律的儒者们，倘是四方的大地，那是很知道的，但一到圆形的地球，却什么也不知道，于是和四书上并无记载的法兰西和英吉利打仗而失败了。不知道为了觉得与其拜着孔夫子而死，倒不如保存自己们之为得计呢，还是为了什么，总而言之，这回是拼命尊孔的政府和官僚先就动摇起来，用官帑大翻起洋鬼子的书籍来了。属于科学上的古典之作的，则有侯失勒的《谈天》，雷侠儿的《地学浅释》，代那的《金石识别》，到现在也还作为那时的遗物，间或躺在旧书铺子里。然而一定有反动。清末之所谓儒者的结晶，也是代表的大学士徐桐氏出现了。他不但连算学也斥为洋鬼子的学问；他虽然承认世界上有法兰西和英吉利这些国度，但西班牙和葡萄牙的存在，是决不相信的，他主张这是法国和英国常常来讨利益，连自己也不好意思了，所以随便胡诌出来的国名。他又是一九〇〇年的有名的义和团的幕后的发动者，也是指挥者。但是义和团完全失败，徐桐氏也自杀了。政府就又以为外国的政治法律和学问技术颇有可取之处了。我的渴望到日本去留学，也就在那时候。"（《在现代中国的孔夫子》）

对于这样的事实，会有人提出异议的，会有人持反对意见的。这里就有一个"人情之常"的"常识性"道理。关键在鲁迅上文所指出的:"一般以自己为中心的人们,却决不肯以民众为主体,而专图自己的便利。"从个人看,哪朝哪代没有达官贵人呢?没有富可敌国的亿万富翁呢?没有帮闲帮忙帮凶呢?这一班上等人,从国家得到权力、财富,他们自然总是赞美派。不过,这种以"自己为中心的人们"是少数,在任何朝代、任何社会都是少数。他们是被"私利"扭曲了人性的少数。他们的"人情"和老百姓并不完全相同;他们不是人情之"常",是"人情"中的"变异",是"人性"中的缺陷。鲁迅认为,这种对于"威福,子女,玉帛"的占有,"便只是纯粹兽性方面的欲望的满足"(《随感录·五十九 "圣武"》)。

第二,是所谓"王道"。孔子是讲"为政以德,譬如北辰,居其所而众星共之"(《论语·为政》)。孟子讲"行仁政而王,莫之能御也。且王者之不作,未有疏于此时者也;民之憔悴于虐政,未有甚于此时者也。饥者易为食,渴者易为饮。孔子曰:'德之流行,速于置邮而传命。'当今之时,万乘之国行仁政,民之悦之,犹解倒悬也。故事半古之人,功必倍之,惟此时为然"(《孟子·公孙丑上》)。这也就是对于"王道"的崇奉。是《尚书·洪范》说的:"无偏无党,王道荡荡;无党无偏,王道平平;无反无侧,王道正直。会其有极,归其有极。曰:皇,极之敷言,是彝是训,于帝其训,凡厥庶民,极之敷言,是训是行,以近天子之光。曰:天子作民父母,以为天下王。"

可是,自孔子以降,两千多年,在中国的大地上,"王道"实现了吗?一种治国的思想、学说、主义,如果在两千多年的漫长时间中,都不能成为事实,总是可以,也应该质疑的吧?

如果说"孔夫子和他的之徒"做不到的，今天新一代孔子之徒可以做到，可以在中国的大地上建立"儒家社会主义共和国"，不亦自不量力吗？

鲁迅正是依据事实，揭示"王道"的特质。如下：

> 用武力拳头去对付，就是所谓"霸道"。然而"以力服人者，非心服也"，所以文明人就得用"王道"，以取得"信任"："民无信不立"。
>
> 但是，有了"信任"以后，野兽可要变把戏了——
>
> "教练者在取得它们的信任以后，然后可以从事教练它们了：第一步，可以使它们认清坐的，站的位置；再可以使它们跳浜，站起来……"
>
> 训兽之法，通于牧民，所以我们的古之人，也称治民的大人物曰"牧"。然而所"牧"者，牛羊也，比野兽怯弱，因此也就无须乎专靠"信任"，不妨兼用着拳头，这就是冠冕堂皇的"威信"。
>
> 由"威信"治成的动物，"跳浜，站起来"是不够的，结果非贡献毛角血肉不可，至少是天天挤出奶汁来，——如牛奶，羊奶之流。
>
> 然而这是古法，我不觉得也可以包括现代。（《野兽训练法》）
>
> 在中国，其实是彻底的未曾有过王道，"有历史癖和考据癖"的胡博士，该是不至于不知道的。
>
> …………
>
> 在中国的王道，看去虽然好像是和霸道对立的东西，

其实却是兄弟,这之前和之后,一定要有霸道跑来的。人民之所讴歌,就为了希望霸道的减轻,或者不更加重的缘故。

…………

儒士和方士,是中国特产的名物。方士的最高理想是仙道,儒士的便是王道。但可惜的是这两件在中国终于都没有。据长久的历史上的事实所证明,则倘说先前曾有真的王道者,是妄言,说现在还有者,是新药。孟子生于周季,所以以谈霸道为羞,倘使生于今日,则跟着人类的智识范围的展开,怕要羞谈王道的罢。(《关于中国的两三件事》)

但我们中国,识字的却大概只占全人口的十分之二,能作文的当然还要少。这还能说文字和我们大家有关系么?

也许有人要说,这十分之二的特别国民,是怀抱着中国文化,代表着中国大众的。我觉得这话并不对。这样的少数,并不足以代表中国人。正如中国人中,有吃燕窝鱼翅的人,有卖红丸的人,有拿回扣的人,但不能因此就说一切中国人,都在吃燕窝鱼翅,卖红丸,拿回扣一样。要不然,一个郑孝胥,真可以把全副"王道"挑到满洲去。(《中国语文的新生》)

东北文风,确在非常恭顺而且献媚,听说报上论文,十之九是以"王道政治"作结的。又曾见官厅给编辑的通知,谓凡有挑剔贫富,说述斗争的文章,皆与"王道"不合,此后无须送检云云,不过官气倒不及我们这里的霸道政治之十足。但有一件事,好像我们这里的智识者们确是明白起来了，这是可以乐观的。对于什么言论自由的通电，不是除胡适之外，没有人来附和或补充么？这真真好极妙极。(《一九三四年十二月十六日致杨霁云》)

以上，鲁迅对于"王道"的批评意见，是明确的。他对于"王道"的否定，毫无疑义。这里有两点需要解释。一是在《中国语文的新生》和《一九三四年十二月十六日致杨霁云》中两次提到"王道"和"王道政治"，那是清"废帝"溥仪在日本帝国主义扶持下，背叛祖国，在日本侵略军占领的我东北地区建立了所谓"满洲国"的时候。在外国侵略势力卵翼下，居然也要实行所谓"王道"，这"王道"是什么东西，不言而喻了吧？二是对于中国文字的意见，这里又涉及"常理"了。自然，鲁迅是极而言之；文字的有无，是客观存在的，只是这文字是否为一国的大多数民众所认识、所掌握，是一个极重要的问题。对于"文盲"来说，文字的有也等于无，也是一种别样的事实吧？

第三，关于道德。孔子特别讲究道德。他认为，"生而知之者上也"(《论语·季氏》)，却不认为自己是"生而知之"的人(《论语·述而》)；但，他自许是"天生德于予"(《论语·述而》)的人。他主张"为政以德"(《论语·为政》)。他认为，"道之以政，齐之以刑，民免而无耻。道之以德，齐之以礼，有耻且格"(《论语·为政》)。强调道民以德的自律作用。"德行：颜渊、闵子骞、冉伯牛、仲弓。言语：宰我、子贡。政事：冉有、季路。文学：子游、子夏。"(《论语·先进》)《论语》学者认为，这表明孔子的教育分为这样的四科，而"德行"居首。他一再慨叹:"知德者鲜矣。"(《论语·卫灵公》)"中庸之为德也,其至矣乎!民鲜久矣。"(《论语·雍也》)更惋惜:"已矣乎!吾未见好德如好色者也。"(《论语·卫灵公》)振兴道德,无疑是善行,是人性的美好理想。

是的,人类生命的个体性、生存的群居性,在人与人之间必须有一种行为规范,保证生存的可能,而不至于两败俱伤,同归于尽。这种行为规范,就是"道德"。然而,人类的大不幸,在于自诞生而至于今天,数百万年间,人类构成的每一个群体:男女、家庭、家族、种族、部族、民族、农、商、工、兵、学、宗教、团体、国家等等,无一不是分裂的。群体与群体的分裂,群体内部的分裂。分裂的人群各个保有自己的"道德"。占支配地位的群体的"道德",根本特质是对被支配地位群体的压制、驯服。而不同人群在道德上的公约数、共识,却很少。统一的、理想的道德,无论它的内涵还是外延,都只存在于道德学者的头脑里、书本上。孔子的伟大,是他看到了道德的这种分裂,并强调支配者的道德,以为倡导支配者道德可以主导社会。他指出:"君子怀德,小人怀土;君子怀刑,小人怀惠。"(《论语·里仁》)"君子之德风,小人之德草,草上之风,必偃。"(《论语·颜渊》)可惜,这种理想也许是可贵的,但"道德"的这种分裂,使"道德"陷入一种极其艰难的困境。而且支配者所倡导的"道德"本质上陷入言行不一的深渊。因为这种"道德",假借美名而图支配者的私利,是一种掩盖支配者贪婪地攫取权势、财富和女性的工具,是支配者掩盖人性中兽性残留的言辞。《老子·三十八章》所言"上德不德,是以有德;下德不失德,是以无德。上德无为而无以为，下德无为而有以为。上仁为之而无以为，上义为之而有以为。上礼为之而莫之应，则攘臂而仍之。故失道而后德，失德而后仁，失仁而后义，失义而后礼。夫礼者，忠信之薄，而乱之首。前识者，道之华，而愚之始。是以大丈夫处其厚不处其薄，居其实不居其华。故去彼取此"，深刻地揭示了"道德"的分裂及其特质。鲁迅指出："因为压迫者指为被压迫者的不德之一的这虚伪，对于同类，是恶，而对于压迫者，却是道德的。"（《陀思妥夫斯基的事》）这是铁铸一样的事实。在一个分裂的社会，倡导"统一的"道德，是空谈，是自欺而且欺人的"道德论"。

然而，人类毕竟已经脱离动物，人性中尽管无法完全淘汰动物性，毕竟在进化的漫长历程中，不断地人性化。支配者的"道德"不断经受冲击、批评、汰洗。鲁迅曾经称赞柔石，说："无论从旧道德，从新道德，只要是损己利人的，他就挑选上，自己背起来。"（《为了忘却的记念》）一种不但不"损人利己"，而且"损己利人"的"理想的人性"、理想的"道德"，在杰出的人物身上滋长着。鲁迅通达地告诉他的青年朋友说："现在做人，似乎只能随时随手做点有益于人之事，倘其不能，就做些利己而不损人之事，又不能，则做些损人利己之事。只有损人而不利己的事，我是反对的，如强盗之放火是也。"（《一九三三年六月十八日致曹聚仁》）

鲁迅并不否定道德及其功用。鲁迅有他的对于道德的理想。他认为："道德这事，必须普遍，人人应做，人人能行，又于自他两利，才有存在的价值。"（《我之节烈观》）"自他两利"是鲁迅对于"道德"，对于"理想的人性"的理想。

可惜的是，孔子的道德是支配者的道德，是"君子之德"，是"君君臣臣，父父子子"的"道德"。不仅不能"自他两利"，而且是只强迫着被支配者遵行的"道德"。尤其可惜的是，"孔夫子和他的之徒"，自己并不能用自己的"道德"自律，不能用自己的"道德"来"修身"，这是鲁迅所绝望的。鲁迅愤慨地指摘道："尊孔，崇儒，专经，复古，由来已经很久了。皇帝和大臣们，向来总要取其一端，或者'以孝治天下'，或者'以忠诏天下'，而且又'以贞节励天下'。但是，二十四史不现在么？其中有多少孝子，忠臣，节妇和烈女？自然，或者是多到历史上装不下去了；那么，去翻专夸本地人物的府县志书去。我可以说，可惜男的孝子和忠臣也不多的，只有节烈的妇女的名册却大抵有一大卷以至几卷。孔子之徒的经，真不知读到那里去了；倒是不识字的妇女们能实践。"（《十四年的"读经"》）"孝"子、"忠"臣、"节"妇、"烈"女，"瞰亡往拜"、"出疆载质"，都属于道德的范畴，都是"孔夫子和他的之徒"提倡的；或有言，或有行。当晚清列强以坚船利炮疯狂入侵的时候，孔子之徒不得不承认西方的"物质文明"，但却以"道德天下第一"自负与自许，实际上怎样呢？

我们永远以"道德天下第一"自负，实际情形之令人痛心，已经令人无地自容了。坑蒙拐骗，假冒伪劣，古今中外都有，可有我们这么厉害的？

第四，关于"奴隶"。鲁迅有一个经常被引述的论点，也曾经遭到严厉的批判，是：

我们极容易变成奴隶，而且变了之后，还万分喜欢。

…………

但实际上，中国人向来就没有争到过"人"的价格，至多不过是奴隶，到现在还如此，然而下于奴隶的时候，却是数见不鲜的。……

…………

任凭你爱排场的学者们怎样铺张，修史时候设些什么"汉族发祥时代""汉族发达时代""汉族中兴时代"的好题目，好意诚然是可感的，但措辞太绕湾子了。有更其直捷了当的说法在这里——

一，想做奴隶而不得的时代；

二，暂时做稳了奴隶的时代。

这一种循环，也就是"先儒"之所谓"一治一乱"；那些作乱人物，从后日的"臣民"看来，是给"主人"清道辟路的，所以说："为圣天子驱除云尔。"(《灯下漫笔》)

在这篇文章的结尾，鲁迅提出："而创造这中国历史上未曾有过的第三样时代，则是现在的青年的使命！"这是多么恳切的希望。这希望，也就是鲁迅青年时期提出的"外之既不后于世界之思潮，内之仍弗失固有之血脉，取今复古，别立新宗，人生意义，致之深邃，则国人之自觉至，个性张，沙聚之邦，由是转为人国。人国既建，乃始雄厉无前，屹然独见于天下，更何有于肤浅凡庸之事物哉？"(《文化偏至论》)"人国"也就是鲁迅青年时期提出的"理想的人性"之国。

我不知道现在的历史学家如果看到鲁迅的这一论断，是怎样的意见。在"文革"前和"文革"中的那段历史时期，鲁迅的这一论断，属于他的所谓"前期"的思想、"前期"的世界观、"不懂辩证法"的世界观，是资产阶级的，是根本错误的。鲁迅的这一论断也是错误的，因为没有"阶级观点"，没有作"阶级分析"。 是的，我知道，历史学家是有主张中国也有过"奴隶时代"，有过"奴隶"被解放而进入"封建时代"，民众是主要农民。 不过，我一直想，奴隶主和地主和资本家不都是压迫"阶级"吗？ 奴隶、农民、工人，不都是被压迫的吗？ 我们今天的《国歌》，歌词的第一句，不就是"起来，不愿做奴隶的人们"吗？《国际歌》的歌词，第一句不就是"起来，饥寒交迫的奴隶"吗？ 从中国人的社会地位来观察中国的历史，难道不是这样的吗？ 鲁迅有什么错误呢？

当下，一个巨大的文化工程，是夏商周断代史的研究。 姑不论这个工程的是是非非，说中国的历史从夏开始，大概是可以的了吧？ 那么，从夏到鲁迅生活的晚清和民国的漫长历史时期，民众的社会地位有根本的改变吗？

不拘泥于"理论"，不拘泥于"学术"，就事论事，考察中国漫长历史中的民众，即老百姓的生存状况、温饱如何，人身自由与自主的保障，鲁迅的判断是完全正确的。

老子说："天地不仁，以万物为刍狗；圣人不仁，以百姓为刍狗。"（《老子·五章》）孔子说："岂若匹夫匹妇之为谅也，自经于沟渎而莫之知也。"（《论语·宪问》）孟子说："庖有肥肉，厩有肥马，民有饥色，野有饿莩，此率兽而食人也。 兽相食，且人恶之；为民父母，行政，不免于率兽而食人，恶在其为民父母也？ 仲尼曰：'始作俑者，其无后乎！'为其象人而用之也。 如之何其使斯民饥而死也？"（《孟子·梁惠王上》）屈原沉吟道："长太息以掩涕兮，哀民生之多艰。"(《离骚》)杜甫浩叹："朱门酒肉臭，路有冻死骨。""安得广厦千万间，大庇天下寒士俱欢颜，风雨不动安如山。呜呼何时眼前突兀见此屋，吾庐独破受冻死亦足。"鲁迅在《英译本〈短篇小说选集〉自序》说："中国的诗歌中，有时也说些下层社会的苦痛。但绘画和小说却相反，大抵将他们写得十分幸福，说是'不识不知，顺帝之则'，平和得像花鸟一样。是的，中国的劳苦大众，从知识阶级看来，是和花鸟为一类的。我生长于都市的大家庭里，从小就受着古书和师傅的教训，所以也看得劳苦大众和花鸟一样。有时感到所谓上流社会的虚伪和腐败时，我还羡慕他们的安乐。但我母亲的母家是农村，使我能够间或和许多农民相亲近，逐渐知道他们是毕生受着压迫，很多苦痛，和花鸟并不一样了。"中国眼睛向下、关怀民瘼的作者有多少这类千古名句啊。难道不是事实，不是历史真相？

　　不仅仅是生存和温饱这样不像人样，还有社会地位的卑贱，人身完全依附于主子。这是孔子的巨大教化："君君臣臣，父父子子"；后来又增加"夫夫妇妇"。陈独秀在《一九一六年》中批评说："儒者三纲之说，为一切道德政治之大原：君为臣纲，则民于君为附属品，而无独立自主之人格矣；父为子纲，则子于父为附属品，而无独立自主之人格矣；夫为妻纲，则妻于夫为附属品，而无独立自主之人格矣。率天下之男女，为臣，为子，为妻，而不见有一独立自主之人者，三纲之说为之也。缘此而生金科玉律之道德名词，——曰忠，曰孝，曰节，——皆非推己及人之主人道德，而为以己属人之奴隶道德也。人间百行，皆以自我为中心，此而丧失，他何足言？奴隶道德者，即丧失此中心，一切操行，悉非义由己起，附属他人以为功过者也。　自负为一九一六年之男女青年，其各奋斗以脱离此附属品之地位，以恢复独立自主之人格！"（《新青年》一九一六年一月号）新文化、新文学批评儒家正统思想，集中在这种人身依附的奴隶道德。　今天的学者、教授，如果走出研究室、教室，眼光离开典籍、书本，看看社会现实，儒家正统思想的命根子"亲亲，尊尊，长长，男女有别"，何曾"断裂"？陈独秀的上述批判，不符合儒家"三纲"之说的事实吗？"三纲"的根本诉求不是一种人身依附的奴隶道德吗？新文化—新文学先驱者，陈独秀、胡适、鲁迅、周作人，对于儒家正统思想的批判，是"激进的"、"极左的"吗？儒家正统思想固然属于传统；但是，一个历史悠久的民族，她的传统是多元的、多样的，其中有正统，有主流，同时有异端，有支流，既丰富，又复杂，并且是错综复杂。　所谓"彻底"否定传统是个伪命题，所谓"全盘"否定传统也是一个伪命题。　新文化—新文学的先驱者，在倡导与创造新文化—新文学的时候，哪一位没有对于传统文化—传统文学的研究并取得了开创性的成果？

　　第五，关于人生志向。　鲁迅认为，"不错，孔夫子曾经计划过出色的治国的方法，但那都是为了治民众者，即权势者设想的方法，为民众本身的，却一点也没有"（《在现代中国的孔夫子》）。　这是不是事实呢？完全是事实。　鲁迅中肯地深刻地揭示了孔子为政思想的根本特质。　这固然可以长篇大论，详细分析。　但我以为，下面的一次对话，已经使这一问题洞若观火了：齐景公问政于孔子。　孔子道："君君、臣臣、父父、子子。"齐景公说："善哉！信如君不君、臣不臣、父不父、子不子，虽有粟，吾得而食诸？"（《论语·颜渊》）多么心心相印啊！

总之，鲁迅的"绝望于孔夫子和他的之徒"，是出于事实，出于对儒家正统思想主导中国并不成功的事实，是出于是否有利于、有益于民众生存、温饱和发展的常理。鲁迅也曾称赞孔子的伟大。但，即使一个伟大的人物和他的思想，如果在几千年的长时间中，都未能治理好国家，能不令人对其绝望吗？

鲁迅为什么反对"中庸"

一部《论语》，只记录了孔子关于"中庸"的一句话："子曰：'中庸之为德也，其至矣乎！民鲜久矣。'"(《论语·雍也》)而孔子的孙子伋，即子思，扩展为一篇长文，题《中庸》，收入《礼记》中。朱熹又将之与《礼记》中的《大学》提出来，和《论语》、《孟子》并称"四书"，作《四书章句集注》。终元、明、清三朝，作为士子科举的必读书。影响之大，在传统典籍中，无与伦比。

《中庸》全文四千余字。直接阐述"中庸"的话如下：

> 喜怒哀乐之未发，谓之中；发而皆中节，谓之和；中也者，天下之大本也；和也者，天下之达道也。致中和，天地位焉，万物育焉。
>
> 仲尼曰："君子中庸，小人反中庸，君子之中庸也，君子而时中；小人之中庸也，小人而无忌惮也。"
>
> 子曰："中庸其至矣乎！民鲜能久矣！"
>
> ⋯⋯⋯⋯⋯
>
> 子曰："舜其大知也与！舜好问而好察迩言，隐恶而扬善，执其两端，用其中于民，其斯以为舜乎！"
>
> 子曰："人皆曰予知，驱而纳诸罟擭陷阱之中，而莫之知辟也。人皆曰予知，择乎中庸，而不能期月守也。"

子曰："回之为人也，择乎中庸，得一善，则拳拳服膺弗失之矣。"

子曰："天下国家可均也，爵禄可辞也，白刃可蹈也，中庸不可能也。"

子路问强。子曰："南方之强与？北方之强与？抑而强与？宽柔以教，不报无道，南方之强也，君子居之。衽金革，死而不厌，北方之强也，而强者居之。故君子和而不流，强哉矫！中立而不倚，强哉矫！国有道，不变塞焉，强哉矫！国无道，至死不变，强哉矫！"

子曰："素隐行怪，后世有述焉，吾弗为之矣。君子遵道而行，半涂而废，吾弗能已矣。君子依乎中庸，遁世不见知而不悔，唯圣者能之。"

…………

大哉！圣人之道洋洋乎！发育万物，峻极于天。优优大哉！礼仪三百，威仪三千。待其人然后行。故曰：苟不至德，至道不凝焉。故君子尊德性而道问学，致广大而尽精微，极高明而道中庸。温故而知新，敦厚以崇礼。是故居上不骄，为下不倍；国有道，其言足以兴；国无道，其默足以容。《诗》曰："既明且哲，以保其身。"其此之谓与！

然而，"中庸"是什么意思，怎样定义？《论语》还曾引用"尧曰"："咨！尔舜！天之历数在尔躬，允执其中。四海困穷，天禄永终。""舜亦以命禹。"这尧曰"允执其中"，既是孔子"祖述尧舜"的思想资源，也是中庸的本义。孔子说过：

"子曰：'吾有知乎哉？无知也。有鄙夫问于我，空空如也。我叩其两端而竭焉。'"（《论语·子罕》）物有"两端"，是物之本性。有两端必然有"中"，是理之必然。然而，两端是刚性的，"中"固然理论上也是刚性的，特别在物理学是这样。但在物理学以外的各个学科，特别是人文学科、社会情状、思想方面，"中"在实际上是难以确定的。鲁迅提出过一个问题，说："人体有胖和瘦，在理论上，是该能有不胖不瘦的第三种人的，然而事实上却并没有，一加比较，非近于胖，就近于瘦。"（《又论"第三种人"》）是不是这样呢？孔子感慨："不得中行而与之，必也狂狷乎。狂者进取，狷者有所不为也。"（《论语·子路》）这是人文社会科学的难处和困境。

那么，"中庸"今人是怎样定义的呢？

"允执其中"，杨伯峻译为"诚实地保持着那正确吧！"（《论语译注》，第207页）钱穆译为"好好掌握着那中道！"北京大学哲学系一九七〇级工农兵学员译为"你要真正做到恰到好处"（《论语批注》，第442页）。李泽厚译为"要好好把握那中庸之道"。"正确"和"恰到好处"，没有回答"什么是正确"，"什么是恰到好处"。答了等于没答。"中道"和"中庸之道"等于没有翻译。

古人是怎样理解呢？

《礼记正义》之"中庸第三十一"："陆曰：'郑云："以其记中和之为用也。庸，用也。"'"在"君子中庸，小人反中庸"条下注："庸，常也。用中为常道也。"（见《十三经注疏》，第1625页）

《论语注疏》在"中庸之为德也"句下，注："庸，常也。

中和可常行之德";疏:"中谓中和;庸常也。"(见《十三经注疏》,第 2479 页)

《论语正义》在"中庸之为德也"句下:"正义曰:《说文》:'庸,用也。凡事所可常用。'故庸又为常。……故赞舜之大智曰:'执其两端,用其中于民。'用中即中庸之义是也。"〔见《诸子集成》(一),第 132 页〕

《四书章句集注》:"中者,无过无不及之名也。庸,平常也。至,极也。鲜,少也。言民少此德,今已久矣。程子曰:'不偏之谓中,不易之谓庸。中者天下之正道,庸者天下之定理。自世教衰,民不兴于行,少有此德久矣。'"在《中庸章句》中,只是重复以上的注释。详细的梳理,可见《论语集释》(二),第 425—426 页。

要而言之,解读虽有差异,但我以为"用中即中庸之义"是对于"中庸"简洁明了的定义。

鲁迅不仅依据经典释义把握着"中庸"的内涵,而且更进一步把握着"中庸"的外延,诸如"折中,公允,调和,平正"等等与"中"偏离的观念,更深入地把握着"中庸"的思维定式。鲁迅指出:"凡是做文章,总说'有利然而又有弊',这最足以代表知识阶级的思想。其实无论什么都是有弊的,就是吃饭也是有弊的,它能滋养我们这方面是有利的;但是一方面使我们消化器官疲乏,那就不好而有弊了。假使做事要面面顾到,那就什么事都不能做了。"(《关于知识阶级》)鲁迅更多次生动描述着这类例证,如:

　　他一面想,这既无闭关自守之操切,也没有开放门户

之不安：是很合于"中庸之道"的。(《幸福的家庭》)

不，不！不忙，不忙！兄弟以为振兴女学是顺应世界的潮流，但一不得当，即易流于偏，所以天曹不喜，也许不过是防微杜渐的意思。只要办理得人，不偏不倚，合乎中庸，一以国粹为归宿，那是决无流弊的。础翁，你想，可对？这是蕊珠仙子也以为"不无可采"的话。哈哈哈哈！(《高老夫子》)

中庸太太提起笔来，取精神文明精髓，作明哲保身大吉大利格言二句云：

中学为体西学用，

不薄今人爱古人。(《论辩的魂灵》)

这是我们汉人的"中庸"思维的典型定式。无论什么事，也无论您持什么立场、什么态度，都似乎面面俱到，这一面，那一面，进一步，退一步，"讲大局"，"讲政治"，即使判案，也是两造各打五十大板，这样的思维，这样思维主导下的行动，结果如何呢？鲁迅是一个注重事实、注重效果的人，他总是从事实、从效果来判断思想，决不沉迷于书本。举几个例证："且社会民主之倾向，势亦大张，凡个人者，即社会之一分子，夷隆实陷，是为指归，使天下人人归于一致，社会之内，荡无高卑。此其为理想诚美矣，顾于个人殊特之性，视之蔑如，既不加之别分，且欲致之灭绝。更举黮暗，则流弊所至，将使文化之纯粹者，精神益趋于固陋，颓波日逝，纤屑靡存焉。"(《文化偏至论》)又："老子书五千语，要在不撄人心；以不撄人心故，则必先自致槁木之心，立无为之治；以无为之为化社会，而世即于太平。其术善也。然奈何星气既凝，人类既出而后，无时无物，不禀杀机，进化或可停，而生物不能返本。使拂逆其前征，势即入于苓落，世界之内，实例至多，一览古国，悉其信证。"（《摩罗诗力说》）还有："至于近世，则知别有天识在人，虎狼之行，非其首事，而此风为稍杀。特在下士，未能脱也，识者有忧之，于是恶兵如蛇蝎，而大呼平和于人间，其声亦震心曲，豫言者托尔斯泰其一也。其言谓人生之至可贵者，莫如自食力而生活，侵掠攻夺，足为大禁，下民无不乐平和，而在上者乃爱喋血，驱之出战，丧人民元，于是家室不完，无庇者遍全国，民失其所，政家之罪也。何以药之？莫如不奉命。令出征而士不集，仍秉末耜而耕，熙熙也；令捕治而吏不集，亦仍秉末耜而耕，熙熙也，独夫孤立于上，而臣仆不听命于下，则天下治矣。然平议以为非是，载使全俄朝如是，敌军则可以夕至，民朝弃戈矛于足次，迨夕则失其土田，流离散亡，烈于前此。故其所言，为理想诚善，而见诸事实，乃佛戾初志远矣。"（《破恶声论》）鲁迅的注重事实，注重效果，使他的思想决不囿于书斋和书本。鲁迅评孔融是一个值得深思的例证："又比方曹操要禁酒，说酒可以亡国，非禁不可，孔融又反对他，说也有以女人亡国的，何以不禁婚姻？其实曹操也是喝酒的。我们看他的'何以解忧？惟有杜康'的诗句，就可以知道。为什么他的行为会和议论矛盾呢？此无他，因曹操是个办事人，所以不得不这样做；孔融是旁观的人，所以容易说些自由话。"（《魏晋风度及文章与药及酒之关系》）

概括起来，鲁迅之所以反对中庸，决定的因素是：

第一，鲁迅生活的历史时代和鲁迅选择的社会立场。

　　鲁迅生活的历史时代是广大民众处于奴隶地位的时代，被压迫、被剥削的时代。无论在鲁迅诞生及其成年后到步入中年的时期，即晚清，还是辛亥革命以后，鲁迅自觉自己一介奴隶。他在《忽然想到·一至四》中说："我觉得仿佛久没有所谓中华民国。我觉得革命以前，我是做奴隶；革命以后不多久，就受了奴隶的骗，变成他们的奴隶了。"这是一九二五年，鲁迅已经四十五岁，教育部金事、大学讲师，名在教授、学者之列，社会地位并不低下，这种自觉是政治性的、人性的。鲁迅的这种自觉，不是个人性的，他胸怀广大民众，他自己和民众融为一体。

　　仅仅有这种感觉、自觉，立场并不一律。可以选择忍受乃至苟活，也可以选择"反抗挑战"。而鲁迅，自成年以后，接受生物进化论，即高度警惕优胜劣败、适者生存的自然法则，对被压迫、被剥削的弱者的淘汰，发愤图强。他有过一段精辟的论议："一个活人，当然是总想活下去的，就是真正老牌的奴隶，也还在打熬着要活下去。然而自己明知道是奴隶，打熬着，并且不平着，挣扎着，一面'意图'挣脱以至实行挣脱的，即使暂时失败，还是套上了镣铐罢，他却不过是单单的奴隶。如果从奴隶生活中寻出'美'来，赞叹，抚摩，陶醉，那可简直是万劫不复的奴才了，他使自己和别人永远安住于这生活。就因为奴群中有这一点差别，所以使社会有平安和不安的差别，而在文学上，就分明的显现了麻醉的和战斗的的不同。"鲁迅主张斗争，是被迫的，是被压迫者的求生的挣扎与反抗。所以他理直气壮地表白："人被压迫了，为什么不斗争？正人君子者流深怕这一着，于是大骂'偏激'之可恶，以为人人应该相爱，现在被一班坏东西教坏了。他们饱人大约是爱饿人的，但饿人却不爱饱人，黄巢时候，人相食，饿人尚且不爱饿人，这实在无须斗争文学作怪。"

如果不是在书本里、思想中、研究室，而是在实际的斗争中，"偏激"是常常会发生的。鲁迅指出："革命是痛苦，其中也必然混有污秽和血，决不是如诗人所想像的那般有趣，那般完美；革命尤其是现实的事，需要各种卑贱的，麻烦的工作，决不如诗人所想像的那般浪漫；革命当然有破坏，然而更需要建设，破坏是痛快的，但建设却是麻烦的事。"（《对于左翼作家联盟的意见》）而这革命中"必然混有污秽和血"也就成为倡导"中庸"者的反对革命的口实；其实，即使没有这口实，他们也是会拼死反对的，因为有"利益"这根本的动因在。

因此，鲁迅认为，中庸是权势者压制弱势群体的思想工具，利用中庸来指责弱势群体的抗争。他指出："叭儿狗一名哈吧狗，南方却称为西洋狗了，但是，听说倒是中国的特产，在万国赛狗会里常常得到金奖牌，《大不列颠百科全书》的狗照相上，就很有几匹是咱们中国的叭儿狗。这也是一种国光。但是，狗和猫不是仇敌么？它却虽然是狗，又很像猫，折中，公允，调和，平正之状可掬，悠悠然摆出别个无不偏激，惟独自己得了'中庸之道'似的脸来。因此也就为阔人，太监，太太，小姐们所钟爱，种子绵绵不绝。它的事业，只是以伶俐的皮毛获得贵人豢养，或者中外的娘儿们上街的时候，脖子上拴了细链子跟在脚后跟。"（《论"费厄泼赖"应该缓行》）

鲁迅虽然强调被压迫者的斗争，认为一切被压迫者的利益，小到工作职位，大到人道待遇，都是必须经过斗争才能得到的，但是，鲁迅思想的卓越即在于，他有一个根本特质，一个自觉控制斗争程度的理念，即"其实革命是并非教人死而是教人活的"。这使他和别一类人严格区别开来。鲁迅批评他们说："他们，尤其是成仿吾先生，将革命使一般人理解为非常可怕的事，摆着一种极左倾的凶恶的面貌，好似革命一到，一切非革命者就都得死，令人对革命只抱着恐怖。"不幸的是，这样的革命，居然真的到来了，这就是"文化大革命"。那时候红卫兵们有一个叫得震天价响的口号，是："革命的跟我来，不革命的滚蛋！"鲁迅不反对死刑，但却反对"群众专政"。在那场"辱骂和恐吓决不是战斗"的论争中，鲁迅指出："无产者的革命，乃是为了自己的解放和消灭阶级，并非因为要杀人，即使是正面的敌人，倘不死于战场，就有大众的裁判，决不是一个诗人所能提笔判定生死的。"

正因为鲁迅有建立"人国"，和"为了自己的解放和消灭阶级"的理想，鲁迅才不沉迷于暴力。鲁迅告诉自己的学生："战斗不算好事情，我们也不能责成人人都是战士，那么，平和的方法也就可贵了，这就是将来利用了亲权来解放自己的子女。"（《娜拉走后怎样》）

"平和的方法"，不就是"中庸"吗？

问题的关键在于：谁进行战斗？谁实行平和的方法？

自人类诞生以来，迄今为止，无中无外，人类在社会中，都是分裂的，分裂为不同的人群。在男和女，男女组成的家庭、家族乃至民族这种自然的血缘的分裂之外，更有社会性的分工即分裂：地主与农民、工厂主与工人、老板与员工、官民、君臣等等。这种分裂，更由一种文化加以确认。中国的古人，早已作出规范性的等级次序了，即"天有十日，人有十等。下所以事上，上所以共神也。故王臣公，公臣大夫，大夫臣士，士臣皂，皂臣舆，舆臣隶，隶臣僚，僚臣仆，仆臣台"（《左传》昭公七年）。鲁迅在引述这段话后，进一步指出："但是'台'没有臣，不是太苦了么？无须担心的，有比他更卑的妻，更弱的子在。而且其子也很有希望，他日长大，升而为'台'，便又有更卑更弱的妻子，供他驱使了。如此连环，各得其所，有敢非议者，其罪名曰不安分！"（《灯下漫笔》）

在专制制度下，鉴于"不能责成人人都是战士"的真切的人道关怀，鲁迅已经提出"平和的方法"的改革路径。当专制制度被消灭，民主制度建立起来，历史时代已经根本转型，"战斗"的方法可以搁置，"平和的方法"成为调节各种分裂人群的利益的手段，解放了的被压迫者废除"战斗"即"暴力"的历史时代开始了。解放了的被压迫者利用"平和的方法""消灭阶级"，"我们自己想活，也希望别人都活"（《随感录·三十八》）的人道原则逐步得以实现。

"平和的方法"是可以的，"中庸"则太理想化了。在现实的用"平和的方法"调节各个分裂人群的利益中，"平等协商"，也只能"两利相权取其重"，"两害相权取其轻"，在最大的共识、最大的利益上协调罢了。绝对的不偏不倚、公允、平正，话可以这样说，事实是不可能的，也不是必要的。

第二，鲁迅看穿了主张中庸的人，行动上，实际上并不中庸。

孔子倡导中庸，可是，孔子中庸吗？我很怀疑。"宰予昼寝。子曰：'朽木不可雕也，粪土之墙不可圬也；于予与何诛？'"（《论语·公冶长》）一个学生，白天睡觉而已，值得这样大动肝火，破口大骂吗？就认定不值得教育了？"季氏富于周公，而求也为之聚敛而附益之。子曰：'非吾徒也，小子鸣鼓而攻之，可也。'"（《论语·先进》）"聚敛"固然错误，乃至有犯罪的嫌疑，但既讲"中庸"，"非吾徒也"、"鸣鼓而攻之"是"中庸"吗？"哀公问社于宰我。宰我对曰：'夏后氏以松，殷人以柏，周人以栗。'曰：'使民战栗。'子闻之曰：'成事不说，遂事不谏，既往不咎。'"（《论语·八佾》）这样的掩盖和欺骗是"中庸"吗？至于"诛少正卯"，不争执也罢。至于"堕三都"，打败公山弗扰这种战争，总是史实吧？"中"在哪里，"和"又在哪里？这里不是学《春秋》责备贤者，而是说，要搞政治，要做实事，就不要唱高调，用迷人的理论来忽悠老百姓。

其实，孔子把人分为君子和小人就不是中庸。他的"君君臣臣，父父子子"这样的"定于一尊"也不是中庸。子思引述孔子，说："仲尼曰：'君子中庸，小人反中庸，君子之中庸也，君子而时中；小人之中庸也，小人而无忌惮也。'"哪有中庸的影子！

鲁迅在和朋友的讨论中，说："先生的信上说：惰性表现的形式不一，而最普通的，第一就是听天任命，第二就是中庸。我以为这两种态度的根柢，怕不可仅以惰性了之，其实乃是卑怯。遇见强者，不敢反抗，便以'中庸'这些话来粉饰，聊以自慰。所以中国人倘有权力，看见别人奈何他不得，或者有'多数'作他护符的时候，多是凶残横恣，宛然一个暴君，做事并不中庸；待到满口'中庸'时，乃是势力已失，早非'中庸'不可的时候了。一到全败，则又有'命运'来做话柄，纵为奴隶，也处之泰然，但又无往而不合于圣道。这些现象，实在可以使中国人败亡，无论有没有外敌。要救正这些，也只好先行发露各样的劣点，撕下那好看的假面具来。"（《通讯》）鲁迅揭示的这一种社会现象，这一种人的心性，不要说生于晚清、长在民国如鲁迅的一代，就是"生于旧社会，长在红旗下"的如我这一代，就是和共和国同龄的一代，也及身所见，所见多多了。

这是对汉族民族性的深刻揭示。写了上文的一周之后，鲁迅在给许广平的信中说："中国国民性的堕落，我觉得并不是因为顾家，他们也未尝为'家'设想。最大的病根，是眼光不远，加以'卑怯'与'贪婪'。"（《两地书·一〇》）两相比照，可以更切实地理解鲁迅所谓"卑怯"的内涵。

第三，鲁迅认为，"中庸"是阻碍改革的思想意识。鲁迅说："中国人的性情是总喜欢调和，折中的。譬如你说，这屋子太暗，须在这里开一个窗，大家一定不允许的。但如果你主张拆掉屋顶，他们就会来调和，愿意开窗了。没有更激烈的主张，他们总连平和的改革也不肯行。"（《无声的中国》）直到晚年依旧坚守这一观察："最可笑的是他们对于已经错定的，无可如何，毫无改革之意，只在防患未然，不许'新错'，而又保护'旧错'，这岂不可笑。老先生们保存现状，连在黑屋子开一个窗也不肯，还有种种不可开的理由，但倘有人要来连屋顶也掀掉它，他这才魂飞魄散，设法调解，折中之后，许开一个窗，但总在觑机想把它塞起来。"（《一九三五年四月十日致曹聚仁》）鲁迅多次自述自己思想的特点，他的反"中庸"的思想倾向。他说："我知道伟大的人物能洞见三世，观照一切，历大苦恼，尝大欢喜，发大慈悲。但我又知道这必须深入山林，坐古树下，静观默想，得天眼通，离人间愈远遥，而知人间也愈深，愈广；于是凡有言说，也愈高，愈大；于是而为天人师。我幼时虽曾梦想飞空，但至今还在地上，救小创伤尚且来不及，那有余暇使心开意豁，立论都公允妥洽，平正通达，像'正人君子'一般；正如沾水小蜂，只在泥土上爬来爬去，万不敢比附洋楼中的通人，但也自有悲苦愤激，决非洋楼中的通人所能领会。这病痛的根柢就在我活在人间，又是一个常人，能够交着'华盖运'。"(《华盖集·题记》)又："总之，在我，是肚子一饱，应酬一少，便要心平气和，关起门来，什么也不写了；即使还写，也许不过是温暾之谈，两可之论，也即所谓执中之说，公允之言，其实等于不写而已。"〔《并非闲话（三）》〕

鲁迅对于"中庸"实在是抱着决绝的态度，毫不宽假的。甚至于说："凡当中国自身烂着的时候，倘有什么新的进来，旧的便照例有一种异样的挣扎。例如佛教东来时有几个佛徒译经传道，则道士们一面乱偷了佛经造道经，而这道经就来骂佛经，而一面又用了下流不堪的方法害和尚，闹得乌烟瘴气，乱七八遭。(但现在的许多佛教徒，却又以国粹自命而排斥西学了，实在昏得可怜！)但中国人，所擅长的是所谓'中庸'，于是终于佛有释藏，道有道藏，不论是非，一齐存在。现在刻经处已有许多佛经，商务印书馆也要既印日本《续藏》，又印正统《道藏》了，两位主客，谁短谁长，便各有他们的自身来证明，用不着词费。然而假使比较之后，佛说为长，中国却一定仍然有道士，或者更多于居士与和尚：因为现在的人们是各式各样，很不一律的。"(《关于〈小说世界〉》)鲁迅把"出版"也纳入其中，似乎超出了"在商言商"的界限。就是知识者，他阅读的书籍和吸纳的知识，似乎也和他信仰的思想原则、学说、主义，也应有区别。鲁迅在谈到知识者的"特操"问题的时候，就提出"信"的问题来了。在研究文化多元、价值多元格局中的主体的"一元性"选择的时候，主体对所选择的文化与价值的"信"/"信奉"/"信仰"问题，以及所"信"的对象的"根本特质"问题，是关键。他说："其实是中国自南北朝以来，凡有文人学士，道士和尚，大抵以'无特操'为特色的。晋以来的名流，每一个人总有三种小玩意，一是《论语》和《孝经》，二是《老子》，三是《维摩诘经》，不但采作谈资，并且常常做一点注解。唐有三教辩论，后来变成大家打诨；所谓名儒，做几篇伽蓝碑文也不算什么大事。宋儒道貌岸然，而窃取禅师的语录。清呢，去今不远，我们还可以知道儒者的相信《太上感应篇》和《文昌帝君阴骘文》，并且会请和尚到家里来拜忏。耶稣教传入中国，教徒自以为信教，而教外的小百姓却都叫他们是'吃教'的。这两个字，真是提出了教徒的'精神'，也可以包括大多数的儒释道教之流的信者，也可以移用于许多'吃革命饭'的老英雄。"(《吃教》)

这里涉及所谓文化多元、价值多元与一元的问题了。在人类社会，多元是客观存在的。它的产生根源即在人本身。人，个体生理与心理的差异，思想、利益的丰富性、复杂性、变动性；人群的分裂性，思想、利益的更加丰富、复杂和流变，人所创造的文化，人所认定的价值，必然是多元的。但每个个体及其社会地位、思想、修养、学识不同，自身利益不同，其选择，在某一方面必然是一元的。无论多么理性、客观，选择都是人的选择。人可以受社会风尚的影响，可以被时代思潮所裹胁，但归根结底，是人的选择，有理性，更有人的七情六欲。我们可以判断某一选择的正误、是非、利害、美丑、善恶，却不能不承认这也是一种选择，就是所谓“正误、是非、利害、美丑、善恶”的标准也是多元的。个人或一群体各有各的选择。

单有这三点，我觉得：“中庸”之不可行，“中庸”之不可取，理由已经充分了吧？

钱理群评点

孙郁认为，得后的鲁迅研究以及他在二十世纪八十年代的思考和那个时代的"思想启蒙"的联系是明显的；但到了九十年代以至新世纪，他的写作就构成了"与社会思潮对话"的景观。（《在鲁迅的词风里》）这是有道理的。

在我看来，这完全是形势所逼。这就是我在一次演讲里所说的，"在90年代的中国文坛学界，轮番走过各式各样的'主义'的鼓吹者，而且几乎是毫无例外地要以'批判鲁迅'为自己开路"："风行一时的新保守主义反省激进主义，把'五四'视为导致'文化大革命'的罪恶源头，鲁迅的启蒙主义变成专制主义的同义语。悄然兴起的国学风里，民族主义者，还有新儒学、新国学的大师们，鼓吹新的中国中心论，自然以鲁迅为断裂传统的罪魁祸首。在某些人的眼里，鲁迅甚至免不了汉奸之嫌。号称后起之秀的具有中国特色的后现代主义者，视理性为罪恶，以知识为权力的同谋，用世俗消解理想，告别鲁迅便是必然的结论。用后殖民主义的眼光看鲁迅那一代人，他们的改造国民性的思想，鲁迅对阿Q的批判，不过是西方霸权主义的文化扩张的附和。自由主义鼓吹'宽容'，炫耀'绅士'风度，对'不宽容'的'心胸狭隘'的鲁迅，自然不能宽容，他被宣判为极权统治的合谋。还有自称'新时代'的作家，也迫不及待地要'搬开'鲁迅这块'老石头'，以'开创文学的新纪元'。"这样，鲁迅"运交华盖，突然变得不合时宜"，而"这样的情况，在二十一世纪初仍在继续"。这样，"在当代中国，研究鲁迅，传播鲁迅思想与文学，就具有某种'文化反抗，文化坚守'的意味"。（《"鲁迅"的"现在价值"——二〇〇五年七月在"中韩鲁迅研究对话会"上的讲话》）

　　得后正是这样的二十世纪九十年代和新世纪鲁迅研究中的"文化反抗，文化坚守"者。得后最为关注的，是"燕园兴起的国学热"对鲁迅的否定和挑战。他在写于二〇〇九年的《鲁迅与孔子》"自序"中，讲到"我为什么编写这本书"时，毫不含糊地回应说："那个预言二十一世纪是我中华文化的世纪的长者不是明确坦承'中国文化之定义，具于《白虎通》三纲六纪之说'吗？既然'三纲'是中华文化的'定义'，我期待今天的国学家不要'王顾左右而言他'，而直截了当地解释这'三纲'的内涵、意义、作用，对谁有利，为什么今天还是治国的宝典，国家的'软实力'？为什么世界各国将会信奉孔子，并改弦易辙实行孔子和他的之徒的'三纲'？"如此针锋相对，旗帜鲜明，这是需要勇气的；这样不寻常的胆识，来自得后的一个不寻常的判断：是以孔子的"三纲"治国并推广于世界，还是坚持鲁迅的"立人以立国"的思想，关系着中国以至世界未来的发展方向。而以后的历史发展证明了，得后的这一判断的超前性。在历史发展的紧要关头，得后在鲁迅研究上的文化坚守，也就具有了特殊的意义。

　　更为难得与可贵的是，得后又把这样的对文化以至国家、世界发展方向的大关怀，落实于学术研究上，他所要做的，不只是"宣言"式的反击，更是学术的回应。而在当时的鲁迅研究界，包括我自己在内的许多人，即使达到与得后类似的认识，由于学术修养、准备的不足，也难于进行正面的学术论辩。当我因此而处于极度的困惑与内疚时，突然读到得后的学术著作《鲁迅与孔子》，确实有一种说不出的惊喜和欣慰感：鲁迅研究界终于有人作出了科学的理性的回应。

得后能够这样做，不仅因为他的传统文化修养远高于我辈，更得力于他学术上的苦干、硬干、实干精神。他宣称，"我要把资料一一呈现在读者面前，请读者自己阅读原资料，自己思索，自己判断"，"我要请读者看看鲁迅对于人生的根本问题到底说了什么？孔子又说了什么？有比较才能鉴别。'比较是医治受骗的好方子'（鲁迅：《随便翻翻》）"。《鲁迅与孔子》同样延续了他对鲁迅"立人"思想的研究方法，抓住人性和人与人关系的五大基本问题，即"生死"、"温饱"、"父（母）子（女）·血统"、"妇女"、"发展"，一一梳理鲁迅与孔子的思考与基本观点，提出"问题"，进行"解读"，并作"比较"，其用力之细，之全，之深，确实不多见。这样，他的研究与讨论，也独具说服力，并给读者的独立思考、判断，留下很大的空间。这也是他的目的所在：他期待读者，特别是"已经从中学、从大学、从研究生毕业的青年朋友"，在谋生的余暇，也翻翻书中提供的原始资料。为此，他特地写了《鲁迅所引用与加点评的〈论语〉》，"请出四位大家的《论语》译文"（按：指杨伯峻《论语译注》、钱穆《论语新解》、李泽厚《论语今读》，以及实际由教授执笔的北京大学哲学系一九七〇级工农兵学员《论语批注》），和二十一世纪初的"明星教授"所讲的《论语》"比较比较"，"冷静地想一想：在当今之世，什么是可以信奉的？什么对于我们自己的生存和成长有益、有利？"（《鲁迅与孔子·自序》）。

在这样的扎实资料梳理的基础上，得后作出的分析，也因此特别具有启发性。尽管不一定是"定论"，但确实是"一家之言"，在已经成为"新时代"的"新主流"的"国学热"中，作为不合时宜的"另类"声音，能够引发人的独立思考：这正是得后所追求的。

在得后看来，孔子和鲁迅都是中国难得的、"伟大"的汉族思想家。他引述鲁迅的话："孔丘先生确是伟大，生在巫鬼势力如此旺盛的时代，偏不肯随俗谈谈鬼神"（《再论雷峰塔的倒掉》），强调"孔子也是（一个）为人生的思想家"，因此，"鲁迅与孔子，在为人生这一点，有一些共同的思考，鲁迅认同孔子的一些观点，是必然的"（《鲁迅与孔子的根本分歧》，收《鲁迅与孔子》）。得后也因此肯定"孔子是一个有理想的人，'知其不可为而为之'的人，'学而不厌，诲人不倦'的人"，"对于人生诸问题得出了一些原则，可供后人借鉴，有可资借鉴的宝贵的思想在"。得后提醒人们注意，孔子的思想"传承了两千多年，历遭攻击而不衰败，不断分化而保持根本特质，显示出惊人的生命力"。无视中国政治、思想史上的这一基本事实，对孔子思想不加分析地简单否定，绝不是科学的态度。在得后看来，孔子之所以在中国传承两千多年，至今影响不衰，"主要在孔子抓住了人类社会稳定的三个根本问题，即男女问题、父子问题、君臣问题，为此提出了他的处置方法", 而这三大问题也是鲁迅思想所要处理的关键性问题。 这样, 也就有了将鲁迅思想与孔子思想进行比较研究的可能、特殊意义和价值。(《鲁迅与孔子·自序》)

得后同时强调, "对孔子的批评, 无论他生前和死后都纷至沓来, 源源不断, 层出不穷, 使'尊孔'与'非孔'成为中国思想界的一大风景线"。 得后因此对孔子同时代的思想家, 如老子、墨子、孟子、庄子、荀子、韩非子等对孔子思想的评价, 作了简要的梳理与述评, 其中不乏创见, 颇具启发性; 意在说明, 在春秋战国时代, "舆论并不一律", "孔子, 诸子中一家之言而已矣", 而此后"两千多年来, '非孔'与'尊孔', 儒家正统思想与异端思想的论争绵绵不绝"。(《鲁迅为什么"绝望于孔夫子和他的之徒"》, 收《鲁迅与孔子》)

把鲁迅与孔子的思想分歧, 置于这样的中国思想史、政治史的背景下, 就不难看出, 这不过是正常的论争, 绝不是独尊者所说的"大逆不道"; 而得后更要强调的是, "鲁迅与孔子分歧多于认同, 而且分歧是重大的、根本的"(《鲁迅与孔子的根本分歧》)。 在得后看来, 问题正在于孔子思想是一个维护既定秩序, 既定的人生秩序、文化秩序和社会秩序的思想体系。 而他要维护的既定秩序的核心, 就是被称为孔子思想的"本义"的"三纲", 即所谓"君为臣纲, 父为子纲, 夫为妻纲"。 在人和人类社会的三大基本关系(君臣关系、父子关系、男女关系)中, 后者必须绝对服从于前者, "不得有异议, 不得有异动", 这样才会有"社会稳定": "稳定"的统治正是孔子和他的信徒, 他的利用者、实际支配者的真正追求。 得后因此认为, 孔子思想是"为强者设计的方案,为权势者设计的方案"，"弱者一方是被压迫、被钳制、被束缚的一方，是被迫的人身依附，失去了独立的人格、独立的思想的一方"，其所继承的是"动物的法则、森林的法则、'弱肉强食'的法则"。"在两千多年前，在人类的童年、文明社会的'初级阶段'，是势所必至的"；但到了十九、二十、二十一世纪的现代社会还要大力推行，就成了大问题。(《鲁迅与孔子·自序》)

　　问题首先在于孔子对人（人性）的认识，对人的生命的意义和价值的认知。他完全无视人的生物性生命的意义，"直接要求人的生命价值的道德性"，即所谓"'道'性"。这样，他也就"必然抹杀人的普遍的生存权利，必然歧视、蔑视不合乎自己认同的'道'的人的生命，必然心中暗藏着杀机，一有机会就会滥杀无辜"。现实生活中，那些"为了一己的私利……'拉大旗作为虎皮，包着自己，去吓唬别人；小不如意，就倚势（！）定人罪名，而且重得可怕的横暴者'（鲁迅：《答徐懋庸并关于抗日统一战线问题》)"，是真正懂得孔子的：他的"仁政"与"暴政"是互为表里的。(《鲁迅与孔子思想的根本分歧》)

　　孔子对人与人关系的认识也是如此。作为一个智者，"他看到实际生活中人的差异：天赋的差异、性别的差异、地位的差异、职业的差异、财富的差异、道德的差异等等"；"但他采取'少数'主义"："对上，他寄希望于'圣人'……；对下，他采取培养'君子'的路线"，"对于大多数他要求服从"。孔子讲得最多的就是"君子和小人"。在具体论述中，也不乏"合理的内核"，但他的基本立足点，显然在"君子"。孔子出身微贱，他的人生志向与人生道路的选择，就是"学而优则仕"，从政做官，"依靠诸侯的政治权力，实行他的'德政'，赐予民人以'仁爱'，再造一个'东周'"，"孔子的希望在圣人、仁人，而基点在'君子'"。（《鲁迅与孔子思想的根本分歧》）这样，在孔子这里，争取和维护政治权力与利益，就具有了决定性的意义，构成了他的思想体系的核心。鲁迅断言，"孔夫子曾经计划过出色的治国的方法，但那都是为治民众者，即权势者设想的方法，为民众本身的，却一点没有"，"孔夫子之在中国，是权势者们捧起来的，是那些权势者或想做权势者的圣人，和一般的民众并无什么关系"。（《在现代中国的孔夫子》，收《且介亭杂文二集》）应该说，这样的分析是有道理的，可以说是点到了要害。

但孔子的影响力却不可低估。不仅他的"为权势者设想"的基本立场，决定了他为历来的统治者青睐，以至"两千多年成为我国的'正统思想'—'主流思想'—'统治思想'"，直到已经是"现代—后现代"的"新世纪"、"新时代"的二十一世纪，还不断焕发出新的"惊人的生命力"；而且，就像鲁迅说的那样，凡是"想做权势者的圣人"，那些知识分子精英，也都无一不对孔子称美不已，可以说"新国学"的鼓吹者，都或多或少、自觉不自觉地有一个"做当代孔夫子"即"国师"的美梦——即使当不了"国师"，做个"智囊"也很有诱惑力：这本来就是中国儒家知识分子的传统。

更不可忽视，也是得后最为忧虑的，是孔子思想对普通民众，特别是青年思想的渗透、控制，以至形成了"中国特色的国民性"，得后称之为"汉民族民族性"或"中国国民性"。他如此倾其全力地研究和讨论"鲁迅思想和孔子思想的根本分歧"，其内在动因，就是要用鲁迅思想来对抗孔子思想对中国国民性的影响和引领，把鲁迅所开创的"改造国民性"的工作延续下去。得后在书中的论述中，一再引述鲁迅对渗透了孔子思想的中国国民性的批判性论述，将其凸显出来，大有深意，也是我读得后这本书，最受震撼之处——

中国国民性的堕落，我觉得并不是因为顾家，他们也未尝为"家"设想。最大的病根，是眼光不远，加以"卑怯"与"贪婪"，但这是历久养成的，一时不容易去掉。我对于攻打这些病根的工作，倘有可为，现在还不想放手，但即使有效，也恐很迟，我自己看不见了。（《两地书·一〇》）

使奴才主持家政，那里会有好样子。最初的革命是排满，容易做到的，其次的改革是要国民改革自己的坏根性，于是就不肯了。所以此后最要紧的是改革国民性，否则，无论是专制，是共和，是什么什么，招牌虽换，货色照旧，全不行的。但说到这类的改革，便是真叫作"无从措手"。不但此也，现在虽只想将"政象"稍稍改善，尚且非常之难。（《两地书·八》）

约翰弥耳说：专制使人们变成冷嘲。我们却天下太平，连冷嘲也没有。我想，暴君的专制使人们变成冷嘲，愚民的专制使人们变成死相。（《忽然想到·五至六》）

约翰穆勒说：专制使人们变成冷嘲。

而他竟不知道共和使人们变成沉默。（《小杂感》）

一个活人，当然是总想活下去的，就是真正老牌的奴隶，也还在打熬着要活下去。然而自己明知道是奴隶，打熬着，而且不平着，挣扎着，一面"意图"挣脱以至实行挣脱的，即使暂时失败，还是套上了镣铐罢，他却不过是单单的奴隶。如果从奴隶生活中寻出"美"来，赞叹，抚摸，陶醉，那可简直是万劫不复的奴才了，他使自己和别人永远安住于这生活。(《漫与》)

倘使对于黑暗的主力，不置一辞，不发一矢，而但向"弱者"唠叨不已，则纵使他如何义形于色，我也不能不说——我真也忍不住了——他其实乃是杀人者的帮凶而已。(《论秦理斋夫人事》)

……中国人倘有权力，看见别人奈何他不得，或者有"多数"作他护符的时候，多是凶残横恣，宛然一个暴君，做事并不中庸；待到满口"中庸"时，乃是势力已失，早非"中庸"不可的时候了。一到全败，则又有"命运"来做话柄，纵为奴隶，也处之泰然，但又无往而不合于圣道。这些现象，实在可以使中国人败亡，无论有没有外敌。要救正这些，也只好先行发露各种劣点，撕下那好看的假面具来。(《通讯》)

我们极容易变成奴隶，而且变了以后，还万分欢喜。

但实际上，中国人向来就没有争到过"人"的价格，至多不过是奴隶，到现在还如此。然而下于奴隶的时候，却是数见不鲜的。

任凭你爱排场的学者们怎样铺张，修史时候设些什么"汉族发祥时代""汉族发达时代""汉族中兴时代"

的好题目，好意诚是可感的，但措辞太绕湾子了。有更其直截了当的说法在这里——

一，想做奴隶而不得的时代；

二，暂时做稳了奴隶的时代。

这一种循环，也就是"先儒"之所谓"一乱一治"；那些作乱人物，从后日的"臣民"看来，是给"主人"清道辟路的，所以说："为圣天子驱除云尔"。(《灯下漫笔》)

在《灯下漫笔》第一小节中，鲁迅文章的最后一句话是"创造这中国历史上未曾有过的第三样的时代，则是现在的青年的使命！"

将鲁迅这些写于二十世纪二十、三十年代的论述，放在"当时—眼下—未来"的历史时空下，思前想后，我们能说什么呢？或许得后还有话要说？

◎ 辑四

鲁迅文学与左翼文学的异同

鲁迅文学与左翼文学异同论

　　一种文学有一种思想根基。鲁迅文学以他的"立人"思想为根基。鲁迅的"立人"思想有三块基石：一是达尔文生物进化论；二是十九世纪末"掊物质而张灵明，任个人而排众数"的思潮。鲁迅步入左翼文学阵营，没有改变他的"立人"思想，而是吸纳了马克思主义的基本观点，特别是普列汉诺夫的文艺理论。这是他的"立人"思想的第三块基石。在此期间，出现了三次原则性的论争，存在三大分歧。鲁迅的抗争，使他"总觉得缚了一条铁索"；在近于和"文坛皇帝"、"元帅"、"工头"、"奴隶总管"的决裂中溘然辞世。历史表明，鲁迅文学比左翼文学的思想根基更深厚，美学品位更丰富，更具开放性，更有可供后人借鉴的资源。

　　鲁迅的文学创作用他自己一贯的说法，是他的《呐喊》、《彷徨》、《朝花夕拾》、《野草》和《故事新编》，即小说、散文和散文诗；但历史已然确认：他的杂文也是创作，也已经进入中国文学史。它们构成了"鲁迅文学"。一种文学有一种思想根基；鲁迅文学的思想根基是他的"立人"思想，其中包括他的"立人"的文学思想。中国新文学研究者和鲁迅研究者通常把鲁迅归入"为人生"的一派，这自然不错，但并不准确。鲁迅固然是"为人生"，但从文学流派定义，准确的是"要改良这人生"①，即"改良人生"派，如果有这么一个"派"的话。在鲁迅思想中，"为人生"和"要改良这人生"有原则性的区别。他认为："旧的和新的，往往有极其相同之点 —— 如：个人主义者和社会主义者往往都反对资产阶级，保守者和改革者往往都主张为人生的艺术，都讳言黑暗，棒喝主义者和共产主义者都厌恶人道主义等"②。

鲁迅的"立人"思想，早在留学日本时期已经在两块基石上形成框架。这清楚地发表在《人之历史》、《科学史教篇》、《文化偏至论》、《摩罗诗力说》和《破恶声论》（未完）那五篇文言论文中。这是一组系统阐述他的"立人"思想的论文。

《人之历史》阐述人的起源。鲁迅认同达尔文生物进化论，将其作为自己"立人"思想的理论基石之一。他把生物的人作为"立人"思想的逻辑起点。进化论也成为他"立人"思想哲学的自然科学基石。鲁迅认识到"故进化论之成，自破神造说始"。唯物论的观点，从事实出发的观点，实事求是的观点成为鲁迅思想根本品格。同时人与自然，与社会相联系的观点；一切都在变化、发展、进化的观点；进化不是直线的，而是"所谓世界不直进，常曲折如螺旋，大波小波，起伏万状，进退久之而达水裔，盖诚言哉"③的观点，即辩证法诸观点，特别是鲁迅从中领悟到在进化的链子上，一切都是"中间物"④，一

---

①　鲁迅：《我怎么做起小说来》，《鲁迅全集》第四卷，第512页。

②　鲁迅：《我的态度气量和年纪》，《鲁迅全集》第四卷，第111页。

③　鲁迅：《科学史教篇》，《鲁迅全集》第一卷，第28页。

④　鲁迅：《写在〈坟〉后面》："以为一切事物，在转变中，是总有多少中间物的。动植之间，无脊椎和脊椎动物之间，都有中间物；或者简直可以说，在进化的链子上，一切都是中间物。"《鲁迅全集》第一卷，第285—286页。

切都是"桥梁"① 的观点；没有"止于至善"的改革②，没有不朽
的人和事物③ 的观点：这些观点都具有原创性。鲁迅生活在中
国受压迫、受侵略的时代，"亡国灭种"是现实的尖锐的危机。
进化论的生存斗争、优胜劣败的规律成为激励鲁迅"要改良这
人生"的动力。鲁迅出色的天性和品格之一就是没有丝毫借达
尔文生物进化论歧视、打压，乃至灭绝"弱小"人群和民族的
思想。与此相反，他终身站在弱小群体的一边，反抗权势者，
反抗压迫者；他对于世界思潮的选择也以此为标尺。

《科学史教篇》阐述科学对于社会发展的巨大作用。科学
造就人的理性和思维方法。鲁迅认为"科学者，神圣之光，照
世界者也，可以遍末流而生感动。时泰，则为人性之光"；而
"致人性于全"必须具备科学常识、科学精神和文艺陶冶出的情
愫，即知性和感性的统一。这大概也是具有原创性的吧。

《文化偏至论》阐述社会、国家"根柢在人"的观点，以
个体的人为本位，以精神为人的主导、为人的灵魂的"立人"
的观点。提出"诚若为今立计，所当稽求既往，相度方来，掊
物质而张灵明，任个人而排众数"，"是故将生存两间，角逐列

---

① 鲁迅：《我们现在怎样做父亲》："但祖父子孙，本来各各都只是生命的桥梁的一
级，决不是固定不易的。"《鲁迅全集》第一卷，第129页。又《古书与白话》："古文已
经死掉了；白话文还是改革道上的桥梁，因为人类还在进化。"《鲁迅全集》第三卷，第
214页。

② 鲁迅：《黄花节的杂感》："革命无止境，倘使世上真有什么'止于至善'，这人
间世便同时变了凝固的东西了。"《鲁迅全集》第三卷，第410页。

③ 鲁迅：《我的态度气量和年纪》："我却以为这太偏于唯心论了，无所谓不朽，
不朽又干吗，这是现代人大抵知道的。"《鲁迅全集》第四卷，第112页。又《古书与白
话》："愈是无聊赖，没出息的脚色，愈想长寿，想不朽，愈喜欢多照自己的照相，愈要
占据别人的心，愈善于摆臭架子。"《鲁迅全集》第三卷，第214页。

国是务，其首在立人，人立而后凡事举；若其道术，乃必尊个性而张精神"的主张。 鲁迅详细考察了世界发展的轨迹，特别是路德宗教改革以来文化—文明发展的状况，认为文化的发展必然出现偏至的现象，选择十九世纪末尼佉（今通译尼采）、勖宾霍尔（今通译叔本华）、斯契纳尔（今通译克尔凯郭尔）、显理伊勃生（今通译亨利克·易卜生）等的"非物质"、"重个人"的思想作为自己思想的又一个理论基石。 但是鲁迅不是以他们的思想为自己的思想，而是创造性地提出自己的"外之既不后于世界之思潮，内之仍弗失固有之血脉，取今复古，别立新宗"①的思路，达到"人生意义，致之深邃，则国人之自觉至，个性张，沙聚之邦，由是转为人国"②的长远目标。 鲁迅的"任个人而排众数"是着眼于发展人的特殊之性，由个人而达到"众数"的觉悟："盖惟声发自心，朕归于我，而人始自有己；人各有己，而群之大觉近矣。"所以，这是"立人"的"道术"，是一种实施的路径。 至于"立人"的目的，近期在于"将生存两间，角逐列国是务"；远期在于建立"人国"。 它的最终受益者在"众数"，而不是"个人"。 所以，鲁迅特别指出："个人一语，入中国未三四年，号称识时之士，多引以为大诟，苟被其谥，与民贼同。 意者未遑深知明察，而迷误为害人利己之义也钦？ 夷考其实，至不然矣。"这种"迷误"既有我们中国传统文化根深蒂固的底蕴，又在现代遭到"集体主义"的强化，使鲁迅的"立人"思想埋没了近一百年，到我们这个

---

① 鲁迅：《文化偏至论》，《鲁迅全集》第一卷，第 56 页。
② 鲁迅：《文化偏至论》，《鲁迅全集》第一卷，第 56 页。

二十一世纪，才逐渐为鲁迅研究界和近代思想研究界所关注。

《摩罗诗力说》阐述发扬"立意在反抗，指归在动作"的摩罗精神的观点，一方面是直接呼应《文化偏至论》中的"尊个性而张精神"，呼唤"为精神界之战士者"；一方面是突出"立人"的精髓在"非物质"而"张精神"。生物性的人是"第一性"的，但人之所以成其为人，在精神。我国春秋战国时的思想家已经提出"人禽之辨"的命题。孟子提出"人之所以异于禽兽者几希"①。他的区分在"伦理道德"，在是否有"君父"的道德规范。他认为："杨氏为我，是无君也。墨氏兼爱，是无父也。无父无君，是禽兽也。"②荀子提出"人之所以为人者，何已也？曰：以其有辨也"。还是"伦理道德"，还是"夫禽兽有父子而无父子之亲。有牝牡而无男女之别。故人道莫不有辨。辨莫大于分；分莫大于礼；礼莫大于圣王"③。鲁迅的主张在"精神"。他甚至愤激地表示："凡是愚弱的国民，即使体格如何健全，如何茁壮，也只能做毫无意义的示众的材料和看客，病死多少是不必以为不幸的。所以我们的第一要著，是在改变他们的精神"④。足见他对于精神的重视到了何等程度。在"重个人"和"张精神"的思想中，鲁迅反对唯物质享受是求，反对放纵物欲；指出十九世纪"诸凡事物，无不质化，灵明日以亏蚀，旨趣流于平庸，人惟客观之物质世界是趋，而主观之内面精神，乃舍置不之一省。重其外，放其内，取其质，遗其

---

① 《孟子正义·离娄章句下》，《诸子集成》（一），第334页。
② 《孟子正义·滕文公章句下》，《诸子集成》（一），第269页。
③ 《荀子集解》卷三《非相篇第五》，《诸子集成》（二），第50页。
④ 鲁迅：《〈呐喊〉自序》，《鲁迅全集》第一卷，第417页。

神，林林众生，物欲来蔽，社会憔悴，进步以停，于是一切诈伪罪恶，蔑弗乘之而萌，使性灵之光，愈益就于黯淡：十九世纪文明一面之通弊，盖如此矣"。岂料这种状况于今为烈。这也就更增加了鲁迅的"张精神"的意义了。

《破恶声论》是鲁迅运用前四篇论文的观点，针对现实问题进行批评的论文。可惜全文未完，不知道是没有写完，还是写完了没有发表完。现存部分，首先强调"烛幽暗以天光，发国人之内曜，人各有己，不随风波，而中国亦以立"，"盖惟声发自心，朕归于我，而人始自有己；人各有己，而群之大觉近矣"的总论。然后逐一批评了：一、"国民"和"世界民"的提出都在"灭人之自我，使之混然不敢自别异，泯于大群，如掩诸色以晦黑，假不随驸，乃即以大群为鞭箠，攻击迫拶，俾之靡骋"。二、关于"破迷信"的问题。从"不安物质之生活，则自必有形上之需求"和"人心必有所冯依，非信无以立"的角度出发，维护神话和宗教信仰，维护"朴素之民，厥心纯白，则劳作终岁，必求一扬其精神"的年终酬神赛会，提出"伪士当去，迷信可存，今日之急也"的观点；实质还是在人必须要有不溺于物质的形而上的精神生活和坚定的信仰。三、批评"崇侵略者类有机，兽性其上也，最有奴子性"问题。在这个批评上，有三点值得注意。一是鲁迅对于侵略的发生，直接追究到人类身上残存的兽性。他说："人类顾由昉，乃在微生，自虫蛆虎豹猿狄以至今日，古性伏中，时复显露，于是有嗜杀戮侵略之事，夺土地子女玉帛以厌野心；而间恤人言，则造作诸美名以自盖，历时既久，入人者深，众遂渐不知所由来，性偕习而俱变，虽哲人硕士，染秽恶焉。"二是主张强兵以自卫，而不是"侵略人";斥责"颂美侵略"。他说:"夫吾华土之苦于强暴,亦已久矣,未至陈尸,鸷鸟先集,丧地不足,益以金资,而人亦为之寒饿野死。而今而后,所当有利兵坚盾,环卫其身,毋俾封豕长蛇,荐食上国;然此则所以自卫而已,非效侵略者之行,非将以侵略人也。不尚侵略者何?曰反诸己也,兽性者之敌也。"三是指出中国人民爱和平而统治者"好远功":"然中国则何如国矣,民乐耕稼,轻去其乡,上而好远功,在野者辄怨恚,凡所自诩,乃在文明之光华美大,而不借暴力以凌四夷,宝爱平和,天下鲜有。惟晏安长久,防卫日弛,虎狼突来,民乃涂炭。第此非吾民罪也,恶喋血,恶杀人,不忍别离,安于劳作,人之性则如是。倘使举天下之习同中国,犹托尔斯泰之所言,则大地之上,虽种族繁多,邦国殊别,而此疆尔界,执守不相侵,历万世无乱离焉可也。"

这五篇文言论文,题旨的逻辑关联,论述的时有呼应,可以想见构思时的系统性。可惜在连续发表的几个月期间和此后的漫长岁月,鲁迅这一套"立人"思想,没有引起关注,没有任何回应。一组呼唤"精神界之战士"的文章,竟然如投大海,鲁迅陷入沉重的精神苦闷之中。当他沉默十年,重新投身文学革命,结集出版他的第一部小说集的时候,他在《〈呐喊〉自序》写下了这样的感怀:"我感到未尝经验的无聊,是自此以后的事。我当初是不知其所以然的;后来想,凡有一人的主张,得了赞和,是促其前进的,得了反对,是促其奋斗的,独有叫喊于生人中,而生人并无反应,既非赞同,也无反对,如置身毫无边际的荒原,无可措手的了,这是怎样的悲哀呵,我于是以我所感到者为寂寞。"

　　然而，十年过去，鲁迅并没有改变自己的"立人"思想。相反，他是带着他的"立人"思想投身文学革命，进行他的创作的。以鲁迅这十年，特别是在投身文学革命以前在绍兴会馆抄古碑的沉默日子为空白者，是忽略了此前此后思想的一以贯之的实际情形。他的第一篇小说《狂人日记》，缘起固然如他所说，是"偶阅《通鉴》，乃悟中国人尚是食人民族，因成此篇"①。但他的底蕴，也如他所说是人们"怠慢"了尼采的缘故："尼采（Fr. Nietzsche）也早借了苏鲁支（Zarathustra）的嘴，说过'你们已经走了从虫豸到人的路，在你们里面还有许多份是虫豸。你们做过猴子，到了现在，人还尤其猴子，无论比那一个猴子'的。"②这不就是《文化偏至论》的回音么！"救救孩子"不就是"立人"的呐喊么！在我看来，鲁迅的创作乃是在他的"立人"思想观照下对于扭曲中国人人性的"社会"和"文明"的揭露，他所期待的"疗救"③乃是建设"理想的人性"④。鲁迅杂文正是他"立人"思想的运用和发挥。请看：

　　　　我现在心以为然的道理，极其简单。便是依据生物界的现象，一，要保存生命；二，要延续这生命；三，要发展这生命（就是进化）。生物都这样做，父亲也就是这样做。

---

①　鲁迅：《一九一八年八月二十日致许寿裳》，《鲁迅全集》第十一卷，第353页。

②　鲁迅：《〈中国新文学大系〉小说二集序》，《鲁迅全集》第六卷，第238—239页。

③　鲁迅：《我怎么做起小说来》："我的取材，多采自病态社会的不幸的人们中，意思是在揭出病苦，引起疗救的注意。"《鲁迅全集》第四卷，第512页。

④　许寿裳：《回忆鲁迅》，收鲁迅博物馆、鲁迅研究室、《鲁迅研究月刊》选编：《鲁迅回忆录》（上册），北京出版社一九九九年版，第487页。

生命的价值和生命价值的高下，现在可以不论。单照常识判断，便知道既是生物，第一要紧的自然是生命。因为生物之所以为生物，全在有这生命，否则失了生物的意义。[①]

我们目下的当务之急，是：一要生存，二要温饱，三要发展。苟有阻碍这前途者，无论是古是今，是人是鬼，是《三坟》《五典》，百宋千元，天球河图，金人玉佛，祖传丸散，秘制膏丹，全都踏倒他。

保古家大概总读过古书，"林回弃千金之璧，负赤子而趋"，该不能说是禽兽行为罢。那么，弃赤子而抱千金之璧的是什么？[②]

我想：暴君的专制使人们变成冷嘲，愚民的专制使人们变成死相。大家渐渐死下去，而自己反以为卫道有效，这才渐近于正经的活人。

世上如果还有真要活下去的人们，就先该敢说，敢笑，敢哭，敢怒，敢骂，敢打，在这可诅咒的地方击退了可诅咒的时代！[③]

人固然应该生存，但为的是进化；也不妨受苦，但为的是解除将来的一切苦；更应该战斗，但为的是改革。[④]

这只是一个例证，虽然是近于纲领性的例证。

---

① 鲁迅：《我们现在怎样做父亲》，《鲁迅全集》第一卷，第 130 页。
② 鲁迅：《忽然想到·五至六》，《鲁迅全集》第三卷，第 45 页。
③ 鲁迅：《忽然想到·五至六》，《鲁迅全集》第三卷，第 43 页。
④ 鲁迅：《论秦理斋夫人事》，《鲁迅全集》第五卷，第 482 页。

　　鲁迅文学既然是"要改良这人生"也即"立人"，内在的逻辑必然是追求全面的人性、"理想的人性"，那么"立人"思想在鲁迅思想中的位置、分量是怎样的？鲁迅思想中的"人性"的结构是怎样的？我在一九八一年为纪念鲁迅诞生一百周年撰写的两篇文章《致力于改造中国人及其社会的伟大思想家》和《鲁迅思想中的人性问题》发表了我的看法，这里不再重复。要之，"立人"是鲁迅思想的出发点和归宿，是中心，是遍及他创作的各个方面，是贯彻终身的思想。鲁迅思想中的人性是以动物性作参照系，从人类社会和世界历史的进化过程中考察的结果，具有地域性、社会层级性、民族性—国民性、时代性；改革它们中的"劣根性"，将逐步进化到"理想的人性"。

　　鲁迅建立在他的"立人"思想上创作的文学，从一问世，无论是小说《狂人日记》还是杂文，立即引起震动，不但它的文学性，而且它的思想性都赢得普遍的高度认同。但随着中国政治革命的发展，随着马克思主义在中国的传播和中国化，对于鲁迅的"立人"思想一无所知的创造社和太阳社的人们，从根本上否定鲁迅文学，否定鲁迅思想，发起了以置之死地而后快的大批判。在反抗这一大批判中，鲁迅阅读和翻译了马克思的著作，特别是普列汉诺夫的文艺论；进一步考察了苏俄文艺论战的状况。鲁迅像年轻时有所选择地吸纳达尔文生物进化论和克尔凯郭尔—斯蒂纳—尼采们的思想一样，有所选择地吸纳了马克思的基本观点和马克思主义文艺论的基本观点。这是鲁迅"立人"思想的一次发展；这一发展是符合"立人"思想的内在逻辑的，只要历史的机遇出现，就必然会随着这历史契机而发展。因为它们对于眼前的人间存在主子和奴隶、阔人和穷

人、吃人者和被吃者、压迫者和被压迫者、剥削者和被剥削者
等等人与人的对立关系的认识，对于眼前的人间是一个病态的
人间的认识，在"要改良这人生"的目的以及将来是"人国"，
是"一，想做奴隶而不得的时代；二，暂时做稳了奴隶的时代"
之外的"第三样时代"① 或"无阶级社会"的远景，在这一切必
须通过反抗压迫者的斗争取得的根本观点上，与马克思主义是
相通的。

　　什么是马克思的基本观点呢？我以为马克思自己的下面的
话是最为精确和切要的表述：

　　　　……至于讲到我，无论是发现现代社会中有阶级存
　　在或发现各阶级间的斗争，都不是我的功劳。在我以前
　　很久，资产阶级的历史学家就已叙述过阶级斗争的历史发
　　展，资产阶级的经济学家也已对各个阶级作过经济上的分
　　析。我的新贡献就是证明了下列几点：（1）**阶级的存在**仅
　　仅同**生产发展的一定历史阶段**相联系；（2）阶段斗争必然
　　要导致**无产阶级专政**；（3）这个专政不过是达到**消灭一切
　　阶级**和进入**无阶级社会**的过渡……②

　　还有就是恩格斯在马克思墓前的讲话，那也是精确和切要
的总结：

---

　　① 鲁迅：《灯下漫笔》，《鲁迅全集》第一卷，第 213 页。
　　② 《一八五二年三月五日马克思致约·魏德迈》，《马克思恩格斯选集》第四卷，
人民出版社一九七四年版，第 332 页。黑体字原有。

　　正象达尔文发现有机界的发展规律一样，马克思发现了人类历史的发展规律，即历来为繁茂芜杂的意识形态所掩盖着的一个简单事实：人们首先必须吃、喝、住、穿，然后才能从事政治、科学、艺术、宗教等等；所以，直接的物质生活资料的生产，因而一个民族或一个时代的一定的经济发展阶段，便构成为基础，人们的国家制度、法的观点、艺术以至宗教观念，就是从这个基础上发展起来的，因而，也必须由这个基础来解释，而不是象过去那样做得相反。

　　不仅如此。马克思还发现了现代资本主义生产方式和它所产生的资产阶级社会的特殊的运动规律。[①]

　　鲁迅赞同这样的观点，他接受了这样的观点。这在他的著作中有明确的表达。比如，他说："但无产阶级专政，不是为了将来的无阶级社会么？只要你不去谋害它，自然成功就早，阶级的消灭也就早，那时就谁也不会'饿死'了。"[②]"我想，卢

----

　　① 恩格斯：《在马克思墓前的讲话》，《马克思恩格斯选集》第三卷，人民出版社一九七二年版，第574页。

　　② 鲁迅：《我们不再受骗了》，《鲁迅全集》第四卷，第430—431页。又："我于是想到他的出身，是商人的孩子，是智识分子，由此猜测他的战斗，是为了经过阶级斗争之后的无阶级社会，于是就将他所设想的目前的人，跟着我的主观的错误，搬往将来，并且成为'人们'——人类了。"见鲁迅：《关于翻译的通信》，《鲁迅全集》第四卷，第385页。又："先前，旧社会的腐败，我是觉得了的，我希望着新的社会的起来，但不知道这'新的'该是什么；而且也不知道'新的'起来以后，是否一定就好。待到十月革命后，我才知道这'新的'社会的创造者是无产阶级，但因为资本主义各国的反宣传，对于十月革命还有些冷淡，并且怀疑。现在苏联的存在和成功，使我确切的相信无阶级社会一定要出现，不但完全扫除了怀疑，而且增加许多勇气了。"见鲁迅：《答国际文学社问》，《鲁迅全集》第六卷，第18页。

梭去今虽已百五十年，但当不至于以为过去未来的文明，都以资产为基础。（但倘说以经济关系为基础，那自然是对的。）"①特别是从鲁迅对于普列汉诺夫《艺术论》的评述，可以看到他文艺思想增加了什么和为什么会这样增加的："详言之，即蒲力汗诺夫之所究明，是社会人之看事物和现象，最初是从功利底观点的，到后来才移到审美底观点去。在一切人类所以为美的东西，就是于他有用——于为了生存而和自然以及别的社会人生的斗争上有着意义的东西。功用由理性而被认识，但美则凭直感底能力而被认识。享乐着美的时候，虽然几乎并不想到功用，但可由科学底分析而被发见。所以美底享乐的特殊性，即在那直接性，然而美底愉乐的根柢里，倘不伏着功用，那事物也就不见得美了。并非人为美而存在，乃是美为人而存在的。——这结论，便是蒲力汗诺夫将唯心史观者所深恶痛绝的社会，种族，阶级的功利主义底见解，引入艺术里去了。"②这样，鲁迅对于"人"的理解就在原先的生物的，社会的，地域的③，种族（民族、国民）的④之中，增加了马克思的"阶级"的成分或说因素。

　　鲁迅带着这样的对于马克思主义特别是对于普列汉诺夫的

---

　　①　鲁迅：《"硬译"与"文学的阶级性"》，《鲁迅全集》第四卷，第202页。

　　②　鲁迅：《〈艺术论〉译本序》，《鲁迅全集》第四卷，第263页。

　　③　鲁迅：《北人与南人》："据我所见，北人的优点是厚重，南人的优点是机灵。但厚重之弊也愚，机灵之弊也狡。"《鲁迅全集》第五卷，第435—436页。

　　④　鲁迅：《随感录·三十八》："昏乱的祖先，养出昏乱的子孙，正是遗传的定理。民族根性造成之后，无论好坏，改变都不容易的。"《鲁迅全集》第一卷，第313页。又《上海的儿童》："我们试一看别国的儿童画罢，英国沉着，德国粗豪，俄国雄厚，法国漂亮，日本聪明，都没有一点中国似的衰惫的气象。观民风是不但可以由诗文，也可以由图画，而且可以由不为人们所重的儿童画的。"《鲁迅全集》第四卷，第566页。

文艺理论的理解，步入中国的左翼文学阵营。步入之前，他遭遇到一次大批判。步入之后，他被迫"横站"着进行创作和斗争。最后，为了"左翼作家联盟"的存废、左翼文学的发展，再次遭遇到一次大批判。鲁迅在重病中被迫抗辩，不久告别人间。鲁迅步入左翼文学阵营前后的种种内部矛盾与争斗，根源在鲁迅思想和中国的马克思主义的异同以及鲁迅文学和中国的左翼文学的异同。主要的可以概括为三个原则分歧。

第一，是对于阶级和阶级斗争以及人的阶级性和文学的阶级性的理解。鲁迅在评述文学革命和革命文学或左翼文学的区别的时候，就是以有没有"阶级意识"为标志的。他说："最初，文学革命者的要求是人性的解放，他们以为只要扫荡了旧的成法，剩下来的便是原来的人，好的社会了，于是就遇到保守家们的迫压和陷害。大约十年之后，阶级意识觉醒了起来，前进的作家，就都成了革命文学者，而迫害也更加厉害，禁止出版，烧掉书籍，杀戮作家，有许多青年，竟至于在黑暗中，将生命殉了他的工作了。"[1]

"阶级意识"是左翼文学的根本品质。面对"人性论"，左翼文学者是一致的。而怎样才是合理的"阶级意识"，鲁迅和创造社、太阳社们存在原则分歧。一、后者认为人只有"阶级性"，没有人性。讲"人性"就是"人性论"。鲁迅认为："来信的'吃饭睡觉'的比喻，虽然不过是讲笑话，但脱罗兹基曾以对于'死之恐怖'为古今人所共同，来说明文学中有不带阶级性的分子，那方法其实是差不多的。在我自己，是以为若据

---

① 鲁迅：《〈草鞋脚〉（英译中国短篇小说集）小引》，《鲁迅全集》第六卷，第20页。

性格感情等，都受‘支配于经济’（也可以说根据于经济组织或依存于经济组织）之说，则这些就一定都带着阶级性。但是‘都带’，而非‘只有’。所以不相信有一切超乎阶级，文章如日月的永久的大文豪，也不相信住洋房，喝咖啡，却道‘唯我把握住了无产阶级意识，所以我是真的无产者’的革命文学者。"[①] 理论上鲁迅无疑是正确的。因为"阶级"既然只是在人类发展的"一定历史阶段"出现的，在它出现之前"阶级"都没有，人何来"阶级性"？"阶级"又将随着人类的发展而消灭，真所谓"皮之不存，毛将焉附"，人的"阶级性"在哪里？合符逻辑的推理，人的这种"阶级性"的因素，当"阶级"消灭的时候，经过一定时期的淘汰，是逐步淡化而至于消失的。正如当种族—民族融合之后，经过一定时期的淘汰，民族性也将逐步淡化而至于消失一样。最后"人"将进化为生物的和社会的人。实践的历史又昭示我们，这种唯"阶级性"论，不仅摧毁了我们中国人的人性，使原有的"民族根性"恶性膨胀，并且将人性中的"诚与爱"摧毁殆尽：江河中流淌着断面八十公里的污染团，在经过十三天数以千里计的流域以后，才在哈尔滨被羞羞答答地向人民公布；而在到达哈尔滨以前的数以千里的流域的两岸城市和乡镇，似乎是一个"不毛之地"、"无人之境"，更不存在污染，哪怕是"断面八十公里的污染团"！行政的公务，千千万万人的生死，竟然可以施展"善意的谎言"！鲁迅当年，遇到这样"一件小事"，他记载道："上午赴部，车夫误踱地上所置橡皮水管，有似巡警者及常服者三数人突来乱

---

① 鲁迅：《文学的阶级性》，《鲁迅全集》第四卷，第127页。

击之，季世人性都如野狗，可叹！"二、在"阶级意识"的获得上，中国的马克思主义者是只要占住权势的地位，就可以宣布自己是"无产阶级"的。一旦失去权势立马又变成阶级异己分子、"孝子贤孙"、"资产阶级走资派"。上面的引文中鲁迅所指的"住洋房，喝咖啡"就是对权势决定阶级性的讥讽。鲁迅承认人的"阶级意识"是可以转变的，但那是有条件的，不是自己宣布就完成的；也不是权势者随意宣布的。他说："从这一阶级走到那一阶级去，自然是能有的事，但最好是意识如何，便一一直说，使大众看去，为仇为友，了了分明。不要脑子里存着许多旧的残滓，却故意瞒了起来，演戏似的指着自己的鼻子道，'惟我是无产阶级！'"①"当革命文学的运动勃兴时，许多小资产阶级的文学家忽然变过来了，那时用来解释这现象的，是突变之说。但我们知道，所谓突变者，是说 A 要变 B，几个条件已经完备，而独缺其一的时候，这一个条件一出现，于是就变成了 B。譬如水的结冰，温度须到零点，同时又须有空气的振动，倘没有，则即便到了零点，也还是不结冰，这时空气一振动，这才突变而为冰了。所以外面虽然好像突变，其实是并非突然的事。倘没有应具的条件的，那就是即使自说已变，实际上却并没有变，所以有些忽然一天晚上自称突变过来的小资产阶级革命文学家，不久就又突变回去了。去年左翼作家联盟在上海的成立，是一件重要的事实。因为这时已经输入了蒲力汗诺夫，卢那卡尔斯基等的理论，给大家能够互相切磋，更加坚实而有力，但也正因为更加坚实而有力了，就受到世界

---

① 鲁迅：《现今的新文学的概观》，《鲁迅全集》第四卷，第 136 页。

上古今所少有的压迫和摧残，因为有了这样的压迫和摧残，就使那时以为左翼文学将大出风头，作家就要吃劳动者供献上来的黄油面包了的所谓革命文学家立刻现出原形，有的写悔过书，有的是反转来攻击左联，以显出他今年的见识又进了一步。"[①]鲁迅还指出感情变化的重要性："我也相信作者所说，现在很有懂得理论，而感情难变的作家。然而感情不变，则懂得理论的度数，就不免和感情已变或略变者有些不同，而看法也就因此两样。"[②]最根本的是，鲁迅重视作家的阶级出身，同时强调他们必须将所受旧的教化和旧的影响清除，这才可望创作左翼文学。他说："在现在，有人以平民 —— 工人农民 —— 为材料，做小说做诗，我们也称之为平民文学，其实这不是平民文学，因为平民还没有开口。这是另外的人从旁看见平民的生活，假托平民底口吻而说的。眼前的文人有些虽然穷，但总比工人农民富足些，这才能有钱去读书，才能有文章；一看好像是平民所说的，其实不是；这不是真的平民小说。平民所唱的山歌野曲，现在也有人写下来，以为是平民之音了，因为是老百姓所唱。但他们间接受古书的影响很大，他们对于乡下的绅士有田三千亩，佩服得不了，每每拿绅士的思想，做自己的思想，绅士们惯吟五言诗，七言诗；因此他们所唱的山歌野曲，大半也是五言或七言。这是就格律而言，还有构思取意，也是很陈腐的，不能称是真正的平民文学。现在中国底小说和诗实在比不上别国，无可奈何，只好称之曰文学；谈不到革命时代的文学，

---

① 鲁迅：《上海文艺之一瞥》，《鲁迅全集》第四卷，第 299 页。

② 鲁迅：《论"第三种人"》，《鲁迅全集》第四卷，第 439 页。

更谈不到平民文学。 现在的文学家都是读书人，如果工人农民不解放，工人农民的思想，仍然是读书人的思想，必待工人农民得到真正的解放，然后才有真正的平民文学。"[①] 三、对于阶级斗争导致的政治革命的目的、手段存在原则的分歧。 对"革命文学"兴起，鲁迅曾经指出一种严重的误解："世间往往误以两种文学为革命文学：一是在一方的指挥刀的掩护之下，斥骂他的敌手的；一是纸面上写着许多'打，打'，'杀，杀'，或'血，血'的。 如果这是'革命文学'，则做'革命文学家'，实在是最痛快而安全的事。 从指挥刀下骂出去，从裁判席上骂下去，从官营的报上骂开去，真是伟哉一世之雄，妙在被骂者不敢开口。 而又有人说，这不敢开口，又何其怯也？ 对手无'杀身成仁'之勇，是第二条罪状，斯愈足以显革命文学家之英雄。 所可惜者只在这文学并非对于强暴者的革命，而是对于失败者的革命。"[②] 这虽然语带讥刺，对"革命文学"多有不敬，但那内容是非常深刻的，带着鲜血的。 后来"革命文学"论者改提"阶级文学"、"无产阶级文学"，也明确了它和政治斗争的关系。 鲁迅是认同的。 他认为"但一讲无产阶级文学，便不免归结到斗争文学，一讲斗争，便只能说是最高的政治斗争的一翼"[③]，这种政治斗争即革命，目的、手段和性质是什么呢？ 他们拿鲁迅祭旗，横扫文学研究会，横扫他们之外的一切文学。 给鲁迅判定了"封建遗孽"、"二重性的反革命"、"法西

---

① 鲁迅：《革命时代的文学》，《鲁迅全集》第三卷，第 422 页。

② 鲁迅：《革命文学》，《鲁迅全集》第三卷，第 543 页。

③ 鲁迅：《文坛的掌故》，《鲁迅全集》第四卷，第 122 页。

斯谛"①的可杀罪名。左翼作家联盟成立以后，鲁迅在《上海文艺之一瞥》中严肃地总结了这次斗争的教训。鲁迅指出："尤其是成仿吾先生，将革命使一般人理解为非常可怕的事，摆着一种极左倾的凶恶的面貌，好似革命一到，一切非革命者就都得死，令人对革命只抱着恐怖。其实革命是并非教人死而是教人活的。""革命是并非教人死而是教人活的"是鲁迅独特而卓越的思想，也是切中中国革命的要害的思想，可惜这一思想并不为左翼文学领导者所赞同。不但创造社人为文相讥，事实上也一再重复他们的错误。鲁迅的《辱骂和恐吓决不是战斗》即再次直接向周扬抗议，严正地重申："无产者的革命，乃是为了自己的解放和消灭阶级，并非因为要杀人，即使是正面的敌人，倘不死于战场，就有大众的裁判，决不是一个诗人所能提笔判定生死的。"同样鲁迅再次遭到指责；指责他"戴着白手套革命"。于是再过几年又来一次。鲁迅也再次回击，发表《答徐懋庸并关于抗日统一战线问题》，告诉左翼作家联盟的领导者："首先应该扫荡的，倒是拉大旗作为虎皮，包着自己，去吓呼别人；小不如意，就倚势（！）定人罪名，而且重得可怕的横暴者。"并质问他们："什么是'实际解决'？是充军，还是杀头呢？"还是这个老问题：革命是教人死还是教人活？！

第二，是对于文学和政治的关系的理解。大凡"为人生"的文学，都会和政治发生这样那样的关系，或明或暗，或直接或间接，或深或浅。鲁迅是认同某种文学和某种政治存在关系

---

① 杜荃（郭沫若）：《文艺战线上的封建遗孽》，《创造月刊》第二卷第一期，第149页。

的。中国的左翼文学是在国民党和共产党合作进行的第一次国内革命取得胜利的中途，国民党背叛盟友，实行"清党"，血腥屠杀共产党人和工农群众，共产党奋起武装反抗这一政治背景下产生的文学，是直接和这一政治相联系的文学，是中国共产党领导的文学。鲁迅原先支持国民党，支持国民党和共产党的合作，支持北伐；当国民党背叛盟友，那么残虐险狠地屠杀共产党人和革命群众的时候，鲁迅再次"出离愤怒"[①]了，他转而支持共产党，支持共产党对于国民党的战争。自然也认同左翼文学和共产党的政治的关系。但是关于文学和政治的关系却存在原则性的分歧。一、鲁迅从根本的性质上，就认为文艺与政治走着不同的道路。政治要维持现状，而文艺是不满于现状的。而且，"政治家最不喜欢人家反抗他的意见，最不喜欢人家要想，要开口。而从前的社会也的确没有人想过什么，又没有人开过口。且看动物中的猴子，它们自有它们的首领；首领要它们怎样，它们就怎样。在部落里，他们有一个酋长，他们跟着酋长走，酋长的吩咐，就是他们的标准。酋长要他们死，也只好去死。那时没有什么文艺，即使有，也不过赞美上帝（还没有后人所谓 God 那么玄妙）罢了！那里会有自由思想？后来，一个部落一个部落你吃我吞，渐渐扩大起来，所谓大国，就是吞吃那多多少少的小部落；一到了大国，内部情形就复杂得多，夹着许多不同的思想，许多不同的问题。这时，文艺也起来了，和政治不断地冲突；政治想维系现状使它统一，文艺催促社会进化使它渐渐分离；文艺虽使社会分裂，但是社

---

①　鲁迅：《记念刘和珍君》，《鲁迅全集》第三卷，第273页。

会这样才进步起来。文艺既然是政治家的眼中钉，那就不免被挤出去。外国许多文学家，在本国站不住脚，相率亡命到别个国度去；这个方法，就是'逃'。要是逃不掉，那就被杀掉，割掉他的头；割掉头那是最好的方法，既不会开口，又不会想了。俄国许多文学家，受到这个结果，还有许多充军到冰雪的西伯利亚去"①。自然，鲁迅知道政治有各种各样的政治，文艺也有各种各样的文艺。他在讲中国小说史的时候，已经对文艺作过各种各样的分类。从文艺与政治的关系的视野，鲁迅就曾经指出："中国文学从我看起来，可以分为两大类：（一）廊庙文学，这就是已经走进主人家中，非帮主人的忙，就得帮主人的闲；与这相对的是（二）山林文学。唐诗即有此二种。如果用现代话讲起来，是'在朝'和'下野'。后面这一种虽然暂时无忙可帮，无闲可帮，但身在山林，而'心存魏阙'。如果既不能帮忙，又不能帮闲，那么，心里就甚是悲哀了。"②现代社会阶级意识觉醒，文艺与政治的关系呈现出更加尖锐的情状。鲁迅认为"所谓革命，那不安于现在，不满意于现状的都是。文艺催促旧的渐渐消灭的也是革命（旧的消灭，新的才能产生），而文学家的命运并不因自己参加过革命而有一样改变，还是处处碰钉子"，并且认为"以革命文学自命的，一定不是革命文学，世间那有满意现状的革命文学？除了吃麻醉药！"③

二、在鲁迅思想中，革命家和政治家是两种不同的人。他对革命胜利后取得政权的政治家从根本上抱着怀疑的态度，不信任

① 鲁迅：《文艺与政治的歧途》，《鲁迅全集》第七卷，第113—114页。
② 鲁迅：《帮忙文学与帮闲文学》，《鲁迅全集》第七卷，第383页。
③ 鲁迅：《文艺与政治的歧途》，《鲁迅全集》第七卷，第118—119页。

的态度。 因为政治家依旧要"维持现状"，政治家依旧"最不喜欢人家反抗他的意见，最不喜欢人家要想，要开口"。 政治家依旧"认定文学家是社会扰乱的煽动者，心想杀掉他，社会就可平安"，他依旧"永远怪文艺家破坏他们的统一"。 可是在取得胜利以前，作为革命家，鲁迅说："从前文艺家的话，政治革命家原是赞同过；直到革命成功，政治家把从前所反对那些人用过的老法子重新采用起来，在文艺家仍不免于不满意，又非被排轧出去不可，或是割掉他的头。"① 由此可见，鲁迅认为的"文艺与政治的歧途"，是一个深刻的命题，有着丰富的复杂的内涵。 鲁迅对"一阔脸就变，所砍头渐多"② 的史实看得太多了。 三、鲁迅也没有明确的意见，或者说鲁迅也没有想好的问题，是关于党怎样领导文艺的问题。 鲁迅从一九二〇年代就关注苏维埃俄罗斯的文艺状况和文艺政策。 关于这个问题，他只介绍了有关论争，提出了中性的可以说是"同情的理解"的疑问："文艺应否受党的严紧的指导的问题，我们且不问；我觉得耐人寻味的，是在'那巴斯图'派因怕主义变质而主严，托罗兹基因文艺不能孤生而主宽的问题。 许多言辞，其实不过是装饰的枝叶。 这问题看去虽然简单，但倘以文艺为政治斗争的一翼的时候，是很不容易解决的。"③ 而对于左翼文学领导者来说，这不是理论问题，是实践问题、统一思想问题、加强纪律问题。

　　第三，对于文学本身若干问题的理解。 一是作者和作品

---

① 鲁迅：《文艺与政治的歧途》，《鲁迅全集》第七卷，第 118 页。

② 鲁迅：《赠邬其山》，《鲁迅全集》第七卷，第 427 页。

③ 鲁迅：《〈奔流〉编校后记（三）》，《鲁迅全集》第七卷，第 165 页。

的关系问题。左翼文学者认为："无产阶级文学的作家，不一定要出自无产阶级，而无产阶级的出身者，不一定会产生出无产阶级文学。……不管他是第一第二……第百第千阶级的人，他都可以参加无产阶级文学运动；不过我们要审察他的动机。看他是'为文学而革命'，还是'为革命而文学'。"[1] 谁来"审察"？怎样"审察"？而"动机"更是一个很难纠缠的问题。同样的动机可以做出不同的事情；不同的动机可以做出同样的事。而鲁迅强调最好是思想解放了的无产者自己来写；其他的人必须是不仅懂得理论，感情也转变了的。"至少是必须和革命共同着生命，或深切地感受着革命的脉搏的。（最近左联的提出了'作家的无产阶级化'的口号，就是对于这一点的很正确的理解。）"[2] 所以鲁迅一再强调"为革命起见，要有'革命人'，'革命文学'倒无须急急，革命人做出东西来，才是革命文学"[3]。鲁迅从来没有声称自己是无产阶级。他只说过是"左翼作家联盟中之一人"[4]。他对朋友说："我喜欢豪华版，也许毕竟是小资产阶级的缘故罢。"[5] 他有一篇杂文《文坛三户》，是很尖锐的。他指出"所以这文坛，从阴暗这方面看起来，暂时大约还要被两大类子弟，就是'破落户'和'暴发户'所占据"[6]。他对朋友说："使我自己说，我大约也还是一个破落户，不过思想较新，也时常想到别人和将来，因此也比较的不十分

---

[1] 李初梨：《怎样地建设革命文学》，《文化批判》第二号，第14—16页。

[2] 鲁迅：《上海文艺之一瞥》，《鲁迅全集》第四卷，第300页。

[3] 鲁迅：《革命时代的文学》，《鲁迅全集》第三卷，第418页。

[4] 鲁迅：《两地书·序言》，《鲁迅全集》第十一卷，第5页。

[5] 鲁迅：《一九三五年六月十日致增田涉》，《鲁迅全集》第十三卷，第634页。

[6] 鲁迅：《文坛三户》，《鲁迅全集》第六卷，第340页。

（"比较的不十分"六字原有着重点号）自私自利而已。"①　二、
左翼文学者一开始就强调文学的宣传作用，鲁迅是同意的。　但
他是从更深层的创作要给人看的情况来理解文学的"宣传"功
能的。　他说："一切文艺，是宣传，只要你一给人看。　即使个
人主义的作品，一写出，就有宣传的可能，除非你不作文，不
开口。　那么，用于革命，作为工具的一种，自然也可以的。"②
因此他否定"为宣传而宣传"的文字是文学："但在这革命地方
的文学家，恐怕总喜欢说文学和革命是大有关系的，例如可以
用这来宣传，鼓吹，煽动，促进革命和完成革命。　不过我想，
这样的文章是无力的，因为好的文艺作品，向来多是不受别人
命令，不顾利害，自然而然地从心中流露的东西；如果先挂起
一个题目，做起文章来，那又何异于八股，在文学中并无价值，
更说不到能否感动人了。"③　他也否定标语口号的文学："但我以
为一切文艺固是宣传，而一切宣传却并非全是文艺，这正如一
切花皆有色（我将白也算作色），而凡颜色未必都是花一样。
革命之所以用于口号，标语，布告，电报，教科书……之外，要
用文艺者，就因为它是文艺。"④　而标语口号的文学，公式化的
文学是左翼文学的一大痼疾。　这和领导者的默许、纵容甚至
倡导是分不开的。　三、鲁迅主张文学必须讲究"技巧"。　他指
出："一说'技巧'，革命文学家是又要讨厌的。""但我以为当

---

① 鲁迅：《一九三五年八月二十四日致萧军》，《鲁迅全集》第十三卷，第 196 页。
② 鲁迅：《文艺与革命》，《鲁迅全集》第四卷，第 84 页。
③ 鲁迅：《革命时代的文学》，《鲁迅全集》第三卷，第 418 页。
④ 鲁迅：《文艺与革命》，《鲁迅全集》第四卷，第 84 页。

先求内容的充实和技巧的上达，不必忙于挂招牌。"① 他又是反
对徒有"技巧"而不讲"内容"的。他说："如果内容的充实，
不与技巧并进，是很容易陷入徒然玩弄技巧的深坑里去的。"②
他称赞萧红的《小六》和萧军的《职业》和《樱花》："刘军悄
吟先生：来信早收到；小说稿已看过了，都做得好的 —— 不是
客气话 —— 充满着热情，和只玩些技巧的所谓'作家'的作
品大两样。"③ 他对自己的《彷徨》自我批评道："此后虽然脱离
了外国作家的影响，技巧稍为圆熟，刻划也稍加深切，如《肥
皂》，《离婚》等，但一面也减少了热情，不为读者们所注意
了。"④ 四、左翼文学有相当严重的"题材决定论"；而鲁迅是反
"题材决定论"的。两个青年文学者写信问他："我们曾手写了
好几篇短篇小说，所采取的题材：一个是专就其熟悉的小资产
阶级的青年，把那些在现时代所显现和潜伏的一般的弱点，用
讽刺的艺术手腕表示出来；一个是专就其熟悉的下层人物 ——
在现时代大潮流冲击圈外的下层人物，把那些在生活重压下强
烈求生的欲望的朦胧反抗的冲动，刻划在创作里面， —— 不知
这样内容的作品，究竟对现时代，有没有配说得上有贡献的意
义？"⑤ 鲁迅的答复是："但就目前的中国而论，我以为所举的
两种题材，却还有存在的意义。如第一种，非同阶级是不能深
知的，加以袭击，撕其面具，当比不熟悉此中情形者更加有力。

---

① 鲁迅：《文艺与革命》，《鲁迅全集》第四卷，第 84 页。

② 鲁迅：《一九三五年二月四日致李桦》，《鲁迅全集》第十三卷，第 45 页。

③ 鲁迅：《一九三五年二月九日致萧军、萧红》，《鲁迅全集》第十三卷，第 51 页。

④ 鲁迅：《〈中国新文学大系〉小说二集序》，《鲁迅全集》第六卷，第 239 页。

⑤ 鲁迅：《关于小说题材的通信》，《鲁迅全集》第四卷，第 366 页。

如第二种，则生活状态，当随时代而变更，后来的作者，也许不及看见，随时记载下来，至少也可以作这一时代的记录。所以对于现在以及将来，还是都有意义的。不过即使'熟悉'，却未必便是'正确'，取其有意义之点，指示出来，使那意义格外分明，扩大，那是正确的批评家的任务。因此我想，两位是可以各就自己现在能写的题材，动手来写的。不过选材要严，开掘要深，不可将一点琐屑的没有意思的事故，便填成一篇，以创作丰富自乐。"① 鲁迅告诉萧军的也是："不必问现在要什么，只要问自己能做什么。现在需要的是斗争的文学，如果作者是一个斗争者，那么，无论他写什么，写出来的东西一定是斗争的。就是写咖啡馆跳舞场罢，少爷们和革命者的作品，也决不会一样。"②

　　以上，我粗略地考察了鲁迅文学和左翼文学的异同。我的结论是：左翼文学已经终结，鲁迅文学期待发展。是否符合历史实际，是否有一点道理，请各位大方之家批评，指教。

二〇〇五年十二月六日星期二

---

① 鲁迅：《关于小说题材的通信》，《鲁迅全集》第四卷，第 368 页。
② 鲁迅：《一九三四年十月九日致萧军》，《鲁迅全集》第十二卷，第 532 页。

鲁迅思想的否定性特色

鲁迅生活在中国历史发生划时代变革的关头。根深蒂固的封建主义的旧世界行将崩溃；历史发展上理应埋葬封建主义的资产阶级奔走呼号，一再浴血起义，虽然结束了封建帝政制度，却无力建设打上自己独立的印记的历史时期而失败，无产阶级飞速发展壮大，领导了反对帝国主义、反对封建主义、反对官僚资本主义的伟大革命，全国各族人民在为自己的生存流血奋斗，……在新中国诞生之前，他停止了自己的思想。这样的历史时代，这样的社会存在，决定了鲁迅的思想，也赋予鲁迅思想特色以坚实的基础。

这就是鲁迅成为否定旧世界的伟大思想家的根源。否定性这一特色，是鲁迅思想的第一个也是最根本的一个特色。其他特色是以此为基础并由此而派生的。

如果说，鲁迅独特的思想是"以'立人'为目的和中心，以实践为基础，以批判'根深蒂固的所谓旧文明'为手段的，关于现代中国人的哲学，或者说是关于现代中国人及其社会如何改造的思想体系"的话，那么，这一思想体系的根本性质是否定性的，就是说它在总体上是对旧社会和旧文明的批判性的否定，而不是关于未来世界、未来人以及人与人的关系准则应该如何的、永恒不变的教条。鲁迅一生坚信："一切事物，在转变中，是总有多少中间物的。动植之间，无脊椎和脊椎动物之间，都有中间物；或者简直可以说，在进化的链子上，一切都是中间物。"[①] "人是进化的长索子上的一个环，……人生，宇宙的最后究竟怎样呢，现在还没有人能够答复。也许永久，也许灭亡。但我们不能因为'也许灭亡'就不做，正如我们知道人的本身一定要死，却还要吃饭也。"[②] 这是鲁迅思想的彻底处，也是它的深刻处。"世界决不和我同死，希望是在于将来的。"[③] 鲁迅没有丝毫霸占世界的气息，从不认为真理只在他一个人手里，他能够穷尽对于世界，对于社会，对于人生的真理性的认识，世界是静止的，再不变化发展的。鲁迅著作之所以有如此巨大的内在的信服力，其奥妙也在此。

有哪一位思想家像鲁迅那样，多次表示希望自己的思想"速朽"的呢？

有哪一位文学家像鲁迅那样，多次表示希望自己的创作包括他的文学语言，"速朽"的呢？

鲁迅思想以其否定性的本质特征彻底摆脱了私有制的影响。他否定旧世界，因为属于新世界。这就是历史的辩证法。这就是鲁迅思想的光辉。

否定旧世界的高度自觉性

在中国思想史上，从孔夫子到康有为，有两个发人深思的

---

① 鲁迅：《写在〈坟〉后面》，《鲁迅全集》第一卷，第285—286页。

② 鲁迅：《一九三五年六月二十九日致唐英伟》，《鲁迅全集》第十三卷，第163页。

③ 鲁迅：《鲁迅著译书目》，《鲁迅全集》第四卷，第185页。

基本现象，就是所谓"先王立场"和"经学传统"，就是"信而好古"、"述而不作"、"代圣人立言"。即使立意改革的思想家，也要打出先王的旗号，利用重新解经来阐述自己的思想和理论。被攻击为颇有"祖宗不足法"的精神的王安石要主编《三经新意》。近代的康有为要编撰《新学伪经考》、《孔子改制考》和《春秋董氏学》等书。这样大量重复的历史现象决不会偶然产生的。即使说我们这个古老的民族有着过多的保守性格，那也有造成这种民族性格的深刻的社会原因。在封建社会是共同的封建主义的经济基础；在近代半封建半殖民地社会则由于资本主义经济的不发达和资产阶级的软弱，以及他们思想的目的，即使在于改革，也是为了维护原有的私有制或用一种新的私有制代替旧的私有制。

鲁迅则不然。他根据一个国家、一个民族、一个社会的"根柢在人"、"人立而后凡事举"①的理论原则，从"立人"的考虑出发，认识到封建主义和欧美资产阶级革命后建立的资本主义制度都禁锢个人的发展，因而大众也得不到发展，因此既反对封建专制，也反对资产阶级专制，而寄希望于理想的"人国"。这"人国"的空想性质是显而易见的。但这"人国"的提出，却建立在批判旧世界、否定旧世界的现实主义的基础上，它所包含的革命精神是十分珍贵的。这种革命精神要求造就"立意在反抗，指归在动作"②的精神界的战士，"对于凡可遇见之事物，小小匡正，小小改良"的"好事之徒"③，要求否

---

① 鲁迅：《文化偏至论》，《鲁迅全集》第一卷，第57页。

② 鲁迅：《摩罗诗力说》，《鲁迅全集》第一卷，第66页。

③ 鲁迅在厦门大学的一次讲演，见唐弢编《鲁迅全集补遗续编》。

定"中国之治，理想在不撄"① 的传统，这是鲁迅弃医从文开始否定旧世界的革命实践的指导思想。

鲁迅为什么写小说？他说得很清楚：

> 说到"为什么"做小说罢，我仍抱着十多年前的"启蒙主义"，以为必须是"为人生"，而且要改良这人生。……所以我的取材，多采自病态社会的不幸的人们中，意思是在揭出病苦，引起疗救的注意。②

"揭出病苦"意在否定病苦。"改良人生"就是否定旧的人生，旧的社会，旧的世界。于是从否定性的角度取材，用否定性的态度描写，创作否定性的人物形象（不一定否定个人的品性如质朴、勤劳等等，而是否定其缺乏改革社会的觉悟，错误的社会意识，落后的伦理观念，奴隶的社会地位和不幸的遭遇，等等）。揭露否定性的现实，乃是鲁迅小说的基本思想意义之所在。这和鲁迅思想的否定性特色是完全一致的。

正当鲁迅创造了《狂人日记》、《孔乙己》、《故乡》、《阿Q正传》、《祝福》等小说精品，奠定了中国新文学的基础并蜚声世界文坛的时候，他于一九二五年基本结束了小说创作，而致力于写作嗣后和他的名字永远联系在一起的"杂文"。鲁迅在一个新的令思想和艺术完美结合着的创作天地发现了自己，找到了为改造中国人及其社会而献出毕生心血的批判武

---

① 鲁迅：《摩罗诗力说》，《鲁迅全集》第一卷，第68页。
② 鲁迅：《我怎么做起小说来》，《鲁迅全集》第四卷，第512页。

器。在中国现代思想史和现代文学史上，没有鲁迅就没有"杂文"，没有"杂文"也就没有鲁迅。杂文，按鲁迅译法的"Tsa-Wen"①，随着今后各国文化交流的进一步开展与深入，随着全世界各民族日益了解的历史进程，一定会为全世界各民族人民所发现，所重视，从而更全面地更真实地更深入地看到伟大的鲁迅。

论者常从消极方面解释鲁迅为什么不再写小说而写杂文，其实鲁迅自己说得很清楚：

> 中国现今文坛（？）的状况，实在不佳，但究竟做诗及小说者尚有人，最缺少的是"文明批评"和"社会批评"，我之以《莽原》起哄，大半也就为了想由此引些新的这一种批评者来，虽在割去敝舌之后，也还有人说话，继续撕去旧社会的假面。②
>
> ……我总还想对于根深蒂固的所谓旧文明，施行袭击，令其动摇，冀于将来有万一之希望。……
>
> …………
>
> ……我现在还要找寻生力军，加多破坏论者。③

请想一想：要完成这样的任务，小说和杂文，谁更直截明快？谁更强而有力？鲁迅在自己的杂文集的序跋中，一再说明他的杂文是"对于时弊的攻击"，是"偏要在庄严高尚的假面上拨

---

① 鲁迅：《徐懋庸作〈打杂集〉序》，《鲁迅全集》第六卷，第291页。
② 鲁迅：《两地书·一七》，《鲁迅全集》第十一卷，第63页。
③ 鲁迅：《两地书·八》，《鲁迅全集》第十一卷，第32—33页。

它一拨"，是"砭锢弊"，是"或一形象的全体"，是"枭鸣"。鲁迅热烈地呼吁"现在是多么切迫的时候，作者的任务，是在对于有害的事物，立刻给以反响或抗争，是感应的神经，是攻守的手足"[1]。总之，是"对于中国的社会，文明，都毫无忌惮地加以批评"[2]，是为了"在这可诅咒的地方击退了可诅咒的时代"[3]，是对于旧世界的否定。

鲁迅思想的否定性特色是建立在一个崇高的理想之上的，他既不是"寇盗式的破坏"，也不是"奴才式的破坏"，而是有理想的破坏，为了建设的破坏。鲁迅认为"无破坏即无新建设，大致是的；但有破坏却未必即有新建设"[4]。因此他强调"我们要革新的破坏者，因为他内心有理想的光"[5]。鲁迅指出，那种"憎恶旧社会，而只是憎恶，更没有对于将来的理想"的文学作品，只是当旧社会将近崩坏之际常常会出现的一种"近似带革命性的文学作品"，"其实并非真的革命文学"。[6]可见鲁迅多么重视革新的理想，又多么不遗余力地为否定根深蒂固的中国旧文明而写他的杂文。

这是大家熟知的。鲁迅一生怀着崇高的改革旧中国的理想，最初是"我以我血荐轩辕"，向往建立"人国"，后来由于事实的教训信仰马克思主义，确信"惟新兴的无产者才有将

---

① 鲁迅：《且介亭杂文·序言》，《鲁迅全集》第六卷，第 3 页。

② 鲁迅：《华盖集·题记》，《鲁迅全集》第三卷，第 4 页。

③ 鲁迅：《忽然想到·五》，《鲁迅全集》第三卷，第 43 页。

④ 鲁迅：《再论雷峰塔的倒掉》，《鲁迅全集》第一卷，第 192 页。

⑤ 鲁迅：《再论雷峰塔的倒掉》，《鲁迅全集》第一卷，第 194 页。

⑥ 鲁迅：《现今的新文学的概观》，《鲁迅全集》第四卷，第 134 页。

来"①，赞成经过无产阶级革命和无产阶级专政达到"无阶级社会"的科学社会主义。鲁迅的政治思想、社会思想、文化思想、伦理思想等或快或慢先后都有巨大的发展和提高。

新近有一种意见，认为鲁迅思想的发展是从爱国主义到民主主义到共产主义，这貌似发展了茅盾《鲁迅——从革命民主主义到共产主义》的见解，其实这命题本身的科学性就令我怀疑，民主主义和共产主义是两种思想体系，两套政治哲学，有着本质的区别。"从"民主主义"到"共产主义意味着对民主主义的扬弃。爱国主义虽然也叫"主义"，却不是一种思想体系和政治哲学，它是一国国民爱自己祖国的立场、态度、思想和感情的总和。它可以贯穿于民主主义和共产主义之中而不存在扬弃与否的问题，在理论上，不能在同一个时期指认某人既是民主主义者，又是共产主义者，他却可能同时都是爱国主义者。鲁迅在成为共产主义者以前与以后，始终是位伟大的爱国主义者，"我以我血荐轩辕"是他一以贯之的"主义"。

在中国思想史上，鲁迅思想是一种崭新的思想，他不仅决不依傍"先王"，代圣人宣言，而且要坚决彻底地否定他们。同时他也不希图创立关于未来黄金世界的行为法则。马克思在说明自己的思想和任务的时候，曾经这样自豪地表示："新思潮的优点就恰恰在于我们不想教条式地预料未来，而只是希望在批判旧世界中发现新世界。……如果我们的任务不是推断未来和宣布一些适合将来任何时候的一劳永逸的决定，那末我们便会明确地知道，我们现在应该做些什么，我指的就是要对现存的一切进

---

① 鲁迅：《二心集·序言》，《鲁迅全集》第四卷，第191页。

行无情的批判，所谓无情，意义有二，即这种批判不怕自己所作
的结论，临到触犯当权者时也不退缩。"① 这多么像是在评价鲁迅
思想的特性啊！鲁迅是一位对中国的传统文明，对旧中国现存的
一切，对他自己都自觉地无情地进行批判，予以否定的思想家。
是的，在这里，最难能可贵的是"自觉"和"无情"。

否定旧世界的种种内涵

　　无论从哪一个角度，如政治的、社会的、文化的、伦理
的，或现实的、历史的，也无论哪一类作品，如小说、散文诗、
杂文，从总体上看，鲁迅思想的内涵恰如他那高度自觉的写作
目的所规定的，本质上是否定性的。这种否定性与批判性是一
致的，是经过批判而达到的否定性结论。经过定量分析和定性
分析作出的采取排斥、革除、抛弃的结论。鲁迅曾经指出过：
"诚然，老百姓虽然不读诗书，不明史法，不解在瑜中求瑕，屎
里觅道，但能从大概上看，明黑白，辨是非，往往有决非清高
通达的士大夫所可几及之处的。"② 这从大概上看，判定批判的
对象是"黑"，是"非"，旧世界、旧文明、旧思想必须完全摧
毁、推倒、改革，从新创造一个历史上所没有过的新世界、新
文明、新思想，这就是我们这里所说的否定性。

　　"历史是过去的陈迹，国民性可改造于将来，在改革者

---

① 《马克思恩格斯全集》第一卷，人民出版社一九五六年版，第416页。
② 鲁迅：《"题未定"草（六至九）》，《鲁迅全集》第六卷，第435页。

的眼里，已往和目前的东西是全等于无物的。""中国的改革，第一著自然是埽荡废物，以造成一个使新生命得能诞生的机运。"① 这是时代赋予鲁迅的历史使命，这是鲁迅的个别性和革命性之所在，这是鲁迅思想的否定性之所产生的主观原因。

鲁迅的"扫荡废物"，细分就是他的"社会批评"和"文明批评"。这是两个互相联系而又侧重不同的方面。从横断面看，社会批评是批评"当前"的种种社会相，包括政治的、文化的、思想的、伦理的诸方面，在鲁迅的视野，特别集中于中国国民性的坏根性。文明批评是批评"已往"的精神"陈迹"，因为这里的"文明"，这里的批评，在鲁迅是专指"对于根深蒂固的所谓旧文明，施行袭击"的，是一种历史性的批评，是从纵断面看问题。"当前"是从"已往"发展而来的，决非毫不相干。有同志提出过一个"纵横论"的认识问题的方法论，把问题放在历史的纵坐标和现实的横坐标的交汇点上来观察、来分析、来思考、来研究，这是很对的。当然，这个纵横交汇点，还有它本身固有的各个侧面和各个层次，即多维的空间性。鲁迅在《买〈小学大全〉记》中指出，"倘有有心人（将《东华录》、《御批通鉴辑览》、《上谕八旗》、《雍正朱批谕旨》等书）加以收集，一一钩稽，将其中的关于驾御汉人，批评文化，利用文艺之处，分别排比，辑成一书，我想，我们不但可以看见那策略的博大和恶辣，并且还能够明白我们怎样受异族主子的驯扰，以及遗留至今的奴性的由来的罢"，"自然，这决不及赏玩性灵文字的有趣，然而借此知道一点演成了现在的所谓性灵

---

① 鲁迅：《〈出了象牙之塔〉后记》，《鲁迅全集》第十卷，第 244 页。

的历史，却也十分有益的"。① 于此不是可以看到鲁迅心目中两种批评的关系与区别么？

鲁迅的社会批评和文明批评发展为杂文 —— 严格意义上的，文体学上的分类的杂感文 —— 实质上就是对于中国固有的文明和旧社会的否定。《灯下漫笔》可以看作鲁迅思想的否定性特色的纲领性文献。因为它全面回答了否定什么、为了什么否定和否定之后的目的是什么等一个完整系列的诸问题。

一、否定什么？也即内容问题。否定中国固有的即传统的文明，否定现实的旧社会：

> 所谓中国的文明者，其实不过是安排给阔人享用的人肉的筵宴。所谓中国者，其实不过是安排这人肉的筵宴的厨房。②
>
> 对国民如何专横，向外人如何柔媚，不犹是差等的遗风么？中国固有的精神文明，其实并未为共和二字所埋没，只有满人已经退席，和先前稍有不同。③

二、为了什么否定呢？为了谁的利益而否定呢？也即立足点问题。为了人民，绝大多数被当作奴隶的人。文中从中国人民，绝大多数的人所处的社会地位的性质这一角度出发，概括中国人的历史是：

---

① 鲁迅：《买〈小学大全〉记》，《鲁迅全集》第六卷，第 58 页。
② 鲁迅：《灯下漫笔》，《鲁迅全集》第一卷，第 216 页。
③ 鲁迅：《灯下漫笔》，《鲁迅全集》第一卷，第 216 页。

一，想做奴隶而不得的时代；

二，暂时做稳了奴隶的时代。

这一种循环，也就是"先儒"之所谓"一治一乱"；那些作乱人物，从后日的"臣民"看来，是给"主子"清道辟路的，所以说："为圣天子驱除云尔。"[①]

文章接着分析了当时社会的状况和社会心理，指出民国也是一个"暂时做稳了奴隶的时代"。鲁迅就是这样从人民的社会地位的性质，从绝大多数人的利益出发来判断是非的。一个社会，如果实行人"有贵贱，有大小，有上下"的原则，实际上存在"君君臣臣，父父子子"、"夫为妻纲"的人身依附，鲁迅是否定的。一场政治革命，如果是争夺旧交椅，争夺对于地狱的统治权，鲁迅是否定的。一种理论、思想、学说，如果都是为了治民众者，即权势者的利益设想的，鲁迅是否定的。一个民族的性格对于异族如果不是斥为禽兽就是奉为圣上，鲁迅是否定的。所以，对于中国的文明史，从有文字记载到中华民国的历史，因为"实际上，中国人向来就没有争到过'人'的价格，至多不过是奴隶"，鲁迅给予了毫不含糊、毫不通假的否定，作出了如上述的公式。

这一观点出于鲁迅一九二五年的文章，是谓鲁迅思想发展过程中的前期。由于鲁迅这时还不是一位马克思主义者，因此这一重要观点受到许多批评，被认为是历史唯心主义的，形而上学的，没有阶级观点的，没有看到历史的进步甚至是历史

虚无主义的，一句话，是错误的。固然，在这个时期，在鲁迅思想中还没有运用"阶级"和与阶级有关的一整套概念、术语，还没有运用阶级分析的方法，但是，鲁迅是严格地从历史事实，从社会实际出发，看到了到中华民国为止的整个中国文明史绝大多数中国人始终处在奴隶的社会地位，被少数人所统治，所制驭，所凌虐的本质状况。这是符合实际的，完全正确的。中国人在哪一个朝代当家做主过？符合历史实际的结论为什么是唯心主义的呢？《共产党宣言》指出："到目前为止的一切社会的历史都是阶级斗争的历史。""过去一切阶级在争得统治之后，总是使整个社会服从于它们发财致富的条件，企图以此来巩固它们已经获得的生活地位。""过去的一切运动都是少数人的或者为少数人谋利益的运动。无产阶级的运动是绝大多数人的、为绝大多数人谋利益的自觉的独立的运动。""现代的资产阶级私有制是建筑在阶级对立上面、建筑在少数人对多数人的剥削上面的生产和产品占有的最后而又完备的表现。"[①] 两相比较，它们所概括的社会历史内涵，他们的精神实质不是一致的或相通的么？马克思主义者的立场和绝大多数人的立场是一致的或相通的。马克思主义者的利益和绝大多数人的利益是一致的。马克思主义者的基本的、主要的观点和为了绝大多数人的利益提出的观点，基本上是一致的或相通的；虽然他们观察问题的角度和方法，采取的模式即体系可能不同。检验真理的唯一标准是实践，而不是任何思想体系、观点和原则。恩格斯指出："原则不是研究的出发点，而是它的最终结果；这些原

---

① 《马克思恩格斯选集》第一卷，第 250、262、262、265 页。

则不是被应用于自然界和人类历史，而是从它们中抽象出来的；不是自然界和人类去适应原则，而是原则只有在适合于自然界和历史的情况下才是正确的。这是对事物的唯一唯物主义的观点，而杜林先生的相反的观点是唯心主义的，它把事情完全头足倒置了，从思想中，从世界形成之前就永恒地存在于某个地方的模式、方案或范畴中，来构造现实世界，这完全象**一个叫做黑格尔的人**。"① 批评鲁迅的《灯下漫笔》是唯心主义的那种观点，恰恰违背了恩格斯在这里所指出的"对于事物的唯一唯物主义的观点"啊！

　　三、否定之后的目的是什么？即有没有革新的理想问题。文中讲得很清楚：

　　　　扫荡这些食人者，掀掉这筵席，毁坏这厨房，则是现在的青年的使命！②

　　　　创造这中国历史上未曾有过的第三样时代，则是现在青年的使命！③

这"第三样时代"是什么性质的时代？那就是既不是"一，想做奴隶而不得的时代"，也不是"二，暂时做稳了奴隶的时代"。符合逻辑的必然结论，就是中国人不再做奴隶的时代，中国人争到"'人'的价格"的时代，也就是中国人站起来的时代，当家做主的时代。按照鲁迅的设想，用鲁迅的术语，在

---

① 《马克思恩格斯选集》第三卷，第74页。
② 鲁迅：《灯下漫笔》，《鲁迅全集》第一卷，第217页。
③ 鲁迅：《灯下漫笔》，《鲁迅全集》第一卷，第213页。

早期，是"人国"；在后期，是"无阶级社会"。

根据这个纲领，我们可以总揽鲁迅的作品，特别是他的杂文。

关于文明批评。 中国固有的文明主要是儒道佛三家的思想，特别是孔子之儒，自汉"罢黜百家，独尊儒术"以后，就作为统治阶级的思想统治中国达两千多年之久。 中国人的人生观，不仅士大夫，就是普通劳动者，大半内容也都是儒家的教条。 鲁迅一生不遗余力地为批判和否定孔夫子及其儒家经典而斗争着。 孔子的学说博大精深么？鲁迅说："不错，孔夫子曾经计划过出色的治国的方法，但那都是为了治民众者，即权势者设想的方法，为民众本身的，却一点也没有。"[①] 鲁迅正是从孔子的学说是为统治者设想来制驭民众的这一角度，予以否定的。 中国的资产阶级经过辛亥革命，在号称"民国"十四年之后，阔人们曾经掀起了一股"读经"的逆流。 鲁迅严厉地抨击道："我们这曾经文明过而后来奉迎过蒙古人满洲人大驾了的国度里，古书实在太多，倘不是笨牛，读一点就可以知道，怎样敷衍，偷生，献媚，弄权，自私，然而能够假借大义，窃取美名。 再进一步，并可以悟出中国人是健忘的，无论怎样言行不符，名实不副，前后矛盾，撒诳造谣，蝇营狗苟，都不要紧，经过若干时候，自然被忘得干干净净；只要留下一点卫道模样的文字，将来仍不失为'正人君子'，况且即使将来没有'正人君子'之称，于目下的实利又何损哉？"[②] 鲁迅又曾揭穿中国

---

① 鲁迅：《在现代中国的孔夫子》，《鲁迅全集》第六卷，第 318 页。
② 鲁迅：《十四年的"读经"》，《鲁迅全集》第三卷，第 129 页。

"做古文和做好人的秘诀"，是"都要古已有之，但不可直钞整篇，而须东拉西扯，补缀得看不出缝，这才算是上上大吉。所以做了一大通，还是等于没有做，而批评者则谓之好文章或好人。社会上的一切，什么也没有进步的病根就在此"。① 而这也是由于"政府对于读书的人们，使读一定的书，即四书和五经；使遵守一定的注释；使写一定的文章，即所谓'八股文'"② 而推波助澜造成的。这是多么可怕的僵化了的思想、思想方法和人生态度。否定儒家经典，否定"读经"的"八股文"的思想方法，否定由此养成的人生态度，这就是鲁迅思想，这就是鲁迅的一生的实践。鲁迅在批评国粹派的时候，曾经语重心长地呼吁："我有一位朋友说得好：'要我们保存国粹，也须国粹能保存我们'。保存我们，的确是第一义。只要问他有无保存我们的力量，不管他是否国粹。"③ 可惜，忘了自己是"我们"之中的一分子和自外于"我们"的人们是那么多，他们的习惯力量是那么大，那么顽强，以致鲁迅为否定它们苦斗了三十年，并积几十年的经验，深深感到革新传统是极其艰难的事业。

　　关于中国特产的道教，鲁迅认为："中国根柢全在道教，此说近颇广行。以此读史，有多种问题可以迎刃而解。后以偶阅《通鉴》，乃悟中国人尚是食人民族，因成此篇（按即《狂人日记》）。此种发见，关系亦甚大，而知者尚寥寥也。"④ 又认为"人往往憎和尚，憎尼姑，憎回教徒，憎耶教徒，而不憎道

---

① 鲁迅：《做古文和做好人的秘诀》，《鲁迅全集》第四卷，第 272 页。
② 鲁迅：《在现代中国的孔夫子》，《鲁迅全集》第六卷，第 314 页。
③ 鲁迅：《随感录·三十五》，《鲁迅全集》第一卷，第 306 页。
④ 鲁迅：《一九一八年八月二十日致许寿裳》，《鲁迅全集》第十一卷，第 353 页。

士。懂得此理者,懂得中国大半"①。这显然从中国历史和中国近现代民族的社会心理方面对道教持否定性的态度。我理解,鲁迅得出"中国人尚是食人民族"的结论,是同他关于"中国根柢全在道教"的看法联系在一起的。道教的兴衰,以及佛教引进中国以后道教与佛教的斗争,不仅严重影响着汉、唐的政治斗争,并且是政治斗争的一翼,而且在根本的人生问题上产生了巨大而深远的影响。正如鲁迅观察社会问题的焦点聚集在"立人"一样,鲁迅对于道教对于中国人的危害也着眼于人生的根本问题。鲁迅指出,中国人的想求神仙,是"奇想天开,要占尽了少年的道路,吸尽了少年的空气"。鲁迅又指出,"纵欲成仙"是"中国的奇想",前者的反科学、反进化论、反社会改革的人生观,后者的荒谬绝伦和极端的损人不利己,实在是可怕的因子浸润在中国人的骨髓里。人们常常著书立说纵论横议秦皇汉武的追求仙道,妄求长生不死,皇帝永远做下去,虽是后代帝王,也有希图"万子万孙"以至绝于"万历"的传说,可眼光并不稍稍向下,如鲁迅所作的一览"大小统治者"的宏观的社会批评:"人们又常常说:'升官发财。'其实这两件事是不并列的,其所以要升官,只因为要发财,升官不过是一种发财的门径。所以官僚虽然依靠朝廷,却并不忠于朝廷,吏役虽然依靠衙署,却并不爱护衙署,头领下一个清廉的命令,小喽罗是决不听的,对付的方法有'蒙蔽'。他们都是自私自利的沙,可以肥己时就肥己,而且每一粒都是皇帝,可以称尊处就

---

① 鲁迅:《小杂感》,《鲁迅全集》第三卷,第532页。

称尊。"① "纵欲成仙"的奇想是否已经绝迹，未作调查研究，而与性以及与性有关的大小问题进步甚微，看似无关，其实是相表里并且相反相成的。

在鲁迅看来，道教和方士又有着区别，他曾指出"道士思想（不是道教，是方士）与历史上大事件的关系，在现今社会上的势力"②是值得研究的一个问题。有时又把儒士和方士并称："儒士和方士，是中国特产的名物。方士的最高理想是仙道，儒士的便是王道。但可惜的是这两件在中国终于都没有。"③并一概予以否定。

一九三六年九月二十五日，鲁迅写信给自己终生的挚友许寿裳，反对他的"以佛法救中国"的主张。许寿裳的主张乃是他们两人共同的先师章太炎先生的"用宗教发起信心，增进国民的道德"的思想。先师的思想，挚友的主张，鲁迅"未敢苟同"，也还是要写信表示，以尽道义的责任。佛法不能救中国，而佛祖所谓"活在人间，还不如下地狱的稳妥，做人有'作'就是动作（＝造孽），下地狱却只有'报'（＝报应）了；所以生活是下地狱的原因，而下地狱倒是出地狱的起点"，鲁迅说，这是一套他不相信的"鬼画符"。④

对于佛教本身及其在传播、发展过程中走向"坏败"，鲁迅也发表过他的独特见解："我对于佛教先有一种偏见，以为坚苦的小乘倒是佛教，待到饮酒食肉的阔人富翁，只要吃一餐素，

---

①　鲁迅：《沙》，《鲁迅全集》第四卷，第549页。

②　鲁迅：《马上支日记》，《鲁迅全集》第三卷，第333页。

③　鲁迅：《关于中国的两三件事》，《鲁迅全集》第六卷，第11页。

④　鲁迅：《有趣的消息》，《鲁迅全集》第三卷，第198页。

便可以称为居士，算作信徒，虽然美其名曰大乘，流播也更广远，然而这教却因为容易信奉，因而变为浮滑，或者竟等于零了。"① 鲁迅并以此作为历史上的严重教训来提醒革命党人，必须高度警惕在革命发展过程中可能出现的革命精神的消亡。

教徒并不信教；作为一个人，名义上有所信仰，其实毫不认真甚至根本不信仰，这种"信仰度"的问题，是"人"的品性或素质问题，是"立人"的一大问题。鲁迅非常关注并反复作过批评。《吃教》一文是这种批评最集中、最全面的代表作。文中说：

> 中国自南北朝以来，凡有文人学士，道士和尚，大抵以"无特操"为特色的。晋以来的名流，每一个人总有三种小玩意，一是《论语》和《孝经》，二是《老子》，三是《维摩诘经》，不但采作谈资，并且常常做一点注解。唐有三教辩论，后来变成大家打诨；所谓名儒，做几篇伽蓝碑文也不算什么大事。宋儒道貌岸然，而窃取禅师的语录。清呢，去今不远，我们还可以知道儒者的相信《太上感应篇》和《文昌帝君阴骘文》，并且会请和尚到家里来拜忏。
>
> 耶稣教传入中国，教徒自以为信教，而教外的小百姓却都叫他们是"吃教"的。这两个字，真是提出了教徒的"精神"，也可以包括大多数的儒释道教之流的信者，也可以移用于许多"吃革命饭"的老英雄。②

---

① 鲁迅：《庆祝沪宁克服的那一边》，《鲁迅全集》第八卷，第163页。参见《在钟楼上》，《鲁迅全集》第四卷，第33页。

② 鲁迅：《吃教》，《鲁迅全集》第五卷，第310页。

　　中国历史上的"三教合流"、"三教同源"，或许真的也是思想的融合、丰富和发达，而从信徒的无特操、无信仰这一角度看来，其实也包含着各自的败坏。

　　"无特操"是鲁迅最憎恶的坏根性之一。对于同时代人的这一坏根性的表现，鲁迅曾提炼其中的精髓，给了一个著名的定义："无论古今，凡是没有一定的理论，或主张的变化无线索可寻，而随时拿了各种各派的理论来作武器的人，都可以称之为流氓。"[①]鲁迅曾向一位朋友吐诉："偶看明末野史，觉现在的士大夫和那时之相像，真令人不得不惊，……上海情形，发狂正不下于北平。青年好游戏，请游戏罢。其实中国何尝有真正的党徒，随风转舵，二十余年矣，可曾见有人为他的首领拼命？将来的狂热的扮别的伟人者，什九正是现在的扮 Herr Hitler 的人。"[②]多么深沉的愤懑和忧虑啊！

　　这就是鲁迅的社会批评。鲁迅对于清王朝、北洋军阀政府、国民党政权的反动本质，重大的内政、外交政策，政治的、社会的、文化的措施及其恶果作了全面的、深刻的批评和否定。"忍看朋辈成新鬼，怒向刀丛觅小诗。"鲁迅以其大智大勇面对国民党的屠刀，直面惨淡的人生，正视淋漓的鲜血，指斥国民党反动派"决计包庇中外古今一切黑暗"。其攻战之猛烈，否定之彻底，并世无两。

　　鲁迅的社会批评（文明批评也一样）的标准，是国家、民族、人民的根本得失利害，他自称"我虽然并非犹太人，却总

---

① 鲁迅：《上海文艺之一瞥》，《鲁迅全集》第四卷，第 297 页。
② 鲁迅：《一九三五年一月八日致郑振铎》，《鲁迅全集》第十三卷，第 11—12 页。

有些喜欢讲损益"。这里所说的"根本得失利害"，就是绝大多数人的生存状况：生存与灭亡；做奴隶还是做主人；也即政治的和社会的地位。《算账》一文很好地说明了这一点。鲁迅否定国民党政权，指出"中国民族的有些心，真也被征服得彻底，到现在，还在用兵燹，疠疫，水旱，风蝗，换取着孔庙重修，雷峰塔再建，男女同行犯忌，四库珍本发行这些大门面"，根据即在于此。只看到几页光荣的学术史而看不到人民的政治的和社会的地位的观点理论，鲁迅是否定的。

鲁迅的社会批评（文明批评也一样）的独特的角度，是聚焦在一定社会关系中的活人的普遍性的思想、品性、心理和素质。鲁迅批评政象和权势者的某一政策，也是透过它们暴露反动统治者们的"残虐阴狠"、"虽覆能复"等等阶级本性，以及历来的反动政策造成的国民坏根性。鲁迅对"五卅"、"三一八"、"四一二"、"九一八"等等重大历史事件的批评，对国民党文化"围剿"政策的批评，许许多多著名杂文莫不如此。"自有历史以来，中国人是一向被同族和异族屠戮，奴隶，敲掠，刑辱，压迫下来的，非人类所能忍受的楚毒，也都身受过，每一考查，真教人觉得不像活在人间。"[1]鲁迅指出，奴性的由来是多少代帝王"驯扰"的结果："一盘散沙"是统治者的"治绩"。一定的历史环境形成了一定的国民性格和心理素质。在这一意上，鲁迅对于中国国民坏根性的批评，正是对于历代统治者及其治下的社会现实的否定。不用讳言，鲁迅杂文中对于中国人的苟活、卑怯、虚伪、巧滑、自私、中庸、自贱而又

---

[1]　鲁迅：《病后杂谈之余》，《鲁迅全集》第六卷，第 180—181 页。

尊大等等坏根性的批评和否定，是针对各该社会层中的多数人的，是具有普遍性的。 历史的和现实的这种普遍性，是鲁迅杂文的价值之所在。 如果没有这种普遍性，鲁迅杂文 —— 文明批评和社会批评 —— 也就没有意义。 抹杀这种普遍性，势必抹杀了鲁迅杂文。

鲁迅曾痛心疾首于中国像一个黑色的染缸。 他于一九二五年三月十八日致许广平信中曾说过："中国大约太老了，社会上事无大小，都恶劣不堪，像一只黑色的染缸，无论加进什么新东西进去，都变成漆黑。"有的论者不敢正视这样的社会现实，否认它的普遍性，指为鲁迅前期形而上学思想的适例。 限制在"前期"，是表示了相当的客气的。 可是鲁迅在他的后期，也曾不止一次阐述过这一观点。 比如，一九三四年，这是标准的无可争议的后期了，鲁迅在《偶感》上写道：

> 每一新制度，新学术，新名词，传入中国，便如落在黑色染缸，立刻乌黑一团，化为济私助焰之具，科学，亦不过其一而已。
>
> 此弊不去，中国是无药可救的。[①]

这不是偶然的感触，而是深思熟虑的观点，这不是前期的"偏颇"，而是前后期一贯的思想，正确的思想，因为它符合历史和现实的实际。 而且这是鲁迅思想否定性特色的典型表现方式。

---

① 鲁迅：《偶感》，《鲁迅全集》第五卷，第480页。

从否定旧世界中发现新世界

鲁迅思想的否定性特色也显示在他的思想方法之中，换句话说，鲁迅的思想方法的特色也是否定性的。他是从否定中获得肯定，是从否定旧世界中发现新世界。

因此，鲁迅思想的否定性决不是什么"否定一切"，决不是什么"全盘否定"，决不是什么"虚无主义"，而是批判性的否定，经过分析的否定，有所肯定的否定。

鲁迅很注重思想方法。他早期的五篇文言论文之一《科学史教篇》，就包含了对于方法论的研究，从自然科学到哲学，探索了方法的发展历史。鲁迅指出："盖凡论往古人文，加之轩轾，必取他种人与是相当之时劫，相度其所能至而较量之，决论之出，斯近正耳。惟张皇近世学说，无不本之古人，一切新声，胥为绍述，则意之所执，与蔑古亦相同。盖神思一端，虽古之胜今，非无前例，而学则构思验实，必与时代之进而俱升，古所未知，后无可愧，且亦无庸讳也。"这里把思维必须根据事实，运用比较，考虑一定条件——特别是一时代的发展水平的可能性，经过定量分析从总体上作出定性结论诸因素作了很好的说明。同时揭露了盲目颂古和蔑古的共通的形而上学论。还是在这篇文章中，鲁迅又在评述了培根的"内籀"（即归纳法）和笛卡儿的"外籀"（即演绎法）之后，提出"若其执中，则偏于培庚（现通译培根）之内籀者固非，而笃于特嘉尔（现通译笛卡儿）之外籀者，亦不云是。二术俱用，真理始昭，而科学之有今日，亦实以有会二术而为之者故"。这，也就是把归纳法和演绎法结合起来。鲁迅以学自然科学出身，经过自然科学的方法论的训练，对于他的思想的形成与发展，实在有莫大的助益。鲁迅终生信服达尔文的进化论，因为他深知这是达尔文亲身作了无数量的调查研究，从生物进化的事实得出的结论。尊重事实，根据事实说话，这是鲁迅信守不渝的根本原则。"人们首先必须吃、喝、住、穿，然后才能从事政治、科学、艺术、宗教等等"①，这看似简单其实并不简单的事实，鲁迅无论在前期还是后期，都是牢牢把握着的。他从历史的和社会的事实出发，所以他的杂文有坚实的基础。他善于洞察人生的隐秘，所以他的杂文深刻，他又有直言不讳的大无畏的勇气，所以成就了他的伟大。鲁迅前期所缺乏的，是没有把握"直接的物质的生活资料的生产"，经济发展阶段构成一个社会的基础，社会意识要用这个基础来解释，而不是相反这样更深刻的事实和科学的理论。

由于鲁迅是从事实出发的，所以鲁迅对于旧世界的否定，不是盲目的，形而上学的，而是清醒的，经过辩证分析的。理解鲁迅杂文中的否定性的结论须要注意鲁迅观察问题和立论的角度，以及从总体上定性结论这样两个要点。比如对于孔子的评价，鲁迅从孔子对人民的态度，孔子是权势者的圣人这一角度，是予以否定的。鲁迅并不认为孔子一无是处，无一句话不错。在五四时期"打倒孔家店"的热潮中，鲁迅就曾肯定他"生在巫鬼势力如此旺盛的时代，偏不肯随俗谈鬼神"②。后来在

---

① 《马克思恩格斯选集》第三卷，第574页。
② 鲁迅：《再论雷峰塔的倒掉》，《鲁迅全集》第一卷，第192页。

批判国民党的时候，鲁迅又说过："孔子曰：'以不教民战，是谓弃之。'我并不全拜服孔老夫子，不过觉得这话是对的"[1]。虽然如此，但鲁迅始终从总体上坚决、彻底地否定孔子及其之徒。又比如对于屈原，鲁迅在杂文中，是从屈原不反抗昏聩的统治者这一角度而予以否定的。早于五四运动十二年即批评屈赋"反抗挑战，则终其篇未能见"[2]；至于三十年代依然认为屈原"只是不得帮忙的不平"[3]。但从屈赋的艺术性和作家在文学史上的地位这一角度，鲁迅是始终肯定屈原的，指出他"有文采"，"还是很重要的作家"。[4] 而在《汉文学史纲要》这种学术性著作中，更列专章充分讨论了屈原作品的特色及其对后代文学的影响。但仍然指出，屈赋像《诗经》中的许多作品一样，只有"怨愤责数之言"[5]。在鲁迅看来，"怨愤责数"和"反对挑战"是有原则性区别的。这种原则性的区别恰如鲁迅论"儒以文乱法，而侠以武犯禁"时所指出的："'乱'之和'犯'，决不是'叛'，不过闹点小乱子而已"[6]。鲁迅在《言论自由的界限》一文中，指出"焦大，实在是贾府的屈原，假使他能做文章，我想，恐怕也会有一篇《离骚》之类"，因为"焦大的骂，并非要打倒贾府，倒是要贾府好，不过说主奴如此，贾府就要弄不下去罢了"。而新月社诸君子，又是国民党的中华民国的"焦大"，对于"党国"只有一点"微词"，而没有"丝毫不利

---

① 鲁迅：《论"赴难"和"逃难"》，《鲁迅全集》第四卷，第474页。
② 鲁迅：《摩罗诗力说》，《鲁迅全集》第一卷，第69页。
③ 鲁迅：《从帮忙到扯淡》，《鲁迅全集》第六卷，第344页。
④ 鲁迅：《从帮忙到扯淡》，《鲁迅全集》第六卷，第344页。
⑤ 鲁迅：《屈原及宋玉》，《鲁迅全集》第九卷，第372页。
⑥ 鲁迅：《流氓的变迁》，《鲁迅全集》第四卷，第155页。

党国的恶意，不过说：'老爷，人家的衣服多么干净，您老人家的可有些儿脏，应该洗它一洗'罢了"。这一系列文明批评和社会批评，鲜明地表明了鲁迅思想的否定性特征，以及这种否定性的革命性本质。对于一种违反国家的、民族的、人民的根本利益的国家政权、社会制度，是止于"怨愤责数"，止于"一点微词"呢，还是进而"反抗挑战"，进而"叛"之，实行革命性的变革呢？！

正是从这一革命性的社会觉醒的角度，鲁迅对于中国的国民性作了持久的、大量的批评与否定。鲁迅批评国民的麻木、奴性，是因为他们还没有改革不合理的现实的觉醒，对于他们中的劳动者的道德品质如质朴之类，鲁迅不但不曾否定，而且是肯定的；恰恰是这样的肯定包含着更巨大、更深刻的时代悲剧意识。

正是从这一中国人少有的巨大而深刻的时代悲剧意识出发，鲁迅在他的笔底下一直从总体上否定中国的国民性，也即鲁迅对于国民性的批评，总是使用"中国人"的全称。鲁迅的这一笔法，在当时，也在现在，常常惹起议论，甚至是严酷的指责。好一点的似乎也真以为，前期的鲁迅思想中的中国人，确是"洪洞县内无好人"似的。要从鲁迅后期的文章中摘引出"我们从古以来，就有埋头苦干的人，有拼命硬干的人，有为民请命的人，有舍身求法的人，……虽是等于为帝王将相作家谱的所谓'正史'，也往往掩不住他们的光耀，这就是中国的脊梁"[1]的话来，才夸奖鲁迅有了可喜的进步。其实，前期的鲁迅

---

① 鲁迅：《中国人失掉自信力了吗》，《鲁迅全集》第六卷，第118页。

早已发表过值得深思的声明了。

一个是一九二五年一月，在《京报副刊》上发表《忽然想到·一至四》的《附记》。其中说："为避免纠纷起见，还得声明一句，就是：我所指摘的中国古人，乃是一部分，别有许多很好的古今人不在内！然而这么一说，我的杂感真成了最无聊的东西了，要面面顾到，是能够这样使自己变成无价值。"

又一个，时间更早，在一九一九年三月，在《新青年》上发表《拳术与拳匪》答复对于他的《随感录·三十七》的批评，鲁迅强调说明他"所批评的是社会的现象"。其中说："我也知道拳术家中间，必有不信鬼道的人；但既然不见出头驳斥，排除谬见，那便是为潮流遮没，无从特别提开。譬如说某地风气闭塞，也未必无一二开通的人，但记载批评，总要据大多数立言，这一二人决遮不了大多数。所以个人的态度，便推翻不了社会批评"。

可见，倒是鲁迅，即使在前期，他的思想在这一点上也准确地反映了客观的辩证法：肯定即寓于否定之中。否定性决不仅仅只有一个字，说是："不"。

要之，鲁迅思想的否定性的特色，是就它的整体、本质而言，不是说鲁迅思想中没有任何肯定性的内容。相反，对于"立人"（比如，"人立而后凡事举"不就是肯定性的观点么？），对于社会改造［比如，"要风化好，是在解放人性，普及教育，尤其是性教育，这正是教育者所当为之事，'收起来'却是管牢监的禁卒哥哥的专门"；"倘不将这些（旧'风俗'和旧'习惯'）改革，则这革命即等于无成，如沙上建塔，顷刻倒坏"；"解放了社会，也就解放了（妇女）自己"；等等，不都是肯定性的观点么？]，无论有关立场、态度、方法、观点，也无论有关政治、社会、文学艺术、伦理道德各个方面，鲁迅都提出了一系列的或重要的原则性的肯定性观点。

但是，鲁迅思想中肯定性的内容又都是从否定中得来的。从否定中获得肯定，是鲁迅思想方法的特色；从否定中表述肯定，是鲁迅杂文写法的特色。如果说鲁迅思想中的肯定性见解像璀璨的珍珠，那么这珍珠是一颗一颗点种在一篇一篇杂文中的；而那杂文本身无不充满着对于旧文明、旧社会的否定，显示出一幅一幅"大夜弥天，碧月澄照"的奇丽景色。例如以"我们现在怎样做父亲"做立论的题目，文中所肯定的"幼者本位的道德"的观点，是在"对于从来认为神圣不可侵犯的父子问题"的"中国的旧见解"的批评与否定中加以阐述的。"论睁了眼看"是在否定"中国人的不敢正视各方面，用瞒和骗，造出奇妙的逃路来，而自以为正路"的传统文明中表述的。鲁迅提出的著名的"拿来主义"，也是在否定中国向来的"送去主义"和"孱头"、"昏蛋"、"废物"们中讲清楚这道理的。就连《对于左翼作家联盟的意见》这样在成立大会上对同志提出希望的讲话，也充满了对于旧思想、旧观念、旧道德的批判和否定。更无论那些立意在批评反动统治者、批评旧人物、批评旧社会的杂文了。

鲁迅就是这样一位否定旧世界的思想家，他的思想的否定性特色全面表现在否定性的写作目的、否定性的内涵和否定性的思想方法等各方面。鲁迅以其思想的否定性表达了他对根深蒂固的中国的传统文明和旧社会的"反抗挑战"，表现出他的彻底的革命性。鲁迅诚实地解剖了自己思想的发展历程。他说：

　　只是原先是憎恶这熟识的本阶级，毫不可惜它的溃灭，后来又由于事实的教训，以为惟新兴的无产者才有将来，却是的确的。[①]

又说：

　　先前，旧社会的腐败，我是觉到了的，我希望着新的社会的起来，但不知道这"新的"该是什么；而且也不知道"新的"起来以后，是否一定就好。待到十月革命后，我才知道这"新的"社会的创造者是无产阶级，但因为资本主义各国的反宣传，对于十月革命还有些冷淡，并且怀疑。现在苏联的存在和成功，使我确切的相信无阶级社会一定要出现，不但完全扫除了怀疑，而且增加了许多勇气了。但在创作上，则因为我不在革命的旋涡中心，而且久不能到各处去考察，所以我大约仍然只能暴露旧社会的坏处。[②]

这是从否定旧世界中发现新世界的思想历程，始终在"希望着新的社会的起来"的理想的指导下暴露"旧社会的腐败"，由于事实的教训和学习马克思主义走到科学的共产主义的思想历程。

　　鲁迅是一位革新的破坏者，因为他内心有理想的光。鲁迅思想是否定性的，又是充满着革新的理想的。这才是问题的全

---

① 鲁迅：《二心集·序言》，《鲁迅全集》第四卷，第 191 页。
② 鲁迅：《答国际文学社问》，《鲁迅全集》第六卷，第 18 页。

部。 那些妄谈鲁迅"根本是'虚无主义'的"、鲁迅是"虚无主义的信徒"、"鲁迅作品的黑暗面"的论者，无论曾与鲁迅亲如手足，或是同鲁迅谈过天，吃过饭，自许唯有他才有资格写鲁迅，都是多么远离鲁迅本人，远离鲁迅思想的实际。

鲁迅与成仿吾们的分际

——"鲁迅左翼思想"的特质之一

一

"鲁迅左翼思想"的特质之一，是信奉十八世纪自然科学的伟大发现之一达尔文生物进化论，有它作自己思想的自然科学根柢。由此承认人性存在的事实，追求理想的人性；珍惜生命，坚持人道精神。而"左联左翼"批判达尔文生物进化论，否认人性，否定人道主义，崇尚牺牲，这使"鲁迅左翼思想"在与"左联左翼"的争辩与较量中，异彩纷呈，弥久常新。

鲁迅十八岁前接受了中国传统主流文化的完备教育，从开蒙到对课到四书，为科举考试的功课都读过了，也参加过乡试第一场考试，上了榜；第二场缺席，由他人代考，不了了之。中年时候，撰写反对政府提倡"读经"的文章《十四年的"读经"》，傲然而讽刺地表示："我几乎读过十三经"！

鲁迅十八岁到南京考入新学堂，接触到"西学"。特别是课外读到严复译述的赫胥黎著《天演论》，眼界大开，思想冲破桎梏的束缚。近三十年以后，在《琐记》中回忆起来，依然激情洋溢，写下了这样的文字：

翻开一看，是写得很好的字，开首便道：

"赫胥黎独处一室之中，在英伦之南，背山而面野，槛外诸境，历历如在机下。乃悬想二千年前，当罗马大将恺彻未到时，此间有何景物？计惟有天造草昧……"

哦！原来世界上竟还有一个赫胥黎坐在书房里那么想，而且想得那么新鲜？一口气读下去，"物竞""天择"也出来了，苏格拉第，柏拉图也出来了，斯多噶也出来了。学堂里又设立了一个阅报处，《时务报》不待言，还有《译学汇编》，那书面上的张廉卿一流的四个字，就蓝得很可爱。

这样鲜活生动的记忆，是"动情的理性"的读书顿悟，足见铭刻之深。

而当鲁迅从铁路矿务学堂毕业，他却又茫然起来。他说"爬上天空二十丈和钻下地面二十丈，结果还是一无所能，学问是'上穷碧落下黄泉，两处茫茫皆不见'了。所余的还只有一条路：到外国去"。这种茫然，固然是对于新学堂教学的不满；但更深层的原因是对国事的忧虑：他的西学，他的关于现代人的觉悟，产生了对于中国传统主流文化的儒家经典的反叛。他回忆在日本弘文学院补习的时候发生的一件事："这是有一天的事情。学监大久保先生集合起大家来，说：因为你们都是孔子之徒，今天到御茶之水的孔庙里去行礼罢！我大吃了一惊。现在还记得那时心里想，正因为绝望于孔夫子和他的之徒，所以到日本来的，然而又是拜么？一时觉得很奇怪。"初到日本，鲁迅还继续思考在路矿学堂的专业，一九〇三年撰写了《中国地质略论》，对于国外学者到中国考察，发表了方针性警示："中国者，中国人之中国。可容外族之研究，不容外族之探掹；可容外族之赞叹，不容外族之觊觎者也。"鲁迅这一时期的经历和思想，主要在于：一、已经接受并信奉现代西方自然科学和社会人文学科的基本知识，特别是在达尔文生物进化论基础上，确立了关于"现代人"及其"人性"的觉悟。二、彻底反省了"孔夫子和他的之徒"传承了几千年的儒家经典，感到了"绝望"。三、怀着深深的忧患意识，关心社会，确立了"立意在反抗，指归在动作"的志向。当自己认定时机适当，就会热忱参与社会活动。四、作为一个坚贞的爱国者，他是最早喊出"中国者，中国人之中国"的前驱之一。

鲁迅到日本留学，进一步学习了现代自然科学、现代思想和哲学书籍，学习了世界历史，过着充实的留学生活："凡留学生一到日本，急于寻求的大抵是新知识。除学习日文，准备进专门的学校之外，就赴会馆，跑书店，往集会，听讲演。我第一次所经历的是在一个忘了名目的会场上，看见一位头包白纱布，用无锡腔讲演排满的英勇的青年，不觉肃然起敬。但听下去，到得他说'我在这里骂老太婆，老太婆一定也在那里骂吴稚晖'，听讲者一阵大笑的时候，就感到没趣，觉得留学生好像也不外乎嬉皮笑脸。'老太婆'者，指清朝的西太后。吴稚晖在东京开会骂西太后，是眼前的事实无疑，但要说这时西太后也正在北京开会骂吴稚晖，我可不相信。讲演固然不妨夹着笑骂，但无聊的打诨，是非徒无益，而且有害的。"是的，智者有言"于细节处见精神"。鲁迅对于吴稚晖讲演的不屑，可以看出鲁迅注重独立思考和事实，反感虚假的宣传。当时的东京是中国救国图强志士的聚集地。一场"革命"与"保皇"的论争如火如荼。鲁迅积极参加革命活动，撰写了五篇文言论文。这五篇文言论文，奠定了后来史称"鲁迅思想"的要素。

《人之历史》，副标题即"德国黑格尔氏种族发生学之一元研究诠解"，简明评述了达尔文的生物进化论。这是鲁迅对于现代人的认识的觉醒。这种觉醒蕴含着人性、人道和进化的必然要素。

《科学史教篇》，简明评述现代科学及技术的发达，高度赞扬了现代科学的力量。鲁迅杰出的地方是认为："科学者，神圣之光，照世界者也，可以遏末流而生感动。时泰，则为人性之光。"又："人群所当希冀要求者，不惟奈端已也，亦希诗人如狭斯丕尔（Shakespeare）；不惟波尔，亦希画师如洛菲罗（Raphaelo）；既有康德，亦必有乐人如培得诃芬（Beethoven）；既有达尔文，亦必有文人如嘉来勒（Garlyle）。凡此者，皆所以致人性于全，不使之偏倚，因以见今日之文明者也。"把自然科学看作"人性之光"，而又不围于自然科学一端，倡言社会包容自然科学与文学、艺术、哲学方方面面，"致人性于全"，不要说在一百年前的二十世纪初，即使在今日之中国，依旧是"润物细无声"的思想呼唤吧？

《文化偏至论》，由阅读世界历史，尤其是欧洲历史，特别关注人性—文化的演变与进化，否定"竞言武事……谓钩爪锯牙，为国家首事"，以及"制造商估立宪国会之说"的救国方针，而提出"根柢在人"，"首在立人，人立而后凡事举；若其道术，乃必尊个性而张精神。假不如是，槁丧且不俟夫一世"的主张。这是"鲁迅思想"的中心，鲁迅终生坚持的根本观点。 在这篇论文中，鲁迅提出文化发展出现"偏至"的必然现象，指出："文明无不根旧迹而演来，亦以矫往事而生偏至，缘督校量，其颇灼然，犹子与蘖焉耳。 特其见于欧洲也，为不得已，且亦不可去，去子与蘖，斯失子与蘖之德，而留者为空无。不安受宝重之者奈何？顾横被之不相系之中国而膜拜之，又宁见其有当也？明者微睨，察逾众凡，大士哲人，乃爰识其弊而生愤叹，此十九世纪末叶思潮之所以变矣。"这是从历史事实得出的极其重要的思想。

《摩罗诗力说》，根据生物进化论"物竞"、"进化"的事实，批评老子的"无为"思想，"老子书五千语，要在不撄人心；以不撄人心故，则必先自致槁木之心，立无为之治；以无为之为化社会，而世即于太平。 其术善也。 然奈何星气既凝，人类既出而后，无时无物，不禀杀机，进化或可停，而生物不能返本。 使拂逆其前征，势即入于苓落，世界之内，实例至多，一览古国，悉其信证"。 但鲁迅不是将自然界的生物进化规律简单地生硬地运用于人类社会。 他对于人类社会，特别是对于中国社会与历史、人心别有深刻的观察。 他指出："中国之治，理想在不撄，而意异于前说。 有人撄人，或有人得撄者，为帝大禁，其意在保位，使子孙王千万世，无有底止，故性解（Genius）之出，必竭全力死之；有人撄我，或有能撄人者，为民大禁，其意在安生，宁蜷伏堕落而恶进取，故性解之出，亦必竭全力死之。"为了改变这种统治者集权专制、百姓忍受的屡弱精神，鲁迅赞扬"立意在反抗，指归在动作"的作家，力倡"撄人心"的文学，身体力行，虽焦唇敝舌，终生不息。

最后一篇《破恶声论》，是运用前四篇论文阐述的理论，分析批评当时中国流行的错误观点，力求予以破除。首先是弘扬自然科学的理性与精神，尊重百姓对于宗教的信仰，破除"伪士"的误判。其次，着力破除"崇侵略"的思想。在这一问题上，鲁迅参照动物界弱肉强食的现象，从人性内在的复杂性，人性中"残存"的兽性，批评人类社会国与国之间的侵略罪行。他质问道："崇侵略者类有机，兽性其上也，最有奴子性，中国志士何隶乎？""夫人历进化之道途，其度则大有差等，或留蛆虫性，或猿狙性，纵越万祀，不能大同。……是故嗜杀戮攻夺，思廓其国威于天下者，兽性之爱国也，人欲超禽虫，则不当慕其思。"这种批评，痛快淋漓，合乎逻辑，但没有重视政治、经济、民族文化、国家制度等社会性的利害，是其重大缺陷。

鲁迅思想既然根植于现代自然科学，特别是现代生命科学——达尔文生物进化论，他的重视人，关注人，重视人性，关注人性，重视人道，关注人道，也就是逻辑的必然。鲁迅认为"进化论之成，自破神造说始"，认同"世界不直进，常曲折如螺旋，大波小波，起伏万状，进退久之而达水裔，盖诚言哉"。谁说鲁迅是"唯心论"，是"不懂辩证法"的呢？

综观鲁迅这个时期的主要思想观点，至少可以作这样的概述：

鲁迅是一个脚踏实地，为中国人的生存而抗争的爱国者。坚决反对列强的侵略，也坚决反对自己的民族侵略他者。但是，鲁迅对于统治者与民众是有分析的。他指出："然中国则何如国矣，民乐耕稼，轻去其乡，上而好远功，在野者辄怨恣，凡所自诩，乃在文明之光华美大，而不借暴力以凌四夷，宝爱平和，天下鲜有。惟晏安长久，防卫日弛，虎狼突来，民乃涂炭。第此非吾民罪也，恶喋血，恶杀人，不忍别离，安于劳作，人之性则如是。"敢于反省，敢于在自己民族孱弱的时代，警告忘乎所以的"中国志士""崇侵略"的心思，是出类拔萃的大无畏精神！

　　鲁迅是一个主张"外之既不后于世界之思潮，内之仍弗失固有之血脉，取今复古，别立新宗"的思想家。早就指出"顾今者翻然思变，历岁已多，青年之所思惟，大都归罪恶于古之文物，甚或斥言文为蛮野，鄙思想为简陋，风发浡起，皇皇焉欲进欧西之物而代之，而于适所言十九世纪末之思潮，乃漠然不一措意。凡所张主，惟质为多，取其质犹可也，更按其实，则又质之至伪而偏，无所可用"。过去与当今，不少鲁迅专家和非鲁迅专家，妄言鲁迅是彻底否定中国传统文化的，乃至是"民族文化的罪人"！请读读鲁迅的原著吧！

　　鲁迅是一个以"立人"为根柢，致力于改变汉民族的劣根性，由"人"而社会而民族而国家的改革者。这里涉及"人"与"制度"的关系问题。"人"与"制度"，孰轻孰重？孰为根本？"制度"是重要的。制度可以"立"人，制度也可以"毁"人。鲁迅一生不遗余力反抗专制制度，分专制为"暴君的专制"与"愚民的专制"，大声疾呼："我想：暴君的专制使人们变成冷嘲，愚民的专制使人们变成死相。大家渐渐死下去，而自己反以为卫道有效，这才渐近于正经的活人。世上如果还有真要活下去的人们，就先该敢说，敢笑，敢哭，敢怒，敢骂，敢打，在这可诅咒的地方击退了可诅咒的时代！"但鲁迅进一步看到：人类社会一切人为的物质性的事物，都是"人"创造的，也是由"人"掌握、施行的，最终也为"人"所改变与废立。鲁迅的"根柢在人"是事实，是没有错误的。

鲁迅是以建立"人国"为理想境界的一个思想者。鲁迅对于"人国"的阐释只有寥寥数语，不及儒家"大同"境界的十分之一。更不论现代的种种主义设想的理想境界。这是鲁迅"人国"的弱点，过于空泛。可贵的是，鲁迅着眼于人，追求"理想的人性"，追求底层人群生活得像"人样"！这使鲁迅的"人国"具有很大的包容性。有青年问鲁迅，应该怎样度过人生？鲁迅回答："我的意见，都陆续写出，更无秘策在胸，所以'人生计划'，实无从开列。总而言之，我的意思甚浅显：随时为大家想想，谋点利益就好。"鲁迅晚年，有朋友夸赞他，他回信说："平生所作事，决不能如来示之誉，但自问数十年来，于自己保存之外，也时时想到中国，想到将来，愿为大家出一点微力，却可以自白的。"这就是鲁迅。脚踏实地，尽力而为。

二

一九〇九年，鲁迅二十九岁，结束留学生涯，从日本回国。在浙江杭州教书，侍奉母亲，维持家计。次年，回故乡，在绍兴府中学堂任教。在这里迎接辛亥革命的胜利，当谣言飞短流长，民心不稳，曾率领学生上街宣传，稳定市面。民国政府成立，应蔡元培先生邀请，赴南京出任教育部部员，并随部迁到北京。

一九一五年九月，陈独秀主编的《青年杂志》创刊于上海。 第二卷改名《新青年》，并于年底将编辑部迁到北京。 这改变了鲁迅的人生历程。

一九一八年四月，他写出《狂人日记》，署名鲁迅。 五月，《新青年》第四卷第五号即予以刊发，立即引起社会震惊。"鲁迅"这一笔名成为通用名，载入史册。

《狂人日记》生动而含蓄地刻画出一个感受"被吃"的人的怀疑、恐惧、忧虑和抗争的心理；表达了一个觉悟的知识者呼唤不再吃人的"真的人"出世的理性；一种"救救孩子"的忧愤而激越的呐喊。 这在鲁迅同辈欢迎"文学革命"的知识者中，立刻引起共鸣与赞许。 远在成都的吴虞迅速写出《吃人与礼教》加以响应。 也深受青年大学生的关注，认同者在《新潮》发表了模仿的小说。 十七年后，鲁迅应邀作《〈中国新文学大系〉小说二集序》，中肯回顾说："在这里发表了创作的短篇小说的，是鲁迅。 从一九一八年五月起，《狂人日记》，《孔乙己》，《药》等，陆续的出现了，算是显示了'文学革命'的实绩，又因那时的认为'表现的深切和格式的特别'，颇激动了一部分青年读者的心。 然而这激动，却是向来怠慢了绍介欧洲大陆文学的缘故。 一八三四年顷，俄国的果戈理（N. Gogol）就已经写了《狂人日记》；一八八三年顷，尼采（Fr. Nietzsche）也早借了苏鲁支（Zarathustra）的嘴，说过'你们已经走了从虫豸到人的路，在你们里面还有许多份是虫豸。 你们做过猴子，到了现在，人还尤其猴子，无论比那一个猴子'的。 而且《药》的收束，也分明的留着安特莱夫（L. Andreev）式的阴冷。 但后起的《狂人日记》意在暴露家族制度和礼教的弊害，却比果戈理的忧愤深广，也不如尼采的超人的渺茫。"

　　无论从小说所获得的效果，还是鲁迅对于创意的自白，可以看到，《狂人日记》显示的正是"鲁迅左翼思想"蕴含的生物进化论、人性论和人道精神的根柢。这一时期，鲁迅通过论文、小说和杂文，充分表达了他的"左翼思想"的底色。如《生命的路》：

　　　　生命的路是进步的，总是沿着无限的精神三角形的斜面向上走，什么都阻止他不得。

　　　　自然赋与人们的不调和还很多，人们自己萎缩堕落退步的也还很多，然而生命决不因此回头。无论什么黑暗来防范思潮，什么悲惨来袭击社会，什么罪恶来亵渎人道，人类的渴仰完全的潜力，总是踏了这些铁蒺藜向前进。

　　　　…………

　　　　什么是路？就是从没路的地方践踏出来的，从只有荆棘的地方开辟出来的。

　　　　以前早有路了，以后也该永远有路。

　　　　人类总不会寂寞，因为生命是进步的，是乐天的。

　　又如，在《我们现在怎样做父亲》中，鲁迅坦言："我现在心以为然的道理，极其简单。便是依据生物界的现象，一，要保存生命；二，要延续这生命；三，要发展这生命（就是进化）。生物都这样做，父亲也就是这样做。……但生物的个体，总免不了老衰和死亡，为继续生命起见，又有一种本能，便是性欲。因性欲才有性交，因有性交才发生苗裔，继续了生命。所以食欲是保存自己，保存现在生命的事；性欲是保存后裔，保存永久生命的事。饮食并非罪恶，并非不净；性交也就并非罪恶，并非不净。饮食的结果，养活了自己，对于自己没有恩；性交的结果，生出子女，对于子女当然也算不了恩。——前前后后，都向生命的长途走去，仅有先后的不同，分不出谁受谁的恩典。"鲁迅认同"以幼者弱者为本位"的父母子女的道德也是这样的理路。鲁迅认为人们的当务之急及常态化生活，理应一要生存，但不是苟活；二要温饱，但不是奢侈；三要发展，但不是放纵的思想，显然是从生物进化论的根柢生发出来而又不仅仅由单一的纯粹的生物进化论推演出来，它显然结合着人类生存的"社会性"要素，否则，不可能有"苟活"、"奢侈"、"放纵"的思想。自然，"社会性"的内涵是什么，有哪些，这是极其重要的，是必须思考、探究的。一个人思考和探究到哪些当另作别论。

一个坚定信奉达尔文生物进化论的人，以此作为观察和思考人类社会问题的自然科学根柢的人，逻辑的推演，必然包含着关于人性的思想。物有物性，人有人性，是事实，也是自然之性，是"势所必至，理有固然"。所以，鲁迅多有关乎人性—兽性即动物性的评述。"文学革命"兴起之初，觉悟的知识者大力倡导改革的一项内容，就是反对歧视、欺压女性的传统观念，倡导男女平等的新道德、新文化。鲁迅在对女大学生的讲演《娜拉走后怎样》中，提出女性要得到平等的地位，必须掌握平等的经济权。但在针对施行"管控"方针办女校的思想的批评中，鲁迅特别提示了人性问题。鲁迅指出："要风化好，是在解放人性，普及教育，尤其是性教育，这正是教育者所当为之事，'收起来'却是管牢监的禁卒哥哥的专门。况且社会上的事不比牢监那样简单，修了长城，胡人仍然源源而至，深沟高垒，都没有用处的。"我常常百思不得其解，为什么我们从男女的"两人世界"，到家庭到社会上的单位到民族到国家，"收起来"成为顽固不化的思想、方针与机制及制度？我们几乎人人都是——都想做"禁卒哥哥"？——连女性，一旦成为"婆婆"也变成了"禁卒哥哥"？大禹的爹，治理黄河，用"收起来"的办法失败了，头颅被砍了！大禹反其道而行之，用疏，用导，成功了，名垂青史了，为什么我们的传统竟然是"鲧"，而不是"大禹"？！为什么我们"革命"之后，"革革命"之后，"革革革命"之后，竟然还是这样，还要弘扬传统文化中的"非"人性、"反"人性的渣滓呢？为什么鲁迅不怕入黑名单、"通缉"、"围攻"，"横站"着，奋笔直书一辈子，实践自己的"我总还想对于根深蒂固的所谓旧文明，施行袭击，令其动摇，冀于将来有万一之希望"理想，只能激起阵阵涟漪，动摇不了"旧文明"的根本呢？

鲁迅追求"理想的人性"，但他知道人性中残留着动物性，有的人身上残留着兽性。鲁迅揭露道："古时候，秦始皇帝很阔气，刘邦和项羽都看见了；邦说，'嗟乎！大丈夫当如此也！'羽说，'彼可取而代也！'羽要'取'什么呢？便是取邦所说的'如此'。'如此'的程度，虽有不同，可是谁也想取；被取的是'彼'，取的是'丈夫'。所有'彼'与'丈夫'的心中，便都是这'圣武'的产生所，受纳所。何谓'如此'？说起来话长；简单地说，便只是纯粹兽性方面的欲望的满足——威福，子女，玉帛——罢了。然而在一切大小丈夫，却要算最高理想（？）了。我怕现在的人，还被这理想支配着。"

一九一三年二月八日，鲁迅去教育部上班，遇到一件他长叹息的事，记录在《日记》中："上午赴部，车夫误蹴地上所置橡皮水管，有似巡警者及常服者三数人突来乱击之，季世人性都如野狗，可叹！"

　　承认人有"人性"的思想家，都是珍惜生命的，也就都富有人道精神。我特意不用"人道主义"这种"主义"的术语，并不是因为"左联左翼"曾经批判人道主义，冯乃超挖苦鲁迅"无聊赖地跟他弟弟说几句人道主义的美丽的说话"，而是因为任何一种"主义"内涵都复杂。比如，鲁迅主张"报复"，不反对死刑，这在"原教旨"的眼里，就不能算是一个人道主义者。同时，鲁迅是思想自由、独立思考、特立独行的人，梳理全部鲁迅著述就分明可以了解：鲁迅是不受任何"主义"范围的人，没有任何"主义"可以完整地解读鲁迅。鲁迅在《随感录·三十八》中说："我们自己想活，也希望别人都活；不忍说他人的灭绝，又怕他们自己走到灭绝的路上，把我们带累了也灭绝，所以在此着急。倘使不改现状，反能兴旺，能得真实自由的幸福生活，那就是做野蛮也很好。——但可有人敢答应说'是'么？"这种"希望别人都活"的思想，是鲁迅一生一以贯之的。鲁迅自辛亥革命，到国民党北伐，到共产党的革命，都支持着，参与着。但鲁迅不是为革命而革命，不是为"斗争"而快乐。鲁迅的信念是：人"更应该斗争，但为的是改革"。所以，鲁迅支持共产党革命的时候，明确表示："再则他们，尤其是成仿吾先生，将革命使一般人理解为非常可怕的事，摆着一种极左倾的凶恶的面貌，好似革命一到，一切非革命者就都得死，令人对革命只抱着恐怖。其实革命是并非教人死而是教人活的。这种令人'知道点革命的厉害'，只图自己说得畅快的态度，也还是中了才子＋流氓的毒。激烈得快的，也平和得快，甚至于也颓废得快。"

这才是鲁迅。这才是"鲁迅的左翼思想"。

三

一九二七年四月，国民党背叛盟友、血腥"清党"的事实，引起鲁迅思想震动，反省自己信奉生物进化论的"偏颇"。他说："我一向是相信进化论的，总以为将来必胜于过去，青年必胜于老人，对于青年，我敬重之不暇，往往给我十刀，我只还他一箭。然而后来我明白我倒是错了。这并非唯物史观的理论或革命文艺的作品蛊惑我的，我在广东，就目睹了同是青年，而分成两大阵营，或则投书告密，或则助官捕人的事实！我的思路因此轰毁，后来便时常用了怀疑的眼光去看青年，不再无条件的敬畏了。"

关于生物进化论对自己的作用，鲁迅还有一段重要的自述，说明自己相信"下等人胜于上等人"，原话是："我总以为下等人胜于上等人，青年胜于老头子，所以从前并未将我的笔尖的血，洒到他们身上去。我也知道一有利害关系的时候，他们往往也就和上等人老头子差不多了，然而这是在这样的社会组织之下，势所必至的事。对于他们，攻击的人又正多，我何必再来助人下石呢，所以我所揭发的黑暗是只有一方面的，本意实在并不在欺蒙阅读的青年。以上是我尚在北京，就是成仿吾所谓'蒙在鼓里'做小资产阶级时候的事。"其实，鲁迅一九二五年还在北京，就写了《导师》一文，开篇就是："近来很通行说青年；开口青年，闭口也是青年。但青年又何能一概而论？有醒着的，有睡着的，有昏着的，有躺着的，有玩着的，此外还多。但是，自然也有要前进的。"这就是杂文，着笔的时候针对的问题不同，立意不同，阐述的重点就不同。

　　鲁迅主要是用杂文表达自己的思想观点的，必得通读全面梳理才能逼近他的原意。创造社的"围剿"也引起鲁迅解剖自己，完善自己。他反省说："我有一件事要感谢创造社的，是他们'挤'我看了几种科学底文艺论，明白了先前的文学史家们说了一大堆，还是纠缠不清的疑问。并且因此译了一本蒲力汗诺夫的《艺术论》，以救正我 —— 还因我而及于别人 —— 的只信进化论的偏颇。"

　　要之，这还是关乎个人思想与评估的事情，对于从"文学革命"到"革命文学"的历史演进，鲁迅晚年在《〈草鞋脚〉小引》中有一个评述。他表示："最初，文学革命者的要求是人性的解放，他们以为只要扫荡了旧的成法，剩下来的便是原来的人，好的社会了，于是就遇到保守家们的迫压和陷害。大约十年之后，阶级意识觉醒了起来，前进的作家，就都成了革命文学者，而迫害也更加厉害，禁止出版，烧掉书籍，杀戮作家，有许多青年，竟至于在黑暗中，将生命殉了他的工作了。这一本书，便是十五年来的，'文学革命'以后的短篇小说的选集。因为在我们还算是新的尝试，自然不免幼稚，但恐怕也可以看见它恰如压在大石下面的植物一般，虽然并不繁荣，它却在曲曲折折地生长。"

鲁迅的概括要言不烦，诚实而准确："文学革命"是追求"人性的解放"，是要"扫荡了旧的成法"；"革命文学"则因为"阶级意识"的觉醒，倡导无产阶级文学。显然，这是"人性论"和"阶级论"之间的分歧。并因为"阶级论"者的发动，对鲁迅们施行"你死我活"的严重批判，而鲁迅坚守"思想自由，特立独行"（见《两地书》原信）的原则，坚决予以抗争，爆发了一场严重的斗争，史称"革命文学论争"。

当创造社—"左联左翼"猛烈地毁灭性地批判鲁迅的时候，鲁迅一方面抓住他们的非阶级论的辱骂予以反击，一方面学习创造社们所运用的马克思主义的理论，除了马克思主义的文艺论外，还有《马克思读本》之类。于是，在《文学的阶级性（并恺良来信）》中，鲁迅正面予以回应了。鲁迅说："来信的'吃饭睡觉'的比喻，虽然不过是讲笑话，但脱罗兹基曾以对于'死之恐怖'为古今人所共同，来说明文学中有不带阶级性的分子，那方法其实是差不多的。在我自己，是以为若据性格感情等，都受'支配于经济'（也可以说根据于经济组织或依存于经济组织）之说，则这些就一定都带着阶级性。但是'都带'，而非'只有'。所以不相信有一切超乎阶级，文章如日月的永久的大文豪，也不相信住洋房，喝咖啡，却道'唯我把握住了无产阶级意识，所以我是真的无产者'的革命文学者。有马克斯学识的人来为唯物史观打仗，在此刻，我是不赞成的。我只希望有切实的人，肯译几部世界上已有定评的关于唯物史观的书——至少，是一部简单浅显的，两部精密的——还要一两本反对的著作。那么，论争起来，可以省说许多话。"鲁迅特别提出要有"反对的"著作的诚实、自信和思维方法，也是"左联左翼"所没有的。

这是一个经典的判断，经典的论述。鲁迅首先提出了一个前提，即"若据性格感情等，都受'支配于经济'（也可以说根据于经济组织或依存于经济组织）之说"，然后说明自己的理解，自己的观点："则这些就一定都带着阶级性。但是'都带'，而非'只有'。"

由此可见，"鲁迅左翼思想"的根本特质之一是：在阶级社会，从经济的视角观察，人的"性格感情等"，是"都带"阶级性，但并不是"只有"阶级性。在阶级性之外，还"带有"其他的人所具有的"性"。这就既不同于梁实秋们"超阶级论"的思想观点，也不同于"左联左翼"的"唯阶级论"的思想观点。

"都带"而非"只有"，那么，还有什么"性"呢？我认为是"人性"，"人性"中蕴含的多种而又错综复杂的因素。梳理鲁迅的相关论述，可以明确的：首先是动物性（兽性）的残留。上文已经论及的"兽性"爱国，"威福，子女，玉帛"的占有欲，"便只是纯粹兽性方面的欲望的满足"。鲁迅常用动物性作参照系来衡量人性及社会的文明发展程度。如《略论中国人的脸》、《男人的进化》等。动物性并不是全都是"坏"的，"恶"的。人是生物—动物，具有和生物—动物相同的"性"，或曰天性，"本能"如求生欲、求温饱欲、求发展欲。这是人心，就是"人之常情"。所谓"人同此心，心同此理"。鲁迅的伟大之一，即在"中国之君子，明于礼义而陋于知人心"的文化传统中，深深理解人心与人情。

鲁迅在《碎话》中谈到人的生死，说："况且文坛上本来就'只许州官放火不准百姓点灯'，既不幸而为庸人，则给天才做一点牺牲，也正是应尽的义务。谁叫你不能研究或创作的呢？亦惟有活该吃苦而已矣！然而，这是天才，或者是天才的奴才的崇论宏议。从庸人一方面看起来，却不免觉得此说虽合乎理而反乎情；因为'蝼蚁尚且贪生'，也还是古之明训。所以虽然是庸人，总还想活几天，乐一点。"我读历史，确有许多"慷慨就义"、"舍身赴死"的战士，但无产阶级的战士们，也确有被捕后行贿以逃生，或投降以活命的。这是"唯"无产阶级性难以解释的吧。

此外，诸如人类两性生殖出现的两性纷争；家庭（家风）、家族、氏族、部族、民族之间的斗争；"亲亲相隐"的问题；人的地域性问题；社会的行业分工、派别团体，从经济关系产生的现代工业、农业的阶级分野，特别是"唯"阶级论者关于各个阶级的阶级性的论述，都是难以解释复杂的社会、人文问题的。鲁迅对于中国的阶级的看法，并不等同于"左联左翼"的标准定义，鲁迅更加贴近现实，更加合情合理吧？他说：

> 自然，"喜怒哀乐，人之情也"，然而穷人决无开交易所折本的懊恼，煤油大王那会知道北京检煤渣老婆子身受的酸辛，饥区的灾民，大约总不去种兰花，像阔人的老太爷一样，贾府上的焦大，也不爱林妹妹的。（《"硬译"与"文学的阶级性"》)

鲁迅是尊重事实，以事实为依据立论的思想家。鲁迅谈读书，是"自己思索，自己观察"。鲁迅论"左翼左联"的创作及其目的，说"就拿文艺批评界来比方罢，假如在'人性'的'艺术之宫'（这须从成仿吾先生处租来暂用）里，向南面摆两把虎皮交椅，请梁实秋钱杏邨两位先生并排坐下，一个右执'新月'，一个左执'太阳'，那情形可真是'劳资'媲美了"。

这里还留下了一个问题，就是"性格感情等"的这个"等"，包含什么？比如"思想"、"观念"、"观点"、"信仰"；而这些又是可以分门别类的，如"政治思想"、"法律观念"、"伦理道德"的思想、观点之类。特别是在和平时期，政治、经济、法律的思想、观点，具有根本性质。现代社会的政党、派系，主要是由它们决定的。详细述评，一篇文章是做不到的。到此打住吧。

二〇一六年七月七日星期一新稿

八月二十五日定稿

在暴力与暴力革命的年代
——关于鲁迅左翼思想的一点思考

一

鲁迅生活在暴力与暴力革命的年代。先是列强利用暴力步步入侵,企图并实行了严重的瓜分中国的罪行。而自慈禧太后镇压戊戌维新的和平改革之后,"排满"的民族、民主革命愤然勃发,同盟会发动的武装起义不断;一九一一年武昌起义推翻清政府时,鲁迅恰在而立之年。然而,刚结束了两千多年的皇权专制,不一年即爆发"二次革命"。从张勋复辟到袁世凯称帝,随即又是北洋军阀混战,国共合作的北伐战争;再是国民党暴力清党,共产党武装起义。一九三一年日本军国主义发动"九一八事变",侵占东北三省;旋即入侵上海,爆发淞沪战争,鲁迅身陷战火之中。在日本发动"七七事变",抗日战争全面爆发的前一年,鲁迅溘然长辞于上海寓所。这种内外爆发的战争,迫使每一个人选择躲避或是介入,或者其他道路。苟活是可能的,但这种放弃尊严和自由的生存,只限于个体选择;对于一个民族,一个社会,沉默将是走向灭亡的起点。

这些血与火的现实,是摆在鲁迅面前的一个尖锐问题:面对民众受戮的局面(不论是外来的侵略还是内部的专制暴力),是否认同、支持并实施暴力反抗?

然而，对于暴力与暴力革命的认识、实施，有着丰富的内涵，错综纠结的分歧乃至斗争。这种斗争决定着暴力革命的性质、宗旨、手段和目的，也决定了夺取政权之后的政治作为：是以暴易暴，改朝不换代，依旧赓续秦朝的专制制度，还是既改朝又换代，消弭暴力，不再实施暴力统治，建设一个"人国"。

鲁迅在《文化偏至论》中提出："中国在今……外之既不后于世界之思潮，内之仍弗失固有之血脉，取今复古，别立新宗，人生意义，致之深邃，则国人之自觉至，个性张，沙聚之邦，由是转为人国。人国既建，乃始雄厉无前，屹然独见于天下，更何有于肤浅凡庸之事物哉？"这是鲁迅终身保持的理想。

二

鲁迅选择了暴力抵抗与暴力革命。鲁迅支持辛亥革命，支持北伐，支持共产党武装反抗国民党；主张抗日救国，反对"必先安内而后可以攘外"及"不抵抗"日本侵略的政策。

一九三六年九月五日，距离病逝十四天，鲁迅写下《死》一文。其中写到病中想留下的《遗嘱》，只写出七条，告诫自己的亲属，最后一条是："损着别人的牙眼，却反对报复，主张宽容的人，万勿和他接近。"鲁迅主张"报复"，反对"宽容"，赞成以暴力抵抗与暴力革命，可以说是至死不渝。

几千年来，面对暴力与战争，自圣贤以至百姓，人们有各种各样的认识与主张，有各种各样的态度。鲁迅为什么认同、赞成、支持暴力抵抗与暴力革命呢？

一是强烈的自尊，不甘受辱的个性。鲁迅是一个追求尊严地活着的人。十三岁，家道破落，"我寄住在一个亲戚家，有时还被称为乞食者。我于是决心回家"。原本是为躲避株连获罪，却又逃不过世俗的歧视，鲁迅同样不堪受辱。十四岁，甲午战争爆发，中国大败于日本。鲁迅回忆自己也记得当时普遍感到的痛苦，想有一点改革。十六岁父亲病逝，次年参加家族会议，拒绝在损害家庭利益的书契上签字，长辈严厉苛责亦不改态度。这种受侮辱受损害的痛苦，铭心刻骨，并转化为对社会、人生的感悟，他说："有谁从小康人家而坠入困顿的么，我以为在这途路中，大概可以看见世人的真面目；我要到 N 进 K 学堂去了，仿佛是想走异路，逃异地，去寻求别样的人们。"鲁迅成年后，这种个性并未随着年龄和阅历增长而减弱，即便朋友之间也会因自尊而有违情面。一九二九年，鲁迅因北新书局拖欠大笔稿费事，聘请律师准备起诉。后经朋友斡旋成功，书局老板李小峰设宴聚餐，席间却与林语堂发生冲突，鲁迅日记中写道："席将终，林语堂语含讥刺，直斥之，彼亦争持，鄙相悉现。"由此中断友谊达四年之久。原先两人是亲近的朋友，一九二六年鲁迅遭遇政治压力时，正是林语堂请他去厦门大学任教。

二是一种责任心。鲁迅在家庭肩负长子的责任，父亲病故之后，担起侍奉母亲、扶持幼弟的责任。为照顾家庭和二弟留学，他提前归国谋职，操持举家迁居北京。兄弟失和后，自己迁出家族大宅而借钱购屋，这时并未以兄长身份迫使二弟迁出。重要的是，在鲁迅身上这种家庭责任与社会责任同为一体。他少年时就深怀国家复兴的责任心，而列强入侵并企图瓜分中国使他大受刺激。十八岁时，在给二弟的家书里介绍《知新报》所刊列强瓜分中国的地图，"言英、日、俄、法、德五国，谋出扬子江先取白门，瓜分其地，得浙英也"（见周作人日记手稿1898年3月21日）。数年后他撰文申说，"中国者，中国人之中国。可容外族之研究，不容外族之探捡；可容外族之赞叹，不容外族之觊觎者也"（《中国地质略论》）。他二十七岁撰写系列论文，参与革命与保皇的论争，在《摩罗诗力说》中申明自己所钟情所赞同的是"立意在反抗，指归在动作"的"撄人心"的文艺。可见，鲁迅认同、赞成、主张的暴力斗争是"立意在反抗"，是被迫的自救，是反对恃强凌弱。

第三，事实的教训。鲁迅青年时期，在思考中国前途问题的《文化偏至论》中，曾经认为暴力和军事并非"首要"之务，不惜作诛心之论给予严厉批评："有新国林起于西，以其殊异之方术来向，一施吹拂，块然踣僵，人心始自危，而轻才小慧之徒，于是竞言武事。后有学于殊域者，近不知中国之情，远复不察欧美之实，以所拾尘芥，罗列人前，谓钩爪锯牙，为国家首事……嗟夫，夫子盖以习兵事为生，故不根本之图，而仅提所学以干天下；虽兜牟深隐其面，威武若不可陵，而干禄之色，固灼然现于外矣！"但是，此后实际经历的中国的各种变化，让鲁迅对于暴力与暴力革命获得新的认识——"改革最快的还是火与剑，孙中山奔波一世，而中国还是如此者，最大原因还在他没有党军，因此不能不迁就有武力的别人。""一首诗吓不走孙传芳，一炮就把孙传芳轰走了。"尽管鲁迅此前早已读过《天演论》，随后又研读了相关书籍，确立了弱者本位的反抗思想，但是对于暴力抵抗与暴力革命的"首要"、"最快"的认识，却是由于中国现实的教训而获得。

　　第四，进化论思想之影响。　鲁迅十八岁到南京进入新学堂，课外读到严复译述的《天演论》，兴奋不已。　嗣后留学日本，进一步研究这类图书。　一九二七年撰写一组关于中国出路的文章，第一篇即《人之历史》，副题"德国黑格尔氏种族发生学之一元研究诠解"，命意就是"诠解"生物进化论。　经过进一步的研究，鲁迅终身信奉达尔文生物进化论，以人为根柢，以生存斗争为促进人类改善自身并改革社会的手段。　这在同一组五篇论文中作了重点阐述。　鲁迅晚年在《论秦理斋夫人事》中结论道："人固然应该生存，但为的是进化；也不妨受苦，但为的是解除将来的一切苦；更应该战斗，但为的是改革。　责别人的自杀者，一面责人，一面正也应该向驱人于自杀之途的环境挑战，进攻。　倘使对于黑暗的主力，不置一辞，不发一矢，而但向'弱者'唠叨不已，则纵使他如何义形于色，我也不能不说 —— 我真也忍不住了 —— 他其实乃是杀人者的帮凶而已。"鲁迅的"更应该战斗，但为的是改革"的理性、意志及热忱表达得淋漓尽致。　当然，鲁迅对于进化论是有所选择的，有些方面甚至在根本观点上完全相左。　比如对于生物界"优胜劣败"的规律，用到人类社会，鲁迅就完全反对，而秉持相反的观念。鲁迅反对将"进化留良"当作侵略的理论依据，特别将"侵略"与"爱国"区分开来，将"侵略"的所谓"爱国"斥为"兽性"的"爱国"，是人性中动物性、虫豸性的残余。（见《破恶声论》）这是因为鲁迅生于弱国，饱受列强侵略的痛苦而觉醒，自觉自己处于奴隶地位的思考结果，所以他要"发愤图强"，所以他要一反"优胜劣败"、"进化留良"的社会达尔文主义，将人类走出动物界后人性的产生、发育与动物性加以区隔。

第五，马克思主义的阶级斗争学说之影响。 一九〇七年，鲁迅参与探讨中国前途的论争，在《文化偏至论》中已经引用"阶级"一词。 那是就教徒信仰平等，不论贵族平民的"阶级"而言。"时则有路德（M. Luther）者起于德，谓宗教根元，在乎信仰，制度戒法，悉其荣华，力击旧教而仆之。 自所创建，在废弃阶级，黜法皇僧正诸号，而代以牧师，职宣神命，置身社会，弗殊常人；仪式祷祈，亦简其法。 至精神所注，则在牧师地位，无所胜于平人也。"显然这还不是经济学家、社会学家之所谓"阶级"。 二十世纪二十年代，鲁迅从俄国盲诗人爱罗先珂接受了"知识阶级"的术语，或许可以说接近于经济学及政治经济学认定的"阶级"。 但鲁迅那一时期借用"阶级"一词的情形多有，如"有枪阶级"、"无枪阶级"等。 当创造社倡导"革命文学"，以批判鲁迅等作家祭旗的时候，进入思想理论争辩，鲁迅正式谈论"阶级"和"阶级斗争"，已是严肃地进入马克思主义关于"阶级斗争"的话语范畴了。 然而，鲁迅是一个独立思考的作家，这时已经有了自己相当成熟的思想。 他一面高度肯定创造社同人在"阶级分化"的尖锐时刻提出"革命文学"即"第四阶级文学"是一大功劳，一面坚决批判创造社和左翼队伍中的极左倾向。 关于"斗争"，鲁迅回答说："斗争呢，我倒以为是对的。 人被压迫了，为什么不斗争？正人君子者流深怕这一着，于是大骂'偏激'之可恶，以为人人应该相爱，现在被一班坏东西教坏了。 他们饱人大约是爱饿人的，但饿人却不爱饱人，黄巢时候，人相食，饿人尚且不爱饿人，这实在无须斗争文学作怪。 我是不相信文艺的旋乾转坤的力量的，但倘有人要在别方面应用他，我以为也可以。譬如'宣传'就是。"

在鲁迅看来，阶级斗争的手段大有分际，"武器的艺术"决定着"艺术的武器"，而"武器的艺术"是决胜的根本。使用"艺术的武器"的人，没有权力判决同样使用"艺术的武器"的论敌。"艺术的武器"不能施行"辱骂和恐吓"，鲁迅严厉申明"辱骂和恐吓决不是战斗"。至于阶级斗争的目的，鲁迅认为："无产者的革命，乃是为了自己的解放和消灭阶级，并非因为要杀人。"

可见，鲁迅赞同、支持暴力革命的思想带有一种被迫性，由于觉醒到自己处于奴隶的地位，身受欺凌与压迫，不愿意逆来顺受，忍气吞声而苟活。因此，鲁迅多用"立意在反抗"，"复仇"和"报复"；对于可能有歧义的"斗争"、"战斗"之类的词语，则有明确的说明，如"人被压迫了，为什么不斗争"，如"更应该战斗，为的是改革"。

所以，鲁迅批评老子的"无为"、"不撄人心"，虽说"其术善也"，而事实上做不到；鲁迅批评托尔斯泰的"不抵抗主义"、"不合作主义"，是理想，做不到，因为人心不同，一定有人"要抵抗"，也一定有人"会合作"的。

三

鲁迅一面赞同、支持暴力革命，一面明确教导自己的学生："战斗不算好事情，我们也不能责成人人都是战士，那么，

平和的方法也就可贵了，这就是将来利用了亲权来解放自己的子女。"（《娜拉走后怎样》）

用"平和的方法"——用"亲权"来进行改革，这是比"战斗"容易实行的。这也是鲁迅给予有志于改革者的宝贵的思想资源。启发他们不要沦为"口头改革派"的不二法门。

为什么"战斗不算好事情"？不是只有战斗即暴力才能打败掌控政权、迷信暴力的统治者么？这是因为战斗即暴力革命必然造成人的死亡与伤害。而战斗即暴力革命一旦进行，即难以控制其适当程度，不可避免造成过度的伤亡。这种死伤往往与成功不成比例。"三一八惨案"发生后，鲁迅痛感学生的和平请愿遭到镇压，死四十七人，伤一百五十余人，在劝勉学生此后不要再徒手请愿的文章中，告诉他们："人类的血战前行的历史，正如煤的形成，当时用大量的木材，结果却只是一小块，但请愿是不在其中的，更何况是徒手。"（《记念刘和珍君》）其次，施行暴力与暴力革命容易激发人的仇恨与残暴性，导致不顾人的死活，丧失革命的理性，出现"极左"思潮。鲁迅在与创造社的论战中，深深感到这种偏离革命宗旨的思潮，严厉而精辟地指出："再则他们，尤其是成仿吾先生，将革命使一般人理解为非常可怕的事，摆着一种极左倾的凶恶的面貌，好似革命一到，一切非革命者就都得死，令人对革命只抱着恐怖。其实革命是并非教人死而是教人活的。这种令人'知道点革命的厉害'，只图自己说得畅快的态度，也还是中了才子＋流氓的毒。"鲁迅总结亲历的历史情状，描述了这样一番暴力图景："革命，反革命，不革命。革命的被杀于反革命的。反革命的被杀于革命的。不革命的或当作革命的而被杀于反革命的，或当作反革命的而被杀于革命的，或并不当作什么而被杀于革命的或反革命的。革命，革革命，革革革命，革革……"（《小杂感》）可悲而极其遗憾的是，鲁迅同时代的革命者，口口声声尊崇鲁迅，却完全不接受鲁迅的这一重要思想，不知错杀、滥杀了多少生灵。

鲁迅不仅仅主张"战斗不算好事情"，"平和的方法""可贵"；即使在"平和的方法"中，用自己的"亲权"来解放自己的子女，是鲁迅提出的正面、切实的改革人及社会的途径。值得深思的是：鲁迅思想深层的结构是从自己着手，解放自己子女层级的人；而不是对他人斗争，对他人斗争是迫不得已的"反抗"、"抗争"和"复仇"。所以他撰文主题是"我们现在怎样做父亲"，而不是怎么做"儿子"，向"错误的"父辈斗争。

为社会的改革，不得已需要战斗，但鲁迅的思想是严格限制战斗中的伤亡的。他两次提出：革命不是要人死；革命不是要杀人，以警戒革命者，同时提出一系列的见解。

首先，鲁迅主张实施的暴力革命，严格限制在兵戎相见的战场。鲁迅没有学成海军，没有学军事；年轻时刻章明志，要做"戎马书生"，也并没有上过战场打过仗；想做军医，也没有成功。在他生活的战争年代，知识界难免论及军事。但鲁迅批判虚骄自负的"民气论"，主张以实力抵御外侮的"民力论"。当抗日战争初期，评论大学生是"赴难"还是"逃难"的时候，鲁迅强调，奔赴前线的百姓必须是兵员短缺时的应征入伍者，也必须进行军事训练，才能参加战斗。在这一点上，他赞同孔子"以不教民战，是谓弃之"的说法。

其次，更为关键的是，鲁迅批评作为非战斗人员的知识者内心的"杀气"。他说："读书人的心里大抵含着杀机，对于异己者总给他安排下一点可死之道。就我所眼见的而论，凡阴谋家攻击别一派，光绪年间用'康党'，宣统年间用'革党'，民二以后用'乱党'，现在自然要用'共产党'了。"（《可惨与可笑》）即使对于某些自诩无产阶级革命者，鲁迅也同样谴责，严厉指出："无产者的革命，乃是为了自己的解放和消灭阶级，并非因为要杀人，即使是正面的敌人，倘不死于战场，就有大众的裁判，决不是一个诗人所能提笔判定生死的。"（《辱骂和恐吓绝不是战斗》）

至于知识者之间的"笔墨之争"，更须严格排除"暴力"乃至语言暴力。鲁迅指出："我想，辩论事情，威吓和诬陷，是没有用处的。用笔的人，一来就发你的脾气，要我的性命，更其可笑得很。"（《康伯度答文公直》）但现实有时是难以想象的严酷，鲁迅的文章，就曾遭到"提出'军事裁判'"的攻击。这也不是个例，鲁迅撰有专文评论这种惨无人道的思想。

四

这里说的那篇文章，就是收在《集外集》里边的《文艺与政治的歧途》。那是一九二七年的一次讲演。鲁迅亲历了辛亥革命、北洋军阀混战、北伐以及克服南京与上海后的"清党"，根据自己新的亲历经验与思考，深化了对于文艺、革命以及文艺与革命的看法。

关于文艺，鲁迅在留日时期已经立志"弃医从文"，觉得文艺是改变中国人孱弱精神的利器。文艺是鲁迅改革社会、改变精神的工具；他不是纯粹的文学家，他所钟情的文艺（文学），是"立意在反抗，指归在动作"；而且其所谓"立意"、"动作"，是要合乎人性、合乎人道的。所以，他斥责赞颂依仗武力侵略他国的文学家是"兽性爱国"者。这种文艺是"撄人心"的，唤醒被麻醉的百姓，唤醒沉迷于梦中的人。这时候，鲁迅已经看到，这种"撄人心"的文学，"反抗"的文学，"动作"的文学，与统治者的利益相违背，与民性亦相违背。用他的原话说就是："中国之治，理想在不撄，而意异于前说。有人撄人，或有人得撄者，为帝大禁，其意在保位，使子孙王千万世，无有底止，故性解（Genius）之出，必竭全力死之；有人撄我，或有能撄人者，为民大禁，其意在安生，宁蜷伏堕落而恶进取，故性解之出，亦必竭全力死之。"（《摩罗诗力说》）

当鲁迅有了新的经验之后，有了新的进一步的阐述。第一，文艺的性质，这里的文艺是鲁迅认同的文艺，是革命的；原本和革命是同一的，即不满于现实社会，希求变革。准此提出了"革命的文学家"的名词。第二，文学的源头在社会，文学家说的话是社会的话。只是文学家敏感，他对社会的不合理处感觉早一点而已。第三，文学的作用，这里的文学，自然还是鲁迅认同的文学，是揭示社会的"不合理"和人生的"病态"。第四，文学家，自然是革命的文学家的命运，是吃苦，是被镇压，被杀头。因为他触犯了政治家的根本特质。

鲁迅这里说的政治家的根本特质，就是"要维持现状"，"维系现状使它统一"。要维系统一就必然反对文学家说话，反对文学家思想，反对文学家反对他的意见。而人的天性是会思想，要发声，要说话的。因此，文艺与政治走的是"歧途"；当政治家利令智昏、昏聩无能时，就只有镇压与屠戮文艺家的一条死路了。

对于政治，革命的政治，鲁迅还有一条见解，就是革命原本和文艺是有共同"不满于现状的同一的"。但当革命成功，或似乎成功，掌握了实际的权力，可以号令天下的时候，就变化了，变得要维持现状了，维系统一了。在这篇演讲中，鲁迅插入了两段耐人深思的话：一是从"生活窘迫过来的人"发达了以后的分裂；一是取得战争胜利的人的分裂，他们并不始终保持原先的思想、人品、作为。他们有的继续为穷人设想，继续改革社会；有的独享权势，称王称霸；有的自傲，以英雄炫耀，有的看到战争的伤亡，反对新的战争。

鲁迅这篇演讲，也留下一个问题，就是文艺与政治的歧途，政治家大规模普遍镇压、杀戮文学家，古代并未见于先秦的春秋战国时代，而是起于秦始皇的"焚书坑儒"，汉武帝的"罢黜百家，独尊儒术"立下恶法。近现代以降，鲁迅所举史实，是俄国沙皇，俄苏革命；别的国家，有过这样的时期，但并未立法，并未成为大规模的镇压和普遍现实。

五

鲁迅理想的改革方法是非暴力的和平的改革。鲁迅改革的目的是："我们自己想活，也希望别人都活"。他的杂文，尖锐、犀利，"论时事不留面子，砭锢弊常取类型"（《〈伪自由书〉前记》）。 但他说目的在揭露虚伪者的假面，使他们露出麒麟皮伪装的马脚；鲁迅论讽刺，说："他的讽刺，在希望他们改善，并非要捺这一群到水底里。"（《什么是"讽刺"？》）鲁迅揭出人生的病苦，目的在引起疗救的注意。 鲁迅一生致力于写作，但反对语言暴力，认为"辱骂和恐吓绝不是战斗"。 更不用说，因文字辩驳而要对手的性命，乃至提起军法审判。

鲁迅既然赞成、支持暴力抵抗与暴力革命，为什么又如此戒慎恐惧？

因为，暴力必然有所破坏，乃至牺牲人的生命。 所以鲁迅戒慎恐惧，严格区隔改革者的暴力，与寇盗、奴才的破坏。 他指出："我们要革新的破坏者，因为他内心有理想的光。 我们应该知道他和寇盗奴才的分别；应该留心自己堕入后两种。 这区别并不烦难，只要观人，省己，凡言动中，思想中，含有借此据为己有的朕兆者是寇盗，含有借此占些目前的小便宜的朕兆者是奴才，无论在前面打着的是怎样鲜明好看的旗子。"（《再论雷峰塔的倒掉》）鲁迅"内心的光"是什么？是"人性之光"，自由之光，人道之光。 这"光"的根本，来自他信奉的达尔文生物进化论。 在讲"物竞"、"天择"、"生存斗争"的同时，鲁迅强调生命的可贵，生命的一次性，必须极其珍惜生命。 鲁迅一再强调："人是生物，生命便是第一义"，"既是生物，第一要紧的自然是生命。 因为生物之所以为生物，全在有这生命，否则失了生物的意义"。

为了制约暴力，掌控暴力，鲁迅从两方面提出警告。 第一是对于暴力革命者，过度使用暴力的革命者，公开反对他们的错误思想，"极左倾"的做法。 鲁迅指出："他们，尤其是成仿吾先生，将革命使一般人理解为非常可怕的事，摆着一种极左倾的凶恶的面貌，好似革命一到，一切非革命者就都得死，令人对革命只抱着恐怖。其实革命是并非教人死而是教人活的。这种令人'知道点革命的厉害'，只图自己说得畅快的态度，也还是中了才子＋流氓的毒。"（《上海文艺之一瞥》）在公开提出"无产阶级革命"，严厉辨析"左"与"右"的斗争中，鲁迅再一次指出："无产者的革命，乃是为了自己的解放和消灭阶级，并非因为要杀人，即使是正面的敌人，倘不死于战场，就有大众的裁判，绝不是一个诗人所能提笔判定生死的。"（《辱骂和恐吓绝不是战斗》）可惜，这种警告不但没有起到作用，连鲁迅自己也被当作了批判的对象。最后鲁迅不得不发表"公开信"，和这一伙"工头"、"奴隶总管"、"皇帝"决裂。

鲁迅同时焦唇敝舌地劝导青年不要"恨恨而死"，不到短兵相接的关头不要"挺身而出"，面对比禽兽还残暴的沙皇不要"请愿"。鲁迅教育青年，战斗首先要保存自己，要"壕堑战"，"锲而不舍"，"韧性"战斗。为了打动青年珍惜生命，鲁迅坦然同情理解生物性的生存，劝青年要懂得"人心"和"人情"，慎重审查一切理论。他说："天才，或者是天才的奴才的崇论宏议。从庸人一方面看起来，却不免觉得此说虽合乎理而反乎情；因为'蝼蚁尚且贪生'，也还是古之明训。所以虽然是庸人，总还想活几天，乐一点。无奈爱管闲事是他们吃苦的根苗，坐在家里好好的，却偏要出来寻导师，听公论了。学者文人们正在一日千变地进步，大家跟在他后面；他走的是小弯，你走的是大弯，他在圆心里转，你却必得在圆周上转，汗流浃背而终于不知所以，那自然是不待数计龟卜而后知的。"(《碎话》)鲁迅从来不劝他人去牺牲，认为："自己活着的人没有劝别人去死的权利，假使你自己以为死是好的，那末请你自己先去死吧。"(《关于知识阶级》)鲁迅拒绝朋友的虚誉，坦然自白："自问数十年来，于自己保存之外，也时时想到中国，想到将来，愿为大家出一点微力，却可以自白的。"(《一九三四年五月二十二日致杨霁云》)鲁迅恳切劝导青年，要看破"名望"，不要以为死后为你立一尊铜像就了不起，就去"牺牲"。自我牺牲，要估量价值，要取得较大的社会利益："为社会计，牺牲生命当然并非终极目的，凡牺牲者，皆系为人所杀，或万一幸存，于社会或有恶影响，故宁愿弃其生命耳。"(《一九三四年五月一日致娄如瑛》)

是的，这样严格限制牺牲，会削弱暴力革命的成果。这是一个极大的悖论。鲁迅是自觉的，他自觉自己不能当"领导"，不能造就"大局面"。他说："希望我做一点什么事的人，也颇有几个了，但我自己知道，是不行的。凡做领导的人，一须勇猛，而我看事情太仔细，一仔细，即多疑虑，不易勇往直前，二须不惜用牺牲，而我最不愿使别人做牺牲（这其实还是革命以前的种种事情的刺激的结果），也就不能有大局面。所以，其结果，终于不外乎用空论来发牢骚，印一通书籍杂志。"(《两地书·八》)这，也可以说是鲁迅的弱点、软肋；但这也是觉醒的知识者的宿命。

这种宿命，不仅鲁迅如此，当代觉醒的知识者如此，先秦诸子凡主张非暴力的和平处事的，无不如此。如《老子》倡导"不争"、"无为"；认为"兵者不祥之器"，"以道佐人主者不以兵强天下"；指出"夫乐杀人者，不可以得志于天下矣"，只有"贵以身为天下，若可寄天下"，"爱以身为天下，若可托天下"。尽管这样从方方面面阐述和平处世的主张，也不得不面对不断出现暴力、不断进行战争的现实，虽然是退一步立论，也还是得承认"（兵者）非君子之器，不得已而用之"。这是为暴力抵抗留一条后路。

孔子也主张"君子矜而不争"，有谓："君子无所争，必也射乎！揖让而升，下而饮。其争也君子。"当卫灵公请教他关于战争排兵布阵之事，孔子干脆说"军旅之事，未之学也"，并且第二天就离开了卫国。可是面对战争的现实，也不得不给出退而求其次的说法："以不教民战，是谓弃之。"

墨子是一个异数。生在强大的儒家"亲亲"思想范围里，面对此起彼伏的战争，大无畏地倡导"兼爱"，反对暴力，反对战争，著长篇论文《非攻》。最后自然遇到诘难："昔者禹征有苗，汤伐桀，武王伐纣，此皆立为圣王，是何故也？"墨子的回答是："若以此三圣王者观之，则非所谓攻也，所谓诛也。"用一个"诛"字，轻松化解了暴力，化解了攻伐战争的是非利害。墨子对诘难者指出："子未察吾言之类，未明其故者也。"原来暴力与战争是可以分类的。"圣王"们尽管也是运用暴力革命推翻了暴君的统治，但是是应该加以区别的。当社会利益、价值观和道德观进入"和平"与"战争"、暴力与暴力革命之中的考量，永远是一个纠结不已的悖论。

人类，生存于暴力时代的人类，怎样面对暴力呢？

二〇一五年一月二日改定

钱理群评点

　　鲁迅与左翼的关系，是二十世纪九十年代以至新世纪，鲁迅研究所遇到的时代提出的第二个挑战性问题。这里也有一个过程：九十年代初，保守主义、自由主义思潮居主导地位，左翼明显被冷落；但到了九十年代中后期，随着国内各种社会矛盾的激化，社会思潮开始左倾，出现了"反对中国资本主义化"的"新左派"与自由主义的论战。在以后的发展中，又涌现出了各种类型的"左派"，除了坚持"毛泽东主义"的"老左派"之外，还有具有明显国家主义倾向的所谓"爱国左派"，就连"新左派"也越来越热衷于鼓吹"中华中心主义"。正是在这样的背景下，鲁迅与左翼的关系，就引起了社会和思想界、学术界的关注。本来，鲁迅，特别是鲁迅晚年与马克思主义和中国革命的关联，本身就是中国政治思想史、中国知识分子精神史以及鲁迅研究史上的重要课题，而且一直有不同意见的争论；现在，在新的历史语境下，就成了一个涉及中国历史、现实与未来发展的重大时代话题。得后以他特有的敏感和历史责任感，于二〇〇五年写出了这篇力作《鲁迅文学与左翼文学异同论》，及时作出了学术回应。

　　得后态度还是谨慎的，他着眼于专业的研究与讨论，坚持以鲁迅的"立人思想"为立论的出发点和根基，坚守以既非绝对肯定，也非绝对否定的复杂态度，面对一切事实。

　　他的讨论，从鲁迅立人思想的"三块基石"入手。本来，二十世纪八十年代初得后和王瑶先生讨论关于鲁迅立人思想的研究时，王瑶先生就提醒说，"研究鲁迅思想，……必须以近代中外思想潮流为背景"（《王瑶先生》）；"三块基石"要回答的正是鲁迅立人思想与世界思想潮流的历史渊源，实际是其理论基础的问题。得后经过对鲁迅相关文本和时代中外思想潮流的认真梳理，明确指出，"鲁迅认同达尔文生物进化论"，"把生物的人作为'立人'思想的逻辑起点"，进化论也成为他"'立人'思想的理论基石之一"；鲁迅又"详细考察了世界发展的轨迹，特别是路德宗教改革以来文化—文明发展的状况，认为文化的发展必然出现偏至的现象，选择十九世纪末尼佉（今通译尼采）、勖宾霍尔（今通译叔本华）、斯契纳尔（今通译克尔凯郭尔）、显理伊勃生（今通译亨利克·易卜生）等的'非物质'、'重个人'的思想作为自己的思想的又一个理论基石"；到了晚年，鲁迅又"有所选择地吸纳了马克思的基本观点"，他"对于'人'的理解就在原先的生物的，社会的，地域的，种族（民族、国家）的之中，增加了马克思的'阶级'的成分或说因素"，又受到了普列汉诺夫将"社会，种族，阶级的功利主义底见解，引入艺术里"，强调"美为人而存在"的文艺思想的影响，这构成了鲁迅立人思想的"第三块基石"。"三块基石"论的提出，显然是对鲁迅立人思想认识的一个深化；鲁迅立人思想也就成了一个开放的、不断发展的思想体系。得后强调："鲁迅（是）带着这样的对于马克思主义特别是对于普列汉诺夫的文艺理论的理解，步入中国的左翼文艺阵营"的。（以上讨论均见《鲁迅文学与左翼文学异同论》，收《鲁迅教我》)这样，得后也就从鲁迅"立人思想"的发展的角度，对历来存在争论的"鲁迅受马克思主义的影响"和"参加左翼文艺阵营"的问题，作出了自己的独特理解与学理分析。其中最引人注目的，是得后强调和突出了鲁迅对马克思主义，特别是马克思主义文艺理论的理解，主要是依据普列汉诺夫的《艺术论》；而在二十世纪三十年代一般人的眼中，普列汉诺夫是反列宁、斯大林的布尔什维克主义的孟什维克的领军人物：这也正是鲁迅受马克思主义的影响的不同寻常之处。现在，被得后敏锐地抓住了。

但得后更为关注，也格外用力研究的，是鲁迅"步入左翼文学阵营前后的种种内部矛盾与争斗"，以揭示鲁迅文学与左翼文学、鲁迅与三十年代的大多数左翼知识分子之间的分歧，即"同中之异"，而这背后显然存在鲁迅与逐渐成为中国发展的支配性力量的中国马克思主义和中国革命的关系这样一些更深层次的问题。

得后首先讨论的是，对人性与阶级性关系的认识的分歧。得后指出，在自称中国的马克思主义者的太阳社、创造社的左翼作家的理解里，"人只有'阶级性'，没有人性。讲'人性'就是（资产阶级）'人性论'"；而鲁迅则针锋相对地提出，按照马克思理论，人的性格感情等，都受支配于经济，这些就一定"都带着阶级性"；"但是'都带'，而非'只有'"(《文学的阶级性》)。这真是一语点出要害：所谓"只有阶级性"就是根本否认人的自然本性，将人的社会本性极度狭窄化，这也就否定了人天生的生存权、温饱权和发展权，这都是鲁迅立人思想的基本要素。得后严正指出，"这种唯'阶级性'论，不仅摧毁了我们中国人的人性，使原有的'民族根性'恶性膨胀，并且将人性中的'诚与爱'摧毁殆尽"。更为严重，也更带实质性的，是究竟是谁来确定人的"阶级性"的性质是"资产阶级"的，或者"无产阶级"的？其结果就是，"中国的马克思主义者……只要占住权势的地位，就可以宣布自己是'无产阶级'的"，而把一切异己者打成"阶级异己分子"，而自己一旦"失去权势"也"立马变成阶级异己分子"。可以说，正是这样的"唯阶级论"、反人性论，成为权力至上的暴力统治的理论基础。

鲁迅还要追问的是，"革命"的目的、手段是什么？我们究竟追求怎样的"革命"？他一针见血地指出，太阳社、创造社的革命家，"将革命使一般人理解为非常可怕的事，摆着一种极左倾的凶恶的面貌，好似革命一到，一切非革命者都得死，令人对革命只抱着恐怖"。鲁迅针锋相对地提出，"其实革命是并非教人死而是教人活的"（《上海文艺之一瞥》，收《二心集》）。这一思想立刻被得后抓住，他强调，这是"鲁迅独特而卓越的思想，也是切中中国革命的要害的思想"。可惜它从来不被中国的革命者和左翼知识分子所接受，也长期被中国的鲁迅研究者所忽略，现在在得后的笔下得以凸显，这本身就有一种意义与价值。

鲁迅与左翼作家的论争，一个或许更带根本性的问题，是如何理解和处理"文学与政治的关系"，其背后还有一个"文学与政党政治的关系"。这个问题始终困扰着中国的作家与知识分子，但却很少有人敢于直面。得后早在进行《两地书》研究时，就注意到鲁迅与许广平之间的一次私下讨论。当时的许广平，也是一个有着革命倾向的进步青年，有人邀请她加入一个属于"党（国民党）的范围"的团体，她有些犹豫不决，就来信征求鲁迅的意见。鲁迅回答说："这种团体，一定有范围，尚服从公决的。所以只要自己决定，如要思想自由，特立独行，便不相宜。如能牺牲若干自己的意见，是可以。"（得后抄录自原信，不见于刊行本《两地书》，参看《〈两地书〉研究》）在大革命失败后的一九二七年，鲁迅作了一个演讲，延续这个思考，讨论"文艺与政治的歧途"。得后认为，这提出了"一个深刻的命题，有着丰富复杂的内涵"。得后最为看重和要强调的是，鲁迅"对革命胜利后取得政权的政治家从根本上抱着怀疑态度，不信任的态度"。在鲁迅看来，"政治要维持现状"，自然和不安于现状的文艺处于不同的方向。即使在革命过程中，为了改变现状、夺取胜利的需要，"文艺家的话，政治革命家原是赞同过；直到革命成功，政治家把以前反对那些人用过的老法子重新采用起来，在文艺家仍不免不满意，又非被排轧出去不可，或是割掉他的头"。政治家的本性就是"不喜欢人家反抗他的意见，最不喜欢人家要想，要开口"；但"以革命文学自命的，一定不是革命文学，世间那有满意现状的革命文学？除了吃麻醉药！"在得后看来，这正是"鲁迅文学与左翼文学"的根本区别与分歧所在："鲁迅文学"永远"不满于现状"，永远"要想，要开口"，为政治家、权力的执掌者所不容；而所谓"左翼文学"则是服从于政治和政治家的需要，为夺取权力与维护权力服务的。得后说他的"结论"是，左翼文学迟早要"终结"，而鲁迅文学则"期待发展"，具有永久的生命力。

得后二〇〇五年这一开创性的探讨，也没有充分地展开。得后的研究总是着眼于提出新问题，却从不作更多的发挥与讨论。这或许是他的特点，也可以说是一种缺憾，其中自有一种说不出的苦衷：受到知识结构和视野的限制，很难展开来充分讨论，又不愿作没有把握的"发挥"，就只好"戛然而止"了。但不管怎样，能发现与提出问题，就具有启发性，有心人自会继续探讨。我自己就是在他的影响下，开始了相关的研究，并于二〇〇九年在台湾"与鲁迅重新见面"论坛，作了一个"'左翼鲁迅'传统"的报告（收《鲁迅与当代中国》一书）。报告一开头就提到得后的这篇《鲁迅文学与左翼文学异同论》，指出"左翼鲁迅传统"问题就是在王得后的启发下提出的；当然，也有我自己的理解、研究和发挥。以后，在回顾这段研究历史时，我总结说，"当代鲁迅研究者中对我影响最大的，就是得后"，他所提出的"中国人及中国社会的改造"、"立人是鲁迅思想的核心"的命题，以及他对"左翼鲁迅"的思考，都成为我的鲁迅研究的重要出发点；而"这样的研究者之间的相互影响与呼应"，就构成了二十世纪八十年代的一种学术氛围。（《我的中国人及社会改造的思想与实践》）与此相关的，是我们之间的不同意见的磋商与交锋，对彼此研究之不足，毫无顾忌地提出批评和讨论。得后对我的研究主体性过强，喜欢作宏大结论，对客观史实的谨慎、全面梳理不足的缺憾的批评，即是一例。这其实是包含了得后对"过分发挥"的担忧。对这样的商榷和批评，我们都视为自然、正常的学术关系；这样的"不存任何私心，没有任何个人学术地位、利益的考虑，一心追求学术的独立、自由和创新，真正做到'学术面前人人平等'"

的相对"纯粹"的学术境界，确实难得难遇：在这个意义上，得后、我、我们的朋友，真还是幸运的。（钱理群：《王信走了，那样的"纯粹的人"不会再有了》）

回到讨论的主题上来：在我看来，得后他在二十世纪八十年代所写的《鲁迅思想的否定性特色》一文就已经包含了相关的思考。他强调，鲁迅以"立人"为中心的关于"改造中国人及其社会"的思想体系，"根本性质是否定性的"，"它在总体上是对旧社会和旧文明的批判性的否定，而不是关于未来世界、未来人以及人与人的关系准则应该如何的、永恒不变的教条"。在鲁迅看来，"在进化的链子上，一切都是中间物"，"人生，宇宙的最后究竟怎样呢，现在还没有人能够答复。也许永久，也许灭亡。但我们不能因为'也许灭亡'就不做"。这就意味着，在鲁迅这里，永远"执着于现在"，批判现实的一切黑暗；而绝不寄希望于"未来的黄金世界"，在他看来，即使到了"黄金世界"，也依然有黑暗，需要批判。得后说，"这是鲁迅思想的彻底处，也是它的深刻处"。得后据此而概括说，"鲁迅是一位对中国的传统文明，对旧中国现存的一切，对他自己都自觉地无情地进行批判，予以否定的思想家"，"最难能可贵的是'自觉'和'无情'"：这其实也正是"左翼鲁迅"的基本特质。

二〇一五年和二〇一六年得后连续写出了关于"鲁迅左翼思想"的两篇文章，开始了对"鲁迅左翼"的系统思考与研究。在《鲁迅与成仿吾们的分际——"鲁迅左翼思想"的特质之一》里，得后明确指出，鲁迅左翼思想的一个重要特质，就是以达尔文进化论为自然科学根底，"承认人性存在的事实，追求理想的人性；珍惜生命，坚持人道精神"；而与"批判达尔文生物进化论，否定人性，否定人道主义，崇尚牺牲"的左联左翼明确区分开来。《在暴力和暴力革命的年代——关于鲁迅左翼思想的一点思考》里，得后要讨论的是，"血与火的现实，……摆在鲁迅面前的一个尖锐问题：面对民众受戮的局面（不论是外来的侵略还是内部的专制暴力），是否认同、支持并实施暴力反抗？"得后按照他的研究基本方法和习惯，将鲁迅的相关论述作了全面梳理，然后展开了多方面、多层次的探讨。首先面对的是一个基本事实：从辛亥革命，到国民党北伐，到共产党革命，鲁迅都是支持者、参与者，"鲁迅主张'报复'，反对'宽容'，赞成以暴力抵抗与暴力革命"；得后详尽分析了五个方面的原因：（一）"强烈的自尊，不甘受辱的个性"；（二）"责任心"；（三）"事实的教训"；（四）受到了进化论的影响，相信为了"解除将来的一切苦……应该战斗"；（五）最后在马克思主义的阶级斗争思想的影响下，提出"人被压迫了，为什么不斗争？"得后同时分析说，"鲁迅赞同、支持暴力革命的思想带有一种被迫性，由于觉醒到自己处于奴隶的地位，身受欺凌与压迫，不愿逆来顺受，忍气吞声而苟活"。因此鲁迅在赞同"为了社会改革，……需要战斗"的同时，又要求"严格限制战斗中的伤亡"，"严格区隔改革者的暴力，与寇盗、奴才的破坏"。鲁迅也因此说，"战斗不算好事情，我们也不能责成人人都是战士"。而得后则强调，"鲁迅思想深层的结构是从自己着手，解放自己子女层级的人；而不是对他人斗争"，那是迫不得已的"反抗"、"抗争"和"复仇"。得后认为，鲁迅最为关注与担忧的问题是，"夺取政权之后的政治作为"，"是以暴易暴，改朝不换代，依旧赓续秦朝的专制制度，还是既改朝又换代，消弭暴力，不再实施暴力统治，建设一个'人国'"：这才是鲁迅的真正追求。分析到这里，似乎已经把鲁迅对暴力反抗态度的复杂性说清楚了；但得后并不满足，又注意到鲁迅另一个层面的态度："凡做领导的人，一须勇猛，而我看事情太仔细，一仔细，即多疑虑……；二须不惜用牺牲，而我最不愿使别人做牺牲"。得后指出，"这，也可以说是鲁迅的弱点、软肋；但也是觉醒的知识者的宿命"。得后的讨论并不以完满解释为结束，反而留下一个难解之题："当社会利益、价值观和道德观进入'和平'与'战争'、暴力与暴力革命之中考量，永远是一个纠结不已的悖论。人类，生存于暴力时代的人类，怎样面对暴力呢？"——在我看来，得后关于"在暴力与暴力革命年代"的鲁迅左翼思想的思考与研究，充分展现了他关注与善于处理复杂问题的研究特色，同时也预示着他下一步的鲁迅研究，特别是鲁迅左翼思想研究，将会有新的开拓与发展。据说得后已经有了好几篇文章的底稿，但却因为身体的原因，戛然而止：这真是一个永远的遗憾。

这留下了许多的问题。我在《关于鲁迅的两封通信》（收《鲁迅与当代中国》）里特意提到，我和得后私下交谈时，谈到"对鲁迅有些说法，还有不太理解的地方"。比如鲁迅在《关于知识阶级》里，提出"知识和强有力是冲突的，不能并立"，"思想自由和生存还有冲突"；在《〈思想·山水·人物〉题记》里，还谈到他同意海涅的观点："自由和平等不能并求，也不能并得"，"人们只得先取其一"。理解鲁迅的这些看法，将有助于我们更加复杂化地看待鲁迅与中国革命的关系。鲁迅对国际共产主义运动和海涅式的"堂吉诃德式的知识分子"的关系，对苏联建立后的"文艺政策"，都有过关注与研究，这都有待开掘与研究。鲁迅呼吁"永远的革命者"，他在《小杂感》里，谈到"曾经阔气的要复古，正在阔气的要保持现状，未曾阔气的要革新"，还把既有的革命历史概括为："革命的被杀于反革命的。反革命的被杀于革命的。不革命的或当作革命的而被杀于反革命的，或当作反革命的而被杀于革命的，或并不当作什么而被杀于革命的或反革命的"，"革命，革革命，革革革命，革革……"鲁迅在《答徐懋庸并关于抗日统一战线问题》中所提出的"奴隶总管"的概念，后来又提出"革命工头"的概念，以及由此引发的对革命胜利"以后"的隐忧，都具有超前的深广的历史意涵。深信得后都有过关注与思考，或许就是他想写而未及写出的研究和讨论课题。得后，能把你的相关思考略说一二吗？

◎ 辑五

接着继续讲

从鲁迅出发，回到人类生存、温饱和发展的抗争

——为一九九三年"鲁迅研究的新路向"研讨会而作

自从我国改革开放的新时期开始以来，我国的经济结构、经济发展、社会状况和文化态势起了重大的变化。自从苏联解体和东欧变革以来，世界的政治格局、力量分布、各民族面临的问题及其解决手段起了重大的变化。"世变时移"，对于鲁迅研究必然产生影响，出现新的视角，发现新的问题，提出新的见解，作出新的评价。鲁迅研究者们心中的或写出的"鲁迅形象"也许很有变化了吧，但鲁迅依然是鲁迅。鲁迅已经作古，已经成为历史，"历史"是可以改写的。事实上，全世界的各个民族，各种各类的历史，或全部或部分，或根本或枝叶，都在不断地改写。可"历史"本身，"历史"的本来面目并没有改变，也不可能改变了。因为历史已经成为历史。改变的不是"历史"，而是沿袭历史而新生的一代一代活着的人。对鲁迅也是这样。

"鲁迅研究的新路向"这问题的提出，大概就是受到现实生活变化的启示吧？

其实，在探索"新路向"之前，有一个更根本的"路向"问题，无论"新"、"旧"，都存在的"路向"问题。在我们进

入研究之前，存在一个不以我们的研究为变化的"鲁迅"么？这个"鲁迅"是可以经过我们的研究而认识的么？可以还是不可以？需要还是不需要？应该还是不应该？一个根本的"路向"，是"我"研究"鲁迅"，还是鲁迅由"我"研究？

我是主张"研究鲁迅"的。我相信在"研究"的面前，存在一个不依研究而变化的"鲁迅"，不管你喜欢还是不喜欢，不管你赞同还是不赞同，也不管你欣赏还是不欣赏。我还相信经过一个又一个人的研究，一代又一代人的研究，可以逐步丰富逐步深入认识这个"鲁迅"，可以逼真，永远不可能穷尽。但是，中国人生存的需要，人类生存的需要，必将接过鲁迅紧握的火把，继续前行，照亮自己走的路。不是作为一种文化教条，而是作为一种活生生的、随着中国人乃至人类生存和发展而发展的文化。

因此，我自己的"鲁迅研究的新路向"，是"从鲁迅出发，回到人类生存、温饱和发展的抗争"的"路向"。也就是从鲁迅出发，阐释鲁迅，然后按照鲁迅的思想和思路，思考我自己和我同时代的人的生存、温饱和发展的问题，提出新的思想。

我的想法很简单，简单得不能再简单了，真所谓"卑之无甚高论"。第一，也是根本的，就是"从鲁迅出发，阐释鲁迅"。

从鲁迅出发，就是从鲁迅写出的全部文字出发。不对鲁迅写出的各类文体的文字怀抱任何偏见。比如认为鲁迅书信是不公开发表的"私"信，不足为据之类。其实，哪怕是游戏文字，也可以看到性格的一点，或一时的兴致。自然，文体各有特点，每篇作品的价值也大小不同，尤其是鲁迅的思想观点，大都散见于杂文，这就特别需要反复阅读，作纵横两方面的比较、分析、归类、综合，"竭泽而渔"，庶几近之。

从鲁迅出发，还要从鲁迅写作某篇作品的具体情况出发，鲁迅是一个有为而作的人，大目的在"改良这人生"①。至于每篇作品的具体情况，各各不同，只有把握具体情况，才可能把握实际内涵，甚至在不同时候，不同篇章，针对同一个人，同样问题不同的思想观点。表面上看似矛盾，实际上是不同侧面，不同层次，以及部分与全体之间的内在统一。

鲁迅的全部文字，几乎都是在没有言论自由，没有出版自由，而有着大兴"文字狱"的传统的专制压迫下写成的。包括并不公开发表的书信，鲁迅也要顾忌专制主义的邮政检查，也还是不能"毫无顾忌地说话"②。这种对言论自由、创作自由的残酷专政所造成的"内伤"，其损失是无法估计的。

还有对于已经写出的文字在发表前的砍伐删改。

还有发表刊物的性质、风格、要求。

还有别的特殊考虑以及不得不有的应酬。

这都是从鲁迅出发不可忽视的。

文章是人写的，根本在人。从文章可以反观其人；从人才更能够懂得其文。"吾既有此内美兮，又重之以修能。"③鲁迅生理和心理的内在状况，他的气质、性格、心理特征，是很重要的。鲁迅的经历、学历、学识、修养、职业的状况，也是很重要的。鲁迅几乎读过十三经，有过废科举之后兴办的学堂的学历，鲁迅留日，与留欧留美不同，是在日本的环境中，经过日

---

①　鲁迅：《我怎么做起小说来》。

②　鲁迅：《写在〈坟〉后面》。

③　屈原：《离骚》。

本学人看到、接触、学习、选择欧美文化的。鲁迅是一个文化人、作家，一九二七年离开广州中山大学以后，是一个自由职业者。鲁迅的"社会批评和文明批评"是一种思想家的批评、文化人的批评、知识者的批评。党政军，工农商学兵，他都不在其位，既不执政决策，又不施政执行。这赋予他的文字以彻底的思想家的品质和品位。鲁迅痛感："文学文学，是最不中用的，没有力量的人讲的；有实力的人并不开口，就杀人，被压迫的人讲几句话，写几个字，就要被杀；即使幸而不被杀，但天天呐喊，叫苦，鸣不平，而有实力的人仍然压迫，虐待，杀戮，没有方法对付他们，这文学于人们又有什么益处呢？"①这种愤慨是文化人的愤慨，这种痛苦是文化人的痛苦。政治家、军人、商贾是不会这样的。

　　世界是这样的世界，时代是这样的时代。正是这样的世界，这样的时代，成就了这样的鲁迅。所以，从鲁迅出发，还必须从鲁迅生活于其中的世界和时代出发。鲁迅生在"党国"的时代，在一个党领导一切的中国，他可以不参加任何党；在支配中国人命运的两大党中间，他不得不选择一个党予以支持。鲁迅生在枪杆子出政权的时代，他不得不认定"改革最快的还是火与剑"②。当"火与剑"不能夺取政权的时代，主张改革的人们，必将改变对于暴力在历史上的作用的看法和态度，鲁迅决不会例外。

　　自然，鲁迅生活的时代的政治、经济、文化、道德、宗

---

① 鲁迅：《革命时代的文学》。
② 鲁迅、景宋：《两地书·一〇》。

教、美学、社会状况种种"世道"，对鲁迅其人与其文的巨大作用，不仅要有宏观上的把握，而且要有微观上的细心探究。

其实，从鲁迅出发，也还是鲁迅的思想观点，他说："我总以为倘要论文，最好是顾及全篇，并且顾及作者的全人，以及他所处的社会状态，这才较为确凿。要不然，是很容易近乎说梦的。"还有："倘有取舍，即非全人，再加抑扬，更离真实。"① 从鲁迅出发的意思，不过如此而已，如此而已。

然而，"近乎说梦"的研究也是有的。古往今来，不做梦的人大概极其罕见吧？"研究"而带点梦也是人之常情，谁也难免。只是最自迷而又迷人的梦，乃是古人所说"日有所思，夜必有梦"的梦。最自迷而又迷人的研究，是从先入之见出发，从预设的原则出发，从现成的学说、思想、主义及其艺术出发，来检验鲁迅，寻章摘句，取同舍异，故意抑扬。其实，所谓研究，固然也要求同，但重点却在求异。因为异才是同类中个体相互区别的特征。至于不从鲁迅出发而从先入之见出发所得的同，许多结论也常常是可疑的。虽然这种研究留下的启示，功不可没，而且也取得了重要的成果。但这种成果的取得，并不是来自这种研究的路向，而是来自"类"所固有的同。作为路向，却是南辕北辙，愈走愈远，因为一开始就不是研究鲁迅，而是用鲁迅证明自己的先入之见，证明自己的学说、思想和主义及其艺术。而科学的鲁迅研究，不在说明别人的思想、观点、学说、主义及其艺术，只在说明鲁迅，说明鲁迅是什么，是怎样的以及为什么是这样的。这就是研究的结果必须

---

① 鲁迅：《"题未定"草（六至九）》。

回到鲁迅，不顾忌自己所取得的结论的是非和利害，鲁迅是怎样就是怎样。

人类的生存和繁衍创造了文化。文化规范和引导着人类的生存和繁衍。一种文化是一种生存繁衍的方式方法。一种文化的根本在于规范和引导人类某种群体怎样生活，以及应该怎样生活。怎样生活和应该怎样生活的核心问题是生死问题和人我之间的问题。其实也就是怎样生？怎样死？应该怎样生？应该怎样死？即是说，个人的生死和群体——家庭、家族、种族、民族、社团以至于人类这大大小小的群体的生死问题。

鲁迅生活在中华民族生死存亡的大时代，由此可以得生，也由此可能灭亡的大时代。鲁迅敏锐地感受到世界性的生产力的迅猛发展[1]，深切地把握了"改革盖无烈于是"的时代潮流。鲁迅认为"欧美之强，莫不以是炫天下者，则根柢在人"[2]，因而提出了"立人"的主张，并以"立人"为核心和目的创造了独特的"鲁迅思想"。

鲁迅生活的大时代，是人类经历几百万年血与火的挣扎和奋斗，终于打破高山和海洋的阻隔，让地球形成了一个世界的时代；让世界上各个民族互相交流、冲突、拼杀和共处。随之各民族固有的文化——规范和引导他们各自怎样生活和应该怎样生活的民族文化——互相交流、冲突、排斥、吸收，发生新的变化。青年鲁迅已然觉悟到必须有"外之既不后于世界之思潮，内之仍弗失固有之血脉，取今复古，别立新宗，人生意义，

---

①　鲁迅：《我怎么做起小说来》。

②　鲁迅：《文化偏至论》。

致之深邃"①的新文化的创造。晚年，鲁迅一以贯之，提出了"拿来主义"，指出"没有拿来的，人不能自成为新人，没有拿来的，文艺不能自成为新文艺"②。文化，自然也是这样。

就这样，鲁迅成长为一棵独立不倚的大树。鲁迅创造了一种新的文化。

自然，鲁迅是否创造了一种独立的文化？鲁迅是怎样吸收世界思潮，吸收了什么？鲁迅怎样保留民族文化中固有的血脉，又保留了什么？中国人怎样看待这种新文化？怎样对待这种新文化？为什么是这样的？这一切都需要研究，应该研究；可以讨论，也应该讨论。这正是我们必须从鲁迅出发研究的第一步，照着鲁迅所讲的讲清楚鲁迅。

无论如何，鲁迅研究已经有几十年的历史了。几十年间，第一代和鲁迅同辈的研究者幸存的已如凤毛麟角；第二代也已熬过"知天命"的岁数；第三代正风华正茂，而且还有杰出的国外研究学者。照着鲁迅讲，讲鲁迅之所讲的阐释鲁迅的研究，硕果累累。集大成的学者行将出世了吧？虽然，集大成之后，还会有新的发现，新的创造，新的阐释，永远不会"止于至善"的。

而一个从鲁迅出发，按照鲁迅的思想、观点、精神，发挥鲁迅之所讲的研究，即按照鲁迅思想的原理原则接着继续讲的研究，大概万事俱备了吧？尤其是时代已经不同。

鲁迅经历了两次革命。第一次辛亥革命，推翻了清朝，建

---

① 鲁迅：《文化偏至论》。

② 鲁迅：《拿来主义》。

立了中华民国。鲁迅"焦唇敝舌，恐其衰微"[①]，虽未及见其崩溃，但它困居于海峡一隅，气数已尽，心中是有数的。第二次革命，中国共产党推翻国民党政权的武装革命，鲁迅看到了它的二万五千里长征的胜利，鲁迅看到它建立抗日统一战线的正义斗争。特别是鲁迅看到了十月革命建立的苏联存在着，成功地发展着，扫除了他的怀疑，增加了他的勇气，使他"确切的相信无阶级社会一定要出现"[②]。所以，他虽然未及见中华人民共和国的成立，他曾经给予支持，促成它的成立是实实在在的。

现在，鲁迅的时代已经过去。在世界，苏联已经解体。在中国，一个"改革开放"的新的大时代已经开始。中国人用自己的双手养活了数以亿计的人，一场"自然灾害"也曾经酿成灾难和悲剧。今天还有数以千万计的人没有"脱贫"，也即不得温饱。鲁迅当年认为"从文学里明白了一件大事，是世界上有两种人：压迫者和被压迫者！"[③]我们今天的民谣唱的是"十种人"。唯有"第十种人主人翁，无私奉献学雷锋"。我们生存于其中的社会环境，依然是非常严峻的。

其实，这决不是一时一地的问题。"一要生存，二要温饱，三要发展"实在是人类普遍的根本需求和愿望。因此，鲁迅所说："我们目下的当务之急，是：一要生存，二要温饱，三要发展。苟有阻碍这前途者，无论是古是今，是人是鬼，是《三坟》《五典》，百宋千元，天球河图，金人玉佛，祖传丸散，秘

---

① 鲁迅：《因太炎先生而想起的二三事》。
② 鲁迅：《答国际文学社问》。
③ 鲁迅：《祝中俄文字之交》。

制膏丹，全都踏倒他。"[①] 这话具有一般的品格，普遍的、长久的意义。 鲁迅的全部思想和作为都是为此而发的。 所以，我以为，鲁迅研究的新路向，似乎该是从鲁迅出发，回到人类生存、温饱和发展的抗争。 观察和思索我们自己的生存、温饱和发展的问题，依据鲁迅思想的精髓回答这些问题，走自己的路。

一九九四年二月

---

① 鲁迅：《忽然想到·六》。

从"索薪会"到"走投无路"

社会是这样的复杂，生活是这样的艰难，历史是这样的曲折。许多违背常理常识的社会问题，竟然在不断地重现，而且一旦出现，是那样难以解决。一月八号的《北京晚报》头版头条发表引题为《春节将至又到民工讨债时》的报道，第四十版配图发表《老板跑了》，摘要指出老板"带"着民工的"血汗钱"跑了，逼得民工"走投无路"。几乎相同的消息，我在《羊城晚报》上也读到了，而且不止一篇。天南地北，存在着同样的社会问题。而且久矣乎不是三年五载了。

一九二二年，鲁迅就把"欠薪"—发薪—"亲领"问题写入小说《端午节》了。四年之后又写《记"发薪"》。其中写道："在昔盛世，主张'亲领'的是'索薪会'——呜呼，这些专门名词，恕我不暇一一解释了，而且纸张也可惜。——的骁将，昼夜奔走，向国务院呼号，向财政部坐讨，一旦到手，对于没有一同去索的人的无功受禄，心有不甘，用此给吃一点小苦头的。其意若曰，这钱是我们讨来的，就同我们的一样；你要，必得到这里来领布施。你看施衣施粥，有施主亲自送到受惠者的家里去的么？"这是政府欠"官"的薪，而且这"官"并非"区区"，鲁迅就是"司局级"呀。而且可以"索"。不但可以"索"，而且可以组织"索薪会"来索。但索归索，亲领归"亲领"，到了儿在北洋政府任内还是解决不了。

　　后来呢，是杨白劳们躲黄世仁们的债，过年叫"年关"，年关有如"鬼门关"。

　　现如今是老板"拖欠""民工"的工资了。"民工"和"司局级"的官们，少说也有天壤之别；虽然说"司局级"的长们，都叫"公仆"。他们之间的区别是显而易见的，谁见过拖欠"司局级"们的工资的？谁敢拖欠"司局级"们的工资呢？因此没有"索薪会"，因此也没有"向国务院呼号"的呼声，更没有"向财政部坐讨"的官群。春节后坐"上浮 X 点"的火车汽车出门打工，辛辛苦苦流汗流血干一年，到头来"老板跑了"，身无分文，想挤又"上浮 X 点"的火车汽车回家过个年而不得，怎么办？

　　上述头版头条的报道的主题是：《劳动监察为工人讨工钱》。这当然好得很，也是法定的职责所在。"不作为"又是犯法的。问题是他们讨回来多少？占全国"拖欠"的工钱几个百分点？而且，这个社会问题出现十多年了。一九九三年，笔者从报上读到因为老板拖欠工钱，索讨不得，有工人铤而走险，"纵火"烧毁工厂，福州马尾高福纺织品公司造成六十一人死亡；惠州"九二一"火灾造成三十二人死亡；事后工人被判刑，而老板逍遥复逍遥，因为不见关于他们的后续报道，写了《又见星火》的短文，希望进一步引起全社会的警觉，设法疗救。但问题至今几乎没有得到丝毫解决。

　　为什么？"十年一觉扬州梦"，梦梦而已；这可是关乎工人的生存、温饱的重大社会问题，为什么十年 —— 十多年解决不了呢？

　　社会问题的解决，不应该是出于同情，而必须是出于改革社会的理想。虽然，同情是重要的，也是必要的；但同情只能是"送温暖"，收获一点"感恩"而已，于社会问题的解决不起作用。因为工钱是老板拖欠的；问题在老板；祸首是老板。"解铃还须系铃人"，除了"唯老板是问"，别无他法。

问题的根本在于：老板敢于拖欠，而工人奈何他不得。有工人爬塔吊上高楼在众目睽睽之下要自杀，真的跳了，是自己的死亡，毫无意义，不过做一个手握"债权"的鬼罢了。围观的群众，无权无势，除了报警，请求救护，也奈何老板不得。个人，无论是"债权人"的工人，还是满怀同情的围观的群众，"一盘散沙"，依旧一个个形影相吊，势单力薄，形不成解决社会问题的力量。组织起来么？我们懂得《国际歌》的大义，也懂得《团结就是力量》的道理，但在所有关于老板拖欠民工工资的报道中，我没有读到"工会"两个字。可见，工人自己是无能为力的。《国际歌》、《团结就是力量》，唱唱而已矣。

那么，政府呢？不能说政府毫无作为，但问题拖了十几年没有根本解决，总是难辞其咎的。到得今年，我们看到："有关部门提醒：用极端手段追拖欠工资违法。"什么是"极端手段"呢？"劳动局人士称，聚众生事和爬吊塔等方法讨要工钱不仅无助于事情的解决，自身反而要受到法律制裁。"（一月八日《北京晚报》头版头条）。如果我没有"误读"，"聚众"和"组织起来"是很难分清的；工会既无影无踪，民工又不得"聚众"，而今年"爬吊塔"也要"受到法律制裁"。民工是这样的无助，难怪报纸用了"走投无路"四个触目惊心的大字。

那么，如今"依法治国"，而且也"有法——《中华人民共和国劳动法》——可依"，向法庭投诉怎么样？我以为民工是打不赢这种官司的。 因为《劳动法》第九十一条规定的是"克扣或无故拖欠劳动者工资的";哪一个老板会在法庭上承认是"无故"的呢？哪一个老板找不出一个"故"来呢？——除非他／她是白痴。 即使是"白痴",也不过是"由劳动部门责令支付劳动者的工资报酬、经济补偿,并可以责令支付赔偿金"。 如今法院的判决都执行难,何况"劳动部门"的一纸"责令"。 更何况"老板跑了"！ ——老板是"带着"工人的"血汗钱"跑的。

　　社会是这样复杂,生活是这样艰难,历史是这样曲折。 我不知道明年"年关",拖欠民工"血汗钱",迫使他们不能回家过年而且"走投无路"的报道,会不会从报纸上消失？

二〇〇三年一月十二日星期日

挤

一九三三年六月，鲁迅写了一篇《推》，描写"我们的同胞，然而'上等'的"，在上海走路"推"的情形，说："上车，进门，买票，寄信，他推；出门，下车，避祸，逃难，他又推。推得女人孩子都踉踉跄跄，跌倒了，他就从活人上踏过，跌死了，他就从死尸上踏过，走出外面，用舌头舔舔自己的厚嘴唇，什么也不觉得。"而且预言："住在上海，想不遇到推与踏，是不能的，而且这推与踏也还要廓大开去。要推倒一切下等华人中的幼弱者，要踏倒一切下等华人。"

一个月后，又来一篇《"推"的余谈》，认为"生活的压迫，令人烦冤，胡涂中看不清冤家，便以为家人路人，在阻碍了他的路，于是乎'推'"。

又一个月，鲁迅写《踢》，指出"'推'还要抬一抬手，对付下等人是犯不着如此费事的，于是乎有'踢'"。其中特别抨击外国巡捕在中国的"踢"。

此后不久，又写了《爬和撞》，还有《冲》。虽然和"推"本质相同，终归是别一路数，不俱抄引。

鲁迅的杂文不可呆读，一篇一篇孤立起来，独自摘句，那就会遇到冲突。比如，在这一篇说："中国人不但'不为戎首'，'不为祸始'，甚至于'不为福先'"，似乎认为中国人永远甘居中流似的。可他在另一篇又说：中国人"总愿意自己是第一，是唯一，不爱见别的东西共存"。在第三篇还说："中国人原是喜欢'抢先'的人民，上落电车，买火车票，寄挂号信，都愿意是一到便是第一个。"

OK！再对也没有了。这就是我想说的"挤"。打一个响亮的京腔，就是"加塞儿"。现在有没有"上等人"和"下等人"的划分，我不知道，因为我不搞理论，又性懒不好读书，孤陋寡闻，没有拜读到理论家的著书立说。但就平居的日常生活经历来说，"上车，进门，买票，寄信"之类一切要排队、等排队的场合，几乎没有不"挤"的。如果排的队较长，比如有五六十、七八十、百十来人吧，后面的队还有个队形，愈靠前，尤其是近在眼前伸手可及的窗口门口之类，那就"挤"成一个疙瘩。不分长衫短衫，不论西装中装，也无关先生小姐，一律地挤，通通地挤。最有意思的是那著名的宏伟的售票厅，长衫短衫西装中装男女老少混在一道挤，专为知书明礼的专职教育人民的人设的售票口，也同样挤。挤得衣帽不整，挤得东倒西歪，挤得气喘吁吁，挤得汗流浃背。

要命的是：挤成功的，谁都私自庆幸，洋洋得意，亲朋好友夸奖，钦佩。弄得不想挤的人，也觉得"不挤白不挤"了。

我既无能无力无法劝导人们按顺序排队，保障遵纪守秩序者的利益；又无能无力无法处罚"挤"乱秩序的害群之马，似乎别的人们也一样地无能无力无法。坦白地说，当我站在那宏伟的著名的售票大厅挤的队伍之中的时候，我心里确曾升起过一个念头：谁能整顿这个大厅，谁就能整顿好中国，澄清天下。

孔夫子曰："以不教民战，是谓弃之。"这句话，虽是不佩服孔夫子的鲁迅，也认为是对的。模仿是蠢材。但我还是想模仿一句："以不教民排队，是谓乱之。"真的，生活要求我们处处排队，我们却不教人们应该怎样排队，并有效地维护排队的秩序。 文明礼貌，看来也得从"人之初"教起。

鲁迅为什么憎恶李逵

　　鲁迅憎恶李逵吗？憎恶！他明确说过。这又是一个另类的看法；和我们一般人的看法颇为不同。为什么？

　　不知道是官家的导向，还是世故老人的教训，总之，旧社会有过这样的名言："老不看《三国》，少不看《水浒》。"我上小学的时候——当然，那是旧社会，很不幸的，生在旧社会，长在红旗下，看到过旧社会的罪恶，也领略了新社会的腐败——就听到过。据说，《三国》多智谋，老人看了就会变得老奸而巨猾；《水浒》打家劫舍，逼上梁山，少年看了就会变得路见不平，拔刀相助，占山为王的干活。然而即使在我家那小小的山村，《三国》、《水浒》依然家喻户晓，俺小学四年级就开始看了，当然，似懂非懂的。

　　即使没有看过《水浒》的，谁不知道黑旋风李逵？书里有，口头上有，大大小小的舞台上也有。《水浒》剧目，李逵不在《武松打虎》和《林冲夜奔》之下。何况"李逵碰到了李鬼"，还是一句老百姓口里的俗语。在李逵老家所张的缉拿榜上，他名列宋江、晁盖之后，是"从贼"的头一名。我们中国人实在很有点喜欢李逵的。他虽然"形貌凶恶"，"性如烈火"，"酒性不好"，但是对待自己母亲的孝心和对待李鬼的体恤，沂岭杀四虎的勇猛，都叫人倾倒了。

　　记得国际知名的美国记者史沫特莱说过：我们中国人唱

《国际歌》特有一种悲情，是欧洲和苏联所没有的。她认为这和我们中国人的苦难的历史和命运有关。这也许是真的。我们中国人确实多愁善感，您看吧，不但舞台、荧屏、银幕，就是新闻和新闻社区中的"纪实"图像中，女性无论老妇还是少女，男性就是五尺壮汉、英俊青年，都常常泪流满面的呀。也许就因为"多情"而消解了理智，使我们不太能够冷静分析复杂的人世生活，明白谁好谁坏，谁应该感谢谁。于是乎动情于李逵放了一个李鬼，而忘了他"是个杀人不眨眼的魔君"（《水浒》第四十三回）。鲁迅则不同，他是个讲究"损"和"益"的人，他自我坦白："不知怎地，我虽然并非犹太人，却总有些喜欢讲损益。"因此，也就是"两害相权取其轻，两利相权取其重"的人。又因此，他评论李逵，放言：

> 李逵劫法场时，抡起板斧来排头砍去，而所砍的是看客。
>
> 我佩服会用拖刀计的老将黄汉升，但我爱莽撞的不顾利害而终于被部下偷了头去的张翼德；我却又憎恶张翼德型的不问青红皂白，抡板斧"排头砍去"的李逵，我因此喜欢张顺的将他诱进水里去，淹得他两眼翻白。

人类迄今为止的历史，从野蛮到文明，先是和禽兽的生死战争，后来是自己"人与人"的战争，无论是内战还是外战。外国我不知道，我们中国是有所谓"兵对兵，将对将"的古话的，但是不是一种战法，是不是一种战争规则乃至战争伦理，我也不知道。我知道的是，屠戮百姓竟然是战争中的必然。不仅杀人，而且屠城。唐诗就有"泽国江山入战图，生民何计乐樵苏。凭君莫话封侯事，一将功成万骨枯"的名篇。这"万骨枯"似乎还仅仅指的"兵卒"，即战斗人员，如果加上被屠戮的平民百姓，岂止是"万骨"啊。八年抗日战争，我国的伤亡是三千五百多万，其中绝大多数是平民百姓，侵略者酷烈残暴的"兽性之爱国"（鲁迅语）可见一斑，也是史无前例的。

人类要到二十世纪打到第二次世界大战以后，国际法中才有"战争罪"。屠戮平民百姓才是犯罪的行为。但是，杀死平民百姓的事，数以十计乃至数以百计的仍然常有，数以万计也能见于当今的新闻呀。所谓"有意"的受到谴责；所谓"误杀"的，君子之徒谁放了个屁！鲁迅斥李逵们为奴才，表示"憎恶"，就因为他"不问青红皂白，抢板斧'排头砍去'"，"而所砍的是看客"啊。弘扬传统的题中之义，是很关乎人的爱憎的！如果连李逵的这样的"豪举"也在弘扬之列，喜爱之列，"民何以堪"——"民不堪命"了矣！

二〇〇五年七月二十七日星期三

国民性是根本的政绩

鲁迅认同有国民性，并且认为"改革是要国民改革自己的坏根性"，把这一改革看得比革命还要紧。因为他看到了辛亥革命后迅速坏下去，而且坏而又坏，就因为国民"不肯"改革自己的坏根性。"使奴才主持家政，那里会有好样子。"于是他说："所以此后最要紧的是改革国民性，否则，无论是专制，是共和，是什么什么，招牌虽换，货色照旧，全不行的。"然而，有没有国民性这种东西，新中国的学者中大为质疑者颇有人在，特别是改革开放以前。盖在我们的社会是"亲不亲，阶级分"的，何况有时还要"以阶级斗争为纲"。

现在好了，似乎又有了一个实例了。报载：由车主自由选择的"个性车牌"，从八月十二日开始在北京、深圳、天津、杭州试发放以后，二十二日宣布暂停，不过十天而已矣。据公示是由于"技术原因"。

这件事媒体着意热闹了一阵。事先大力张扬，又自由又个性，何其妙不可言呀。发放当天，车主更欣喜若狂，半夜里去排队的，据报道有好几百人。其迫不及待，其抢头彩的劲头又何其可观乃耳。

还是要感谢媒体，它让我得以知道第一批"个性车牌"中的奇思妙想，真是令俺老汉叹为观止。比如："CHN·001"、"USA·911"、"FBI·001"、"BTV·001"、"IBM·001"，最具"中国特色"的，大概莫过于"SEX·001"了。这个"SEX"要翻译得"信"而"达"而又"雅"，我怕非"□□□"不可了。好几年了，咱"首善"的报纸头痛于"京骂"，不断加以劝诫，日前的报上还在苦口甘口大声疾呼，足见"京骂"之盛，"京骂"之深入人心，"京骂"之根深蒂固。于是我想：假如有一位酷爱"京骂"的"帅哥"，在他的宝驹上挂上"TMD·001"，那才是堪称"绝品"中之"绝品"了吧。

不要以为这仅仅是少而又少的人的心性。君不见网上聊天的人的名字，而且是"昵称"呀；哪怕网上发文章，贴帖子的作者的大名，其稀奇古怪，恐怕外星人也不过尔尔。

也不要以为这是改革开放才出现的"新"现象。君不见"四大"——"酷毙"的小"帅哥们"大概不甚了了吧？那是上一个世纪的六七十年代，诸君的祖父母、父母、大哥大姐们响应号召开展的"大鸣，大放，大字报，大辩论"，名曰"四大"，上了《宪法》，是"史无前例"而又"席卷天下"的"文化大革命"——那"大字报"上"以革命的名义"施行"大批判"的署名，什么怪物没有？"一个人战斗队"，"一个人"的"革命群众"竟是上等货色。

早就有人指我们中国是"文字游戏国"，我们中国人是"做戏的虚无党"，做什么都不认真，正经事也不当回事。而"游戏"、"做戏"的心性，既自尊大，"老子天下第一"，像阿Q的"他觉得他是第一个能够自轻自贱的人，除了'自轻自贱'不算外，余下的就是'第一个'"；又因投机而迷信，"168"呀"888"呀，"6"呀"8"呀满天飞，而"4"字就是瘟神，就是死神。在自己深怀幸心，对他人极其凉薄。二十一世纪了，还赞赏李逵的"抡板斧排头砍去"的滥杀无辜百姓，只要斧头不砍到自己头上。鲁迅认为我们中国国民性"最大的病根，是眼光不远，加以'卑怯'与'贪婪'，但这是历久养成的，一时不容易去掉"。

然而，这"历久养成的"正是历代统治者的政绩。那么，国民性的改造，根本也还在要施行新政，要以人为本，为谋求"立人"的新政，创造新的政绩。政绩不但在做什么，尤其在怎么做，更根本的在为谁做。发放"个性车牌"，让车主自由选择，无疑比"瞎蒙"和"拉郎配"好。但怎样设计和怎样选择和怎样实行，是不能不考虑"国民性"这种习惯性的心性和思维定式的。怕就怕当事者"不识庐山真面目，只缘身在此山中"而不自觉，也不放下架子向平民百姓"垂询垂询"。这是"技术故障"呢，还是官吏们的"官性"原本就是国民性的或一表现？

说起来又会惹人不高兴，鲁迅说"君民本是同一民族，乱世时'成则为王败则为贼'，平常是一个照例做皇帝，许多个照例做平民；两者之间，思想本没有什么大差别。所以皇帝和大臣有'愚民政策'，百姓们也自有其'愚君政策'"。不捅破这一层纸，国民性改造云云，恐怕不怎么对头的吧？然耶？非耶？

二〇〇二年九月五日修改

奴隶语言和奴才语言

林贤治论散文精神，认为鲁迅杂文用的是奴隶语言，邵燕祥先生的杂文用的是公民语言。邵先生作《奴隶的语言和公民的语言》加以申论，说权力以《宪》、《章》，寄沉痛于婉曲；言出肺腑，力敌三军。结末有言："至于我的杂文中，虽力求用公民语言，有时却仍露出精神奴役创伤的疤痕，那是因为不自觉地为奴隶太久太久了。"古之三闾大夫狂作《离骚》："长太息以掩涕兮，哀民生之多艰。"今天我辈公民，有何话说？

仿佛记得曾经有过一场争论，有人以为鲁迅虽入于民国，依旧是奴隶；有人于是大加批驳，力陈鲁迅实为国家主人，双方的题旨、寓意、论据已经忘得一干二净了。

说鲁迅是奴隶，似乎乃是他自己的意思，他自己说过的，最早是一九二五年二月二十日，鲁迅在《京报副刊》发表《忽然想到·三》，说：

> 我想，我的神经也许有些瞀乱了。否则，那就可怕。
>
> 我觉得仿佛久没有所谓中华民国。
>
> 我觉得革命以前，我是做奴隶；革命以后不多久，就受了奴隶的骗，变成他们的奴隶了。

这意思是再明白不过了，除非认定这里说的是反话，然而，鲁迅又曾说："我生于清朝，原是奴隶出身"，一九二四年的时候说"我在十三年之前，确乎是一个他族的奴隶"，大概无可腾挪的了。尤其是鲁迅入于民国后论中国历史，断言"但实际上，中国人向来就没有争到过'人'的价格，至多不过是奴隶，到现在还如此，然而下于奴隶的时候，却是数见不鲜的"。并且提出了划分中国历史著名的公式："一，想做奴隶而不得的时代；二，暂时做稳了奴隶的时代。"鲁迅的可宝贵在于他把自己融于平民百姓之中，没有丝毫超越奴隶的幻想，没有丝毫高于平民百姓的自大自傲的优越感。

不过，我又觉得，鲁迅虽然出身于奴隶，辛亥革命后入于民国，升为国家的"主人"却被政府压迫着处于奴隶的地位，受着奴隶的待遇，他的心，自成年以后就是独立自主而不依附于人的，他的思想是自由的，他的作为包括他的文章是特立的，他没有丝毫奴隶的气息与卑琐。他的杂文是对奴隶主的无与伦比的抗议与鞭笞，是呼唤奴隶们起来反抗挣脱镣铐的呐喊，是一个独立自主的人的充满人性的心声。他专门解剖奴隶的文字多达百处，而《灯下漫笔》、《忽然想到·一至四》、《偶成（九月二十日）》、《漫与》、《病后杂谈之余》、《"题未定"草（五）》、《答徐懋庸并关于抗日统一战线问题》、《半夏小集》、《两地书·十二》诸篇剖析奴隶的见解，在人类大同或无阶级社会或人国的理想境界到来之前，凡天良尚未丧尽者读来，当有切肤之痛乃至发愤自立的。

不幸的是，尽管革命成功，建立了民国，尽管鲁迅身为国家的主人，自觉地不遗余力地履行国家主人的责任，像他逝世前绝笔的文章所说"我的爱护中华民国，焦唇敝舌，恐其衰微，大半正为了使我们得有剪辫的自由"那样；然而，他也无奈，只能使用奴隶的语言。

奴隶语言的产生，是由于国民党及其政府实行书报检查，也就是对于言论的压迫。鲁迅在《花边文学·序言》中留下了历史性的记录：

> 但那时可真厉害，这么说不可以，那么说又不成功，而且删掉的地方，还不许留下空隙，要接起来，使作者自己来负吞吞吐吐，不知所云的责任。在这种明诛暗杀之下，能够苟延残喘，和读者相见的，那么，非奴隶文章是什么呢？

> 我曾经和几个朋友闲谈。一个朋友说：现在的文章，是不会有骨气的了，譬如向一种日报上的副刊去投稿罢，副刊编辑先抽去几根骨头，总编辑又抽去几根骨头，检查官又抽去几根骨头，剩下来还有什么呢？我说：我是自己先抽去了几根骨头的，否则，连"剩下来"的也不剩……
> …………

> 一直到了今年（即一九三五年）下半年，这才看见了新闻记者的"保护正当舆论"的请愿和智识阶级的言论自由的要求。要过年了，我不知道结果怎么样。然而，即使从此文章都成了民众的喉舌，那代价也可谓大极了：是北五省的自治。这恰如先前的不敢恳请"保护正当舆论"和要求言论自由的代价之大一样：是东三省的沦亡。不过这一次，换来的东西是光明的。然而，倘使万一不幸，后来又复换回了我做"花边文学"一样的时代，大家试来猜

一猜那代价该是什么罢……（这个删节号原有）

这代价，从或一角度看已由历史所展示。这也是古已有之的，以"吾能弭谤矣，乃不敢言"而"喜"的周厉王就是一个。这也就是所谓"多行不义必自毙"。

然而，在国民党法西斯专制之下，又有帮凶的文人对奴隶语言大加挞伐。如王平陵之所指责："鲁迅先生不喜欢第三种人，讨厌民族主义的文艺，他尽可痛快地直说，何必装腔做势，吞吞吐吐，打这么许多湾儿。"鲁迅以为，这不过"官话而已"："说话弯曲不得，也是十足的官话。植物被压在石头底下，只好弯曲的生长，这时俨然自傲的是石头"，并指出"现在只有我的'装腔作势，吞吞吐吐'的文章，倒正是这社会的产物"。

奴隶语言是专制制度之一体的书报检查、压迫言论的产物，是奴隶谋求解放的无奈的语言，也是奴隶对付言论压迫、保护自己的语言。或人以为"卑怯"，鲁迅提醒人们，这是"诱杀手段"，是"软刀子"。并指出："假如遭了笔祸了，你以为他就尊你为烈士了么？不，那时另有一番风凉话。倘不信，可看他们怎样评论那死于三一八惨杀的青年。"杨霁云先生为编好的《集外集》写了一篇序，鲁迅致信说："先生的序，我看是好的，我改了一个错字。但结末处似乎太激烈些，最好是改得隐藏一点，因为我觉得以文字结怨于小人，是不值得的。至于我，其实乃是箭在弦上，不得不发。不知先生以为何如？"许广平当学生时，喜欢"慷慨激昂，阅之令人浮一大白的文字"，她给《莽原》投稿，鲁迅看了，回信说："来稿有过火处，或者须改一点。"鲁迅主张"壕堑战"，主张"韧"，即"锲而不舍"，就是在致许广平信中一再劝导她的话，大概怕引起误会吧，鲁迅说："这虽然近于劝人耐心做奴隶，而其实很不同，甘心乐意的奴隶是无望的，但若怀着不平，总可以逐渐做些有效的事。"

是的，这也已经为人类的历史所证实："甘心乐意的奴隶是无望的"，他与主子一同陨灭，成为历朝历代的殉葬品，他就是奴才。

奴才自有奴才语言。

两三千年前的古人，严于人禽之辨，意图树立道德，培育人性，大概去古未远，人的性情、意识之中，残留的兽性太多太严重太彰明了吧。不幸，以"尊尊、长长"、"无违"为道德，以"忠君"为人性，依然是灵长类动物的行为本能。鲁迅生活在现代，国号民国，实为专制，依然陷于奴隶的地位，受着奴隶的待遇，于是严于奴隶与奴才之辨，寄希望于国人觉醒，发愤争取人的价格，这是读他的文章可以心领神会的。鲁迅对于奴才的语言作了种种解剖，也是一页沉痛的历史记录，足为鉴戒的。

一种是，鲁迅说："惭愧我还不是'臣罪当诛兮天王圣明'式的理想奴才"，那么"臣罪当诛兮天王圣明"也就是奴才的语言。这是唐朝的韩愈代殷商的西伯写的检讨书，不，检讨诗。全文如下：

拘　幽　操
——文王羑里作
日窈窈兮其凝其盲，耳肃肃兮听不闻声。

朝不见日出兮夜不见月与星，有知无知兮为死为生。

呜呼，臣罪当诛兮天王圣明。

西伯，也就是后来的文王，被纣王囚于羑里的事，两见于《史记》，一在《殷本纪》，一在《周本纪》，两者的原因并不相同。《殷本纪》说："百姓怨望而诸侯有畔者，于是纣乃重刑辟，有炮格之法。以西伯昌、九侯、鄂侯为三公。九侯有好女，入之纣。九侯女不熹淫，纣怒，杀之，而醢九侯。鄂侯争之强，辨之疾，并脯鄂侯。西伯昌闻之，窃叹。崇侯虎知之，以告纣，纣囚西伯羑里。"不过对主子的暴恶之行偷偷叹气而已。在《周本纪》，"崇侯虎谮西伯于殷纣曰：'西伯积善累德，诸侯皆向之，将不利于帝。'帝纣乃囚西伯于羑里"。这是怕西伯行仁政而得人心而夺走他的天下。要之，错都在主子，可是一旦被冤，检讨起来还得认罪而歌颂主子英明，实在是理想奴才的认知和心态了。

这在从前，笔者也曾读鲁迅十年，总认为鲁迅写的是过去的事情，与自己不相干。待到"文化大革命"以后，才有一点醒悟，原来其中也有着我自己的灵魂。最不堪回首和不胜自我悲悯之至的，是不论"文革"初期在资产阶级反动路线下被横扫，还是"文革"后期在"无产阶级革命路线"下清理阶级队伍同样打入牛棚，罪名之多，帽子之重，待遇之恶劣，每日请罪，每周写书面检讨，完全是"臣罪当诛兮天王圣明"的现代版。即使在子牙河自沉的前夜，痛哭流涕写下遗书也即最后的检讨，依然引征毛主席《在延安文艺座谈会上的讲话》关于"知识分子要和群众结合，要为群众服务，需要一个互相认识的过程。这个过程可能而且一定会发生许多痛苦，许多磨擦，但是只要大家有决心，这些要求是能够达到的"的最高指示，悔恨自己未能改造好，不堪忍受这"许多痛苦"，未能实现毛主席的英明教导。

奴才语言的第二种，也是鲁迅已经指出的，即"如果从奴隶生活中寻出'美'来，赞叹，抚摩，陶醉，那可简直是万劫不复的奴才了。他使自己和别人永远安住于这生活。就因为奴群中有这一点（奴隶与奴才的）差别，所以使社会有平安和不安的差别，而在文学上，就分明的显现了麻醉的和战斗的的不同"。

第三种，这或许颇有争议吧。那就算笔者个人的心得，就是《红楼梦》里贾府焦大式的骂。"焦大以奴才的身份，仗着酒醉，从主子骂起，直到别的一切奴才，说只有两个石狮子干净。"这看来近乎革命的言论了，怎么也是奴才的语言、奴才的骂呢？我是认同鲁迅的分析的。他说："其实是，焦大的骂，并非要打倒贾府，倒是要贾府好，不过说主奴如此，贾府就要弄不下去罢了。然而得到的报酬是马粪。所以这焦大，实在是贾府的屈原，假使他能做文章，我想，恐怕也会有一篇《离骚》之类。"这是事实："荃不察余之中情兮，反信谗而齌怒。"忠而被谤，信而见疑，是中国历史上的传统悲剧，也是中国士大夫传统的不遇心理。自然，社会与人心都复杂，鲁迅思想也并不简单，鲁迅有言："旧的和新的，往往有极其相同之点 —— 如：个人主义者和社会主义者往往都反对资产阶级，保守者和改革者往往都主张为人生的艺术，都讳言黑暗，棒喝主义者和共产主义者都厌恶人道主义等"，要在追问各各"为了什么"，庶几比较地能够区分。鲁迅的《"题未定"草（五）》是专论奴隶性的，结末道："张露薇先生自然也是知识阶级，他在同阶级中发见了这许多奴隶，拿鞭子来抽，我是了解他的心情的。但他和他所谓的奴隶们，也只隔了一张纸。如果有谁看过非洲的黑奴工头，傲然的拿鞭子乱抽着做苦工的黑奴的电影的，拿来和这《略论中国文坛》的大文一比较，便会禁不住会心之笑。那一个和一群，有这么相近，却又有这么不同，这一张纸真隔得利害：分清了奴隶和奴才"，就是一个适例。不过，这个例子似乎又揭出了另一种奴才语言了。

最后一种奴才语言，活灵活现地展示在《野草·聪明人和傻子和奴才》之中。这是一首散文诗，很短的，不再具引了。只是"奴才总不过是寻人诉苦。只要这样，也只能这样"，名实相副，一目了然。我觉得特别的是，从中可以看到：奴才的话固然是奴才语言；但许多奴才语言倒出于聪明人之口，这是人们容易忽略的。比如那聪明人听了奴才的诉苦之后，说："我想，你总会好起来……"就是。

二〇〇一年二月二十二日

生存不是苟活

　　这是鲁迅为青年设计，回答青年的提问郑重劝导的第一要义。为了了解鲁迅的意思，最好不惮烦直接去读一读鲁迅的《北京通信》，在《华盖集》中，收入《鲁迅全集》第三卷。全文短短的，一千三百三十个字。

　　距今恰恰七十年前，一九二五年的五月十四日，两位青年在河南开封办《豫报副刊》——《豫报》刚于五月四日创刊——写信请鲁迅支援，鲁迅回了这封信。

　　鲁迅很高兴，因为那《副刊》蓬勃的朝气，"传来了青年的声音，仿佛在豫告这古国将要复活"。

　　鲁迅也很愿意"有所贡献于河南的青年"，但他感到"力不从心"。怎样走人生的长途，实在是一个其大无比的问题了。像我们现在所流行的"跟着感觉走"、"过把瘾就死"之类，也许"潇洒"吧，却难免儿戏，甚至简直就是又一种苟活。

　　鲁迅不能唱这样的"高调"。他想到这是关乎生命的大事，他说："我自己，是什么也不怕的，生命是我自己的东西，所以我不妨大步走去，向着我自以为可以走去的路；即使前面是深渊，荆棘，峡谷，火坑，都由我自己负责。然而向青年说话可就难了，如果盲人瞎马，引入危途，我就该得谋杀许多人命的罪孽。"

　　这是鲁迅的沉重处。现在的青年，早有许多人表示不喜欢了。其实，这是对他人的一种责任。责任，尽责任，是为人的义务，无论喜欢不喜欢，都必得恪守无怠的。无责任心，不尽责任，正是社会生活无序、一团糟的根源。

换一个角度来想，鲁迅说自己心情、心思的这段话，其实对每个青年都适用，都是至关重要的启示："生命是我自己的东西，所以我不妨大步走去……"鲁迅有一篇《过客》，写的就是一个"我只得走"，向前走，不回头的人，他说："回到那里去，就没一处没有名目，没一处没有地主，没一处没有驱逐和牢笼，没一处没有皮面的笑容，没一处没有眶外的眼泪。我憎恶他们，我不回转去！"走，不停止，不回头，不正是生存的意义，人生的精神么？

"我之所谓生存，并不是苟活"，这是鲁迅思想中"生命第一"或"一要生存"的重要界定。

什么是苟活呢？鲁迅引用了许多古人的教训。如"知命者不立于岩墙之下"，"千金之子坐不垂堂"，"身体发肤受之父母不敢毁伤"，一言以蔽之："教人不要动。"

这是真的，试观察一下年轻的中国父母怎样带他们的儿女吧，大都是"别动"、"别摸"、"别跑"，"别别"个没完。几乎是一律的禁止活动的命令。

人为什么会苟活呢？一是怕失错，二是怕危险。

怎么对待失错呢？鲁迅认为，"人类为向上，即发展起见，应该活动，活动而有若干失错，也不要紧。惟独半死半活的苟活，是全盘失错的"。其实，谁都知道，幼儿学走路，没有一跤不摔的。牙牙学语，会闹许多笑话。人生也一样，一个经得起挫折的人，才是一个成熟的人。

怎样看待危险呢？鲁迅认为，"求生的偶然的危险，无从逃避"。又说："危险？危险令人紧张，紧张令人觉到自己生命的力。在危险中漫游，是很好的。"中国一向少探险家，少冒险的活动乃至游戏，实在是一种传统精神。一九三五年，北京大学一位教授讲课时突患脑溢血去世，另一位教授从此不上课，怕步这位教授的后尘。鲁迅写了一则杂文《死所》，引了一则日本的笑话，是一位公子和渔夫的问答："你的父亲死在那里的？""死在海里的。""你还不怕，仍旧到海里去吗？""你的父亲死在那里的？""死在家里的。""你还不怕，仍旧坐在家里吗？"家，是我们的住所，往往也是我们的死所。

中国传统文化教给我们的生存法，不要说求仙的道家，拜佛的佛家和顺应性命全身养生的庄子，就是儒家也是有进有退，可进可退，而一退，就退到苟活。《论语》记载："子曰：'宁武子，邦有道则知，邦无道则愚。其知可及也，其愚不可及也。'"又，"子曰：'笃信好学，死守善道。危邦不入，乱邦不居。天下有道则见，无道则隐。邦有道，贫且贱焉，耻也。邦无道，富且贵焉，耻也。'"所谓"愚"，也就是装聋卖傻，"隐"起来明哲保身。其实，天下无道，才更需要人们积极进取，发愤图强的。诸葛亮曾说："臣本布衣，躬耕于南阳，苟全性命于乱世，不求闻达于诸侯。"假如他一直"苟全性命"地苟活下去，哪能成就一番事业？

鲁迅主张第一要生存，生存，并不苟活，无论天下有道无道，无论个人处境显达还是穷困，都不要苟活，不是比传统文化更积极更进取一点么？不是更新更好一点么？

"意图生存，而太卑怯，结果就得死亡。"这是真的，很值得警惕。

钱理群评点

得后在《致力于改造中国人及其社会的伟大思想家》里即强调鲁迅的思想是"以实践为基础"的，认为"鲁迅是以其独特的思想认识人生并从事改良这人生的实践型的思想家"。得后也以此要求自己的研究具有某种实践性的品格，以"改造中国人和社会"为指归。他也因此积极倡导"鲁迅研究的新路向"："从鲁迅出发，阐释鲁迅，然后按照鲁迅的思想和思路，思考我自己和我同时代的人的生存、温饱和发展的问题，提出新的思想。"这里内含着三个方面的重要追求：一是坚持以鲁迅立人思想的核心——"人的生存、温饱、发展"——的基本诉求与权利为思考和实践的方向和基础；二是按照鲁迅思想的原理原则"接着继续讲"（《从鲁迅出发，回到人类生存、温饱和发展的抗争——为一九九三年"鲁迅研究的新路向"研讨会而作》，收《鲁迅教我》）；三是"发展鲁迅思想"，这是"全面改革的时代需要，也有实现这一时代要求的可能性"（《发展鲁迅思想，繁荣杂文创作》）。这大概也是二十世纪八十、九十年代鲁迅研究界我们这一批人的共同追求，我就给自己定了一个"讲鲁迅，接着往下讲，接着往下做"的要求：那时候我们确实对包括鲁迅研究在内的中国学术研究充满了期待与信心，并且也是认真去做的。从前文所介绍的得后二十世纪九十年代和新世纪对"鲁迅与孔子"、"鲁迅与左翼"的重大课题的研究，就不难看出，不仅课题的选择是自觉地和"时代思潮"进行对话，而且在具体的论述中，都显然融入了对鲁迅相关命题的时代新思考、新发展。

而得后还自有特点，就是他对鲁迅式的杂文写作的倡导和实践。在得后看来，鲁迅思想的实践性，主要是通过他的杂文写作来实现的，"鲁迅思想最主要载体就是杂文"。他因此而郑重提出，"发掘鲁迅思想，固然有赖于对鲁迅思想的研究，论证和阐发，也可以通过学术论文、学术著作来达到，但最有力的莫过于杂文创作，特别是鲁迅式的杂文创作了"。他因此倡导，"第一流的鲁迅研究者，（应该）是最好的鲁迅式杂文的创作者"，"这是把研究和实践结合起来的理想方式"。（《发展鲁迅思想，繁荣杂文创作》）

但杂文写作是需要相应的学术素养与才情的；像我这样的研究者即使有意尝试也是力不从心。这样，得后的呼吁，尽管大家都觉得有道理，却很少有人具体实践。于是，就出现了一个独特的学术景观：二十世纪九十年代为数不多的集鲁迅研究与鲁迅式的杂文创作者于一身的学者中，得后即是其中一位。

据得后自己回忆，他是在一九八一年参加纪念鲁迅诞生一百周年全国学术讨论会时，起意要写鲁迅式的杂文的，但真正落笔是"在七八年之后"，应该是八十年代末（《人海语丝·题记》）。并且很快就"认识了许多位我崇敬和佩服的杂文家和漫画家"，集合成一个群体，也是九十年代和新世纪初杂文界的一道景观。（《写在〈垂死挣扎集〉后面》，收《垂死挣扎集》）得后自己先后出版了《垂死挣扎集》、《人海语丝》、《世纪末杂言》、《我哪里去了》、《刀客有道》、《今我来思》等杂文集。我注意到得后的学术论文集《鲁迅教我》里，还特意附录了他的杂文（其中《鲁迅为什么憎恶李逵》、《国民性是根本的政绩》已收入本书）：看来，他是把自己的论文写作与杂文写作视为一体的。

而得后所要做的，无非是"接着鲁迅往下说"：一九二六年鲁迅写《记"发薪"》关注公务员的"索薪"，得后在二〇〇三年写《从"索薪会"到"走投无路"》，对农民工要索取老板拖欠他们的血汗钱得不到法律支持而"走投无路"，而大声"惊呼"；一九三〇年代鲁迅写《推》、《"推"的余谈》、《踢》、《爬和撞》、《冲》，借街头小景揭示社会和国民性问题，九十年代末得后写《挤》，为鲁迅所说"中国人原是喜欢'抢先'的人民"的本性不变而感慨不已。得后对鲁迅关注的中国人的语言问题特别有兴趣，因而写《奴隶语言和奴才语言》，在鲁迅相关论述基础上，对新时代普遍化了的奴隶语言和奴才语言的新形态，作了鞭辟入里的新分析。而在《国民性是根本的政绩》里，强调"历久养成的"国民性，正是"历代统治者的政绩"。因此"国民性的改造，根本也还在要施行新政"，"官性"（政治思想、体制）不改，就谈不上"国民性"改造，"不捅破这一层纸"，"皇帝和大臣有'愚民政策'，百姓们也自有其'愚君政策'"，大家都在"做戏"而已：这都是用鲁迅的思想、眼光点破现实的问题。《生存不是苟活》里，得后对鲁迅"为青年设计，回答青年的提问郑重劝导的第一要义"作了认真的解读，其实也是得后对当代青年的"郑重劝导"，文章最后一句"'意图生存，而太卑怯，结果就得死亡。'这是真的，很值得警惕"，这背后的焦虑已经溢于言表。

　　但得后仍是清醒的：他在写了近十年杂文，到一九九九年所写《世纪末杂言》"题记"里即表示："我有一种预感：杂文大概将在二十一世纪从我国消失。"而且不幸而言中：不仅得后，他那一群杂文家也都先后沉默了。在中国，像得后所说的"讲究是非，爱憎分明"而且"话里有话"的杂文，"决不插科打诨，也决不帮忙帮凶"的杂文家，确实很难长期存活。而写鲁迅式的杂文，"讲鲁迅，接着鲁迅往下讲，接着鲁迅往下做"，还要"发展鲁迅思想"，更是难上加难。——但是，我们毕竟努力过了，挣扎过了，尽管是得后所说的"垂死挣扎"（他就是以此命名自己的杂文集的）。

"如一箭之入大海"

——《鲁迅研究笔记》总评

得后将他的两部主要的鲁迅研究著作《鲁迅教我》和《鲁迅与孔子》都献给李何林先生，自然大有深意。这不仅是要对李先生把自己引入鲁迅研究界表示感谢，更是对他的鲁迅研究表达敬意。得后在《鲁迅研究一个重要方面军的代表——纪念李何林先生诞生一百周年》一文里，将李先生"鲁迅研究的学术遗产"概括为三个方面：其一"终身信奉鲁迅思想，把它作为自己革命一生的指南，并希望推己及人，因而力主向青年普及鲁迅，宣讲鲁迅"；其二"不唯上，不阿世，不讲情面，不为流行的时尚观点所左右，心怀坚定的鲁迅信仰，表现出难能可贵的特操"；其三"对于鲁迅作品，运用逐字逐段的'串讲'的方式，细心地严谨地领会鲁迅的思想"，"证实与证伪"，"开今日'细读''精读'鲁迅的传统"。应该说，李何林先生领军的这一鲁迅研究的"重要方面军"在二十世纪八十年代、九十年代的历史条件下，是有了新的发展的。得后和王富仁都是重要成员，我自己也愿意忝列其中。当然，我们也并不完全认同李何林先生的观点，如得后所说，"李先生既留给我们宝贵的遗产，也留给了我们时代性的教训"，需要有新的发展。我们要继承、发扬的是最关键的两条：一是以鲁迅思想作为基本信念，以研究和传播鲁迅思想为自己的历史责任；二是坚持鲁迅研究者应有"特操"，"不唯上，不阿世，不讲情面，不为流行的时尚观点所左右"。在我们看来，鲁迅是一位在现当代中国少有的具有原创性的思想家，以他的思想为基本信念，是一个自然的选择。鲁迅是五四启蒙传统的最重要的代表，在二十世纪八十年代的新启蒙运动中，研究与传播鲁迅思想正是时代的需要与必然；而鲁迅思想又超越了启蒙主义，在后启蒙时代也依然能够不断给我们以新的启示。这绝不是将鲁迅"神化"；得后、富仁和我都坚定地认为，现在的问题，恰恰是对鲁迅思想的丰富性、复杂性、原创性、前瞻性，他对中国与世界的现实与未来的作用和影响，远远估计与认识不足，一切都还仅仅是开始。何况今天的中国，还远远不是"敞开来谈鲁迅"的时候。得后在回忆深知、真知鲁迅，身为鲁迅的朋友和研究者的杨霁云先生的文章里，特意提到杨先生的一个判断："改造中国人，改造中国社会，确是鲁迅终身致力的信念。但社会势力坚于原子核，至今收效如何，有目共睹。……到诞辰四百年的时候，倘能稍有成效乎？""立人，目的在改造人及社会，不是短时期所能见效……要代代战斗下去"：这都是难得的清醒之言。杨先生还说，"'文人的铁，就是文章'，但这文章是在'制艺'，'策论'以外的。尤须注意，此'铁'往往与'镣'、'牢'相连"，研究与传播鲁迅思想是需要付出代价的：这绝不是危言耸听。(《在霁云师门外》，收《人海语丝》)

在深知这一切以后，当有人问得后："如果有来世，你愿意生在哪个国家？"得后回答说："中国。""如果有来世，你愿意做什么工作？"得后回答说："研究鲁迅。"得后并不回避他对中国和中国国民性（得后称之为"汉民族的特质"）的悲观与绝望；但他依然相信："一个养育了鲁迅的中国，他一定会愈来愈多的认识鲁迅，信服鲁迅，接受鲁迅"，必将走向"立人"而"立国"之路，"像鲁迅那样屹立于世界各民族之林"。（《垂死挣扎集·写在前面》）不能简单地把这看作是一个乌托邦式的梦想，这背后有着对鲁迅立人思想的坚定信念。

从这样长远历史的大视野来看我们这一代的研究，既不难看出其价值——毕竟有了一个新的开始；但同时更显示出其局限性。得后说，"鲁迅是个作家，可我没有艺术感。鲁迅是个思想家，可我没有理论思维。鲁迅是个翻译家，我是外文文盲。鲁迅'几乎读过十三经'，我不懂文言文。鲁迅是个革命家，我只能逆来顺受"，"我自信我对鲁迅有所领悟，但我自知我不能读得很好，达到满意的程度"。他所说的都是老实话，说出的正是包括我在内的成长于"与人类文明全面决裂"时代的中国知识分子的根本性弱点。我们根底不厚，先天不足，全靠后天的勤奋，才取得一点有限的成果、"有缺憾的价值"。唯一可以自慰的，是得后说的，在改革开放的时代，我们有了觉醒，没有"成为鲁迅深恶痛绝的'理想奴才'，'万劫不复的奴才'"（《垂死挣扎集·写在前面》）。于是，就有了得后对自己的总体评价；在我看来，也适用于对包括我在内的这一群人的研究的评价："成绩是这样单薄、肤浅"，影响也有限，但"也许并不平庸"。（《〈鲁迅教我〉题记》）

钱理群

二○二一年五月十七日至六月一日写

六月二十三日改定

王得后学术年表

一九三四年　一岁

一月一日出生于湖北汉口，谱名王德厚，乳名汉元。江西永新县人。

一九四六年　十二岁

就读于江西省立鄱阳中学。

一九四八年　十四岁

就读于江西省立南昌第一中学。

一九五三年　十九岁

六月，由南昌市立第三中学毕业，考入北京师范大学中国语言文学系。

一九五七年　二十三岁

十月，由北京师范大学中国语言文学系毕业，分配到青海公路学校任语文教员。

一九五八年　二十四岁

购置人民文学出版社分卷出版的《鲁迅全集》，由此着手鲁迅研究。辑录《鲁迅谈自己的作品》。

一九七六年　四十二岁

三月，调入鲁迅博物馆新成立的鲁迅研究室，开始专业的鲁迅研究。自此以王得后作为笔名。

六月，《鲁迅谈自己的作品》作为内部资料由安徽师范大学阜阳分校图书馆印行。

一九八〇年　四十六岁

加入全国纪念鲁迅诞生一百周年学术会议筹备小组。

一九八一年　四十七岁

出席全国纪念鲁迅诞生一百周年学术会议，提交论文《致力于改造中国人及其社会的伟大思想家》。论文发表于《鲁迅研究》一九八一年第五期。

一九八二年　四十八岁

九月，《〈两地书〉研究》由天津人民出版社出版，一九九五年六月再版。

一九八四年　五十岁

八月，受文化部任命为鲁迅博物馆副馆长。

一九八五年　五十一岁

论文《鲁迅思想的否定特色》发表于《阜阳师范学院学报（社会科学版）》一九八五年第二期。

一九八六年　五十二岁

六月，受聘为鲁迅博物馆鲁迅研究室研究馆员。

一九八七年　五十三岁

九月，应日本大阪女子大学、东京一桥大学邀请，赴日访问并讲学。在大阪女子大学讲授鲁迅《朝花夕拾》，面向大阪市民做《鲁迅的妇女观和今日中国的妇女问题》的演讲；访问东京的一桥大学、东京大学，参加东京"中国三十年代文学研究会"的活动。《鲁迅的妇女观和今日中国的妇女问题》，后收入《鲁迅与中国文化精神》一书（见"一九九三年"条）。

一九九一年　五十七岁

应邀赴日本仙台出席纪念鲁迅诞生一百一十周年大会并发言。

一九九三年　五十九岁

与钱理群共同编《鲁迅杂文全编》《鲁迅散文全编》两种。王得后分编之《鲁迅杂文全编》二月由浙江文艺出版社出版。

九月，《鲁迅与中国文化精神》由花城出版社出版。

一九九五年　六十一岁

由鲁迅博物馆退休。

一九九六年　六十二岁

十二月，《鲁迅心解》由浙江文艺出版社出版。

一九九七年　六十三岁

二月，所编《鲁迅自传》作为"名人自传丛书"之一种，由江苏文艺出版社出版。

一九九八年　六十四岁

十月，《人海语丝》由中国文联出版公司出版。

一九九九年　六十五岁

八月，《世纪末杂言》由福建教育出版社出版。

二〇〇二年　六十八岁

一月，《〈呐喊〉导读》由中华书局出版。

一月，钟敬文著译、王得后编《寻找鲁迅·鲁迅印象》由北京出版社出版。

二〇〇三年　六十九岁

五月，主编之《探索鲁迅之路：中国当代鲁迅研究》由北京师范大学出版社出版。

二〇〇六年　七十二岁

一月，出席汕头大学文学院、汕头大学新国学研究中心举办的"中国左翼文学国际学术研讨会"，提交论文《鲁迅文学与左翼文学异同论》。该论文发表于《西南民族大学学报（人文社科版）》二〇〇六年第三期。

九月，《垂死挣扎集》由中国文联出版社出版。此集收入若干篇自述性质的随笔。

九月，与李庆西共同编注之《鲁迅杂文基础读本》纳入"高中语文选修课程推荐书目"，由浙江文艺出版社出版。

九月，与钟少华合编之《想念启功》，由新世界出版社出版。

十月，《鲁迅教我》由福建教育出版社出版。

二〇一〇年　七十六岁

一月，《鲁迅与孔子》由人民文学出版社出版，二〇一六年十二月再版。

九月，与钱理群、王富仁共同选编、李庆西注释之《鲁迅精要读本》杂文卷与小说、散文、散文诗卷由台北人间出版社出版。

二〇一五年　八十一岁

一月，《今我来思：王得后杂文自选集》由金城出版社出版。

四月，《在暴力与暴力革命的年代 —— 关于鲁迅左翼思想的一点思考》刊《书城》杂志二〇一五年四月号。

十一月，《我哪里去了》由花城出版社出版。

二〇一六年　八十二岁

十月，《鲁迅与成仿吾们的分际 ——"鲁迅左翼思想"的特质之一》刊《书城》杂志二〇一六年十月号。此篇与《在暴力与暴力革命的年代 —— 关于鲁迅左翼思想的一点思考》，是计划中关于鲁迅与左翼关系的系列文章中的两篇，后因眼疾，这项研究不得已中辍。

二〇一九年　八十五岁

一月，《刀客有道》由香港城市大学出版社出版。